Christiane Gezeck

Raubmöwen

Roman

© 2015 Christiane Gezeck
Email: chr.gezeck@googlemail.com
         www.christiane-gezeck.de

Titelbild: Dagmar Helbig, Portraitmalerin
         www.dagmarhelbigart.com

Nachdruck und Vervielfältigungen, auch auszugsweise bedürfen der schriftlichen Zustimmung der Autorin.

Herstellung und Verlag: BoD - Books on Demand, Norderstedt

ISBN 9 783739 205878

Große Raubmöwen, auch „Skua" genannt:

Sie berauben häufig andere Vögel, meist Möwen und Seeschwalben, ihrer Beute. Sobald einer dieser Vögel einen Fisch gefangen hat, wird er von der Skua mit Schnabel, Klauen und Flügeln angegriffen, bis er die manchmal fast verschluckte Beute aufgibt.

Quelle: https://de.wikipedia.org/wiki/Raubmöwen)

Lily und Arne

Der Wind kommt wie immer von vorn, doch er ist warm, ganz sanft streicht er ihr über die Haut und kühlt ihr die Stirn, auf der sich bereits die ersten Schweißperlen gebildet haben. Lilys Shirt bläht sich im Fahrtwind, die Jeans hat sie hochgekrempelt bis fast an die Knie, und die Füße in den weißen Turnschuhen treten kräftig in die Pedale. Wie immer sind ihre Arme um ein Vielfaches brauner als ihre Beine, und trotz des Schirms ihres Caps hat sie die Sonnenbrille aufgesetzt, um die Augen zu schützen. Die weizenblonden Haare sind noch nicht lang genug, um gebündelt zu werden, also hat sie sie hinter die Ohren gestrichen und unter die Kappe gestopft, und lachend versucht sie, Arnes Überholmanöver zu vereiteln.

Obwohl Arne die Sonne viel seltener genießen kann als Lily, wirkt er niemals blass: Das warme Braun seiner Haut sticht auch jetzt schon wieder deutlich ab von seinem weißen Poloshirt und der bunt karierten Bermuda. Seine nackten Füße stecken in ausgelatschten Sandalen, an seinem linken Handgelenk rutscht die Sportuhr mit dem metallenen Armband locker hin und her. Die Kappe hat er tief ins Gesicht gezogen, die randlose Brille hat sich dunkel eingefärbt, so dass seine grünen Augen mit den goldenen Sprenkeln nicht zu erkennen sind. Umso deutlicher leuchten ihr seine Zähne entgegen, wenn er lacht: Arne hat die weißesten Zähne, die Lily je gesehen hat.

Endlich wieder Frühling! Die Sonne steht hoch um diese Zeit, es ist Mittag, sie haben den Deich für sich allein. Weiße Schäfchen begleiten ihre Fahrt: Die einen blökend und kauend neben ihnen auf der Westseite im Vorland, die anderen bauschig und gemächlich dahinziehend über ihnen am sattblauen Himmel.

Sie fliegen dahin. Der Wind rauscht in ihren Ohren, sie blinzeln der Sonne entgegen und genießen ihre Wärme auf der Haut. Gleichmäßig treten sie in die Pedale, atmen tief die würzige Salzluft, und nur ab und zu fällt ein Wort in die Stille um sie herum - „Sieh nur, das Lämmchen!" -, hebt eine Hand sich vom Lenker, um in die Ferne zu deuten - „Die Krabbenfischer laufen ein!" - oder sich liebevoll auf die Schulter des anderen zu legen. - Das ist Glück.

Sie hält die Arme so fest um ihre Brust geschlungen, dass sich ihre Fingerspitzen auf dem Rücken fast berühren. Ihre Stiefel hinterlassen tiefe Abdrücke auf dem aufgeweichten Weg zwischen den geschorenen Buchsbaumhecken, von der alten Magnolie tropft es klatschend in die Stille. So schnell, wie der Regen gekommen ist, ist er auch wieder gegangen, so ist das hier an der Küste.

Ihr Blick wandert den Weg entlang, an dem alten Pavillon vorbei, dessen Kletterrosen jetzt mit ein paar schrumpeligen Hagebutten wehmütig herüber winken, weiter zu der schmiedeeisernen Bank unter der Kastanie. Der Ziehbrunnen, den Arne erst vor zwei Jahren wieder hat instandsetzen lassen, beginnt schon, Moos anzusetzen, der Eimer schaukelt leise quietschend in der aufkommenden Brise. Sie schaut hinauf zur Terrasse, deren Steinplatten noch feucht im Licht der untergehenden Sonne glänzen, orangerotes Licht spiegelt sich in den Scheiben der Terrassentür.

Ein Schauer überläuft sie, sie schüttelt sich und steckt die klammen Hände in die Taschen ihrer Wachsjacke. Jetzt lässt ein letzter Sonnenstrahl den Wetterhahn auf dem reetgedeckten Ostgiebel des Hauses aufblitzen, und Lily muss lächeln, als sie daran denkt, wie Arne sich anlässlich ihres letzten Hochzeitstages aufs Dach gewagt hat, um dem kupfernen Hahn dort oben eine rosa Schleife um den Hals zu binden, nur weil sie sich ein paar Tage vorher gefragt hatte, wieso es eigentlich nur Wetterhähne, jedoch keine Wetterhennen gäbe.

Mit hochgezogenen Schultern hockt sie sich auf die kleine Trockenmauer des Steingartens und blickt den Weg zurück, den sie gekommen ist. Die Sonne schafft es noch nicht ganz bis in den Westen, sie geht noch fast im Südwesten unter, direkt hinter dem kleinen Gartenhaus, das Arne ihr zu ihrem achtundzwanzigsten Geburtstag geschenkt hat. Sie liebt dieses kleine Blockhaus mit der großen Klöntür, mit den Leinenvorhängen vor den Fenstern und den Blumenkästen. Wenn sie die Nachmittage dort lesend, malend oder schreibend verbrachte, weil Arne beruflich unterwegs war, überraschte er sie bei seiner Rückkehr regelmäßig mit einem Glas Sekt, einem Martini oder einem Eisbecher, den er auf einem Tablett balancierte, und gemeinsam hatten sie sich in die über dem Wasser untergehende Sonne hinein geträumt. Selbst als die ersten Herbststürme die Bäume des Gartens kahl und schutzlos zurückließen und sich heulend und unkend um das Häuschen jagten, hat sie ihren Platz dort nicht aufgeben mögen, so dass Arne schließlich sogar noch für eine Infrarotheizung sorgen musste, um „sich seine Frau warm zu halten", wie er sich ausdrückte, doch Lily hat den Verdacht, dass er selbst dort mehr fror als sie. - Jetzt hat sie die Läden verriegelt und die Tür verschlossen, und kalt und schwer spürt sie den Schlüssel in ihrer Hand.

Noch ein tiefer Atemzug, dann steht sie auf. Sie strafft die Schultern, wirft das Haar zurück und steigt die Treppe hinauf zur Terrasse. Ihre Finger sind rot verfroren, als sie die Glastür aufdrückt, und während sie noch steht und in den letzten Schimmer Tageslicht blinzelt, der sich über den westlichen Himmel verströmt, bläst sie hinein in ihre Hände in dem Bemühen, ihnen wieder Leben einzuhauchen. Kassandra, ihre alte Katze, windet sich zwischen ihren Beinen hindurch, schnurrend wartet sie darauf, umarmt zu werden.

Eine Viertelstunde später sitzt Lily mit hochgezogenen Beinen auf Arnes altem Ledersessel vor dem Kamin, einen Becher in der Hand und Kassandra auf dem Schoß. Ihre Nase ist immer noch kalt, sie hält sie über den Dampf, der aus dem Tee aufsteigt. Sie hat nur die Leselampe auf dem kleinen Tisch in der Ecke eingeschaltet, der Rest des Zimmers liegt im Dunkel. Das Feuer wirft seinen warmen Schein auf die rostroten Fliesen vorm Kamin, die alte Standuhr zerteilt mit ihrem Ticken die Zeit. Lily versucht, ihre Atmung dem Rhythmus der Uhr anzupassen, das erfordert Konzentration, und für die Dauer dieser Übung darf sie aufhören zu denken. Als das Schrillen des Telefons sie zusammenfahren lässt, schwappt der heiße Tee auf ihr Bein, und mit einem gezischten Fluch stellt sie den Becher ab, um sich zu vergewissern, dass Kassandra verschont geblieben ist. Die Katze ist trocken, sie schnurrt auch weiter, als Lily sie auf dem Sessel zurücklässt, um im Flur den Anruf entgegenzunehmen.

Als sie sich gemeldet hat, bleibt es einen Augenblick still in der Leitung. Dann sagt eine Männerstimme: „Hallo ... ich bin's, Mads." Die Stimme klingt warm, tief und warm, und es schwingt eine Erwartung darin mit, als müsste Lily wissen, mit wem sie da spricht, doch der Name sagt ihr nichts, sie kennt keinen Mads, sie weiß nicht, warum er sie anruft, doch da sagt die Stimme: „Mads. Arnes Sohn." Und sie fühlt, wie eine heiße Welle des Erkennens, der Erinnerung, eine Welle von Zorn und Trauer sie mitreißt, und als habe sie einen elektrischen Schlag erhalten, legt sie den Hörer auf. - Als das Telefon keine zwei Minuten später wieder läutet, hat sie es bereits außer Hörweite unter Kissen vergraben.

Mit nackten Füßen, in Arnes Pyjama und ungeduscht, steht sie vor der Terrassentür und bläst in ihren Kaffee, als es an der Tür klingelt. Ein Blick auf die Uhr sagt ihr, dass es bereits viertel nach zehn ist. Dank der Schlaftablette, die sie irgendwann gegen 4.00 Uhr morgens geschluckt hat, hat sie grandios verschlafen. Ohne sich ihres Aufzugs bewusst zu sein, geht sie zur Tür und öffnet, um einem jungen Mann in schwarzer Jeans und dreiviertellangem Mantel gegenüber zu stehen. „Frau Ahrendt?" Lily starrt den Mann an, überlegt krampfhaft, ob sie ihn kennen müsste, und kommt zu dem Schluss, dass sie ihn noch nie gesehen hat. „Ja?" „Jakob Harmsen vom Bestattungsinstitut ‚Letzter Gruß' - wir haben telefoniert?"

Wortlos wendet sie sich um, lässt die Tür offen stehen und schlurft zurück ins Kaminzimmer. Als sie mit müder Geste auf den Stuhl ihr gegenüber deutet, wird ihr bewusst, dass der Mann ihr nicht gefolgt ist. Sie geht zurück zur Tür, winkt ihn herein und sagt tonlos über die Schulter zurück: „Machen Sie die Tür zu, bitte - aber lassen Sie die Katze noch rein." Der

Mann dreht sich um, lässt die zu ihm aufblickende Katze herein und schließt die Tür. Auf der Matte im Flur versucht er vergeblich, seine Schuhe von Nässe und Matsch zu reinigen, zieht schließlich die Schuhe aus und lässt sie auf der Matte stehen. Lautlos erscheint er in der Tür zum Kaminzimmer, und als Lily ihn dort stehen sieht, sockfuß und verlegen lächelnd, ist sie plötzlich wach, wischt sich die wirren Haare aus dem Gesicht und fragt: „Möchten Sie auch einen Kaffee?" „Gern", antwortet Jakob Harmsen, „wenn's keine Mühe macht?" Lily ist schon in der Küche verschwunden, kehrt jedoch Sekunden später mit einem Tablett zurück. Wortlos stellt sie einen Becher vor ihm ab, stellt die Kanne, Milch und Zucker dazu und lässt sich auf den nächstbesten Stuhl fallen. Sie zieht ein Bein hinauf, umklammert es mit beiden Armen und fährt sich dann mit allen zehn Fingern durch die Haare. Aus maskaraverschmierten Augen sieht sie ihn blinzelnd an. „Entschuldigen Sie meinen Aufzug", sagt sie, „ich schlafe zur Zeit nicht so gut." Jakob Harmsen legt seine Mappe auf die dunkel schimmernde Tischplatte, sieht ihr offen ins Gesicht und sagt: „Das kann ich mir vorstellen ... und es tut mir sehr leid." Das Lächeln auf dem glattrasierten Gesicht ist warm und echt. Sie nimmt noch einen Schluck Kaffee, stellt fest, dass er ihr nicht schmeckt und schiebt den Becher von sich.

„Soll ich vielleicht heute Nachmittag noch einmal wiederkommen?", fragt er, und sein Blick verrät ehrliche Besorgnis. „Das ist kein Problem, ich könnte ..." „Nein, ist schon gut", fällt Lily ihm ins Wort. „Bringen wir es hinter uns." Plötzlich ist ihr kalt, sie geht zum Sessel vorm Kamin, zieht ihr Schultertuch von der Lehne und hüllt sich zitternd hinein. „Mein Mann und ich wollen ... eigentlich wollte er ..." Sie bricht ab und beißt sich auf die Lippen, während Jakob Harmsen sie ruhig und abwartend ansieht. „Also, eigentlich hatten mein Mann und ich uns auf eine Seebestattung geeinigt", erklärt Lily, während sie Muster auf das dunkel glänzende Holz der Tischplatte malt. „Aber da waren wir auch noch davon ausgegangen, dass er es bis in den Sommer hinein schaffen würde, das war eigentlich die Prognose gewesen. Doch als sich abzeichnete, dass es ... dass er ... dass uns nicht mehr so viel Zeit bleiben würde, hat er diese Entscheidung revidiert. Mir zuliebe, verstehen Sie? Ich bin absolut nicht seefest, ich brauche so eine Barkasse nur von weitem zu sehen, und mir dreht sich schon der Magen um, und Arne wollte um jeden Preis verhindern, dass ich mich in dieser Jahreszeit an Bord eines Kümos begeben müsste. ‚… und das nur wegen so 'ner ollen Dose', hat er gesagt", und mit schiefem Lächeln dreht sie den Kopf und starrt blicklos zum Fenster hinaus, und ihre Hand zittert, als sie sie jetzt vor den Mund presst. Jakob Harmsen greift in seine Manteltasche, holt eine Packung Papiertücher heraus und schiebt sie zu ihr hinüber. „Aha, Dienst am Kunden, was?", fragt Lily sarkastisch, greift jedoch nach den Tüchern und versucht, den Tränenfluss zu stoppen.

„Wir werden also seinen Anweisungen folgen und eine Feuerbestattung vornehmen - heißt das so?", fragt sie unsicher. Harmsen nickt und holt aus der mitgebrachten Umhängetasche einen schmalen Ordner, den er vor Lily auf den Tisch legt. Gemeinsam suchen sie einen Sarg aus und dann die Urne, in der die sterblichen Überreste beigesetzt werden sollen, sie legen das Datum fest und besprechen die organisatorischen und amtlichen Schritte, die jetzt erforderlich sind und die das Institut „Letzter Gruß" selbstverständlich gern übernimmt.

„Sie haben mich ja bereits informiert, dass Sie auf den kirchlichen Segen verzichten möchten", sagt Jakob Harmsen. „Möchten Sie, dass jemand von unserem Institut die Abschiedsworte spricht? Unser Chef, der Herr Severin, hat Ihren Mann, glaube ich, persönlich gekannt?" Lily schüttelt den Kopf, kann gerade nicht sprechen und greift nach einem neuen Taschentuch, um sich zu schnäuzen. Dann sagt sie mit rauer Stimme: „Nein, danke, das übernehme ich selbst. Und ich möchte auch seinen Freunden und allen, die ihn kannten und schätzten, die Gelegenheit geben, mit ein paar Worten Abschied zu nehmen - jedenfalls denen, die das Bedürfnis haben." Harmsen hat kurz eine Augenbraue hochgezogen, jetzt legt er die locker verschlungenen Hände auf den Tisch und beugt sich vor. „Das ist sehr tapfer von Ihnen, Frau Ahrendt, aber muten Sie sich da nicht etwas zu viel zu? Unterschätzen

Sie nicht die Emotionen, die Sie in einem solchen Augenblick überrollen können." Lily nickt. „Ich weiß. Aber ich will es."

Auch den Platz für die Urne, die Arnes Wunsch zufolge unterm grünen Rasen beigesetzt werden soll, wird Herr Harmsen sich vertraglich sichern, doch aussuchen will ihn Lily, daran lässt sie keinen Zweifel. Sie verabreden sich für den Nachmittag, 16.00 Uhr am alten Friedhof, dann verabschiedet sich Harmsen, und Lily steigt müde und zerschlagen die Treppe hinauf, um nun doch endlich unter die Dusche zu gehen.

Mit noch nassen Haaren steht sie vorm Spiegel und starrt sich an. Ihre Nase ist gerötet und sie hat bläuliche Schatten unter den Augen, doch sonst sieht sie aus wie immer. Seltsam, dass man innerlich zerbrochen und äußerlich doch heil sein kann. Sie föhnt sich die Haare und cremt Gesicht und Hände ein. Auf Makeup verzichtet sie - es ist ihr egal, wie sie aussieht. Als sie nach dem Deo greift, stößt ihre Hand an Arnes Rasierwasser. Sie nimmt es vom Regal, öffnet die Flasche und hält sie sich unter die Nase. Auch wenn es pur doch noch anders riecht als in Verbindung mit Arnes Haut - der Duft droht, ihr die Beine unterm Bauch wegzureißen, panisch dreht sie den Verschluss wieder zu und stellt die Flasche zurück. Doch es ist zu spät, der Kloß im Hals, den sie bisher noch hat hinunterschlucken können, schnürt ihr die Luft ab und lässt sie würgen. Weinen kann sie nicht mehr, so hockt sie nur schwer atmend auf dem Klo, stützt den Kopf in beide Hände und wartet, dass auch diese Welle der Verzweiflung abflauen möge.

Als das Telefon klingelt, richtet sie sich auf und streicht mit beiden Händen die Haare zurück. Es ist 11.00 Uhr, Zeit für den Kontrollanruf ihrer Mutter. „Hi, Mama", sagt sie also, statt sich mit Namen zu melden, doch statt des gewohnten ‚Guten Morgen, mein Schatz - wie geht es dir?' antwortet ihr zunächst nur Schweigen, untermalt von leiser Hintergrundmusik. „Hallo?", fragt Lily und presst den Hörer ans Ohr. „Wer ist denn da?" „Oh, Entschuldigung", meldet sich eine Männerstimme, die sie schon mal gehört hat, aber nicht unterbringen kann, „ich war jetzt grad ein bisschen verwirrt ... Hier ist Mads; Mads, Arnes Sohn."

Lily sinkt zurück auf den Klodeckel. Ihre Gedanken fahren Karussell, sie fährt sich mit der freien Hand über die Augen und versucht, sich zu konzentrieren. Natürlich muss der Junge sich mit ihr in Verbindung setzen, schließlich hat sie selbst ihn von Arnes Tod benachrichtigt. Arne ist sein Vater, ja, aber wieso hat er eine so tiefe männliche Stimme, wie alt ist er denn eigentlich? Und im selben Augenblick hört sie Arnes Stimme, wie er lachend feststellt: „Himmel, meine Frau ist nur ein knappes Jahr älter als mein Sohn!" Und sie ist gerade dreißig geworden, also ist dieser Mads 29! Er ist kein „Junge" mehr, er ist ein Mann, und er hat die Stimme eines Mannes, und was für eine.

„Nein, ist schon gut, ich muss mich entschuldigen", stottert Lily. Mechanisch massiert sie sich den schmerzenden Nacken. „Mads, ja - wo sind Sie .. äh, wo bist du jetzt?" Mit dem Hörer am Ohr geht sie die Treppe hinunter in die Küche, die Bewegung hilft ihr, sich zu entspannen. „Ich hab ein Zimmer im Hotel ‚Achtern Diek'", sagt Mads, und erleichtert registriert Lily, dass das am anderen Ende des Ortes liegt. „Als ich deine Nachricht bekam, habe ich mich natürlich sofort auf den Weg gemacht, aber wegen der Messe war es nicht leicht, überhaupt ein Zimmer zu finden. Doch das nur nebenbei. Lily - ich darf doch `Lily`sagen, oder? - die Nachricht vom Tod meines Vaters war ein Schock, wie du dir denken kannst, und wenn ich darf, würde ich gern mehr über ihn erfahren. Da ich ihn nun nie mehr wirklich kennenlernen werde ..." - in der Pause, die nun folgt, hört Lily trotz des offensichtlich zugehaltenen Mikrofons, wie Mads sich kräftig räuspert, dann fährt er mit ruhiger Stimme fort: „... würde ich aber natürlich gern von dir einiges über ihn erfahren, wenn du dich dazu imstande fühlst, meine ich. Ich könnte es natürlich verstehen, wenn du sagtest, dass es dazu noch zu früh ist, aber ..." „Nein, nein", antwortet Lily schnell, sie darf ihrem Widerwillen gegen ein Treffen mit Mads nicht nachgeben, „das ist wohl dein gutes Recht, und natürlich will ich dir gern von Arne … von deinem Vater erzählen, nur heute passt es gerade nicht so gut, weißt du, es ist im Augenblick viel zu regeln, wie du dir denken kannst." „Kein Problem", sagt Mads, „ich habe mir Arbeit mitgebracht und kann mich beschäftigen, während ich warte. Aber ich bin abrufbereit. Wenn du dir also meine Handynummer notieren magst?"

Als Lily das Gespräch beendet, fühlt sie sich elend. Sie geht in die Bibliothek, setzt sich an ihren Schreibtisch und sieht hinaus in den Garten, in dem sich feucht schimmernde Bäume und Büsche unter dem auffrischenden Westwind ducken. Ihr Blick wandert zu Arnes Foto, das unter der Lampe mit dem grünen Glasschirm neben ihrem Computer steht. Sie nimmt es zur Hand, fährt mit dem Daumen darüber hin und blickt in die von Lachfalten gerahmten, grünen Augen ihres Mannes. „Er wird herkommen", flüstert sie, „vielleicht morgen schon. Was soll ich nur mit ihm anfangen?" Zärtlich streicht sie über sein dichtes, stahlgrau glänzendes Haar, fährt die Linien des leicht geöffneten Mundes nach und das glattrasierte Kinn mit dem angedeuteten Grübchen darin. Sie küsst die Spitze ihres Zeigefingers und drückt sie ihm auf die schmale Nase: „Ich weiß, er hat ein Recht darauf, aber gerade mit ihm will ich nicht über dich sprechen, verstehst du? Das fühlt sich an wie Verrat …" Wieder wandert ihr Blick in den Garten hinaus, am kleinen Blockhaus vorbei zum Meer, das bei diesem Wetter mit Schaumkronen bedeckt sein muss, denn es schimmert hell und glänzend am fernen Horizont. Sie stellt Arnes Bild zurück, zieht die Strickjacke eng um den Körper und geht zum Wandschrank, um nach seinem Fotoalbum zu suchen.

Sie muss nicht lange suchen, denn mehr als dieses eine Album hat Arne nie besessen. Aus seiner eigenen Kindheit hat es keine Fotos gegeben, denn Geld für eine Kamera oder gar einen Fotografen hatten seine Eltern nicht, und auf seinen Reisen als Halbwüchsiger und junger Erwachsener hat er Dias gemacht und später Videos, aber keine Papierfotos. Lediglich von seinem Sohn, Mads, hat er ein Album angelegt, in dem man allerdings vergeblich nach Aufnahmen von Arnes erster Ehefrau, Madeleine, sucht: Als Mads sich mit seinem Vater überwarf, hat er in einem Anfall von Raserei alle Fotos seiner Mutter an sich gerissen, um zu verhindern, dass noch jemals der Blick seines Vaters auf ihr Gesicht fiele. „Ich lasse nicht zu, dass du ihr Andenken auch dadurch noch schändest!", hatte Mads geschrien und seinem Vater das geplünderte Album vor die Füße geworfen.

Lily sieht Arne wieder vor sich, wie er dort sitzt auf dem Ledersofa, tief versunken in die dunklen Polster, das aufgeschlagene Album auf den Knien. Obwohl sie sich bereits gedacht hat, dass es sich bei den fehlenden Aufnahmen um solche von Madeleine handeln müsse, fragt sie ihn, denn sie nimmt an, dass er selbst die Bilder entfernt hat. „Das war Mads", seufzt Arne und blättert schweigend das Album von vorne bis hinten durch. Sie sitzt neben ihm und wagt nicht, ihn anzusprechen, denn seine Anspannung ist mit Händen greifbar.

Arne schließt das Album leise und legt es zurück auf den Tisch. „Mads war zwölf, als wir geschieden wurden und vierzehn, als seine Mutter starb", beginnt er, „aber eigentlich hatten wir sie schon lange Jahre vorher verloren. Was Mads nicht wusste, war, dass Madeleine nymphomanisch und manisch-depressiv war, eine explosive Mischung, deren Auswirkungen für ein Kind bzw. einen Heranwachsenden durchaus gefährlich sein können." Er greift nach seiner Teetasse, bläst in den bereits erkalteten Tee und stellt die Tasse wieder ab. „Vor unserer Scheidung, während eines der Vorgespräche mit der Richterin, wurde Mads gefragt, bei welchem Elternteil er zukünftig leben wolle, denn Madeleine hatte es zu verhindern gewusst, dass ihre Erkrankung zur Sprache kam. Und da Mads und ich bis zu dem Zeitpunkt ein ausgesprochen inniges Verhältnis zueinander hatten, sah ich seiner Entscheidung gelassen entgegen: Er würde bei mir leben wollen. Und so war es auch. Spontan und ohne zu zögern sagte er: ‚Bei meinem Vater.' Das Gericht nahm es zur Kenntnis, stellte ihm jedoch frei, diese Entscheidung nach einer angemessenen Bedenkzeit und Prüfung zu revidieren. Lachhaft, dachte ich. Ich war meiner Sache so sicher. Aber ich hatte die Tatsache, dass er die Sommerferien bei seinen Großeltern mütterlicherseits verbringen würde, unterschätzt. Als er zurückkam, war er wie ausgewechselt. Er begegnete mir mit offener Feindschaft, beschimpfte mich bei jeder sich bietenden Gelegenheit, bezichtigte mich, seine Mutter gedemütigt und aus dem Haus getrieben zu haben und wurde sogar handgreiflich. Schließlich schrie er mir ins Gesicht, er wisse sehr wohl, dass und wie oft ich seine Mutter betrogen habe, und mit einem Vater, der seinen Schwanz in jede nur erreichbare ... naja, also er wurde ordinär, und zu meiner Schande muss ich gestehen, dass ich ausholte und ihm eine verpasste. Es passierte einfach, und noch im selben Moment hätte ich auf die Knie fallen und ihn um Verzeihung bitten mögen, aber es war zu spät. Er stand wie erstarrt - kein Wort, keine Gegenwehr, keine Träne. Dann sagte er ganz leise, gefährlich leise: ‚Das war das erste und das letzte Mal, dass du mich geschlagen hast. Ich werde dir keine Gelegenheit mehr dazu geben', drehte sich um, packte seine Tasche und verließ das Haus, um es niemals mehr zu betreten. - Ja, diese Konsequenz hat er wohl von mir", sagt Arne, doch sein Lächeln ist traurig und malt einen bitteren Zug um seinen Mund.

„Er beantragte also beim Gericht, zukünftig bei seiner Mutter leben zu dürfen. Diesem Antrag wurde stattgegeben. Madeleine war mittlerweile nach Hamburg gezogen, und da sie seit Mads' Geburt nicht mehr berufstätig war, zahlte ich natürlich für sie und den Jungen. Doch es reichte nie, obwohl ich freiwillig mehr zahlte als vom Gericht festgesetzt, und im

Nachhinein habe ich erfahren, dass ihre Eltern, denen sie weisgemacht hatte, sie habe auf jeglichen finanziellen Unterhalt von mir verzichtet, ihr noch einmal genauso viel zukommen ließen. Zu Mads hatte ich schon zu dem Zeitpunkt keinen Kontakt mehr: Er weigerte sich schlicht und einfach, auch nur mit mir zu telefonieren und ließ mir durch seinen Großvater ausrichten, ich möge mich zum Teufel scheren. Ich habe noch ein paar Mal versucht, ihn an der Schule oder nach dem Sport abzufangen, aber irgendwann hatte er sich ein Pfefferspray besorgt und mir damit deutlich gemacht, dass er es ernst meinte."

Hörbar ausatmend lehnt Arne sich zurück, und Lily klammert sich an seinen Arm, streicht ihm sanft über die Wange und legt den Kopf an seine Schulter. -

Jetzt ist es Lily allein, die das Fotoalbum durchblättert. Immer wieder bleibt ihr Blick an Arne hängen, an dem dreißigjährigen Arne mit Vollbart und in die Stirn fallendem, welligen Haar; an dem fünfunddreißigjährigen, durchtrainierten Arne, der mit dem siebenjährigen Mads Frisbie spielt, mit dem Jungen an der Hand in die Brandung rennt oder sich mit der Zigarette in der Hand die Augen beschattet, um dem Flug einer Möwe zu folgen; an dem Vierzigjährigen, der ernst und abgezehrt an einer Mauer lehnt, dessen Lächeln für den Fotografen über die Mundwinkel nicht hinauskommt, der die zurückliegenden Monate der Trennung und Scheidung von seiner Frau noch nicht verwunden hat. Das ist das letzte Foto dieses Albums, die letzten zehn oder zwölf Seiten blieben leer.

Lily geht es noch einmal durch, diesmal richtet sie ihr Augenmerk auf Mads. Offensichtlich hat Arne ihn meist zusammen mit seiner Mutter fotografiert, und diese Aufnahmen hat Mads herausgerissen - es gibt mehr leere Flecken als Fotos von Mads, doch es sind noch genug, um seine Entwicklung vom Kleinkind zum vorpubertären Jugendlichen nachzuvollziehen: Mads auf krummen Beinen mit dickem Windelpaket, wie die Sonne seine blonden Locken funkeln lässt; Mads in voller Fahrt auf dem Dreirad, winkend und strahlend über das ganze Gesicht, und Mads ängstlich lächelnd, als er an seinem sechsten Geburtstag zum ersten Mal auf das funkelnagelneue

Fahrrad ohne Stützräder steigen soll; Mads mit einer überdimensionalen Schultüte an der Hand seines Großvaters; Mads, klapperdürr und mit vorstehenden Knien in Badehose im Strandkorb; Mads mit baumelnden Beinen am Klavier.

Lily konzentriert sich auf das Gesicht des Jungen, versucht, Arne in ihm zu finden, doch außer den grünen Augen und den welligen Haaren kann sie keine Ähnlichkeit feststellen, doch sie weiß, dass sie für so etwas sowieso keinen Blick hat. Das kleine Muttermal unter dem rechten Schlüsselbein allerdings findet sich sowohl beim Vater als auch beim Sohn, und Lily wundert sich, dass sich auch so etwas vererben kann. - Sie fährt zusammen, als das Telefon klingelt, doch ein Blick auf das Display sagt ihr, dass es nur ihre Mutter ist.

„Hallo, mein Schatz, wie geht es dir?", fragt Marie-Luise Oehlert besorgt, als sie die müde Stimme ihrer Tochter hört. „Ich hab heut Morgen schon mal angerufen, aber da warst du wohl nicht da. Bist du ein bisschen spazieren gegangen? Frische Luft tut dir bestimmt gut ..." Wie immer gibt sie Lily keine Gelegenheit, ihre Fragen zu beantworten, sie beschränkt sich deshalb auf ein kurzes „Ja" oder „Nein" an entsprechender Stelle. „Hast du schon etwas gegessen, Lily? Du weißt, du hast noch eine Portion Rübeneintopf mit Kasseler und einmal Kartoffelsuppe im Kühlschrank, die Würstchen dazu sind in dem langen, flachen Gefäß auf der mittleren Schiene. Bitte, iss etwas, Lily, du musst bei Kräften bleiben! Und es ist keine schöne Vorstellung, dich dort so ganz allein in dem großen Haus zu wissen, ich fände es wirklich angenehmer und beruhigender für alle Beteiligten, wenn du zu uns übersiedeln würdest, Schatz, jedenfalls für ein paar Tage, bis alles vorbei ist ..." „Mama", unterbricht Lily ihren Redefluss, „Mama, ich bin kein Kleinkind mehr, ich bin schon groß! Ich weiß, du meinst es gut, ja, danke für deine Fürsorge, aber ich bin zur Zeit keine gute Gesellschaft, ich möchte einfach allein sein, verstehst du? Und ich hab viel zu tun, zu organisieren und zu erledigen, und außerdem ist das Haus nun wirklich nicht groß genug, um sich darin zu fürchten, und ich hab schließlich Kassandra." Sie muss mindestens ebenso schnell reden wie ihre Mutter, wenn sie alles loswerden will, was sie zu sagen hat, und so gleichen ihre Telefonate immer mehr dem Gefecht zweier Maschinengewehre. „Aber, Schatz, so lass dir doch helfen!" So schnell gibt Marie-Luise nicht auf. „Natürlich hast du jetzt viel zu denken und zu erledigen, aber dabei kann ich dir doch helfen. Für so etwas sind Eltern da, Lily, weißt du? Und das Gespräch mit dem Pastor zum Beispiel willst du doch nicht etwa allein durchstehen? Nein, Lily, kommt nicht in Frage, da werden Papa und ich dir zur Seite stehen, ob du nun willst oder nicht …." Vergeblich hat Lily versucht, ihrer Mutter klarzumachen, dass es kein Gespräch mit dem Pastor geben wird, doch erst als sie die ihr noch verbliebene Energie zusammenrafft und die Stimme erhebt, dringt sie zu ihr durch: „Alles, was für die Trauerfeier zu organisieren ist, spreche ich mit dem Bestatter ab, Mama, der war heute Morgen schon hier, und heute Nachmittag treffe ich mich mit ihm, um die Räumlichkeiten und den Platz unterm grünen Rasen anzusehen. Nein, danke .. nein, das schaffe ich allein, Mama. Mama, bitte - ich bin erwachsen … ich bin Witwe, Mama …" Sie hat es ausgesprochen, dieses Wort, das alle vorstellbaren und nicht vorstellbaren Schrecken umfasst, das ein Synonym ist für Trauer, Tränen, Einsamkeit, Abschied und Angst, und es drückt ihr das Herz ab und schnürt ihr die Kehle zu, so dass sie es herausschreien muss, um es über die Lippen zu bringen, und ohne ein weiteres Wort beendet sie das Gespräch, um sich dem Weinkrampf zu überlassen, der sie so heftig schüttelt, dass Kassandra von ihrem Schoß fällt.

Wenig später steht sie in der Küche, lässt das Wasser laufen und kühlt sich das glühende Gesicht mit einem nassen Geschirrtuch. Sie öffnet den Kühlschrank, sieht die von ihrer Mutter dort deponierten Mahlzeiten und lässt die Tür wieder zufallen. Sie würde jetzt keinen Bissen herunterbringen. Stattdessen kocht sie sich einen Kaffee, kehrt mit dem Becher in die Bibliothek zurück und greift erneut nach Arnes Fotoalbum.

Sie betrachtet das letzte Foto von Mads, auf dem er elf oder zwölf Jahre alt sein mag - Arne hat es versäumt, die Aufnahmen zu datieren. Noch sieht der Junge einigermaßen fröhlich aus, vielleicht eine Spur zu hochnäsig, doch das kann auch Einbildung sein, denn nach allem, was sie von ihm weiß, steht sie ihm nicht unvoreingenommen gegenüber. Zum Zeitpunkt, als diese Aufnahme entstand, war die Ehe seiner Eltern bereits am Ende, was sie Arnes Meinung nach jedoch vor dem Jungen hatten geheim halten können. Mads war aufgewachsen mit der Abwesenheit seiner Mutter, mit einer Mutter, die kaum einmal mehr als zwei oder drei Tage am Stück zuhause war. In diesen Tagen vergötterte sie ihren Sohn, überhäufte ihn mit Geschenken, mit Liebkosungen, mit geradezu aufdringlicher Aufmerksamkeit, nur um ihn am nächsten Tag ungeduldig abzuschütteln und dann frisch geschminkt mit ihrer kleinen Reisetasche unterm Arm ihren Sportwagen zu besteigen und zu verschwinden. Nie wusste der Junge, wohin sie fuhr, nie, ob und wann sie zurückkommen würde. - Je älter er wurde, desto mehr suchte er Sicherheit und Kontinuität bei seinem Vater.

Und so war es Arne, der seinem Sohn schließlich den definitiv endgültigen Auszug seiner Mutter zu erklären versuchte. „Weißt du, als deine Mutter und ich uns kennenlernten, waren wir ganz fest davon überzeugt, dass wir uns genug liebten, um unsere Liebe ein ganzes Leben lang andauern zu lassen. Besonders als du geboren wurdest, war unser Glück perfekt. Aber Menschen verändern sich, auch ohne dass sie es selber wollen, und das ist nicht vorherzusehen, weißt du. Bei manchen Leuten hält die Liebe das aus, bei anderen wächst sie sogar weiter und wird mit jedem Jahr größer und stärker, aber manchmal, wenn sich der eine Ehepartner in die eine und der andere in die andere Richtung entwickelt, bleibt die Liebe sozusagen auf der Strecke, dann verkümmert sie. Ich will damit sagen, dass man in einer Ehe leider keine Garantie dafür hat, dass die Liebe zwischen Mann und Frau wirklich ein ganzes Leben lang hält, und bei deiner Mutter und mir ist es nun leider so, dass uns die Liebe im Laufe der Jahre verloren gegangen ist. Dafür kann niemand etwas, verstehst du, daran ist weder deine Mutter schuld noch ich - es ist einfach irgendwie passiert. Aber ohne Liebe wollen wir nicht leben, nicht zusammen leben in einem Haus, weil das ein Leben ohne Freude und Wärme wäre, auch für dich, Mads, und vermutlich würden wir über kurz oder lang anfangen, uns zu streiten. Und so haben wir beschlossen, uns zu trennen. Und zwar jetzt, bevor wir vielleicht doch irgendwann noch richtig böse aufeinander werden."

Mads hatte schweigend zugehört und erstaunlich gelassen reagiert, und Arne hatte den Verdacht, dass der Junge sehr viel mehr geahnt hatte, als seine Eltern vermuteten. Er tippte seinen Ball auf die Steinplatten der Terrasse, auf der dieses Gespräch stattgefunden hatte, und sah seinen Vater nicht an. Erst als Arne, an dessen gereizten Nerven das monotone „Dong" des auf- und abspringenden Lederballs zerrte, den Ball abfing und festhielt, sah Mads auf. „Wirst du zu mir kommen, wenn du mich brauchst?", hatte Arne seinen Sohn gefragt. „Wenn du dich allein fühlst, wenn du reden möchtest oder etwas wissen willst?" Wortlos hatte Mads genickt, dann hatte er den Ball aus den Händen seines Vaters entgegengenommen und war gegangen.

Es war am Abend eines Bilderbuchtages gewesen, als Arne ihr von Madeleines Tod erzählt hatte. Nach einem ausgiebigen Frühstück auf der hinteren Terrasse hatten sie am späten Vormittag die Fahrräder aufgeladen und waren losgefahren, irgendwohin. An der St.-Laurentius-Kirche in Tönning hatten sie den Wagen stehen lassen, hatten sich in die Sättel geschwungen und eine wunderschöne Tour nach Friedrichstadt gemacht. Am Mittelburgwall hatten sie sich ein köstliches Labskaus gegönnt und den Matjes mit einem kühlen Bier begossen, und mit einem Augenzwinkern hatte Arne Lily auf einen jungen Mann am Nachbartisch aufmerksam gemacht: „Ich glaube, du hast da gerade eine Eroberung gemacht", hatte er ganz leise gesagt und ihr mit einer vorsichtigen Kopfbewegung die Richtung angedeutet. Verstohlen hatte sie einen Blick hinüber geworfen und war dem des Mannes begegnet. Doch die Intensität, mit der er sie anstarrte, hatte sie irritiert, und sie hatte ihre Hand ganz fest in Arnes geschmiegt und dem Tischnachbarn soweit wie möglich den Rücken zugekehrt. „Der ist mir irgendwie zu aufdringlich", hatte sie Arne ins Ohr geflüstert, und später dann waren sie vom Rad auf das Schiff umgestiegen und hatten wieder einmal die Grachtenfahrt durch die Holländersiedlung genossen: Die Treppengiebel der alten Häuser, die sich fast schutzsuchend aneinander drängen, die schweren Friesentüren in ihrer Vielfalt und Farbenpracht, dazu die mit überquellenden Blumenkästen geschmückten Häuserfronten - Lily liebt diese kleine Stadt. Es war die Zeit der Seerosenblüte, und die Versuchung, auch die Treene mit ihrem Blütenmeer noch anzusteuern, war groß, doch im Westen schien sich ein Gewitter zusammenzubrauen, und sie hatten noch eine Stunde Fahrradtour zurück nach Tönning vor sich. So gab es noch einen Cappuccino auf dem alten Marktplatz, und gerade hatten sie die Räder wieder auf dem Fahrradträger befestigt und den Wagen gewendet, als das Gewitter mit sintflutartigen Regenfällen über sie hereinbrach. Die Scheibenwischer arbeiteten auf Hochtouren, mussten vor den Wassermengen jedoch kapitulieren, und irgendwann steuerte Arne einen Parkplatz an, stellte den Motor ab und lehnte sich zurück.

 Sie können die Fenster nicht öffnen, da der Regen von allen Seiten niederzuprasseln scheint, und so beschlagen die Fenster von ihrer Atemluft. „So hat man Madeleine gefunden", sagt Arne plötzlich, und Lilys Herz setzt für einen Augenblick aus. „In ihrem total beschlagenen Auto an einem nebligen Novembermorgen vor 15 Jahren. - Jedenfalls hat sie auf die Art verhindert, dass der Junge sie fand." Arne starrt mit leeren Augen hinaus, dann wendet er sich Lily zu. „Darf ich's dir erzählen?", fragt er, und die Scheu in seiner Stimme rührt sie.

„Ich hab noch nie drüber gesprochen, aber ich hab das Gefühl, dass da endlich etwas raus muss ..." Statt zu antworten, legt sie ihm ihre kalte Hand an die Wange. Er hält sie kurz fest, haucht einen Kuss hinein und nimmt sie dann zwischen seine beiden Hände, die sich wie immer warm und trocken anfühlen.

„Als Madeleine in ihre Hamburger Wohnung gezogen war, lief das Leben für Mads und mich zunächst in ruhigen Bahnen. Ich war zwar beruflich ziemlich eingespannt, aber Mads kam mit der Haushaltshilfe, die ich eingestellt hatte, prima zurecht. In der Schule lief alles gut, er hatte eine tolle Clique von Freunden, und an den Wochenenden waren wir zwei zusammen unterwegs, fuhren Motorrad, bastelten zuhause herum oder brachten den Garten auf Vordermann. Wir gingen zusammen ins Kino oder zum Torfrock-Konzert - ja, da staunst du, was?! - wir kochten zusammen, ich brachte ihm Autofahren bei, er führte mich in die Geheimnisse des Breakdance ein.

Man kann sagen: Wir lebten glücklich und zufrieden bis - ja, bis zu den Sommerferien. Die verbrachte Mads nämlich wie immer bei seinen Großeltern mütterlicherseits auf Sylt. Er fehlte mir während dieser vier Wochen, er fehlte mir wirklich, und ich freute mich wie ein Stint auf seine Rückkehr. Doch schon als ich ihn in Husum vom Zug abholte, als er mir auf dem Bahnsteig entgegenkam, lang und schlaksig, mit hängenden Schultern und gesenktem Kopf, wusste ich, dass etwas mit ihm geschehen war: Er war nicht mehr derselbe. Er sah mich nicht an, er antwortete einsilbig und unwillig auf meine Fragen, er war kalt wie ein Eisblock. Zuhause verzog er sich sofort auf sein Zimmer und erschien auch nicht zum Essen. Ich wartete erst mal ab, ob ihm dieses Spiel vielleicht irgendwann langweilig werden würde, doch schließlich platzte nicht ihm, sondern mir der Kragen, und ich stellte ihn zur Rede. Was dann kam, weißt du: Er beschimpfte und beschuldigte mich, seine Mutter laufend betrogen und dadurch aus dem Haus getrieben zu haben."

Arne fährt sich mit der Hand übers Gesicht, es knistert fast, so trocken ist seine Haut. Einen kurzen Moment lang schließt er die Augen, dann sieht er Lily wieder an. „Mit der Ohrfeige, die ich ihm an dem Abend verpasste, hab ich ihn vertrieben und verloren", sagt er leise. Inzwischen hat Lily wärmere Hände als er, sie lehnt sich an seine Schulter und zieht seinen Arm wie einen Schal um sich herum. „Als er ging, wusste ich, dass er nicht zurückkommen würde. Ich wusste auch, dass er nicht zu mir ins Auto steigen würde, wenn ich ihm hinterher führe, selbst wenn ich ihm schwören würde, ihn nur zum Bahnhof fahren zu wollen. Also rief ich Frau Seemann, meine Haushälterin an und bat sie, Mads ‚ganz zufällig' aufzulesen und zum Bahnhof zu fahren, damit er jedenfalls nicht noch auf die Idee kam, nach Hamburg trampen zu wollen. Denn dass er zu seiner Mutter fahren würde, war mir klar."

Wieder macht Arne eine Pause, klopft seine Hemdtaschen ab und holt die Packung Zigaretten schließlich aus dem Handschuhfach. „Entschuldige", sagt er, „aber das muss jetzt einfach sein." Der Regen hat nachgelassen, endlich, und Arne öffnet die Fahrertür, spannt einen gigantischen Regenschirm auf und hängt ihn darüber. Er dreht sich auf seinem Sitz nach links, um nach draußen rauchen zu können, was zur Folge hat, dass er über die Schulter zurück zu Lily spricht. „Sie hat mir nicht einmal Bescheid gesagt." Leise sagt er das, fast tonlos. Nur an der Art, wie er den Rauch aus dem heruntergezogenen rechten Mundwinkel bläst, erkennt Lily, was Madeleine mit dieser Unterlassung angerichtet hat. „Natürlich hab ich ihr sofort eine sms geschickt, um ihr mitzuteilen, dass Mads unterwegs war zu ihr. Ich hatte mir ausgerechnet, welchen Zug er nehmen würde, mir die Ankunftszeit aus dem Internet gesucht und sie gebeten, ihn abzuholen, schließlich kam er mitten in der Nacht in Hamburg an. Und ich hatte es für selbstverständlich gehalten, dass sie mir antworten würde, sobald unser Sohn bei ihr eingetroffen wäre, doch ich hatte mich getäuscht: Keiner von beiden hielt es für nötig, mir eine Nachricht zukommen zu lassen, und so versuchte ich natürlich am nächsten Tag, sie telefonisch zu erreichen. Ich rief sie immer abwechselnd an, und irgendwann hatte ich so viele Runden um den Esstisch gedreht, dass man die Laufstraße heute noch sieht, und dann hielt ich es nicht mehr aus und rief meine ehemaligen Schwiegereltern an - ich kann dir gar nicht sagen, wie viel Überwindung mich das gekostet hat ..."

Seine Zigarette ist aufgeraucht, er schnipst sie in die Pfütze vor seinen Füßen. Er wendet sich ihr wieder zu, und Lily stellt erschüttert fest, dass selbst dieser sonst so sportliche, durchtrainierte Mann schwerfällig wirken kann.

„Auf seine herablassende Art teilte mein Ex-Schwiegervater mir mit, dass mein Sohn entgegen all meiner Bemühungen heil bei seiner Mutter gelandet sei und mich wissen lasse, dass er nicht gewillt sei, weiterhin in Kontakt zu mir zu stehen. Ja, so drückte er sich aus. Desweiteren würde wohl selbst ich im Laufe der Zeit zu der Erkenntnis gelangen, dass ein Kind zu seiner Mutter gehöre, weshalb Mads nun den Versuch, bei mir zu leben, abbrechen und dem Gericht diese Entscheidung umgehend mitteilen werde. Ich sei also gut beraten, mich fortan von ihm fernzuhalten."

Ein bitteres Lächeln umspielt Arnes Mund bei der Erinnerung an die Arroganz dieses Mannes, den er viele Jahre seines Lebens ‚Schwiegervater' nannte. „Es ging nicht lange gut", fährt er jetzt fort. „Dass ich mich nicht ‚fernhielt', weißt du, und wie meine Versuche, entgegen aller Wünsche und Warnungen mit meinem Sohn in Kontakt zu treten, endeten, auch. Wie Mads' Leben in der Wohnung seiner Mutter ausgesehen haben mag - denn von einem Leben *mit* seiner Mutter darf man wohl nicht sprechen - kann ich nur erahnen. Fakt ist, dass er in diesen eininhalb Jahren zweimal die Schule wechselte, bis er schließlich von seinem Großvater, stellvertretend für seine Mutter, im Internat von Sankt Peter Ording angemeldet wurde, womit er wieder in meine Nähe zog. Allerdings erhielt ich zeitgleich ein Schreiben vom Jugendamt, in dem mir mitgeteilt wurde, dass mein mittlerweile vierzehnjähriger Sohn keinerlei Kontakt zu mir wünsche und jeglichen Versuch, den ich etwa in dieser Richtung unternehmen würde, den zuständigen Behörden melden werde. - Hier bei mir war er ein richtig guter Schüler gewesen, weißt du, gehörte dem oberen Drittel an, ohne sich dafür besonders anstrengen zu müssen, aber in Hamburg hatten seine Leistungen rapide nachgelassen, und seine ‚Freunde' hatte er sich offensichtlich mit reichlich vorhandenem Taschengeld gekauft."

„Ich sah ihn manchmal vom Strandcafé aus, wenn sie Beachvolleyball spielten oder einfach nur rumhingen. Er war in die Höhe geschossen, hatte sich die Haare wachsen lassen und bewegte sich ein bisschen wie ... hm, ja, wie ein Orang Utan." Arne grinst entschuldigend, dann fährt er fort.

„Als man Madeleine fand, am 17. November morgens gegen sechs Uhr, war ihr Wagen so beschlagen wie unserer vorhin, deshalb kam ich überhaupt drauf, dir das alles zu erzählen. Das bedeutet, dass sie lange im Wagen gesessen und geatmet haben muss, und sie kann noch nicht lange tot gewesen sein, als man sie fand, sonst wäre der Wagen ausgekühlt und ihr Atem wäre als Kondenswasser von den Scheiben getropft. Ein Mann, der in aller Herrgottsfrühe seinen Hund ausführte, wurde aufmerksam auf den Wagen, weil er am Norderdeich stand, in der Kurve, wo die Straße nach Nordosten abknickt, weißt du, und die Scheinwerfer brannten noch und strahlten hinaus aufs Meer. Sie war vollgepumpt mit Alkohol und Barbituraten, beides fand sich neben ihr auf dem Beifahrersitz, und angeblich soll sie einen Abschiedsbrief für ihre Eltern hinterlassen haben, in dem sie alles erklärt, aber das habe ich nur der Andeutung einer Polizistin entnommen, die mir natürlich keine Auskunft geben durfte, weil Madeleine und ich ja nicht mehr verheiratet waren."

Lily hat seine Erzählung nicht unterbrochen. Still und konzentriert hat sie ihm gelauscht, und immer, wenn er zu ihr hinübersieht, begegnet er dem eindringlichen Blick aus ihren großen, tiefblauen Augen.

„Weißt du was?", fragt Arne jetzt und startet den Wagen. „Es hat aufgehört zu regnen. Wir fahren jetzt nach Hause, mixen uns einen Drink und genießen den Sonnenuntergang in deiner Bude." ‚Deine Bude' - das ist Arnes Bezeichnung für

Lilys heiß geliebtes Blockhaus, und sie hat es längst aufgegeben, ihn zu überrufen. Zu ihrem achtundzwanzigsten Geburtstag hat er sie zunächst auf einen Kurztrip nach Kopenhagen entführt, und als sie zurückkamen, stand am Ende des Grundstücks, genau dort, wo sie es sich immer erträumt hatte, eine Blockhütte: Zwar noch kahl und nackt, aber fix und fertig aufgebaut, mit einer echten Klöntür und Fensterläden und Blumenkästen vor den Fenstern, und auf dem Tablett, auf dem Arne ihnen den Geburtstagssekt servierte, lag ein Gutschein für die Inneneinrichtung: „Ich bin gespannt, was du draus machst", hatte er gesagt und sie zärtlich und erwartungsvoll geküsst.

Während sie jetzt über regennasse Straßen nach Hause fahren, kommt die Sonne wieder durch und lässt die Nässe in dunstigen Schwaden vom immer noch heißen Asphalt aufsteigen. Weder Arne noch Lily ist nach Reden zumute, sie hängen ihren Gedanken nach und dem, was Arne soeben erzählt hat, und schweigen einträchtig. Hin und wieder legt Lily ihre Hand auf seine, dann streicht er ihr zärtlich mit dem Handrücken über die Wange. Ihre Blicke treffen sich, das Lächeln in ihren Augen spricht von Frieden und Verständnis.

„Madeleine war ein bezauberndes Mädchen", erklärt Arne, als sie mit einem Martini Bianco on the Rocks mit Olive und Zitrone nebeneinander auf dem kleinen, blauweiß gestreiften Biedermeier-Sofa sitzen und den Blick zum Horizont wandern lassen. Lily hat die Einrichtung des Häuschens sehr schlicht gehalten, auf das Nötigste beschränkt. So gibt es neben dem Sofa lediglich zwei kleine Abstelltische aus weiß gebeiztem Buchenholz, ein ebenfalls weiß gebeiztes Bücherregal und zwei kleine, schlicht blau bezogene Hocker, auf denen sie die Füße ablegen, wenn sie es sich gemütlich machen wollen. Die zarten Vorhänge aus weißem Mousseline werden gehalten von blauen Satinbändern, und die beiden Tischlampen mit den weiß gravierten Glasschirmen stehen zwischen Töpfen mit Usambaraveilchen auf den Fensterbänken. Das einzige Bild, das sie aufgehängt hat, ist ein Kroyer-Druck: „Wartet auf uns". Es zeigt zwei Jungen von hinten, wie sie nackt und Hand in

Hand rufend und winkend zu ihren Freunden ins Wasser stürmen.

„Sie war achtzehn, ich dreiundzwanzig, als wir uns kennenlernten. Dieses Kennenlernen war für mich ziemlich schmerzhaft, denn sie fuhr auf ihren Rollerblades geradewegs in mich hinein. Sie schrie und kreischte und fuchtelte wild mit den Armen, und als wir beide am Boden lagen und versuchten, uns irgendwie wieder voneinander zu trennen, gestand sie mir, dass es das erste Mal für sie sei und sie keine Ahnung habe, wie man mit diesen Dingern bremste. Das hatte ich gerade zu spüren bekommen. Naja, es war mir glücklicherweise nichts passiert, außer dass sie mir mit ihrem Helm, den sie vernünftigerweise trug, eine anständige Kopfnuss verpasst hatte, und ich muss gestehen, dass es mir gefiel, wie sie da so auf mir lag ..." Lily spürt einen heftigen Stich bei dieser Vorstellung, und sie muss sich zwingen, ihm einen nur kameradschaftlichen Rippenstoß zu verpassen, als sie ihm zuzischt: „Hör auf, mir von deinen Verflossenen vorzuschwärmen!" Er zieht ihren Kopf zu sich heran und küsst sie so innig, dass sie eigentlich gut auf die Fortsetzung der Geschichte verzichten und stattdessen an ihrer eigenen weiterschreiben könnte, doch da löst Arne sich von ihr, sieht sie lange an und legt dann seine Stirn an ihre. „Du bist wunderschön, Lilily", sagt er ganz leise. „Wunderwunderschön - und ich liebe dich sehr." ‚Lilily' nennt er sie, wenn sie sich besonders nah sind: „Es steht stellvertretend für ‚Little Lily' oder für ‚Lily-Liebling' - du darfst es dir aussuchen", hatte er gesagt, und natürlich hatte sie sich für letzteres entschieden.

Das Licht beginnt, sich abendlich zu verfärben, es wird weich und honigfarben. Der Wind hat sich gelegt und die Sicht ist so klar, dass sie in der Ferne das Meer blinken sehen. Er legt ihr den Arm um die Schulter, zieht sie sacht an sich und lässt ihre Gläser klingen. „Auf uns!", sagt er, und das spitzbübische Lachen, das sie so sehr liebt an ihm, kehrt zurück. „Auf uns!", bekräftigt sie, und dann: „Erzähl weiter."

Er streckt die langen Beine aus, legt die Füße auf den blauen Hocker und dreht das Glas zwischen den Händen. „Natürlich musste sie mich entschädigen für diesen Unfall, und eine Einladung auf einen Cappuccino war ja wohl das mindeste, was ich erwarten durfte, und so gingen wir schnurstracks ins nächstbeste Café - das heißt ich ging und sie humpelte. Sie hatte sich bei dem Sturz das Knie blutig geschlagen, denn sie trug zwar einen Helm auf dem Kopf, aber weder Ellenbogen- noch Knieschützer. Du weißt ja, dass ich kein Blut sehen kann, und das war damals nicht anders, und so war es reiner Selbstschutz, als ich die Bedienung im Café um ein sauberes Geschirrtuch bat - und es auch bezahlte, denn wir nahmen es mit! -, um Madeleines Knie zu verbinden, was sie aber als ausgesprochen fürsorglich empfand und mich zum Dank dafür unvermittelt küsste."

Das Schweigen, das sich zwischen ihnen ausbreitet, als Arne jetzt seinen Gedanken nachhängt, hätte in Lily wohl wieder die Eifersucht aufkeimen lassen, wäre da nicht der bittere Zug um seinen Mund gewesen. „Damals empfand ich das natürlich als großes Kompliment, als Auszeichnung geradezu. Ich wusste ja noch nicht, dass das die ersten Anzeichen ihrer Problematik waren, die letztendlich über uns und unsere Familie entscheiden sollte."

„Madeleine war schön. Es gibt nur noch dieses eine Foto von ihr, das ich dir, glaube ich, irgendwann mal gezeigt habe, und das ist eine Momentaufnahme, die nichts aussagt über ihren lebhaften Gesichtsausdruck, über das Funkeln ihrer Augen, über ihre Gestik, ihre Mimik … sie hatte ein sprühendes Temperament, ja, ich glaube, das ist der richtige Ausdruck dafür: sprühend."

Vor ihrem geistigen Auge sieht Lily das Foto von Madeleine, das einzige, das sie jemals zu Gesicht bekommen hat. Es ist das Bild einer lachenden jungen Frau mit schmalem, fein geschnittenen Gesicht: In der hohen Stirn kräuseln sich die kupferfarbenen Locken, deren Fülle auf der linken Seite hinters Ohr gestrichen ist, auf der rechten mit funkelndem Schimmer die Wange umschmeichelt. Die braunen Augen unter den dichten Wimpern erscheinen übergroß und glänzend, auf der zierlichen Nase tummeln sich versprengte Sommersprossen. Die vollen Lippen sind lachend geöffnet und geben den Blick frei auf zwei Reihen ebenmäßiger, strahlend weißer Zähne.

„Sie war höchstens einen Meter und fünfundsechzig groß, zierlich und springlebendig. Man könnte es vielleicht auch ‚zappelig' nennen. Ihre rotgolden glänzende Löwenmähne war ständig in Bewegung, flog mal über die eine und mal über die andere Schulter, wurde mal im Nacken und mal oben auf dem Kopf zusammengerafft, fiel ihr ins Gesicht als Vorhang, hinter dem sie sich kichernd verbarg, oder wurde hinter die Ohren gestrichen, wenn sie, was selten vorkam, mal ernsthaft nachdachte. Auch die Art, wie sie sich kleidete, war absolut individuell, das fiel sogar mir auf: Sie kombinierte die gewagtesten Stile, Farben und Materialien, und wenn ich dir jetzt sage, dass sie zum Beispiel eine superweite, glänzende Pluderhose - keine Ahnung, wie man so einen Stoff nennt - in Grün, Rot und Gold kombinierte mit einem groben, irgendwie löchrigen Leinenhemd in pink, unter dem ein lila Shirt hervorblitzte, dann hört sich das für dich wahrscheinlich gruselig an, zumal sie dazu einen riesigen, dunkelgrünen Samthut trug, aber wie Madeleine sich darin bewegte, war es, als habe sie all das gerade zum Leben erweckt, als sei jedes einzelne Stück erst in dem Augenblick zu voller Schönheit erblüht, als es Madeleines Körper bekleidete …"

Jetzt wird Lily langsam böse. Sie löst sich aus seinem Arm und blitzt ihn an: „Sag mal, merkst du eigentlich, was du gerade mit mir machst? Du schwärmst mir hier in aller Ausführlichkeit, mit Worten, die du meines Wissens in Bezug auf mich noch nie gebraucht hast, von deiner ersten Frau vor, als handle es sich um eine Fleisch gewordene Lichterscheinung, um ein ätherisches Wesen, dem du dich zu Füßen geworfen und das du angebetet hast, und ich …" „Lily!", unterbricht er sie und greift nach ihren vor seiner Nase herumfuchtelnden Händen. „Lilily! Du weißt sehr wohl, was sie aus sich und mir gemacht hat und was sich unter der Oberfläche verbarg …" „Nein, weiß ich nicht", sagt Lily patzig und kommt sich gerade vor wie ein Schulkind, das man zu Unrecht getadelt hat, „du hast dich ja bisher immer geweigert, mir reinen Wein einzuschenken!"

„Okay, dann werde ich dir jetzt die ganze Geschichte erzählen. Aber beschwer dich nicht, wenn's zu lange dauert." - Doch bevor er beginnt, füllt er noch einmal ihre Gläser, bietet ihr die Schale mit den Oliven an und streicht ihr sanft über die Wange. „Du bist sicher, dass du es hören willst?", fragt er. „Alles?" Sie wendet den Kopf und sieht ihm in die meergrünen Augen, lange und fest sieht sie ihn an. Dann nickt sie. „Ja, ich bin sicher. Und ja: alles." Sie zieht die Schuhe aus und die Beine hinauf aufs Sofa. Mit dem Glas in der Hand kuschelt sie sich in seinen Arm, lehnt den Kopf an seine Schulter und lauscht, ohne ihn zu unterbrechen.

„Madeleine war Einzelkind - leider. Manchmal denke ich, dass ihr Leben anders verlaufen wäre, wenn sie Geschwister gehabt hätte. Ihr Vater ist Zahnarzt, einer, der sich auf Jacket-Kronen und Implantate für die Oberen Zehntausend spezialisiert hat, und es scheint, als rechne sich das. Ihre Mutter hat Kunstgeschichte studiert und leistet sich ihre eigene Galerie, sie wohnen in einem ‚Landhaus' in der Lüneburger Heide - wenn du mich fragst, ist es zu protzig, um noch als ‚Landhaus' durchzugehen - und verbringen die Sommermonate gern in ihrer Villa auf Sylt, wenn sie nicht gerade auf den Seychellen oder auf Martinique oder in Miami oder Saint Tropez oder weiß der Geier wo weilen …." Arnes Stimme ist mit jedem Satz lauter und kälter geworden, jetzt nimmt er einen großen Schluck Martini und sieht Lily mit einem schiefen Grinsen an. „Tut mir leid, ich reg mich schon wieder auf. Weißt du, ich hab ja nichts gegen Reichtum, im Gegenteil: Geld beruhigt die Nerven, aber ich hab was gegen diese Zurschaustellung von Reichtum, diese Demonstration von Gedankenlosigkeit, wenn es eigentlich darauf ankäme, Taktgefühl walten zu lassen. Aber egal … mich haben weder seine Sportwagen noch ihre Klunker jemals beeindruckt, was vielleicht auch ein Grund dafür war, dass sie mir nicht gerade mit übertriebener Herzlichkeit begegneten."

Lily hört sein Herz schlagen. Mit dumpfen, dröhnenden Schlägen lässt es seinen Brustkorb vibrieren in dem Bemühen, dem Strom der Erinnerungen Herr zu werden, und sie streicht mit leichter Hand darüber hin und hüllt ihn ein in ihre Wärme.

„Wir kannten uns gerade mal zwei Monate, da zog Madeleine schon bei mir ein. ‚Ich bin mir so sicher wie noch nie in meinem Leben', sagte sie, ‚also worauf sollten wir noch warten?' Und dann, plötzlich, wurde sie leichenblass, schwankte und stand vor mir wie ein Schulmädchen, von einem Moment zum anderen in Tränen gebadet. ‚Oder willst du mich nicht?', fragte sie und fing sofort an, ihre Sachen wieder zusammenzuraffen. ‚Du brauchst nichts zu sagen, nein, bitte sag's nicht, ich bin ja schon fast wieder weg', und ich hatte meine liebe Not, sie zu beruhigen und zu halten und zu überzeugen, dass ich ein gemeinsames Leben genauso sehr wollte wie sie. - Später habe ich oft über diese Szene nachgedacht. Ich habe mich immer wieder geprüft und gefragt, ob ich wirklich nichts gemerkt habe - oder nur um keinen Preis etwas merken wollte."

„Kurz nach meinem 27. Geburtstag hatte ich mein Studium einschließlich sämtlicher Praktika abgeschlossen, und wir heirateten. Madeleine hatte zwar ein Jahr zuvor gerade erst umgesattelt von Zahnmedizin auf Ethnologie … lach nicht", grinst er und zieht Lily fester an sich. „Mir brauchst du nicht zu erklären, dass das eine wenig bis gar nichts mit dem anderen zu tun hat! Ich glaube, die Zahnmedizin hatte sie Papa zuliebe aufgenommen, aber nach vier Semestern gab sie auf. Irgendwie hat sie wohl mehr oder weniger unbewusst nach einer Möglichkeit gesucht, sich beruflich nicht festlegen zu müssen, und dazu war die Ethnologie mit Schwerpunkt Kulturanthropologie bestens geeignet: Selbst wenn sie summa cum laude abgeschlossen hätte, hätte sie hier oben bei uns im Norden keinen Job gefunden - und das war's, was sie wollte: Keinen Job. Sich Madeleine vorzustellen, wie sie sich einem geregelten Tagesablauf unterwirft, wie sie morgens spätestens um halb acht das Haus verlässt, um nachmittags um fünf zurückzukommen, ist ungefähr so, als würdest du Cassandra das Fliegen beibringen wollen ..."

Sein Blick verliert sich in der Ferne, er schüttelt, immer noch verwundert, den Kopf. „Eigentlich waren wir uns einig, dass wir mit Kindern noch warten wollten. Ich fand zwar relativ schnell einen relativ gut bezahlten Job, so dass wir uns eine größere Wohnung nehmen und auch reisen konnten, ohne von meinem Schwiegervater gesponsert zu werden, aber als Eltern sahen wir uns beide nicht, und wir waren ja auch wirklich noch verdammt jung. Als es dann plötzlich aber doch passierte, hab ich geheult vor Freude: Ich wurde Vater! Ich war siebenundzwanzig Jahre alt - und ich wurde Vater! Ich war außer mir vor Glück und Aufregung, und zu spät bemerkte ich, dass Madeleine sich nicht zu freuen schien. Im Gegenteil: Je fröhlicher ich wurde, je mehr ich mir unsere Zukunft als Familie ausmalte, desto stiller wurde sie, bis sie plötzlich explodierte, mir ihre - glücklicherweise leere - Kaffeetasse an den Kopf warf und brüllte: ‚Hör auf, dich wie ein Idiot zu benehmen, verdammt nochmal. Ich will dieses Kind nicht - und ich werde es nicht bekommen, ist das klar?' Ich stand da wie vom Donner gerührt, ich war völlig überrumpelt von diesem Ausbruch. Ich ging zu ihr, nahm sie in die Arme und entschuldigte mich, dass ich in meiner Begeisterung so gar nicht auf die Idee gekommen war, sie nach ihren Befindlichkeiten und Bedürfnissen zu fragen, doch das war's gar nicht, was sie mir vorwarf. Sie behauptete schlichtweg, ich hätte sie hintergangen, ich hätte unsere Vereinbarung, keine Kinder in die Welt zu setzen, ausgehebelt und sie, Madeleine, ausgetrickst, indem ich die Präservative perforiert und ihre Antibabypille ausgetauscht hätte ..."

Lily richtet sich auf und starrt ihn an. „Sie hat was?", fragt sie ungläubig und stützt sich ab auf seiner Brust. „Ja", bekräftigt Arne, „sie behauptete steif und fest, wir hätten beschlossen, keine Kinder in die Welt zu setzen, da sie jetzt aber trotzdem schwanger sei, sei das der unwiderlegbare Beweis für meinen Verrat an ihr. - Ich brauchte Stunden, ach, was sag ich: Tage, um sie zu besänftigen und zu überzeugen, dass wir imstande wären, diesem Kind gute Eltern zu sein, uns darauf zu freuen und vorzubereiten. Was ich nicht wusste, war, dass sie eine Woche später zu einer dieser ‚Engelmacherinnen' ging, wie es sie hier bei uns in der Gegend noch hin und wieder gibt, und das Kind wegmachen ließ." Arne greift nach seinem Glas, leert es in einem Zug und sieht Lily traurig an. „Gleich darauf fing sie an, allein auszugehen. Sie traf sich mit Freunden, die ich nicht kannte und auch nie kennenlernte, sie buchte kurz entschlossen einen Trip nach Rom oder einen Skiurlaub in Davos, und sie tat das so selbstverständlich, so ohne jede Bedenken oder Skrupel, dass mir nichts anderes übrig blieb, als es hinzunehmen. Ich vermutete, nein, ich war mir sicher, dass das Ganze mit Papas Geld finanziert wurde, denn an unser gemeinsames Konto ging sie nicht. Und als sie dann im Jahr darauf wieder schwanger wurde, hielt sich meine Freude logischerweise in Grenzen, zumal mir mittlerweile der Verdacht gekommen war, dass ich vielleicht gar nicht der Vater des Kindes war."

„Auch während der Schwangerschaft behielt Madeleine ihre Unternehmungslust bei, doch als habe sie meine unausgesprochenen Zweifel gespürt, bestand sie von nun an auf meiner Begleitung. Wir gingen tanzen, wir gingen zu Open-Air-Konzerten, wir machten eine Ballonfahrt und einen Kurztrip nach Kopenhagen, wir gingen schwimmen und golfen und machten gemeinsam den ‚Hechelkurs' genauso wie den Wickelkurs, ich ging mit zu den Vorsorgeuntersuchungen und den Kreißsaalbesichtigungen, und wir verbrachten endlose Stunden mit der Suche nach dem richtigen Namen. Wir waren wie jedes andere werdende Elternpaar auch, und wir waren glücklich. Mit jedem Schwangerschaftsmonat wurde Madeleine schöner, und seltsamerweise störte es mich nicht, wenn sie verführerisch lächelnd und heftig flirtend auf die Avancen völlig Fremder reagierte: Ich war mir meiner Frau, die mit unserem Sohn schwanger war, so sicher ..."

Er verstummt, fährt sich mit der Hand so heftig übers Kinn, dass die Bartstoppeln mit trockenem Kratzen protestieren, und umschlingt Lily, die an seiner Seite geschrumpft zu sein scheint, fest mit beiden Armen. „Ach, Lilily, das ist alles so lange her, wieso grabe ich derartig tief in der Vergangenheit?"

„Vielleicht, weil du immer noch nicht so ganz mit ihr abgeschlossen hast?", schlägt Lily vor, und er legt schwer seine Wange auf ihr Haar. Nach einer langen Pause, während der die untergehende Sonne am Horizont im Meer verglüht, fährt er fort: „Nach Mads' Geburt begann die glücklichste Zeit meines Lebens." Er spürt, wie Lily in seinem Arm sich versteift. „Damals kannte ich dich noch nicht, Lily, ich wusste nicht, dass es eine noch glücklichere Zeit für mich geben würde", sagt er leise lächelnd und küsst die Widerstrebende in den Nacken. „In meinem früheren Leben, in meinem Leben mit Madeleine, waren die ersten Jahre mit Mads wirklich glückliche Jahre. Mads hat meine Augen, grün mit braunen Sprenkeln, und meine Haare, der Arme, und sogar mein Muttermal auf dem rechten Schlüsselbein, so dass ich den Zweifel, den ich an seiner Abstammung hatte, bald ad acta legte. Wir waren eine Familie, und es ging uns gut. Madeleine war nicht gerade Mutter aus Leidenschaft, und mehrmals hörte ich, wie sie sagte, sie hätte lieber eine Tochter gehabt, mit der hätte sie mehr anfangen können, besonders in puncto Kleidung und Garderobe, aber sie verhätschelte unseren Sohn genauso, wie sie eine Tochter verhätschelt hätte, sie genoss es, ihn im Kinderwagen von Café zu Café zu schieben, ihn und sich bewundern zu lassen und die Nachmittage mit anderen jungen Müttern oder auch Vätern auf Spielplätzen, in Parks oder auf der Promenade zu vertrödeln."

„Heute frage ich mich manchmal, wieso ich nicht wenigstens stutzig wurde, als sie den Jungen bereits vier Wochen nach der Geburt entwöhnte und zur Flaschenfütterung überging. Sie habe einfach nicht genug Milch für das Kind, sagte sie, obwohl ihre Bluse ständig durchnässt war und ihre Brüste jeden BH zu sprengen drohten. Und sie begann, exzessiv Gymnastik zu betreiben, nicht nur zu Hause, sondern auch im Fitness-Studio. Im Keller unseres damaligen Hauses richtete sie sich ihre ‚Folterkammer' ein, wie ich es nannte. Dort verbrachte sie die Vormittage, während der Junge auf einer Decke spielte. Die Nachmittage gehörten dem Fitness-Studio, und auch dorthin kam der Junge mit, es sei denn, ihre Mutter nahm ihn ihr ab, denn von Anfang an waren ihre Eltern völlig vernarrt in das Kind. Und so hatte Madeleine innerhalb weniger Wochen nach der Entbindung wieder ihre alte Figur - nein, sie war noch schöner geworden, weil sie weiblicher geworden war, und ihr Gesichtsausdruck hatte sich verändert, er war ... ja, was war er? Er schien etwas zu versprechen, etwas Geheimnisvolles, Unergründliches - heute würde ich es wahrscheinlich ‚lasziv' nennen, damals fand ich es einfach nur faszinierend, und ich war wahnsinnig verliebt in meine Frau."

Lily setzt sich auf, greift nach ihrem Glas und starrt finsteren Blickes hinein. „Wäre ich nicht so ein verliebter Trottel gewesen", fährt Arne ungerührt fort, „hätte ich längst erkennen müssen, was sich da mehr oder weniger vor meinen Augen abspielte: Die Stunden in der Muckibude dienten Madeleine nämlich in erster Linie dazu, Männer kennenzulernen, viele Männer, junge Männer, gut aussehende Männer - immer neue Männer. Und Mads, unser Baby, war dabei ihr Schutzschild: So klein er war, beschützte er seine Mutter davor, zu weit zu gehen, auch den letzten Schritt noch zu tun. Das gelang ihm fast ein ganzes Jahr lang, dann überließ Madeleine ihn der Krippe - und war plötzlich frei. Frei, den Faden dort wieder aufzunehmen, wo sie ihn während der Schwangerschaft hatte niederlegen müssen, und von Stund an verbrachte sie ihre Tage außer Haus. Mehrmals in der Woche rief sie mich an im Büro - ich war damals noch als angestellter Architekt tätig - und bat mich, Mads aus der Kita zu holen: Entweder sie stand im Stau oder in der Schlange an der Tankstelle; manchmal hatte sich beim Friseur alles verzögert oder sie hatte beim Arzt ungebührlich lange warten müssen; mal hatte sie ihren Autoschlüssel verloren oder ihre Handtasche im Café liegen lassen; dann wieder war ihr auf der Damentoilette der Ring geklaut worden oder der Absatz ihres Schuhs abgebrochen - sie war unglaublich erfinderisch, was das betraf, und erst, als sie mich völlig aufgeregt anrief, um mir zu erzählen, dass sie Zeugin eines Banküberfalls geworden und nun auf der Polizeiwache sei, um ihre Aussage zu machen, wachte ich endlich auf: Ich holte Mads aus der Kita und raste zur Wache, um meine arme Frau zu unterstützen. Ich kann dir das Gefühl nicht beschreiben, das mich erfasste, als ich dort stand vor dem Beamten, meinen jammernden Sohn auf dem Arm und die Panik im Gesicht, um dann schulterzuckend darüber aufgeklärt zu werden, dass es überhaupt keinen Banküberfall gegeben und Madeleine die Polizeistation niemals betreten hatte."

Mit einer unendlich müden Geste fährt Arne sich über die Augen. „Als ich sie am Abend zur Rede stellte, lachte sie mir ins Gesicht und sagte einfach nur ‚…aber die Geschichte war gut, gib's zu', drehte sich um und ließ mich stehen, nur um zwei Stunden später schluchzend und völlig aufgelöst in meinen Armen Schutz zu suchen, sich selbst zu beschimpfen und schlecht zu machen und mir zu versichern, dass sie ohne mich nicht leben könne."

„Diese Stimmungsschwankungen nahmen zu. Beim Frühstück konnte sie noch glücklich lachend aus dem Fenster sehen, sich auf einen leuchtenden Frühlingstag freuen und mit Mads im Arm durch die Küche tanzen, nur um ihn eine Stunde später völlig entnervt irgendwo einzusperren, sich die Ohren zuzuhalten und verzweifelt schluchzend durchs Haus zu geistern. Genauso konnte sie mir schnurrend wie ein Kätzchen um den Bart gehen und sich mir nicht nur hingeben, sondern geradezu aufdrängen, sie konnte uns ganz spontan und ohne Rücksicht auf Ort und Zeit ein ekstatisches Liebeserlebnis der Extraklasse bereiten, um mich Minuten später zähnefletschend und wutschnaubend anzugehen oder mit leerem Blick in tiefer Verzweiflung zu erstarren.

Ihre Eltern beschuldigten mich, an ihrem Zustand schuld zu sein. Sie nannten mich einen Macho, der seine Frau am Gängelband führe und nun, da er einen Sohn gezeugt habe, meine, sich auf seinen Lorbeeren ausruhen und seiner Frau die Last der Elternschaft aufbürden zu können. Wenn es nicht so traurig gewesen wäre, hätte man sich totlachen können. Ohne mein Wissen und ohne mich zu fragen, engagierten sie Frau Seemann als Haushälterin und Kindermädchen für uns - was sich übrigens innerhalb kürzester Zeit als Segen herausstellen sollte! -, damit ihre Tochter sich nicht zur Sklavin von Mann und Sohn machen müsse. Zu ihrer Entschuldigung muss ich sagen, dass keiner von uns damals ahnte, dass wir es bei Madeleine mit den Anfängen einer ernstzunehmenden Erkrankung zu tun hatten: Einer manischen Depression. Die, kombiniert mit der bereits beschriebenen Nymphomanie, war eine explosive Mischung, wobei man heute nicht mehr von ‚Nymphomanie' spricht." Arne dreht das leere Glas in der Hand, zieht den Fuß hinauf auf den Sitz und sieht Lily an. „Jemanden als ‚Nymphomanin' zu bezeichnen, ist diskriminierend, da es weder aus wissenschaftlicher noch aus ethischer Sicht korrekt ist, denn es bedeutet immer, dass eine Frau nicht nur süchtig nach Sex und sexueller Erfüllung, sondern auch nach ständig wechselnden Partnern ist. Nymphomanie setzt also immer auch Promiskuität voraus. - Aber beides traf ja auf Madeleine zu, und die Tatsache, dass sie an manchen Tagen, die sie selbst als ihre ‚gesunden' Tage bezeichnete, unter dieser Sucht und ihren Zwängen litt wie ein Hund, machte es nicht besser. Für keinen von uns."

„Als Mads ungefähr zwei Jahre alt war und anfing zu sprechen, wehrte sie sich dagegen, dass er sie ‚Mama' oder ‚Mami' nannte. Das mache sie zu alt, sagte sie. Dabei war sie inzwischen gertenschlank und biegsam wie ein Zweiglein im Wind oder wie das heißt, und ihre mittlerweile 25 Jahre nahm ihr wirklich niemand ab. Mads solle sie ‚Madeleine' nennen, verlangte sie, und versuchte unermüdlich, ihm diesen für ein Kleinkind schweren Namen zu entlocken. Da er es aber aus der Kita gewohnt war, dass alle Mütter ‚Mami' oder ‚Mama' gerufen wurden und die Erzieherinnen ja schließlich auch von seiner ‚Mami' sprachen, wenn sie kam, um ihn abzuholen, war der Kleine völlig verwirrt, zumal er mit dem Namen an sich schon Schwierigkeiten hatte. So bastelte er sich eine Mischung aus beidem, und aus ‚Madeleine' und ‚Mami' wurde irgendwann ‚Mamähn', später dann ‚Malähn', was seiner Mutter gefiel: Sie übernahm es und nannte sich von Stund an ‚Marleen'. ‚Das passt auch viel besser in die Landschaft', erklärte sie, als wir irgendwann tatsächlich mal gemeinsam einen Strandspaziergang machten."

Die Geschichte seiner Ex-Frau zu erzählen, strengt Arne ganz offensichtlich an. Er atmet tief durch, schiebt seine Hand in Lilys und blinzelt sie mit müden Augen an. „Ich mag dich nicht mit all dem belasten, was sich in den Jahren bis zu unserer endgültigen Trennung ereignete, Lilily. Ich mag es auch nicht erzählen, allein die Erinnerung daran ist schon quälend genug. Nur so viel noch: Die Phasen, in denen sie gar nicht mehr nach Hause kam, wurden immer länger. Eigentlich blieb sie nur noch hier, wenn sie eine tiefdepressive Zeit durchlebte und nicht imstande war, das Haus zu verlassen. Mads gewöhnte sich an die Abwesenheit seiner Mutter, denn entweder war sie wirklich nicht da, oder sie war da, aber unerreichbar hinter der fest verschlossenen Tür ihres Zimmers. In diesen Zeiten wurde außerdem noch von ihm verlangt, leise und rücksichtsvoll zu sein, dabei war er von Natur aus schon ein stilles Kind. Aber wie schon gesagt: Frau Seemann war ein wahrer Glücksgriff, ein Segen für uns alle, und wenn ich ihr auch oft genug den Unmut bezüglich Madeleines Verhalten anmerkte, hätte sie sich doch lieber die Zunge abgebissen, als sich zu einem Wort der Kritik hinreißen zu lassen. Und was das Wichtigste war: Sie hing mit abgöttischer Liebe an Mads - und er an ihr. Ja, ich glaube wirklich, dass sie es war, die ihm die fröhlichsten Stunden seiner Kindheit bereitete ..." -

Mit leisem Rascheln schließt sich das Fotoalbum in Lilys Händen. Gedankenverloren streicht sie darüber hin, dann legt sie es zur Seite, steht auf und tritt ans Fenster. Mit hochgezogenen Schultern steckt sie die Finger in die Taschen ihrer Jeans, legt die Stirn an das kalte Glas der Scheibe und schließt die Augen. ‚Wie soll ich leben ohne dich?', fragt sie ihn zum hundertsten Mal. ‚Wie soll das gehen?' Der Kloß im

Hals schnürt ihr die Kehle zu, aber Tränen hat sie keine mehr. Mit einem Ruck dreht sie sich um, zerrt ein Taschentuch aus der Tasche und putzt sich unwirsch die Nase. Ihr Blick fällt auf die Uhr, und erschrocken erinnert sie sich daran, dass sie um 16.00 Uhr mit dem Mann vom Bestattungsinstitut - wie hieß er doch noch gleich? - verabredet ist. Es bleibt ihr gerade noch eine halbe Stunde, um eine Kleinigkeit zu essen und sich umzuziehen. Als sie wenig später, das Käsebrot zwischen den Zähnen, die Haustür öffnet, reißt ihr der Wind fast die Klinke aus der Hand. Sie dreht sich mit dem Rücken dazu, stülpt die Kapuze über den Kopf und zieht den Reißverschluss ihrer Wachsjacke hoch. Mit gesenktem Kopf, die Kapuze unterm Kinn mit klammen Fingern haltend, stapft sie den Weg entlang zur Gartenpforte, die leise quietschend im Wind hin und her schwingt. Einen kurzen Augenblick überlegt sie, ob sie nicht doch lieber den Wagen nehmen soll, doch dann setzt sie ihren Weg zu Fuß fort. Ein ausgiebiger Spaziergang wird ihr gut tun, und Bewegung hat ihr schon immer beim Denken geholfen.

Wenig später steht sie Jakob Harmsen gegenüber. Wie ein Baum steht er da, breitschultrig und unumstößlich im aufziehenden Nebel, und der Druck seiner warmen, trockenen Hand scheint sie augenblicklich zu erden und spüren zu lassen, was sie wirklich will. „Auch ich hatte ja das große Glück, Ihren Mann persönlich kennenzulernen", sagt Jakob Harmsen und reicht ihr ein mehrfach gefaltetes Stofftaschentuch, damit sie sich den inzwischen in Böen heranstürmenden Regen aus dem Gesicht wischen kann. „Und ich denke, ich weiß, was ihm gefallen würde." Unter dem tropfenden Rand ihrer Kapuze hervor sieht sie zu ihm auf und ist versucht, ihm einen Vogel zu zeigen, weil sie es als Anmaßung empfindet, dass irgendjemand außer ihr selbst zu wissen meint, was Arne hätte gefallen können. Doch der Blick aus diesen dunkelblauen Augen ist so offen und unbefangen, dass sie die Bemerkung, die ihr auf der Zunge liegt, hinunter schluckt. Mit einer Handbewegung weist er ihr den Weg, führt sie an verwitterten Grabsteinen vorbei zum südlichen Westrand des Friedhofes und legt die Hand an die glatte Rinde einer uralten, meterdicken Buche, die sich dem ewigen Wind gebeugt und die Krone landeinwärts geneigt hat. „Hier", sagt Jakob Harmsen. „Hier hat er einen freien Blick bis zum Meer." Und dann dreht er sich um und lässt sie allein.

Der Regen schlägt ihr ins Gesicht, läuft ihr die Wangen hinunter am Kinn entlang und versickert im aufgestellten Kragen ihrer Jacke. Sie spürt es nicht. Mit dem Rücken an die alte Buche gelehnt steht sie da und lässt den Blick wandern bis zum Horizont, unter den drohend sich auftürmenden Wolken hindurch bis zum Kilometer entfernten Watt, das Arne so sehr geliebt und ihr so nahe gebracht hat. ‚Ja', denkt sie und hebt mit geschlossenen Augen das Gesicht empor, auf dem sich heiße Tränen mit eiskaltem Regen mischen. ‚Das gefällt uns, Liebling, nicht wahr?' Und mit einem sanften Ruck stößt sie sich von der alten Buche ab, dreht sich um und geht zu Jakob Harmsen zurück, der breitbeinig und aufrecht im Regen wartet und ihr unverwandt entgegensieht.

In seinem Büro hilft er ihr aus der triefend nassen Jacke, gießt, ohne überhaupt zu fragen, Tee aus einer Thermoskanne ein und reicht ihr den dampfenden Becher. „Zucker?", fragt er, doch sie schüttelt den Kopf. Schon lange trinkt sie den Tee wie Arne - schwarz wie die Nacht und ohne jeden Zusatz.

„Von kirchlichem Brimborium hat mein Mann, wie schon gesagt, nichts gehalten", beginnt Lily, die diese Angelegenheit so schnell wie möglich hinter sich bringen will. „Wir sollten die ganze Sache also so schlicht wie möglich halten." Sie starrt in ihren Tee, lauscht ihrer Stimme nach, die so kalt und metallisch klingt, und wünscht sich weit fort von hier, irgendwohin, wo die Sonne scheint, wo es warm ist und hell und Arnes starker Arm sie hält … und plötzlich schlägt sie die Hände vors Gesicht und schluchzt laut auf. Wild bäumt sich die Verzweiflung auf in ihr, entringt ihr ein gepresstes Stöhnen und lässt sie in dem Bemühen, nicht laut zu schreien, sich selbst in den Finger beißen, als sie plötzlich eine große, warme Hand auf ihrer Schulter spürt und das nun schon bekannte, etwas feuchte Taschentuch vor ihrem Gesicht. Am ganzen Körper zitternd presst sie es auf den Mund, beißt hinein und überlässt sich der Woge der Trauer, die sie überschwemmt, über ihr zusammenschlägt, sie mitreißt und umherwirbelt und ihr die Kehle und das Herz zuschnürt, bis sie sie schließlich ans Ufer spült, ausspuckt wie ein Stück Treibholz, der Brandung hilflos ausgeliefert.

Vor den Fenstern des Büros hat sich Dunkelheit breit gemacht. Die kleine Schreibtischlampe mit dem grünen Glasschirm erleuchtet den Raum nur teilweise, Lily empfindet die herrschende Dämmerung als ausgesprochen gnädig. „'tschuldigung", murmelt sie, wischt sich die Augen und putzt sich die Nase. Mit dem Handrücken trocknet sie die Tränen auf ihren Wangen, dann holt sie tief Luft und blickt auf. „Tut mir wirklich leid", sagt sie und legt beide Hände auf den Tisch, „das ist eigentlich nicht meine Art … aber irgendwie ist das auch grad nicht meine Zeit, fürchte ich …", und Jakob Harmsen schenkt ihr wortlos heißen Tee nach, fügt einen Schuss Rum und trotz ihres Protests einen kleinen Löffel Zucker hinzu und lässt sich ihr gegenüber am Schreibtisch nieder.

Als Lilys Atem wieder ruhig fließt, versucht sie ein Lächeln. „Fangen wir an", sagt sie, „was müssen Sie wissen?" Harmsen greift nach einem Stift, fischt ein Blatt Papier aus der Schublade und sieht sie prüfend an. „Zunächst einmal: Soll die Trauerfeier vor oder nach der Einäscherung stattfinden, das heißt: wünschen Sie die Feierlichkeiten angesichts des Sarges oder angesichts der Urne …", und dann notiert er, dass die Trauerfeier erst zur Urnenbeisetzung erfolgen soll, dass niemand eine ‚einstudierte' Trauerrede halten, sondern jeder, der Abschied von Arne nehmen möchte, dazu Gelegenheit erhalten soll, dass es keine Orgelmusik und keine Choräle geben soll, sondern dass Lily sich Arnes Lieblingssongs wünscht, als da sind „Song for Guy" von Elton John und das „Halleluja" von Leonhard Cohen, und dann vielleicht den Kanon „Abendstille", den Lily persönlich so besonders liebt oder vielleicht doch lieber etwas weniger Getragenes?

Jakob Harmsen hat alles notiert, kommentarlos und diskret. Jetzt sieht er ihr über den Schreibtisch hinweg direkt in die Augen. „Welche Art von Blumenschmuck wünschen Sie?", und Lily fällt plötzlich auf, dass er sie nie mit Namen anspricht. „Blumenschmuck?", fragt sie irritiert, dann konzentriert sie sich und richtet den inneren Blick auf die Urne, die dort stehen und kaum Platz für einen üppigen Blumenschmuck bieten wird. „Schlüsselblumen!", sagt sie spontan. „Einen richtig dicken Strauß duftender Himmelsschlüsselchen!" Jakob Harmsen zieht die Augenbrauen zusammen, dann breitet sich ein verschwörerisches Lächeln aus auf seinem Gesicht. „Aber Sie wissen schon, dass die unter Naturschutz stehen?" Lily zuckt die Schultern. „Na und?", fragt sie, und erleichtert registriert er, dass ihre Stimme schon wieder fast ein wenig aufsässig klingt. „Sie haben sich in unserem Garten eingenistet und ausgebreitet, und das hat doch wohl etwas zu bedeuten, oder? Es wär ja noch schöner, wenn ich die Blumen in meinem eigenen Garten nicht pflücken dürfte!" Und während er am Fenster steht und in Sturm und Regen hinausspäht, breitet sich wieder dieses Grinsen aus auf seinem Gesicht. Er spitzt die Lippen zu einem leisen Pfeifen: „Ich kenne da auch so eine Stelle, wo besonders langstielige Schlüsselblumen wachsen ...", und merkwürdigerweise hat er gerade überhaupt kein Problem damit, dass er bereit ist, mit seinem Vorhaben gegen das Artenschutzgesetz zu verstoßen.

Lily hat sich ihrer tropfnassen Kleidung direkt vor der Waschmaschine entledigt. Jetzt steht sie tief gebückt im Badezimmer und rubbelt die über Kopf hängenden Haare trocken, dann hält sie die klammen Hände unter den heißen Wasserstrahl. Als sie die Finger wieder bewegen kann, dreht sie das Wasser ab, greift nach dem Handtuch und starrt ihr Gesicht im Spiegel an. Was sie sieht, gefällt ihr nicht. Über den Wangenknochen spannt die Haut, gerötet von Regen und Wind. Die blauen Augen sind weit aufgerissen wie im Schock, im linken ist ein Äderchen geplatzt. Die Nase, seit jeher als zu spitz empfunden, scheint von innen her zu leuchten: allzu heftig war der Weinkrampf, der sie im Büro von Jakob Harmsen überfallen hat. Die feinen Haare stehen störrisch ab vom Kopf, unwillig streicht sie sie hinter die Ohren. Sie greift nach ihrer Cremedose, verreibt die Creme mit schnellen Bewegungen auf Wangen, Stirn und Kinn, dann löscht sie das Licht und geht ins Schlafzimmer. Kassandra rekelt sich schläfrig auf Arnes Bett, gähnt genüsslich und rollt sich dann schnurrend wieder zusammen.

Sie zerrt ihren flauschigen Hausanzug aus dem Schrank, sucht die dicksten Wollsocken heraus, die sie besitzt und klappert trotzdem mit den Zähnen. ‚Trink einen Grog!', hört sie Arne sagen, und gehorsam macht sie sich auf den Weg in die Küche. Während der Wasserkessel anfängt zu summen, gibt sie einen Schubs Rum ins Glas, fügt zwei Würfel Zucker hinzu und gießt mit dem heißen Wasser auf. Vorsichtig nippt sie an dem Gebräu, verbrennt sich die Zunge und pustet auf die goldgelbe, dampfende Flüssigkeit. Der aufsteigende Geruch sticht in der Nase, sie versucht einen zweiten Schluck, schüttelt sich und gießt das Ganze in den Ausguss. ‚Deiner schmeckte besser', erklärt sie Arne, ‚keine Ahnung, wieso …' Mit dem restlichen Wasser gießt sie sich einen Tee auf, fügt, entgegen ihrer Gewohnheit, Kandis hinzu und einen Tropfen Sahne und kuschelt sich, in eine Decke gehüllt, in den Sessel vorm Kamin.

In dieser Nacht träumt sie. Gekleidet in ein langes, weißes Gewand, schreitet sie barfuß über eine sonnenbeschienene Wiese dahin. Am leuchtenden Himmel über ihr ziehen friedlich weiß gebauschte Lämmchenwolken dahin, um sie herum nicken frisch erblühte Blüten ihr grüßend zu: Kamille, Kornrade, Wegwarte, Borretsch, Mohn, Berufs- und Greiskraut - alles blüht zur gleichen Zeit, und mit einem freudigen Lächeln beantwortet sie den Gruß. Die Luft ist erfüllt von ihrem Duft, Woge um Woge strömt auf sie zu, hüllt sie ein in einen Wirbel aus Freude, Licht und Wärme. Am andern Ende der Wiese steht ein Baum, sein kräftiger Stamm verspricht Zuflucht und Geborgenheit, mit den im Wind sanft schwankenden Zweigen scheint er ihr zuzuwinken, lockt sie, ruft sie, und geradezu schmerzhaft spürt sie die Sehnsucht in sich, die ihm antwortet, ihm entgegeneilen und sich in seinen Schutz begeben will.

Doch plötzlich fangen einzelne Pflanzen an, sich nach ihren Knöcheln zu strecken, sie wachsen sprunghaft und lassen Ranken und Schlingen emporschnellen, sie schießen in die Höhe, umwickeln ihre Knie, klettern mit Saugnäpfen versehen an ihrem Kleid empor. Sie hört die Pflanzen wachsen, hört, wie sie raunen und sich zuflüstern in einer Sprache, die sie nicht versteht, doch sie spürt, dass sie stärker sind als sie, die jetzt angstvoll und ziellos umhertastet. Das dünne Kleid, das sie trägt, ist längst durchgeweicht: schwer klebt es an ihren Beinen, behindert jeden Schritt und verwehrt ihr die Flucht aus diesem Szenario, in dem die Stimmen der Pflanzen immer weiter anschwellen, in dem sie nach ihr greifen und ihr den Weg versperren. Mit sirrendem Pfeifen lassen sie Schranken aus Zweigen und Blattwerk vor ihr niedersausen und hüllen sie ein in einen Kokon aus grünem Gold, aus dem es weder Entrinnen noch Fortkommen gibt, und mit einem Aufschrei findet sie sich sitzend im Bett, schweißnass und am ganzen Leib zitternd, die Hand an der Kehle, die noch immer wie zugeschnürt ist, und das Herz hämmernd wie ein Schlagbohrer.

Der Kaffeeduft erweckt ihre Lebensgeister jedenfalls teilweise. Sie sitzt am Küchentresen, den Becher mit beiden Händen umklammernd, bläst hinein in den aufsteigenden Dampf und spürt den Duftmolekülen nach, wie sie sich über die Nase ins Gehirn zu winden scheinen, um von dort aus den Mundwinkeln den Befehl zum Lächeln zu erteilen. Schritt für Schritt beginnt sie, den Traum abzuschütteln und sich in diesen neuen Tag hineinzutasten.

Das undurchdringliche Grau vor den Fenstern lässt sie stutzen, ihr Blick wandert zur Uhr über der Tür: 06.15 Uhr. Kein Wunder, dass es noch dunkel ist da draußen, welcher normale Mensch, der nicht berufstätig ist, steht um diese Zeit schon auf? Aber Lily ist weder berufstätig noch normal, jedenfalls im Augenblick und unter den gegebenen Umständen nicht, und so muss sie dankbar sein, dass es schon viertel nach sechs ist - sie hat auch schon um zwei Uhr nachts, um halb vier und um Mitternacht hier gehockt, mit einem Kakao in der Hand oder einem Melissentee, in jedem Fall aber mit einem Kopf voller Gedanken und einem Herzen voller Trauer.

Ihr Blick fällt auf den Carl-Larsson-Kalender, den Arne wie jedes Jahr, so auch zu Beginn dieses Jahres an seinen Stammplatz am Besenschrank gehängt hat. Unter dem Portrait von Pontus, Larssons Sohn, findet sich das Kalendarium vom März, und mit klammen Fingern greift Lily zum Stift und streicht das nächste Datum aus: den 24. März.

‚Dienstag, 25. März', notiert sie im Geiste, weiß aber nicht, warum. Doch dann fällt's ihr ein: Heute ist sie mit Mads verabredet. Mit Mads, Arnes Sohn. Mit ihrem Kaffeebecher in der Hand wandert sie ins Wohnzimmer, sieht ihr Spiegelbild in der schwarz schimmernden Scheibe der Terrassentür und wendet sich ab. Schwerfällig lässt sie sich in den Sessel vor dem längst erkalteten Kamin fallen.

Erschrocken fährt sie zusammen, als ihr Becher scheppernd auf die Fliesen fällt. Sie muss wieder eingeschlafen sein, denn als sie sich umsieht, ist die graue Dämmerung dieses jungen Tages bereits dabei, sich behäbig, doch unaufhaltsam vom Garten herauf auf die Terrasse zu wälzen. Von ihrem Becher ist der Henkel abgebrochen, sie hält beide Teile aneinander und spürt die Tränen, die hinter den Augen brennen. „Sei nicht albern", ermahnt sie sich, „es ist nur ein Becher …", doch sie weiß, dass die Tränen nicht wirklich dem Becher gelten.

Lange steht sie unter der heißen Dusche, dreht sich hin und dreht sich her, lässt das Wasser abwechselnd auf den schmerzenden Nacken und das sowieso schon glühende Gesicht prasseln und kann sich nicht aufraffen, aus dieser wohligen Wärme heraus- und in den Tag einzutreten. Erst als sie durch das Rauschen hindurch das Telefon klingeln hört, dreht sie den Hahn ab, hüllt sich in das Badetuch und greift nach einem Handtuch für die Haare, während sie hinüber ins Arbeitszimmer lauscht. Beim Telefon angekommen, ist es natürlich verstummt, doch auf dem Display leuchtet die Nummer ihrer Mutter auf. „Bist du nicht ein bisschen zu früh heute, Mami?", murmelt sie vor sich hin, doch ein Blick auf die Uhr zeigt ihr, dass sie selbst inzwischen eher spät dran ist: Fast eine halbe Stunde hat sie unter der Dusche gestanden, und nun ist es gleich 9.00 Uhr.

Der Versuchung, wieder in ihren geliebten, ausgebeulten Hausanzug zu schlüpfen, widersteht sie tapfer. Stattdessen steigt sie in ihre neueste Jeans, zieht ein weißes T-Shirt und den grob gestrickten Norwegerpulli an und geht ins Bad zurück, um sich die Haare zu föhnen. Einen Augenblick zögert sie, als sie nach Eyeliner und Mascara greift - etwas in ihr bezichtigt sie des Verrats an Arne, wenn sie sich für seinen Sohn schminkt - doch ihr farbloses Gesicht mit den dunklen Ringen unter den Augen lässt sie diesen Einwand schnell wieder ausblenden.

Als sie Kassandra gefüttert und sich selbst die Andeutung eines Frühstücks zubereitet hat, ist es 9.30 Uhr. Bis zu ihrem Treffen mit Mads bleibt ihr noch fast eine Stunde Zeit. Lustlos knabbert sie an ihrem Toast, legt es zurück auf den Teller und geht hinüber in Arnes Arbeitszimmer, wo seit jeher das Foto seines zwölfjährigen Sohnes im Regal steht. Sie sieht dem Jungen in die Augen, grinst wieder einmal über die schwungvoll in die Stirn gekämmte Schmachtlocke und die mühsam glattgestriegelte Mähne, die fast bis ans Kinn reicht und die leicht abstehenden Ohren verdeckt, und zum x-ten Male fragt sie sich, was für eine Art Mann aus diesem Jungen geworden sein mag und ob sie irgendetwas von Arne in ihm wiederfinden wird.

Sie sind um halb elf im Café-Stübchen verabredet, und Lily will unbedingt zuerst da sein, sie glaubt, dass es ihr eine Art Heimvorteil gibt, wenn sie ihn auf sich zukommen sieht. Bei dem Gedanken ist ihr unbehaglich zumute, irgendetwas in ihr lässt sie immer wieder in Opposition zu Mads gehen. Immer wieder spürt sie selbst den Schmerz, der aus Arnes Augen sprach, wenn er an seinen Sohn dachte - und sie kann nicht anders, sie gibt Mads die Schuld daran.

Gerade rechtzeitig reißt der Himmel auf, die schweren Wolken treibt der Wind in Richtung Südwesten vor sich her. Sie schlüpft in die gefütterte Wachsjacke, kramt ein Stirnband aus der kleinen Kommode und zieht die Handschuhe aus der Jackentasche - es sind gerade mal sechs Grad da draußen, und auf dem Fahrrad kann die Strecke in den Ort empfindlich lang werden. Als die Gartenpforte mit dem vertrauten Quietschen hinter ihr ins Schloss fällt, atmet sie tief durch, nickt einmal kräftig, wie um sich selbst Mut zuzusprechen, und schwingt sich in den Sattel. Gleichmäßig und kraftvoll tritt sie in die Pedale, der böige Wind beschleunigt die Fahrt, und den Gedanken an den Rückweg, wenn sie dagegen wird ankämpfen müssen, verdrängt sie schnell.

Sie schließt ihr Fahrrad am Ständer auf dem Alten Markt an, steckt Stirnband und Handschuhe in die Taschen ihrer Jacke und fährt sich mit beiden Händen durch die Haare. Es ist zehn Uhr achtzehn - ist sie wirklich vor ihm da?

Als sie die schwere Friesentür des Cafés aufdrückt, umfängt sie sofort eine wohlige Wärme, gesättigt vom Duft nach Kaffee und frischen Brötchen. Zum ersten Mal seit langer Zeit verspürt sie wieder Hunger, und als sie an einem der hinteren Tische Platz genommen hat und die Bedienung sie nach ihren Wünschen fragt, bestellt sie sich zu dem Pott Kaffee auch ein halbes Käsebrötchen.

Das Café ist fast leer, erstaunlich bei diesem Wetter, findet Lily. Vorn am Fenster hat sich eine Gruppe von vier Frauen niedergelassen, die sich flüsternd und kichernd über eine Reihe von Fotos beugen, die eine von ihnen nach und nach aus einem Umschlag zaubert, an dem kleinen Tisch vor dem Kuchentresen sitzt ein alter Mann mit Triefaugen, die er von Zeit zu Zeit mit zitternden Händen zu trocknen versucht, und ihm gegenüber, an dem langen Tisch vor dem Plüschsofa, sitzt mit übergeschlagenen Beinen ein Zeitung lesender Mann, der sein reichhaltiges Frühstück offensichtlich bereits beendet hat, denn vor ihm auf dem Tisch steht ein Tablett mit Resten von Eiern, Schinken, Obst und Käse. Über den Rand ihres Kaffeebechers hinweg wandert Lilys Blick abwechselnd zur Uhr über der Treppe, die hinunter zu den Toiletten führt, und der Eingangstür, und je weiter der Zeiger sich der Sechs nähert, desto heftiger spürt sie ihr Herz schlagen.

Gerade hat sie ihr Handy aus der Tasche gezogen, um den Eingang eventueller Nachrichten zu kontrollieren, als der Mann auf dem Sofa seine Zeitung zusammenfaltet, aufsteht und mit zwei Schritten bei ihr ist. „Verzeihung", sagt er mit der Andeutung eines Lächelns, „Sie sind nicht zufällig Lily?" Für den Bruchteil einer Sekunde ist Lily versucht, der „Zufälligkeit" dieser Formulierung mit Sarkasmus zu begegnen, doch schon in der nächsten Sekunde fällt der Groschen: Das ist er - das ist Mads, der sich da zu ihr herunterbeugt!

Einen Augenblick lang starrt sie ihn an. Kastanienbraunes Haar, dessen Locken glatt geföhnt wurden; grüne Augen, so dunkel, dass die Pupillen kaum zu erkennen sind; kantiges Kinn - ohne Grübchen, breite Stirn, eng anliegende Ohren. Der ganze Mensch mindestens ein Meter fünfundneunzig groß, breitschultrig, schlank, sportlich durchtrainiert. Insgesamt gut aussehend, nicht unsympathisch. Sie versucht ein Lächeln. „Bitte, nimm Platz, Mads ...", und bei diesem unbeabsichtigten Wortspiel wird sie rot.

Der so Angesprochene tut, als habe er nichts bemerkt, streckt ihr jetzt strahlend die Hand entgegen und sagt: „Ich freue mich, Lily!" Er zieht einen Stuhl heran, dreht sich jedoch gleich wieder um und ist mit zwei Schritten beim Tisch am Sofa, von dem er seine Tasse und das Kaffeekännchen holt. „So", sagt er und lässt sich neben Lily auf den Stuhl fallen, „wär doch schade, ihn umkommen zu lassen, nicht?" Bevor er den Kaffee in seine Tasse gießt, bietet er Lily davon an, die aber im Hinblick auf ihren noch halbvollen Becher dankend verzichtet.

„Schön, dass du ..." „Bist du schon lange ..." Sie beginnen gleichzeitig zu reden, hören gleichzeitig wieder auf und fordern sich gegenseitig auf, fortzufahren. Schließlich fragt Lily: „Da du bereits gefrühstückt hast, wie ich sehe, bist du wohl schon länger hier?" Er nickt, greift nach seiner Tasse und zwinkert ihr über den Rand hinweg kurz zu: „Ich wollte zuerst hier sein, um dich hereinkommen zu sehen. Ich dachte, dann bin ich vielleicht nicht ganz so aufgeregt, weißt du? Denn das war ich, das muss ich zugeben ... Aber als die Tür aufging und eine bezaubernde junge Frau eintrat, wusste ich sofort, das kannst nur du sein!" ‚Schleimer!', denkt Lily, wirft ihm einen abschätzigen Blick zu und murmelt: „Soso." „'tschuldigung", sagt Mads und senkt verlegen den Blick, „das war jetzt vielleicht ein bisschen dick aufgetragen. Ich bin wohl immer noch ein bisschen nervös ...", und jetzt muss Lily doch lachen über so viel Offenheit.

„Ja", beginnt Mads, nachdem er sich ein weiteres Kännchen Kaffee bestellt hat, „als ich deine Karte mit der Nachricht ... als ich die Anzeige ... also, ich meine, als ich von Arnes Tod ... vom Tod meines Vaters erfuhr, war das ein Schock, weißt du? Ich meine, er war ja schließlich erst fünfundfünfzig und ..." „Einundfünfzig", korrigiert Lily, greift nach ihrer Serviette und streicht sie sorgsam glatt. „Einundfünfzig, ja - natürlich! Auf jeden Fall zu jung zum Sterben. Und wenn ich ja auch schon länger keinen Kontakt mehr zu ihm hatte, war es doch ein Schock, ein ganz gewaltiger, das kannst du mir glauben." Er stockt, greift ebenfalls nach einer Serviette und beginnt, sie aufzurollen. „‚Schon länger' ist gut ... ja, so kann man 16 Jahre natürlich auch bezeichnen", sagt Lily, und der Blick, mit dem sie ihn mustert, ist hart und feindselig. Mads weicht ihm aus, seine langen Finger mit den trockenen Nagelhäuten zerren an der Serviettenrolle herum. „Ich weiß, Lily", sagt er leise, und seine Stimme nimmt plötzlich eine neue Tonlage an, ihr Klang wird tief und weich. „Ich weiß natürlich, dass ich eine Chance verspielt habe, die Chance, mich mit ihm zu versöhnen, ihm zu vergeben und einen Neuanfang zu versuchen ..." Wieder unterbricht sie ihn, diesmal heftig und laut: „Ihm zu vergeben? Was, bitte schön, gab es denn, das du ihm großmütig hättest vergeben sollen, kannst du mir das mal erklären?" Sie spürt, wie ihr die Tränen in die Augen schießen, und mit Mühe kann sie verhindern, dass sie fließen. Wütend funkelt sie Mads an, ist versucht aufzuspringen und das Gespräch ein für allemal zu beenden, doch dann reißt sie sich zusammen, murmelt unter den kritischen Blicken der vier Frauen am Fenster ein gepresstes „entschuldige", und beginnt, mit ihrem Kaffeelöffel zu spielen. Als sie ihn zurücklegt, weil er tropft, schenkt Mads ihr wortlos den Rest aus seinem Kännchen ein. Sie nickt dankend und schweigt.

Er legt die Unterarme auf den Tisch, wirft ihr einen kurzen Blick zu und sagt: „Es fällt mir schwer, hier still zu sitzen, über derartig tiefgreifende Dinge zu reden und dabei darauf zu achten, die Stimme nicht zu erheben. Würde es dir etwas ausmachen, mit mir einen kleinen Spaziergang zu machen - vielleicht sogar am Strand?" Froh über die Atempause, die ihr dieser Vorschlag verschafft, stimmt Lily sofort zu. Sie macht der Bedienung ein Zeichen, und als Mads darauf besteht, die Rechnung begleichen zu dürfen, zwingt sie sich zu einem Lächeln. Sie ist aufgewühlt, empört und traurig, und Bewegung ist das, was sie jetzt braucht. Ehe Mads noch zugreifen kann, ist sie in ihre Jacke geschlüpft, hat die Tür aufgerissen und das Café verlassen.

Das Kopfsteinpflaster des Alten Marktes glänzt regennass, die Luft ist kalt und feucht, doch der Wind scheint etwas nachgelassen zu haben. Lily steht vor ihrem tropfenden Fahrrad. „Willst du wirklich an den Strand?", fragt sie zweifelnd. Mads nickt bejahend und deutet auf einen alten VW-Käfer, der vor der Apotheke geparkt ist. „Wenn ich bitten darf ...?", sagt er und verbeugt sich höflich. „Dann musst du mich aber nachher wieder herfahren, ich bin nämlich mit dem Fahrrad da, okay?" „Kein Problem", sagt Mads, schließt die Beifahrertür seines hellblauen VW1303-Cabrios, Baujahr 1973, auf und signalisiert ihr, einzusteigen. Seine helfend dargereichte Hand ignoriert sie.

„Den Weg kennst du ja wohl noch?", fragt sie, während sie die Handschuhe aus der Tasche zerrt. Ihre Stimme klingt blechern, aber sie verspürt kein Verlangen, sie weicher klingen zu lassen. „Puh, das ist sooo lange her", seufzt Mads. „Was sagtest du doch vorhin, wie lange ist es her? 16 Jahre! Also ... es könnte schon sein, dass du mir ein bisschen assistieren musst." Er wirft ihr einen schnellen Blick zu, erkennt, dass sie starr geradeaus sieht und schaltet in den nächst höheren Gang. „Seitdem hat sich vieles verändert hier", fügt er hinzu in dem Bemühen, das frostige Schweigen zwischen ihnen zu durchbrechen. „Willst du etwa sagen, dass du in der ganzen Zeit, die du im Internat in St.-Peter-Ording warst, nicht einmal in unsere Gegend gekommen bist? Auch nicht gemeinsam mit deinen Großeltern?" Lily bemüht sich, die Aggressivität in ihrer Stimme durch Skepsis zu ersetzen, merkt aber selbst, dass ihr das nur zum Teil gelingt. „Ach, weißt du", sagt Mads und lenkt den Wagen konzentriert durch eine langgezogene Kurve, „ich hab damals versucht, alles zu vermeiden, was mich irgendwie an Zuhause oder an meinen Vater hätte erinnern können, weshalb ich wohl wirklich 16 Jahre lang nicht hier gewesen bin ..." Zu spät merkt er, dass er mit diesen Worten die Kluft zwischen ihnen beiden nur vergrößert. Lily presst die Lippen aufeinander und starrt blicklos aus dem Fenster.

„Da vorne rechts", weist sie ihn an, als er Anstalten macht, an der Abfahrt zum Leuchtturm vorbeizufahren. „Oder willst du ganz runter zum Tümlauer Koog?" „Wie? Äh, nein, natürlich nicht", stottert Mads und setzt schleunigst den Blinker. „Ich war nur so in Gedanken, weißt du ..." Aus den Augenwinkeln sieht sie, dass er rot geworden ist, was sie mit einem Gefühl der Genugtuung erfüllt.

Der Parkplatz am Info-Center ist, abgesehen von einem verrosteten Trecker und ein paar Fahrrädern, leer. Hier an der See bläst der Wind kräftiger als im Ort zwischen den schützenden Häusern. Lily schließt den Reißverschluss ihrer Jacke bis unters Kinn, zieht das Stirnband über die Ohren und setzt die Kapuze auf. Ohne auf Mads zu warten, schlägt sie den Weg unterm Deich in Richtung zum Leuchtturm ein, stemmt sich gegen den Wind und zerrt im Gehen die Handschuhe aus der Tasche. Mit seinen langen Beinen hat er sie schnell eingeholt, wobei er sich vergeblich bemüht, sich den endlos langen, grob gestrickten Wollschal um den Hals zu wickeln. Eine

Weile sieht Lily dem Schauspiel amüsiert zu, dann ergreift sie das im Wind flatternde Ende, hält es fest und brüllt: „Los, dreh dich rein!", und als er sie verständnislos ansieht, macht sie ihm mit einer unmissverständlichen Geste deutlich, wie er sich in den von ihr gehaltenen Schal eindrehen kann. Dankbar stopft er das lose Ende schließlich in die Schalrolle um seinen Hals, steckt die schon blau verfärbten Hände in die Taschen seiner Tuchjacke und stapft gesenkten Hauptes neben ihr her. Insgeheim wundert Lily sich, dass jemand, der in blank geputzten Lederschuhen unterwegs ist, einen Spaziergang durch die Salzwiesen vorschlägt.

Am Abzweiger zum Leuchtturm vorbei führt sie ihn direkt ins Watt. Einen kleinen Augenblick lang fragt sie sich, warum sie das tut, warum sie ihm nicht die leichte Variante über den gut geteerten Weg weist, doch im selben Augenblick meldet sich der Trotz in ihr, und mit einem Achselzucken hebt sie den Kopf und lässt den Blick in den bleigrauen Himmel wandern. ‚Er ist doch hier aufgewachsen', denkt sie und vergräbt die Fäuste in den Tiefen ihrer Taschen. ‚Er muss doch wissen, wohin der Weg ihn führt ...'

Es ist Ebbe. Das Wasser hat sich trotz des heftigen Westwindes weit zurückgezogen, und so können sie auf den trocken gefallenen Sandbänken kräftig ausschreiten. Trotz seiner langen Beine hat Lily Mads, der dank seiner untauglichen Fußbekleidung um manchen Priel herumlaufen oder mit gewagten Sprüngen drüber setzen muss, bald hinter sich gelassen. ‚Wie blöd kann man eigentlich sein?', denkt sie und ist sich des schadenfrohen Grinsens auf ihrem geröteten Gesicht wohl bewusst. ‚Stapft in Tanzschuhen durchs Watt ... na, Mahlzeit!' Als sie sich irgendwann dann doch umdreht, sieht sie einen groß gewachsenen Mann auf sich zukommen, der mit hochgekrempelten Hosenbeinen und zusammengebundenen, über die Schulter gehängten Schuhen munter über das eisige Watt und durch die noch eisigeren Priele hinter ihr her stapft.

Als er sie erreicht hat, schenkt sie ihm ein anerkennendes Lächeln. „Donnerwetter!", sagt sie und stopft eine flatternde Haarsträhne zurück unter ihr Stirnband. „Ist das nicht vielleicht noch ein bisschen zu kühl?" Doch er schüttelt tapfer den Kopf, lässt das Wasser unter seinen Füßen aufspritzen und marschiert an ihr vorbei. „Irgendwann spürst du's ja nicht mehr", lacht er ihr zu, „da bist du ganz schnell schmerzfrei ..." Und die jungenhafte Freude, die er dabei verströmt, lässt sie einen kleinen Moment lang staunen.

Im Südosten tritt jetzt der Leuchtturm von Westerheversand immer deutlicher aus dem Dunst der feuchten Luft hervor, und Mads hält zielstrebig drauf zu. „Da bekommen wir doch bestimmt einen steifen Grog, oder?", fragt er und deutet mit ausgestrecktem Zeigefinger auf die beiden kleinen Häuschen links und rechts vom Leuchtturm. „Wo? Bei den Zivis von der Schutzstation? Ich glaube, die haben anderes zu tun als uns einen Grog zu servieren", antwortet Lily. Verständnislos sieht Mads sie an. „In den beiden Häusern da wohnen im Sommer Zivildienstleistende oder Gruppen von Naturschützern oder hin und wieder mal Pfadfinder oder sowas, aber bestimmt niemand, der dir auf Bestellung einen Grog serviert", klärt sie ihn leicht gereizt auf. „Schon gar nicht jetzt im März. Hast du wirklich gedacht, da ein Café vorzufinden?" Die Enttäuschung, die sich auf seinem Gesicht breit macht, stimmt sie schon wieder ein wenig milder, wenn sie sich auch insgeheim fragt, wie jemand, der in dieser Gegend aufgewachsen ist, derartig weltfremd sein kann. ‚Aber er ist eben seit Jahrzehnten nicht hier gewesen', besänftigt sie sich selbst. ‚Da kann man schon mal dieses oder jenes durcheinander schmeißen ...'

Langsam nehmen Mads' Lippen eine bläuliche Färbung an, und obwohl er sich mannhaft bemüht, es nicht merken zu lassen, schlagen seine Zähne klappernd aufeinander. Lily deutet auf das dunkelgrün schimmernde Land. „Kuck mal den Priel an", sagt sie. „Er füllt sich schon wieder. Also lass uns zurückgehen, ehe die Flut uns erwischt." Ohne seine Reaktion abzuwarten, stapft sie, die Hände in den Taschen ihrer Wachsjacke vergraben und das Wasser vor sich her spritzend, in ihren Gummistiefeln dem Festland zu. Sie hockt sich auf einen angeschwemmten Baumstamm und sieht ihm abwartend entgegen, wie er da völlig verkrampft und vornüber gebeugt mit seltsam unkoordinierten Bewegungen auf sie zukommt.

Als er sich schnaufend neben ihr auf den Baumstamm fallen lässt, erkennt sie fast ein wenig erschrocken die Schweißperlen auf Stirn und Oberlippe. Sein Atem fliegt, die Augen sind weit aufgerissen und starren blicklos zum Horizont, mit den Händen in den Taschen seiner Tuchjacke krümmt er sich schutzsuchend zusammen. „Hier", sagt sie und reicht ihm ihre Handschuhe. „Was anderes hab ich nicht. Mach dir die Füße trocken und sieh zu, dass du wieder in deine Schuhe kommst." Mit zitternden Händen ergreift er ihre Fleece-Handschuhe und beginnt, sich Schlick und Sand von den Füßen zu reiben. Das Watt lässt sich nicht so leicht abstreifen, schwarze Striemen ziehen sich über seine Füße, und die Kälte ist ihm mittlerweile bis ins Mark gekrochen: Nach wenigen Augenblicken kann Lily seine hilflosen, eckigen Bewegungen nicht mehr mitansehen. „Gib her", sagt sie und nimmt ihm die Handschuhe aus den steif gefrorenen Fingern, „ich helf dir." Sie beugt sich über ihn, rubbelt den schmierigen Schlick Schicht für Schicht von seinen inzwischen auch schon bläulich verfärbten Füßen und den Knöcheln, dann stülpt sie ihm die Socken über, die er mühsam aus seiner Jackentasche zerrt, und weist ihn an, endlich in seine Schuhe zu steigen. „So, und nun los - aber dalli!", kommandiert sie, fällt augenblicklich in einen leichten Trab und strebt zwischen den endlos erscheinenden Salzwiesen hindurch dem Parkplatz zu.

Auf dem Weg zum Auto sieht Lily sich immer wieder um, wartet auf ihn, kehrt um, umkreist ihn, ohne aus dem Tritt zu kommen, spornt ihn an, ermuntert ihn, tröstet ihn - und beschimpft ihn schließlich als „Memme", als er droht, endgültig zusammenzuklappen. Sie atmet auf, als er schnaufend und am Ende seiner Kräfte den Wagen erreicht, nimmt ihm den Schlüssel ab und verfrachtet ihn auf den Beifahrersitz. „Ich fahre", sagt sie, und er protestiert nicht, wehrt sich auch nicht, als sie an ihm vorbei langt, um ihn anzuschnallen, lehnt sich zurück und schließt schwer atmend die Augen, während langsam, ganz langsam, die Farbe in sein Gesicht zurückkehrt.

„In welchem Hotel wohnst du noch mal?", fragt sie, als sie neben ihrem immer noch wartenden Fahrrad auf dem Alten Markt hält. „Im ‚Achtern Diek'", flüstert er, richtet sich mühsam auf und sieht sich um. „Kannst du fahren? Findest du zurück?", fragt Lily, sie hat so ihre Zweifel. Mads versucht ein Lächeln. „Danke", sagt er, „ich glaub, von hier aus schaff ich's allein." „Vielleicht solltest du noch mal ins Café gehen und dir eine kräftige Brühe servieren lassen", schlägt Lily vor, doch er winkt ab. „Nee, das wär mir peinlich", grinst er. „Stell dir mal vor, die fragen mich, was mir in der Zwischenzeit passiert ist. Und ich sag dann ganz cool: ‚Nichts. Ich hab bloß 'ne Wattwanderung gemacht...' - Wie peinlich ist das denn?" Lily lacht. Und trotz all ihrer Vorbehalte gegen Mads muss sie ihm zugestehen, dass er sich seinen Humor in - fast - jeder Lebenslage zu bewahren weiß, und das ist in ihren Augen ein echter Pluspunkt.

„Gut, dann kann ich dich also allein lassen?", vergewissert sie sich, und er nickt eifrig. „Danke, Lily", sagt er leise, hält ihre Hand einen kleinen Augenblick länger als unbedingt nötig und sieht ihr dabei treuherzig in die Augen. „Normalerweise bin ich nicht so ein Weichei, weißt du? Wahrscheinlich bin ich grad nicht so in Hochform ..." Ein bisschen verschämt zieht er die Schultern hoch, lächelt ihr zu und schaut ihr nach, als sie sich auf ihr Fahrrad schwingt und, ohne sich umzublicken, über die Schulter zurück winkt.

Sie hat die Deichstraße bereits erreicht und tritt mit aller Kraft in die Pedale - natürlich kommt der Wind direkt von vorn - als ihr Handy klingelt. Einen Augenblick lang überlegt sie, ob sie das Gespräch annehmen soll, denn das bedeutet, dass sie absteigen und den Kampf gegen den steifen Westwind anschließend verstärkt wieder aufnehmen muss, aber dann bremst sie doch, angelt das Telefon aus der Hosentasche und meldet sich. Es ist Mads. „Entschuldige, Lily - aber dank meiner konditionellen Glanzleistung heute Morgen haben wir jetzt überhaupt nicht darüber gesprochen, wie du den Ablauf der Trauerfeier geplant hast und ob ich dir irgendwie helfen kann. Ich weiß, ich bin ein Esel, und ich hab mich heut wahrlich nicht von meiner besten Seite gezeigt, aber ..." - er hält sein Mikrophon offensichtlich gerade zu und hustet dezent zur Seite - „... 'tschuldigung, hab grad einen Frosch im Hals. Die Trauerfeier ist am Freitag, stimmt's? Was kann ich tun, wie kann ich dir helfen?" Lily ist verwirrt, mit einem derartigen Ansinnen hat sie nicht gerechnet. „Danke", sagt sie denn auch etwas irritiert, „das ist nett von dir, Mads, aber ich glaube, ich schaff das allein." Am anderen Ende der Leitung hustet Mads wieder, dann ist er sprechbereit. „Na schön, wenn ich dir schon nicht helfen kann ... würdest du es denn über dich bringen, mir vorher noch ein wenig von Arne ... von meinem Vater zu erzählen? Darf ich dich besuchen?" Die letzte Frage stellt er sehr leise, fast zögernd, und Lily meint zu sehen, wie er dabei den Kopf senkt und die Hand tief in die Jackentasche stopft.

Eine Sekunde lang ist sie versucht, ihn kurz abzufertigen und auf ihr Ruhebedürfnis zu pochen. Doch dann sieht sie Arne vor sich, wie er ihr mit einem Lächeln zu verstehen gibt, dass er sich freuen würde. Ja, Arne würde sich freuen, wenn sie seinem Sohn ihr Zuhause zeigen, mit ihm Fotoalben betrachten und ihn mit ihren Erzählungen seinem Vater jedenfalls posthum näher bringen würde, und so sagt sie: „Na gut. Dann komm morgen Nachmittag zum Kaffee, okay? So gegen vier ...", und noch ehe sich Mads in ausschweifenden Dankesreden ergehen kann, hat sie das Gespräch beendet. Mit klammen Fingern verstaut sie das Handy wieder in der Hosentasche, schiebt das Fahrrad an und springt auf. Der Wind hat sich mittlerweile zum Sturm ausgewachsen, und von See her nahen finstere Wolken.

Sie hat die Haare trocken gerubbelt, ist endlich in ihren heiß geliebten, schlabbrigen Hausanzug geschlüpft, hat sich einen heißen Kakao mit ganz viel Sahne und noch mehr Zucker gekocht, hat das Feuer im Kamin neu entfacht und eine von Arnes alten Beatles-CDs gestartet. Nun kauert sie mit hochgezogenen Knien in dem alten Sessel, dreht den Becher in den Händen und schaut in die Flammen, die der Sturm, der durch den Schornstein faucht, gewaltig anfacht.

Ihre Gedanken kehren zu Mads zurück. Hat er Ähnlichkeit mit Arne? Oder ist er das Abbild seiner Mutter? ‚Er kann ja auch einfach nur er selbst sein', denkt sie, wobei ihr inneres Auge Mads' Gesicht absucht nach dem Grübchen im Kinn, das sie so sehr an Arne geliebt hat. Nein, bei Mads kann sie es nicht entdecken. Die meergrünen Augen - ja, die hat Mads, wenn ihnen auch die goldenen Sprenkel fehlen, die Arnes Augen so unwiderstehlich machten und sie so lebendig funkeln ließen. Und die Haare? Arnes Haare waren wellig, nicht lockig - wie oft ist sie ihm neidvoll mit beiden Händen durch die mittlerweile ergraute Mähne gefahren, nur um festzustellen, dass sich jedes einzelne Haar nach der Berührung sofort wieder dort einordnete, wo es hingehörte, anschmiegsam, gefällig und natürlich. Mads' Haare sind nicht wellig, sie sind ... hm, ja, wie sind sie eigentlich? Lockig? Krisselig? Als Frau mit Friseurerfahrung würde sie, wenn es nicht so abwegig wäre, auf eine frische Dauerwelle tippen: Die feuchte Luft im Watt ließ sie explodieren zu einer Wolke aufstrebender Löckchen, die sich ungebändigt und ungezähmt um Stirn und Ohren rankten, doch natürlich weiß sie, dass auch Naturlocken sich in feuchter Luft entsprechend verhalten können. Sie vergegenwärtigt sich das Foto von Madeleine mit der in rotem Gold flammenden Lockenflut, und das Gejammere ihrer Freundin Annette fällt ihr ein, die sie ihr Leben lang um ihre naturgelockte Mähne beneidet hat und die - angeblich! - nichts lieber täte, als sofort und stehenden Fußes mit ihr, Lily, und ihrem glatten, feinen Fieselhaar zu tauschen.

Durch die flackernden Flammen hindurch sieht sie Arne an seinem Schreibtisch sitzen. Das Sonnenlicht strömt durch das offene Fenster herein, die beige-blau gestreifte Leinengardine bauscht sich in der Brise, die vom Meer her weht. Er hat einen Fuß auf den Stuhl heraufgezogen, stützt den Ellenbogen auf dem Knie ab und klemmt mit der Oberlippe einen Bleistift unter der Nase ein. Er gibt ein rhythmisches Brummen von sich, stutzt, hebt das Papier an, das vor ihm auf dem Schreibtisch liegt, und brummt weiter. Als sie hinter ihn tritt, ihm die Arme um den Hals schlingt und das Kinn auf seinem Haar ablegt, atmet sie seinen Duft, spürt die Wärme seiner Haut, fühlt die

Muskeln seiner kräftigen Brust unter ihren Händen. Er neigt den Kopf zur Seite, reibt seine Wange an ihrer und fährt mit den Fingern seiner linken Hand an der Innenseite ihres Arms hinauf bis hinein in den Ärmel ihres Shirts. Seine Finger sind zart und warm, sie tasten, suchen, kitzeln. Mit dem Ende des Bleistifts tippt er auf die Zeichnung, die er gerade angefertigt hat. „Ich hab da ein Problem", sagt er und sieht forschend zu ihr auf. „Ich möchte die passenden Menschen für das Haus finden ... und nicht das passende Haus für die Menschen."

Als sie morgens müde und zerschlagen wie immer in der letzten Zeit am Küchentresen hockt, fällt ihr ein, dass Mads ja in ihrem Haus noch nie gewesen ist. Seine Kindheit und Jugend haben sich in Tönning und Sankt-Peter-Ording abgespielt, doch ihr Haus in der Deichstrasse kennt er nicht. Irgendwie hat Lily ihn als ein wenig unbeholfen eingeordnet, und so greift sie zu ihrem Smartphone und schickt ihm eine sms: „Du findest unser Haus am Ende der Deichstraße: Es ist das kleine, weiß gekalkte Reetdachhaus mit den dunkelgrünen Fensterläden und dem krähenden Wetterhahn obendrauf = nicht zu verfehlen. Bis nachher." Sie vermeidet es, ihm „liebe" oder auch nur „viele" Grüße zu schicken, obwohl sie selbst nicht sagen könnte, warum ...

Gerade ist sie dabei, ihr Bett neu zu beziehen, als das Telefon klingelt. Betten beziehen an sich ist schon Schwerstarbeit, wenn man selbst gerade mal „knapp über die Tischkante blinzeln kann", wie ihr Bruder gern frotzelt, aber mit Bezügen in Übergröße zu kämpfen, bedeutet noch einmal einen Härtegrad mehr. Und erst, als sie die mühsam gerafften Stoffbahnen zähneknirschend fallen lässt, um zum Telefon zu eilen, fällt ihr auf, dass sie gerade dabei ist, Arnes überlanges Steppbett zu beziehen.

„Ja?", meldet sie sich ungeduldig und reibt mit dem Zeigefinger heftig die linke Nasenseite, denn wie immer bringt der feine Staub aus der Wäsche sie wieder zum Niesen. „Frau Ahrendt? - Hallo, hier ist Jakob Harmsen vom Bestattungsinstitut ..." „Ach, `tschuldigung, Herr Harmsen", unterbricht Lily ihn, „ich konnte mein Telefon grad nicht finden." „Kein Problem", antwortet Harmsen, „ich will Sie auch nicht lange stören. Ich möchte mich nur vergewissern, dass bzw. wie Sie sich inzwischen bezüglich der Elton-John-Titel entschieden haben? Auf Ihrer Liste hatten Sie offen gelassen, ob es nun ‚Song for Guy' oder ‚For Daniel' werden soll, und dann stand auch nicht fest, ob es die Originalversion oder eine verfremdete sein wird ..." Er schweigt abwartend. In diesem Schweigen meint Lily zu sehen, wie sich der Blick seiner dunkelblauen Augen ruhig und gesammelt auf einen Punkt auf dem Schreibtisch konzentriert.

„Ach du Schreck", entfährt es ihr, „das hab ich völlig vergessen ..." „Kein Problem," entgegnet Jakob Harmsen wieder, er ist nicht aus der Ruhe zu bringen. „Wir haben noch einen Ozean voll Zeit. Darf ich Sie vielleicht ein wenig beraten? - Also, ganz spontan würde ich Ihnen die Originalversion von ‚Song for Guy' empfehlen - wenn Sie selbst wirklich meinen, dass Sie dem gewachsen sind?" Wieder schweigt er, doch es ist ein beredtes Schweigen, in dem er ihr vermittelt, dass es in Ordnung ist, wenn sie bei den Klängen ihres Liedes, des Titels, der im Radio gespielt wurde, als sie nebeneinander auf der Kühlerhaube ihres alten Autos kauerten und zusahen, wie der Mond mit dem Watt zu flüssigem Silber verschmolz, in Tränen ausbrechen wird. Schon der Gedanke daran lässt ihre Augen brennen und ihre zusammengeschnürte Kehle pulsieren. Sie räuspert sich, räuspert sich noch einmal und nickt. Dann, mit geschlossenen Augen und einer Stimme, in der der Schmerz klirrt, krächzt sie: „Ja, Sie haben Recht. Das machen wir." Sie meint zu hören, wie Harmsens Stift übers Papier kratzt. „Außerdem würde ich vorschlagen, dass wir das ‚Air' von Bach nicht in der modernen Fassung, sondern in der ganz klassischen von Anne-Sophie Mutter nehmen, kennen Sie die?" Diesmal ist sie hellwach und strahlt: „Oh ja, die lieben wir auch so sehr - ja, das ist eine gute Wahl." Und bezüglich der

Ausgangsbegleitmusik sind sie sich einig, dass „Auld Lang Syne" vom BBC Symphony Orchestra und -Chor dargebracht werden soll, in voller Lautstärke, voller Schwung und Emotion. Als sie aufgelegt hat, lächelt sie. Und als sie zu den halb bezogenen Betten zurückkehrt, summt sie voller Inbrunst vor sich hin. „Should old acquaintance be forgot and never brought to mind ....", und die feuchten Wangen trocknet sie in Arnes frisch bezogener Bettdecke.

Lange bevor Mads zu erwarten ist, wandert Lily, den obligatorischen Teebecher in den Händen, in den Räumen des Erdgeschosses umher, von einem Fenster zum anderen, vom Stuhl zum Sessel, vom Sessel zum Sofa, nur um letztendlich wieder mit hochgezogenen Knien in dem alten Ohrensessel vorm Kamin zu landen.

Als sie sich ihre Nervosität endlich eingesteht, zwingt sie sich, ihr auf den Grund zu gehen: Wieso macht Mads' Besuch sie derartig nervös? Was ist es, das sie beunruhigt? Ist es Mads - oder die Bedeutung, die er in Arnes Leben hatte, die direkte Verbindung zu Madeleine, die für sie, Lily, immer gleichbedeutend war mit Bedauern und Erschrecken, aber auch mit Rivalität, Eifersucht, und Aufbegehren - und schließlich einer schmerzhaften Form von Resignation? Wie setzt man sich gegen eine Tote durch? Wie kämpft man gegen Erinnerungen? Wie ersetzt man einen verlorenen Sohn?

Zum ersten Mal seit Arnes Tod gesteht sie sich ein, dass sie böse ist, richtig böse. Böse auf Arne, der sein Leben mit Madeleine unter Verschluss gehalten hat wie ein todbringendes Gift; böse auf Madeleine, die es auch Jahre nach ihrem Tod noch schafft, die Eifersucht in ihr brodeln zu lassen; böse auf Mads, der es verstand, sich mit konsequenter Verweigerung die Liebe seines Vaters zu sichern; und letztendlich böse auf sich selbst, weil sie es zulässt, dass ihre Liebe zu Arne überschattet wird von seiner Vergangenheit.

‚Es wird der Zeitpunkt kommen, da du dir des Altersunterschiedes zwischen euch schmerzlich bewusst bist', hört sie die Stimme ihrer Mutter, und im selben Augenblick flammt dieselbe Empörung in ihr auf, die sie schon damals empfand, als Marie-Luise Oehlert versuchte, ihre Tochter von der Heirat mit einem 21 Jahre älteren Mann abzubringen. 'Er hat ein Leben im Gepäck, dem du nichts entgegenzusetzen hast. Was du ausprobieren willst, hat er bereits ad acta gelegt. Was du spannend findest, findet er riskant. Was für dich Premiere ist, ist für ihn nur mehr ein Remake', hatte sie gesagt, während sie die behandschuhten Hände in das Abwaschwasser tauchte. ‚Noch sieht er gut aus', und ihr Lächeln an dieser Stelle war anerkennend gewesen, ‚doch irgendwann bekommt er vielleicht einen Bauch, dann ein kleines Doppelkinn, dann gehen ihm die Haare aus, und letztendlich fängt er an zu schnaufen, weil du unbedingt die Treppen statt des Aufzugs nehmen willst … Bist du bereit, das alles mit ihm durchzustehen?' Die ruhige, sachliche Art, in der ihre Mutter ihr diese Visionen vor Augen führte, hatte Lily mehr aufgebracht als jedes Gezeter, dessen sie fähig gewesen wäre. Es war dieses ‚Ich weiß, was auf dich zukommt, Liebes…', diese bereits jetzt liebevoll und nachsichtig ausgebreiteten Arme einer vorausschauenden Mutter, die alles versteht und alles verzeiht, die Lily in Opposition getrieben und zu einem ernsthaften Zerwürfnis mit ihren Eltern geführt hatte.

Und erst, als Arne auch Marie-Luise mit seinem jungenhaften Charme eingewickelt und sie mit seinem Tatendrang und seinem Tempo förmlich überrollt hatte, waren ihre Vorbehalte geschmolzen wie Eis an der Sonne, und als Arne schließlich ganz offiziell, bewaffnet mit einem kleinen, aber geschmackvollen Blumenstrauß und einer Flasche uralten Whiskys um Lilys Hand angehalten hatte, war es Marie-Luise gewesen, die ihm unter Tränen ihr „Ja!" geradezu entgegengeschleudert hatte, die ihn in die Arme geschlossen und geküsst und ihm versichert hatte, wie glücklich sie sich schätzte, einen gestandenen Mann wie ihn zum Schwiegersohn zu bekommen.

Jetzt steht Lily an der Terrassentür, sieht hinaus in den immer noch winterlich angehauchten Garten und beobachtet das Eichhörnchen, wie es das Netz um den frisch aufgehängten Meisenknödel am Futterhaus aufknabbert, seine kräftigen Zähne in den fettigen Körnerball schlägt und behende, ohne sich umzuschauen, über den Zaun hinweg in der Hecke verschwindet. Zu ihren Füßen maunzt Kassandra eine halbherzige Drohung, und Lily beugt sich zu ihr herab, hebt sie auf und drückt das Gesicht in das weiche Katzenfell, das unter dem augenblicklich einsetzenden Schnurren vibriert wie ein Dieselmotor.

Als die Gartenpforte quietschend ins Schloss fällt, fährt sie zusammen. Dann richtet sie sich zu voller Größe auf, wirft einen Blick in den stockfleckigen, alten Spiegel im Flur und späht durch die Butzenscheiben der Haustür hinaus auf den Weg. Mads hat immer noch die Hand am Knauf der Gartenpforte, sucht mit den Augen die Front des Hauses ab und lässt den Blick langsam und forschend hinauf zum Giebel, übers Dach, den kupfernen Wetterhahn und zurück zur Fensterfront wandern. Instinktiv tritt Lily einen Schritt zurück. Mads lässt die Gartenpforte los, hält den angewinkelten Arm vor den Mund und hustet kräftig hinein, steckt die Hände in die Taschen seiner schwarzen Wetterjacke und bleibt mitten zwischen Buchsbäumen und Christrosen stehen. Der Wind fährt ihm ins Haar, die Locken kräuseln sich in der Luftfeuchtigkeit. Er spreizt die Finger der rechten Hand, fährt sich fast unwillig über den Kopf und dann über Mund und Kinn, als ringe er noch mit sich, was er als nächstes tun soll. Wieder schüttelt ihn ein Hustenanfall, seine Hand wischt ein paar Tränen aus den Augenwinkeln fort. Etwas wie Mitgefühl regt sich in Lily und ein Lächeln umspielt ihren Mund, als sie jetzt die Tür öffnet und ihn hereinbittet.

„Als ich dich da gerade stehen sah, dachte ich, ‚ach, da kommt ja mein Stiefsohn'", und mit einem schiefen Grinsen nimmt er sie bei den Schultern, drückt kurz seine Wange an ihre und sagt: „Danke für die Einladung, Stiefmama!" Sie macht einen Schritt zurück, streicht sich die Haare hinters Ohr und sagt: „Komm erstmal rein und gib mir deine Jacke. Im Wohnzimmer brennt ein Kaminfeuer, da ist es gemütlicher als hier in der kalten Diele." Sie hängt seine Jacke auf und geht ihm voran ins Wohnzimmer. In der Tür bleibt er stehen: Den Blick auf das glänzende, honigfarbene Parkett gerichtet, zieht er die Schuhe aus und stellt sie brav auf den Fliesen im Flur ab. Auf Socken betritt er den Raum, und ohne es zu wollen, registriert Lily, dass seine Füße feuchte Abdrücke auf dem Boden hinterlassen.

Vor dem Kamin bleibt Mads stehen, streckt die Hände dem Feuer entgegen und reibt die Handflächen raschelnd aneinander. „Ja, das kann man heute wirklich gebrauchen", sagt er und haucht noch einmal kräftig in die zum Rund geformten Finger. Seine Stimme klingt nasal, die Nase ist rot verschwollen - er hat sich eine dicke Erkältung eingehandelt. „Ganz schön schattig hier bei euch!", und Lily denkt wieder: ‚Weichei ...' Doch dann besinnt sie sich auf ihre Pflichten als Gastgeberin und fragt: „Trinkst du lieber Kaffee oder Tee? Oder eine heiße Schokolade?" „Also, wenn du mich so fragst", antwortet Mads und leckt sich doch tatsächlich die Lippen, „dann würd ich glatt eine heiße Schokolade nehmen. Und am liebsten mit einem Schuss Rum ..." Er legt den Kopf schief und zwinkert ihr zu. „Kein Problem." Lily ist schon auf dem Weg in die Küche. Sie stellt zwei Becher mit Milch in die Mikrowelle, sucht das Kakaopulver, Zimt und Chili zusammen, und als sie alles langsam miteinander verrührt hat, stellt sie die Becher zusammen mit der Zuckerdose und der kleinen Flasche Rum auf ein Tablett und trägt es zurück ins Wohnzimmer. „Sahne hab ich leider nicht", sagt sie, erhält jedoch keine Antwort. Sie richtet sich auf und lässt den Blick suchend durchs Zimmer wandern. Der Schatten einer kleinen Bewegung lässt sie an den Durchgang zum Arbeitszimmer treten, wo sie Mads mit seinem Foto aus Kindertagen in der Hand vor der Bücherwand seines Vaters findet.

Mit verschränkten Armen lehnt sie sich an den Türrahmen und wartet. Ohne sich zu ihr umzuwenden, streicht Mads mit dem Daumen sanft über Arnes Gesicht, hebt den Kopf und sagt so leise, dass sie es kaum versteht: „Das ist das letzte Foto, auf dem wir beide zu sehen sind. Da muss ich ungefähr ... 15 gewesen sein ...." Er stellt das Bild langsam zurück, bleibt aber mit den Händen in den Hosentaschen vor der Bücherwand stehen. „Zwölf warst du da", sagt Lily. „Als du 15 warst, hast du doch schon gar nicht mehr bei Arne gelebt. Da hatte sich deine Mutter doch schon ... da war sie doch schon ... also, nach dem, was Arne mir erzählt hat, warst du mit 15 doch schon längst im Internat?" Einen langen Augenblick lang schweigt er. Dann schüttelt er langsam den Kopf, dreht sich zu ihr um und lächelt. „Das ist typisch", sagt er und lacht leise auf. „Typisch Frau ist das, weißt du? Meine Mutter war genau so: Für Daten und zeitliche Abläufe habt ihr Frauen ganz einfach das bessere Gedächtnis! - Natürlich, älter als zwölf kann ich gar nicht gewesen sein, als das Foto entstand. Ja, ich erinnere mich, das ist in unserem damaligen Garten gewesen, und aufgenommen hat es ... hat es ... warte, ich hab's gleich ..." „Frau Seemann hat's aufgenommen", fällt Lily ihm ins Wort. „Ich hab auch gedacht, ihr hättet es mit Selbstauslöser gemacht, aber Arne hat mir erzählt, Frau Seemann hat sich geradezu drum gerissen, euch knipsen zu dürfen und hat dann drauf bestanden, einen Abzug zu bekommen. Die muss dich wirklich vergöttert haben ...", fügt sie lächelnd hinzu, als sie sieht, dass Mads verlegen die Schultern zuckt.

Irgendwo ganz hinten in ihrem Kopf steht ein kleines Fragezeichen auf: Kann es sein, dass Mads ausgerechnet den Namen der Frau, die für Wärme und Geborgenheit in seiner Kindheit steht, vergessen hat? Doch dann begegnet sie seinem Blick, einem Blick, in dem sie Einsamkeit und Sehnsucht zu erkennen meint, und ihr wird bewusst, dass hier jemand vor ihr steht, der gerade seinen Vater verloren hat. Zwar war es der Vater, dem er sich selbst entzogen hat, dem er selbst jeden Einblick in sein eigenes Leben verwehrt hat, doch er ist und bleibt sein Vater, an den ihn ebenso viele Erinnerungen voller Lachen und Liebe binden, wie sie solche an Streit und Zerwürfnisse entfremdet haben.

Sie stößt sich vom Türrahmen ab und sagt, so munter sie kann: „Komm, lass die Schokolade nicht kalt werden", dreht sich um und geht ihm voran ins Wohnzimmer. Sie weist ihm den Platz auf dem Sofa zu, lässt sich selbst in den Sessel fallen, aus dem sie den besten Blick in den Garten hat und fordert ihn auf, sich zu bedienen. Lächelnd öffnet er die Rumflasche, schnuppert daran und kneift die Augen zu, und nachdem er seinen eigenen Kakao mit einem Schuss daraus veredelt hat, hält er die Flasche fragend Lily entgegen. Die schüttelt den Kopf, zieht die Nase kraus und sagt: „Nee, daran hab ich mich bis heute nicht gewöhnen können …" Stattdessen offeriert sie ihm den Teller mit Butterstollen - „ich weiß, die Zeit ist eigentlich vorbei, aber was anderes hab ich nicht im Haus" - und wehrt sein überschwängliches Lob ab, nachdem er das erste Stück mit genießerisch geschlossenen Augen vertilgt hat. „Göttlich!", schwelgt er und leckt alle Finger einzeln ab. „Hast du den etwa gebacken?" Die Vorstellung entlockt ihr ein Lachen: „Oh Gott, nein! Wenn ich etwas hasse, dann ist es Backen - und das wissen die Kuchen & Co. auch! Nein, damit verwöhnt meine Mutter mich alljährlich, wohlwissend, dass ich Kuchen und ähnliches nicht nur nicht backen, sondern auch nicht essen mag … Also, lang bitte zu und nimm es endlich vom Markt, ja? Du tust mir wirklich einen Gefallen damit!"

Irgendwie gefällt es Lily, dass Mads keine falschen Hemmungen zu kennen scheint. Amüsiert sieht sie zu, wie er tatsächlich den Teller leert, Stück für Stück und mit gutem Appetit, und wie sein immer wieder angefeuchteter Zeigefinger auch den letzten Krümel vom Tellerrand noch auftupft. Aufatmend lehnt er sich zurück, putzt ausgiebig die Nase und stillt den einsetzenden Hustenanfall mit einem Schluck Kakao. Dann richtet er sich schlagartig wieder auf und zeigt erschrocken auf den leeren Teller: „Äh … wolltest du wirklich nichts mehr davon? Also, das wär mir jetzt echt peinlich, aber … der schmeckte so lecker …. und war irgendwie genau das, was ich grad brauchte." Er macht ein so schuldbewusstes Gesicht, dass Lily zu kichern beginnt. „Danke, dass du fragst …! Aber nein, mach dir keine Gedanken, ich wollte wirklich nichts davon."

Erleichtert lehnt Mads sich wieder zurück und lässt die Blicke schweifen. An der Wand hinter Lily, an der zu Arnes Arbeitszimmer, ist der Türdurchbruch in die endlos scheinende Bücherwand integriert: Regal an Regal reiht sich aneinander, vom Boden bis hinauf zur Decke stehen Bücher in Reih und Glied, liegen zu kleinen Türmen gestapelt oder lehnen sich vertrauensvoll Halt suchend aneinander, glänzen mit Golddruck auf rotledernen Rücken oder diskret in helles Leinen gebunden, protzen mit ihren Titeln in fetten Lettern oder halten sich vornehm verschnörkelt zurück.

Mads' Augen leuchten, während sie die Reihen entlang wandern, um dann durch den Türbogen hindurch in Arnes Arbeitszimmer abzudriften. Schweigen breitet sich aus, ein Schweigen, das die Fremdheit zwischen ihnen allzu deutlich werden lässt. Lily weicht seinem fragenden Blick aus, stellt das Geschirr zurück aufs Tablett und trägt es hinaus in die Küche. Als sie sich umdreht, fährt sie zusammen: Am Türrahmen abgestützt steht Mads und sieht ihr zu, wie sie Becher und Teller in die Spülmaschine räumt, und einem plötzlichen Impuls folgend deutet Lily auf die Küchenbank und sagt: „Ach ja, vielleicht sollten wir einfach hier bleiben. So ein Küchengespräch hat doch immer etwas Unkonventionelles, findest du nicht?"

Grinsend schiebt er sich in die Bank, legt brav die gefalteten Hände auf den Tisch und sieht abwartend zu ihr auf. Mit dem Wasserkocher in der Hand steht sie da: „Ich möcht jetzt einen Tee - was ist mit dir?" Er ist versucht zu nicken, besinnt sich jedoch eines besseren und fragt mit schief gelegtem Kopf: „Wär es sehr frivol, wenn ich gern noch so einen leckeren Kakao mit Schuss hätte? Ich steh nicht so auf Tee, wenn ich ehrlich bin ..." Wortlos geht sie ins Wohnzimmer, holt seinen Becher und bereitet ihm mit schnellen Handgriffen eine heiße Schokolade zu. Als sie ihm das dampfende Getränk hinstellt, stutzt er, schiebt sich aus der Bank und geht zurück ins Wohnzimmer. Als er zurückkehrt, schwingt er vielsagend die Rumflasche, zwängt sich leise ächzend zurück auf die Küchenbank und veredelt seine heiße Schokolade mit einem großzügigen Schuss. - Wie sie ihm da so gegenüber sitzt, mit beiden Händen ihren Becher Kräutertee umklammernd, kommt Lily sich irgendwie spießig vor. Sie hatte sich vorgenommen, Mads gegenüber cool aufzutreten, souverän, ja - bis zu einem gewissen Grad sogar gönnerhaft. Jetzt aber, da sie sich gemustert fühlt von seinem forschenden Blick aus vom Rum und der Erkältung glänzenden Augen, fühlt sie sich fremd in ihrer eigenen Küche, und die Sehnsucht nach Arne brennt in der Kehle und versetzt sie in Panik, als sie spürt, wie ihr die Tränen unaufhaltsam in die Augen steigen. - Das Telefon klingelt.

„Frau Ahrendt? - Entschuldigen Sie bitte die Störung!" Jakob Harmsens Stimme klingt ein wenig gehetzt. „Ich weiß, wir haben uns bezüglich der Musiktitel während der Trauerfeier auf ihre Auswahl geeinigt, aber jetzt hatte ich die Idee, dass wir ja zum Einzug in die Kapelle ganz leise im Hintergrund „Sailing" von Rod Stewart spielen könnten, das würde doch so gut passen zu Ihrem Mann, und ich hab da grad so eine wunderbare Instrumentalversion entdeckt, dass ich dachte, ich sollte das gleich mal mit Ihnen ... oh Gott, entschuldigen Sie, es tut mir leid ... ich wollte nicht ...." Er verstummt, und Lily meint zu sehen, wie er die Füße vom Schreibtisch nimmt und sich aufrecht hinsetzt. „Kein Problem", lächelt sie, dankbar dafür, dass sein Anruf sie vor einem unkontrollierten Gefühlsausbruch bewahrt hat. „Wirklich: Kein Problem, Herr Harmsen. Ich halte das für eine gute Idee. Der Titel hat nicht nur meinem Mann, sondern auch vielen seiner Freunde, die zur Trauerfeier kommen werden, etwas bedeutet - ich hätte selbst drauf kommen sollen." Ihre Stimme klingt so weich, verweht und irgendwie gegenstandslos. Sie hat die Stirn in die Hand gestützt, bedeckt die Augen halb mit den Fingern und lächelt auf die Tischplatte hinab. Ihr Atem schlägt sich feucht auf dem Telefon nieder und zittert kaum hörbar durch den Raum. „Frau Ahrendt?" Jakob Harmsens Stimme hat ihren munteren Klang jetzt völlig verloren, Besorgnis schwingt in ihr mit. „Ist alles in Ordnung? Geht es Ihnen gut?" Mit einem Ruck richtet Lily sich auf, fährt sich mit der Hand durchs Gesicht und antwortet: „Ja ... ja, danke, es geht mir gut, ich war nur gerade in Gedanken. Nein ... kein Grund zur Sorge, Herr Harmsen. So machen wir's, okay. ... bis Freitag dann also. Wiederhören ..." Mit der Andeutung eines Lächelns drückt Lily das Gespräch weg, lehnt sich mit geschlossenen Augen zurück und atmet tief durch. Von irgendwoher, aus sehr weiter Ferne, umweht für einen kleinen Moment der Duft von Arnes Rasierwasser ihre Nase.

„Erzählst du mir von Arne ... von meinem Vater?" Leise und vorsichtig tastet Mads' Stimme sich vor, begleitet von einem zaghaften Blick aus dunkelgrün umwölkten Augen. Lily weicht dem Blick aus, sagt dann aber mit fester Stimme: „Ja, natürlich. Was möchtest du wissen?" Sie schenkt sich Tee nach und bedeutet Mads, sich mit dem Rest der Schokolade und Rum zu bedienen, doch er wehrt dankend ab.
„Ach, da gibt's so vieles, was ich wissen möchte - eigentlich alles. Zum Beispiel, wie lange ihr verheiratet wart, wo ihr euch kennengelernt habt, ob ihr Kinder ... oh, entschuldige, das geht mich nichts an, tut mir leid." Verlegen knetet er die auf dem Tisch ruhenden Hände, dann sieht er fragend zu ihr auf. „Schon gut", lächelt Lily, „ich war drauf eingestellt, dass du mir Löcher in den Bauch fragen würdest. Also, lass mich sehen:
Frage Nr. 1: Wir hätten jetzt am 5. Mai unseren 4. Hochzeitstag gefeiert. Wir haben etwas über vier Jahre zusammengelebt, ehe wir uns entschieden haben zu heiraten. Damals trennte sich ein uns befreundetes Paar völlig unerwartet, und als alle beide sich aus unserem Leben verabschiedeten, verspürten wir plötzlich das Bedürfnis, unsere Beziehung zu besiegeln und uns öffentlich zueinander zu bekennen, und das haben wir dann auch gemacht - mit einer ganz besonderen Feier: Wusstest du eigentlich, dass es im Leuchtturm von Westerheversand ein Trauzimmer gibt?" Sie sieht ihn fragend an, wenig überrascht von seinem erstaunten Kopfschütteln. „Natürlich, als Kind hat dich das logischerweise nicht interes-

siert. Aber ja, im vierten Stock des Leuchtturms gibt es auch heute noch ein Trauzimmer, und auch heute werden noch durchschnittlich hundert Trauungen pro Jahr dort vorgenommen. Teilweise unter abenteuerlichsten Bedingungen, kann ich dir sagen! Manche Brautpaare haben sich nicht einmal von der Sturmflut abschrecken lassen, andere sind in Gummistiefeln durch den Schlick zum Leuchtturm gewatet. Es gibt Fotos dort von Bräuten im langen weißen Kleid, das sich im Seewind flatternd um ihren Körper schmiegt, wie sie im Bollerwagen vom Bräutigam den schmalen Weg hinauf zum Leuchtfeuer gezogen werden ... herrliche Fotos, solltest du dir mal ansehen. - Unsere Trauung war nicht ganz so spektakulär: Wir fuhren mit den Rädern hin, alle, auch unsere Gäste. Die Kleinsten saßen stolz wie Oskar in ihren Fahrradanhängern, meine Eltern kamen mit dem Tandem, einige fuhren bereits E-Bikes, die damals gerade aufkamen, und Arne und ich führten die Karawane auf unseren Mountainbikes an." Lächelnd lässt sie den restlichen Tee in ihrem Becher kreisen. Mads hütet sich, sich irgendwie bemerkbar zu machen, denn zu groß ist die Gefahr, Lily aus dieser sanften Versunkenheit aufzuschrecken. „Ohne uns abgesprochen zu haben, traten wir im Partner-Look auf", fährt Lily mit einem kleinen Lachen fort. „Arne trug einen hellen Leinenanzug mit Weste und Strohhut, und ich einen sportlichen Zweiteiler aus cremefarbener Rohseide. Zu der Zeit trug ich noch gern Highheels, doch damit war ich immer ein paar Zentimeter größer als Arne. Ihm machte das nichts aus, er war sich seiner selbst sicher genug und brauchte das nicht unbedingt durch körperliche Imposanz zu demonstrieren, aber gerade am Tag unserer Hochzeit wollte ich ihm auf Augenhöhe begegnen, und so trug ich ganz flache Ballerinas ... Wir waren ein wunderschönes Paar ...." Wieder wandert ihr Blick in die Ferne. Ihre Wangen röten sich, und mit beiden Händen zwirbelt sie an einer Haarsträhne herum, mit deren Ende sie sich gedankenverloren über die Wange streicht. „Da oben im vierten Stock hörte man den Wind um den Turm brausen", sagt sie jetzt und sieht Mads an. „Unten war uns das gar nicht so aufgefallen, aber da oben schien manchmal der Boden unter unseren Füßen zu schwanken. Auf unseren

Wunsch hin hielt der Standesbeamte die Traurede auf plattdütsch - sehr zum Missfallen meiner Eltern, die nicht allzuviel davon verstanden und hinterher behaupteten, er habe friesisch gesprochen." Ihre Mundwinkel verziehen sich zu einem ironischen Lächeln, doch Mads glaubt zu erkennen, dass diese Erinnerung nicht zu den schönsten gehört, die Lily an den Tag ihrer Hochzeit bewahrt. „Von unseren Freunden hatten wir uns nichts weiter gewünscht als ein oder zwei Seiten mit persönlichen Beiträgen - ein kleines Gedicht, ein Lied, einen Text, ein Foto, eine Erinnerung ... und alle haben uns diesen Wunsch erfüllt. Wir haben ein wundervolles Album zusammenstellen können." Ihr Blick wandert hinüber zu Arnes Arbeitszimmer und bleibt an einem Regal hinter seinem Schreibtisch hängen. „Darf ich es mal sehen?", fragt Mads leise, doch Lily schüttelt den Kopf. „Lieber nicht", antwortet sie, steht auf und füllt den Wasserkocher neu.

„Zu Frage Nr. 2 komme ich gleich, das wird etwas länger dauern, aber Frage Nr. 3 kann ich dir gleich beantworten: Nein, wir haben und hatten keine Kinder, weil Arne keine wollte. Er bezichtigte sich bis zum Schluss, ein schlechter Vater gewesen zu sein, darunter hat er sehr gelitten. Ich wusste das von Anfang an und habe es akzeptiert. Ich konnte ihn verstehen, obwohl es mich - ich geb es zu - oftmals sehr traurig machte."

Mads holt Luft, um etwas zu erwidern, aber Lily hebt die Hand und schüttelt den Kopf. „Ich habe nicht vor, das mit dir zu diskutieren, Mads. Das ist etwas, was du mit deinem Vater und ich mit meinem Mann abzumachen habe - ich werde es nicht mit dem Sohn meines Mannes diskutieren, okay?"

Die Schärfe in ihrer Stimme und das Blitzen in ihren Augen lassen Mads verstummen, ehe er noch eine Silbe geäußert hat. Langsam nickt er und senkt den Blick auf die immer noch auf dem Tisch ruhenden Hände.

„Frage Nr. 2 - wie wir uns kennengelernt haben - erfordert, wie gesagt, ein wenig Zeit. Bist du sicher, dass du die ganze Geschichte hören willst?"

„Unbedingt!", antwortet Mads, dankbar dafür, dass Lily die soeben erteilte Zurechtweisung sogleich mit einem Lächeln abmildert. „Und zwar von Anfang bis Ende, jedes Detail, bitte schön!" Immer noch lächelnd steht sie auf, greift nach dem inzwischen brodelnden Wasserkocher. Mit routinierten Bewegungen leert und befüllt sie den Teefilter, hängt ihn in die bauchige blaue Steingutkanne, gießt das kochend heiße Wasser auf und zieht dann die Ärmel ihrer Strickjacke weit über die zu Fäusten geballten Hände. Mit verschränkten Armen lehnt sie sich an die Spüle, und sieht Mads offen an.

„Damals", beginnt Lily, „also in grauer Vorzeit, als ich gerade die Zwanzig überschritten hatte und mir meinen Eltern zum Trotz mein Studium selbst finanzieren wollte, arbeitete ich in den Semesterferien als Kellnerin im ‚Strandhus' - du kennst es noch?" Fragend sieht sie ihn an, doch statt ihr zu antworten, fragt Mads: „Was hast du studiert, wenn ich fragen darf?" „Na was wohl?", kontert Lily und wirft sich in die Brust. „Was passt denn zu einem Menschen wie mir?" Mads zuckt betreten die Schultern, zu gern hätte er jetzt die passende Antwort parat. Sanft in ihren mit beiden Händen gehaltenen Teebecher pustend, grinst Lily ihn an: „Na, sieh mich doch an: Dicke, selbst gestrickte Wollsocken, ausgeleierte, uralte Strickjacke, Bio-Tee und null Make-up ... das kann doch nur ein Öko sein, oder? Na also: Umweltwissenschaften hab ich studiert - und mit 1,2 abgeschlossen." Mads zieht anerkennend eine Augenbraue hoch, wartet aber gespannt auf weitere Informationen und sieht sie auffordernd an. „Genützt hat es mir nichts, denn als ich meine Diplomarbeit endlich abgegeben und mein Studium abgeschlossen hatte, waren sämtliche Stellen im Umweltbereich den Sparmaßnahmen des Bundes und der Länder zum Opfer gefallen ... Pech, shit happens."

„Gut, aber das wusste ich noch nicht, als ich Arne kennen lernte", greift sie nach kurzer Zeit den Faden wieder auf. „Damals war ich noch guten Mutes und voller Zuversicht, und so jobbte ich in den Semesterferien wieder einmal bei Rieke im ‚Strandhus'. Die Arbeit machte Spaß, wurde gut bezahlt, und von den Trinkgeldern konnte man sich so einiges zur Seite legen." Ihr Blick wandert in die Ferne, ihr Lächeln ist vieldeutig, und Mads ist versucht, nach den Gründen für dieses Lächeln zu fragen, als Lily ihn mit blitzenden Augen ansieht und fortfährt:

„Es war der 5. August - ich werd es nie vergessen. Ich hätte die Schicht ab 14.00 Uhr gehabt, war aber morgens beim Zahnarzt gewesen wegen eines Weisheitszahns, der mich schon seit Ewigkeiten ärgerte, und hatte eine Betäubungsspritze bekommen, die mich irgendwie völlig ausgeknockt hatte, so dass ich einfach eingeschlafen und fast zwei Stunden zu spät zur Arbeit gekommen war."

Instinktiv greift Lily sich an die rechte Wange, ihre Hand kreist sacht auf der entsprechenden Stelle, und Mads sieht, wie ihre Zunge von innen die fragliche Lücke abtastet. Beim nächsten Wimpernschlag ist Lily wieder da und fährt in ihrer Erzählung fort: „Ich kam also viel zu spät angehetzt, schmiss mein Fahrrad an den Zaun und rannte zwischen den Tischen hindurch ins Café ... das heißt, ich war auf dem Weg dahin, als ich plötzlich über zwei völlig unmotiviert in den Weg gestreckte Füße stolperte und beinahe lang hingeschlagen wäre. Ich rappelte mich auf und hatte schon den passenden Spruch parat ... als ich Arne in die Augen sah. So grüne Augen hab ich noch nie gesehen, so schimmernd, so glänzend und geheimnisvoll, und statt ihn zu beschimpfen, stotterte ich nur herum, wurde knallrot und verlegen und entschuldigte mich schließlich, obwohl doch er derjenige war, der dieses Missgeschick verursacht hatte. Und er stotterte genauso, entschuldigte sich ebenso wortreich und unzusammenhängend, wurde rot und wischte sich die Stirn, und schließlich fingen wir beide an zu lachen, schüttelten die Köpfe und wussten nichts mehr zu sagen, und dann rannte ich rein zu Rieke, zog meine weiße Schürze an und stand wieder vor ihm, um seine Bestellung aufzunehmen ..."

Lilys Stimme ist jetzt ganz weich, ganz leise und versonnen. Ihr Blick hat sich irgendwo in der Ferne verloren, begleitet von ihrem Lächeln, das zart über glückliche Gesichter und durch windzerzauste Haare streicht.

Mit krausgezogener Nase und schelmischem Lächeln wendet sie sich Mads zu. „Ich hatte zwar gerade erst meine Schicht angetreten, doch das hinderte Arne nicht daran, bis zu ihrem Ende auszuhalten. - Als Rieke sah, dass er auch um halb zehn noch dort saß, dass er sich inzwischen die Speisekarte rauf und runter gegessen und getrunken hatte - Kaffee,Tee, Kaltgetränke jeder Art; Waffeln, Eis, Kuchen und Torte - gab sie mir frei. ‚Himmel, nun erlöse den armen Mann doch endlich!', sagte sie, nahm mir die Schürze ab und drehte mich zur Tür. ‚Das kann man ja nicht mit ansehen!' Ich selbst hatte, ehrlich gesagt, Befürchtungen, dass sich ihm, sobald er versuchte aufzustehen, der Magen umdrehen würde, doch er hatte sich fest im Griff: Zwar schwankte er ein wenig, als er sich erhob, legte auch für einen Moment die Hand auf den wohl revoltierenden Magen, doch dann richtete er sich zu voller Größe auf, neigte leicht den Kopf und funkelte mich mit seinen grünen Augen herausfordernd an. -

Es war eine Vollmondnacht, wie sollte es anders sein, und wir ließen das Café, unsere Räder und die Menschen hinter uns, gingen schweigend nebeneinander her durch die Salzwiesen zum Strand hinunter, setzten uns auf ein morsches Ruderboot, das dort lag und seit Jahren vor sich hin rottete, und sahen schweigend zu, wie die Wellen den Mondschein schaukelten, ganz sanft, ganz sacht und liebevoll. Sie spülten uns sein Silber vor die Füße, mit jeder Welle neu, er lockte uns und heilte uns - und wir tauchten ein und saßen ganz still, lauschten und spürten sein metallisches Leuchten auf der Haut, und niemals vorher und niemals nachher habe ich es so ... physisch, so stofflich empfunden."

Für einen kurzen Moment schließt Lily die Augen. „Wir sprachen sehr wenig an diesem ersten Abend", sagt sie dann und schüttelt nachdenklich den Kopf. „Es war, als hätten wir beide Angst gehabt, durch Worte etwas zu zerstören, das gerade dabei war, zu wachsen. Etwas Zartes, Durchsichtiges - wie aus Dunst Gewobenes, so kam es mir vor.

Es muss so eins oder zwei gewesen sein in der Nacht, als wir unsere Räder endlich von der Laterne vor Riekes ‚Strandhus' pflückten und Arne mich zu meiner Pension begleitete. Lautlos glitten wir über den Deich. Der Mond leuchtete nur für uns, der Wind war eingeschlafen bis auf ein gelegentliches, leises Hüsteln, wir traten gleichmäßig und im selben Takt in die Pedale, und wenn sich unsere Blicke trafen - was ungefähr alle 5 Meter der Fall war - wusste ich, dass dies der Beginn meines Lebens war, meines eigentlichen Lebens. - Arne hat es später als sein ‚Erwachen' bezeichnet: Sein Erwachen aus hundertjährigem Schlaf." -

„Vor meiner Pension angekommen, stellte ich mein Rad in den Ständer (abzuschließen braucht man bei uns ja nichts, das wirst du wohl selbst noch wissen?) und ging dann zu Arne zurück. Er stand vor der Tür des Hauses, hielt sein Rad am Lenker und schwieg. Ich wusste, dass er nicht mit hineinkommen würde, deshalb vergrub ich nur die Hände in den Taschen meiner Jacke, sah ihn an und ... kam nicht dazu, etwas zu sagen. Ganz leicht legte er mir die Hand auf die Wange (die noch immer glühte und angefangen hatte, dick zu werden), seine wunderbar warme, trockene Hand, sah mir mit seinen grünen, im Mondlicht fast golden schimmernden Augen in die Seele und hauchte mir einen Kuss auf die Lippen ... dann war er weg.

Aber nur, um mich am nächsten Morgen um acht zum Frühstück abzuholen."

Sie schweigt, lächelt zum Fenster hinaus und ist weit weg, sehr weit weg. Fast fegt sie ihren Teebecher vom Tisch, als sie jetzt beim Klang der Türglocke erschrocken zusammenfährt.

Sie zieht den Fuß von der Bank, schlängelt sich geschmeidig hinter dem massiven Tisch hervor und eilt zur Tür. „Frau

Ahrendt, ich bitte um Entschuldigung ..." In der Küche auf seinem Platz am Tisch hört Mads angeregtes Gemurmel, steht auf und tritt leise auf den Flur. In der Eingangstür erkennt er eine männliche Gestalt: Groß, breitschultrig, die tropfende Kapuze in die Stirn gezogen. Er überragt Lily mindestens um einen Kopf, neigt sich vertrauensvoll zu ihr hinunter, hält aber Abstand. Lily sieht aufmerksam zu ihm auf. Klein, zart. Wenn sie spricht, legt sie den Kopf in den Nacken, schüttelt leicht das weizenblonde Haar, nickt. Ihre Schultern sinken merklich herab, ihre Haltung signalisiert entspannte Kommunikation. Schließlich zupft die männliche Gestalt an ihrer Parka-Kapuze, nickt zögernd, dreht sich um, dreht sich zurück, nickt noch einmal, zerrt die Hand aus der Tasche und deutet ein Winken an - dann ist sie in der Dunkelheit verschwunden, und Lily schließt leise die Tür. Eine Sekunde - vielleicht eine Sekunde zu lang, findet Mads - bleibt sie mit der Klinke in der Hand stehen, bevor sie sich umdreht und in die Küche zurückkehrt.

„Entschuldige", sagt sie leichthin, klemmt sich wieder auf ihren Platz hinter den Tisch, zieht den Fuß auf die Bank und trinkt einen Schluck Tee. „Der Bestatter hatte noch ein paar Fragen wegen Freitag ..."

Mads verkneift es sich, auf Telefon, SMS oder Email zu verweisen, um keinen Preis will er Lily gegen sich aufbringen. So lächelt er ein schnelles Lächeln, greift nach der Teekanne und sagt: „... bleib sitzen, ich kann das auch ...", wobei er mit zwei Schritten am Spülbecken ist, den Wasserkocher füllt und auf die Station stellt, die Teedose vom Regal nimmt, sie öffnet und mit drei Fingern eine entsprechende Dosis Tee abwägt. Während er die Blättchen in den Filter rieseln lässt, fragt er so gleichgültig wie möglich: „Ist es üblich, dass der Bestatter so völlig unangemeldet zu nachtschlafender Zeit an der Tür klingelt?"

Lily reagiert nicht, sie ist schon wieder in Gedanken versunken. Doch dann hebt sie den Kopf, sieht Mads an und lacht verwundert auf: „Zu nachtschlafender Zeit? Es ist viertel vor sechs, der Mann ist auf dem Weg nach Hause und kommt praktisch bei mir vorbei - was ist daran so verwunderlich? - Mads? Bist du uns wirklich schon so entfremdet, dass du für diese Modalitäten kein Gespür mehr hast?" Mads schluckt, die Röte kriecht ihm den Nacken hinauf, er nimmt den Filter aus der Kanne, lässt ihn gewissenhaft abtropfen und stellt ihn dann in den Ausguss. Während er klirrend den Deckel aufsetzt und die schwere, bauchige Kanne auf das Stövchen stellt, vermeidet er es, Lily anzusehen. „Wie ging es weiter mit Arne ... mit meinem Vater und dir?", fragt er stattdessen und streckt die Hand aus nach ihrem Becher, um ihr Tee nachzuschenken.

Nur allzu gern lässt Lily sich ködern - ködern damit, über Arne reden zu können. „Ja ... wie ging es weiter?", wiederholt sie und lächelt gedankenverloren vor sich hin. „Es war, als hätten wir den Faden lediglich dort wieder aufgenommen, wo wir ihn vor langer Zeit, vielleicht in einem anderen Leben, niedergelegt hatten. Vom ersten Augenblick an waren wir uns so vertraut, so einig, so sehr ... eins, dass wir wohl ein ziemlich sprachloses Paar waren: Wir brauchten keine Worte! Hast du mal von den Aborigines gelesen, wie bei ihnen die Kopf-zu-Kopf-Unterhaltung funktioniert? Nein? Schade, dann wird es schwer, dir das zu erklären ..."

Sie hält ihm den Becher hin, damit er ihr nachschenkt. „Wir haben uns viel Zeit gelassen", sagt sie leise. „Viel Zeit. - Es hat mehr als ein Jahr gedauert, bis wir zusammenzogen, mehr als vier Jahre, bis wir heirateten, und mehr als sechs Jahre, bis wir dieses Haus fanden." Ihr Blick wandert liebevoll über Wände, Böden und Decken. „Das heißt, ihr wohnt erst seit einem Jahr hier?", fragt Mads überrascht. „Seit zwei Jahren, ja", bestätigt Lily, und von einer Sekunde zur anderen entziehen ihr die Worte den Boden unter den Füßen, lassen sie fallen in ein tiefes, schwarzes Loch. Im Bruchteil einer Sekunde stürzt sie in einen Abgrund aus Trauer und Verzweiflung, und aufschluchzend schlägt sie die Hände vors Gesicht und beginnt hemmungslos zu weinen.

Unbeholfen steht Mads einen Augenblick da, steckt die Hände in die Hosentaschen und zieht sie wieder heraus. Schließlich schiebt er sich vorsichtig neben Lily auf die Bank, zerrt ein riesiges Stofftaschentuch aus der Tasche und drückt es ihr vor das tränennasse Gesicht. Er zögert, legt ihr dann aber doch den Arm um die Schulter. Ihr Kopf sinkt hinunter auf die verschränkten Arme, die mageren Schultern vibrieren in lautlosem Schluchzen. Sanft, ganz sanft streicht Mads' Hand über ihren Rücken, das Rascheln seiner Haut auf ihrer Strickjacke schrillt in seinen Ohren. Seine Finger berühren ihr Haar, verfangen sich in den weißblonden Strähnen, umschließen ihren Nacken und bleiben schwer und warm zwischen ihren Schulterblättern liegen. Er ist klug genug zu schweigen.

Gerade, als Lily sich aufseufzend mit beiden Fäusten das Taschentuch vor die rotgeweinten Augen drückt, ertönt ein leises Maunzen, und unter dem Tisch hervor schiebt sich Kassandra, streicht ihr um die Beine und sieht mit weit geöffneten Augen zu ihr auf. Schuldbewusst lächelnd beugt Lily sich hinunter, greift der Katze unter den Bauch und hebt sie sanft zu sich hinauf. Wortlos drückt sie sie an die Brust, reibt Augen, Stirn und Nase in Kassandras weichem Fell und murmelt Unverständliches in die hoch aufgerichteten Ohren. Schließlich sehen sie sich an, sitzen einen kleinen Augenblick lang Nase an Nase, dann rollt die alte Katze sich schnurrend auf Lilys Schoß zusammen.

„'tschuldigung." Ihre Stimme klingt immer noch rau, das Lächeln hat die Augen noch nicht erreicht. „Meistens hab ich mich ganz gut im Griff", sagt Lily, „doch manchmal eben auch nicht ... dann hat es mich im Griff." Mads nickt, rückt ein Stück zur Seite und wechselt dann zurück auf seinen Stuhl. „Ist nicht persönlich gemeint", sagt er und zeigt auf Kassandra, „aber ich bin ziemlich allergisch gegen Katzenhaar ..."

Lily reagiert nicht. Ihre Finger gleiten sanft und unaufhaltsam durch Kassandras Fell, Mads rückt mit seinem Stuhl noch ein wenig zurück. „Als wir dieses Haus entdeckten, war es vom ersten Augenblick an wie Nach-Hause-Kommen." Ihre Stimme ist dunkel und warm, ihr Blick ruht immer noch auf der schlafenden Katze in ihrem Schoß. „Weißt du, Arne hat zwar als Makler und Immobilienhändler gearbeitet, aber eigentlich war er eher so etwas wie ein Heiratsvermittler, wenn du verstehst, was ich meine."

Nein, Mads versteht nicht, und das Gefühl, hier fehl am Platz zu sein, löst plötzlich einen heftigen Juckreiz bei ihm aus. Mit beiden Händen fährt er sich durchs Haar, traktiert die Kopfhaut mit allen zehn Fingern und wirft Lily einen skeptischen Blick zu, der seinen Zweck jedoch verfehlt. Lilys Hände ruhen nun auf der Katze, in ihren Mundwinkeln spielt wieder ein wehmütiges Lächeln, und über den Tisch hinweg gleitet ihr Blick zum Fenster hinaus, durch den inzwischen dunklen Garten, über den Sommerdeich und die Salzwiesen zum Meer, auf dem der Mond sich träge schaukeln lässt.

„Nicht ein einziges Mal hat Arne es fertiggebracht, ein Haus dem Meistbietenden zu verkaufen", sagt sie, und erleichtert registriert Mads, dass ihre Stimme schon wieder an Festigkeit gewinnt. „Immer hat er es verstanden, ungeeignete Interessenten unterschwellig auf angebliche Nachteile hinzuweisen, ihnen ein anderes Projekt schmackhaft zu machen, sie auf diese oder jene Art zu manipulieren oder einmal sogar abzuwimmeln, weil er überzeugt war, dass Haus und Interessent nicht harmonierten. ‚Ich such nicht das passende Haus für die Menschen', sagte er immer. ‚Ich suche die passenden Menschen für das Haus.' Und er hatte ein feines Gespür dafür, wer zu welchem Haus passte. - Haben wir noch einen Tee?", fragt sie und späht in ihren leeren Becher.

Als Mads ihn wieder gefüllt hat, nippt sie kurz, stellt den Becher auf den Tisch zurück und umschließt ihn mit beiden Händen. „Als ihm dieses Haus zur Vermittlung angeboten wurde, als er es zum ersten Mal in Augenschein nahm, um es zu bewerten und zu schätzen, war er so aufgeregt, dass er mich bat, mich sofort mit ihm zu treffen! Es klang so überdreht, so dringend und unumgänglich, dass ich alles stehen und liegen ließ und voller Sorge zu ihm fuhr. Er erwartete mich im Café-Stübchen, hatte bereits den zweiten Cappuccino bestellt und konnte kaum still sitzen, so sehr brannte er darauf, es mir zu erzählen.

‚Ich hab unser Haus gefunden, Lilily!' Er hielt meine Hände auf dem Tisch so fest umklammert, dass es fast wehtat, doch das Leuchten in seinen Augen, das Lächeln in seinem Gesicht überstrahlte alles, und das Grübchen in seinem Kinn war so tief wie noch nie. Ich brauchte ihn gar nicht aufzufordern, mir alles zu erzählen, es sprudelte nur so aus ihm heraus:

‚Es ist ein altes Haus, Lilily, mindestens achtzig Jahre alt. Und so sieht es auch aus! Also, ich meine, es hat Persönlichkeit, weißt du? Es ächzt, es schnauft, es knackt in den Gelenken, aber das liegt nur daran, dass es untrainiert ist. Es muss erst mal wieder ins Leben zurückgeführt werden, es muss sich erst mal wieder recken und strecken und jedes Glied einzeln dehnen dürfen ... dann wird es sich auch wieder in seiner ganzen Schönheit zeigen - wer weiß, vielleicht wird es sogar ein bisschen damit kokettieren ...!' Arne strahlte wie ein Kind unter dem Weihnachtsbaum, er war so begeistert, so glücklich und erfüllt von diesem Traum, dass ich gar nicht anders konnte, als mit einzustimmen."

Inzwischen ist die Katze von ihrem Schoß heruntergesprungen und im Arbeitszimmer verschwunden. Lilys Hände umklammern immer noch den mächtigen Becher, ihr seliges Lächeln spiegelt sich im inzwischen erkalteten Tee.

„Natürlich sind wir noch am selben Tag hingefahren." Als sie den Faden wieder aufnimmt, streift ihn ein kurzer Blick aus glänzenden Augen. „Er schloss die Tür auf, drehte sich zu mir um und nahm mich auf den Arm. Und während er mich über die Schwelle trug, küsste er mich. Dann setzte er mich ab in dem kleinen Vorflur, genau da, wo jetzt die Garderobe ist, drehte mich an den Schultern langsam herum und flüsterte mir ins Ohr: ‚Willkommen zuhause, Lilily.'"

Ein wenig unruhig rutscht Mads auf seinem Stuhl hin und her. Noch ehe er die Frage ausgesprochen hat, deutet Lily durch die Tür hinaus in Richtung Vorflur: „Gäste-WC ist im Windfang, Bad oben die erste Tür rechts." Wortlos steht er auf und geht.

Lily stützt beide Ellenbogen auf den Tisch, legt das glühende Gesicht in die Hände und schließt die Augen. „Nein, ich werde nicht mehr weinen", flüstert sie. „Ich hab es dir versprochen ... ich weiß." Sie sitzt da, drückt die Daumen in die Ohren und die Finger auf die Augen, presst die Lippen zusammen und kann doch nicht verhindern, dass ihre Wangen feucht glänzen. Erst, als Mads ihr vorsichtig die Hand auf den Arm legt, hebt sie den Kopf, lächelt tapfer und atmet tief durch.

Mads deutet mit dem Daumen nach oben: „Das Badezimmer oben habt ihr sicher auch renoviert, stimmt's? Da sieht alles noch so neu aus ..." „Hm", macht Lily mit unverhohlenem Stolz. „Das war unser Meisterstück! Fast fünf Wochen haben wir dafür gebraucht: Wir haben es komplett entbeint, weißt du? Alles haben wir rausgeschmissen - Dusche, Waschbecken, Klo, Badewanne - und sämtliche Fliesen abgeschlagen, sowohl von den Wänden als auch vom Boden. Ich glaube, es waren mehr als eineinhalb Tonnen Schutt, die wir so nach und nach abgefahren haben ... eine elende Schufterei war das. Aber bis auf die Installation der neuen Heizkörper haben wir alles selbst gemacht. Naja, dem Fußboden sieht man es ja auch an, es war halt das erste Mal, dass ich gefliest habe ..." Sie grinst, zuckt die Schultern und freut sich, als Mads ihr versichert, dass ihm auch nicht der kleinste Makel aufgefallen sei.

„Es war natürlich eine schrecklich staubige Angelegenheit, das kannst du dir ja vorstellen: Die alten Wandfliesen waren nicht nur fast deckenhoch gefliest, sondern auch noch übergestrichen, und darunter war Gipsputz ... das war echte Knochenarbeit. Wir arbeiteten natürlich bei offenem Fenster, und wenn die Staubschwaden abzogen, sah es von draußen aus, als sei bei uns ein Feuer ausgebrochen." Ihr Lächeln verliert sich in der Ferne, doch plötzlich wird sie ernst.

„Kurz darauf fing Arne an zu husten", sagt sie und sieht Mads an. „Es war ein hartnäckiger, trockener Husten, und wir schoben es natürlich auf diese Bad-Aktion. Ich weiß noch, dass ich Witze machte und uns verglich mit Bergarbeitern mit Staublunge. Ich ahnte ja nicht, dass ich damit gar nicht so schief lag ...."

Plötzlich stellt sie den Becher auf den Tisch, schiebt ihn von sich und reibt sich fröstelnd über die Arme. „Tja", sagt sie, und ihre Stimme klingt übertrieben laut, „ich glaube, für heute hab ich tief genug in der Vergangenheit gewühlt. Möchtest du noch etwas essen, bevor du gehst?"

Mads wirft einen Blick auf die Uhr, runzelt schuldbewusst die Stirn und erhebt sich. „Danke, Lily", sagt er. „Danke für den Stollen, die heiße Schokolade, den Tee ... und vor allem für all das, was du mir erzählt hast." Unschlüssig steht er vor ihr, dann zieht er sie an sich und haucht ihr einen Kuss auf die Wange. Als sie ihn zur Tür begleitet, bleibt er mit der Klinke in der Hand stehen: „Dann sehen wir uns also spätestens am Freitag?" Sie nickt. „Um 12.00 Uhr in der alten Kapelle." Im selben Moment, in dem die Gartenpforte hinter ihm ins Schloss fällt, verlöscht im Haus das Licht.

Spätestens, als sie am Freitagmorgen die Rollläden hochfährt und den Blick über den sturmgepeitschten Garten gleiten lässt, gesteht Lily sich ein, dass ihre Mutter Recht hatte: Allein mit dem Fahrrad zur Kapelle zu fahren, wäre verrückt. Sie wendet sich ab, ergreift im Vorbeigehen Decke und Kissen und trägt beides zurück in ihr Bett. Es war nicht das erste Mal, dass sie mitten in der Nacht ins Gästezimmer umzog, weil sie die Einsamkeit des Schlafzimmers nicht mehr ertragen kann.

Frisch geduscht, doch klein und blass steht sie schließlich in der Küche. Es ist gerade erst zehn Uhr, vor Ablauf einer Stunde werden ihre Eltern nicht hier sein. Doch kaum hat sie diesen Gedanken zu Ende gedacht, als der silbergraue Wagen ihres Vaters auch schon vorfährt. Hoch aufgerichtet, den flachen Hut mit der Linken fest auf dem wie immer frisch frisierten Haar fixierend, schreitet Marie-Luise Oehlert den gewundenen Weg durch den Vorgarten entlang, dabei sichtlich bemüht, mit ihren hohen Absätzen nicht zwischen das alte

Kopfsteinpflaster zu geraten. Ihr Mann folgt ihr hastig, nachdem er sich noch einmal vergewissert hat, dass er das Auto abgeschlossen hat. Beide sind in tiefes Schwarz gekleidet.

„Ach, Kind, lass dich anschauen", sagt ihre Mutter und hält Lily prüfend auf Abstand. „Mein Gott, so dünn bist du geworden! Und so blass ... ach, Kind, wenn das hier vorbei ist, kommst du aber mit zu uns, ich bestehe darauf! Nein, keine Widerrede, du brauchst ganz offensichtlich deine Mutter!" Über die Schulter seiner Frau hinweg zwinkert Johannes Oehlert seiner Tochter zu, hüllt sie in eine feste Umarmung ein und flüstert liebevoll: „Komm zu Papa, meine Kleine ...", und an seiner breiten Brust atmet Lily seinen Duft, diesen Duft, der ihr so vertraut ist und der schon seit Anbeginn der Zeiten für Sicherheit und Geborgenheit steht.

„Ihr seid früh", sagt sie, während sie Kaffeewasser aufsetzt. „Wir wären schon viel früher hier gewesen, wenn dein Vater, wie ich es empfohlen hatte, gestern schon das Gesteck aus der Gärtnerei geholt hätte", ist die spitze Antwort ihrer Mutter. „Überhaupt finde ich es absolut unpassend, dass du all die Zeit hier allein geblieben bist. In einer solchen Situation gehört man an die Seite seiner Lieben, wo man Trost und Zuspruch findet. Was meinst du, wie die Tanten sich das Maul zerrissen haben! Ein Segen, dass ich das nicht habe anhören müssen."

„Mama, das Thema hatten wir doch schon", sagt Lily müde, während ihr Vater sich Kassandra schnappt und mit der Katze auf dem Arm vor die Terrassentür tritt.

Mit gerunzelter Stirn nimmt ihre Mutter den schweren Steingutbecher entgegen, hält die Nase in den Dampf und inhaliert tief. „Hach, das tut gut", sagt sie dankbar, geht ebenfalls hinüber ins Wohnzimmer und nimmt, immer noch hoch aufgerichtet, in einem Sessel Platz. Als ihr Mann sich zwei gut gehäufte Löffel Zucker in den Kaffee schaufelt, öffnet sie den Mund, verkneift sich dann jedoch jeglichen Kommentar.

„Komm, Liebes", fordert Johannes Oehlert seine Tochter auf und klopft neben sich aufs Sofa. „Setz dich ein bisschen zu deinem alten Vater." Nur zu gern folgt Lily der Aufforderung, kuschelt sich in seinen Arm und nippt an ihrem Tee. „Viel dran ist wirklich nicht mehr an dir", sagt Johannes, als seine Hand

ihre knochige Schulter findet. „Es kommen auch wieder bessere Zeiten, Papa", sagt Lily, tonlos und ohne Überzeugung.
„Und du willst die Trauerrede wirklich selbst halten?", fragt ihre Mutter, und ihre Stimme ist nun weich und warm. „Ach, Schatz - ich halte das für keine gute Idee." Über ihren Becher hinweg lächelt Lily ihr zu. „Ich schaff das schon, Mami", antwortet sie. „Ich schaff das - und ich brauch das, verstehst du? Das ist meine Art, Abschied zu nehmen." Schweigend sehen ihre Eltern sie an, dann wenden sie sich wieder ihrem Kaffee zu.

Schließlich räuspert sich ihr Vater geräuschvoll, wirft einen Blick auf seine Armbanduhr und stellt fest, dass es schon nach 11.00 Uhr ist. „Du solltest dich langsam umziehen, mein Schatz", empfiehlt Marie-Luise ihrer Tochter, doch Lily sieht sie erstaunt an. „Umziehen? Ich zieh mich nicht um, Mami, ich bin fertig." „Wie? Du gehst so wie du bist ... in Jeans und Bluse?" „Und Blazer, ja", ergänzt Lily, „genau so, wie Arne mich gern gesehen hat." Dem ist nichts entgegenzusetzen, doch als Lily jetzt noch einmal ins Bad geht, wirft Marie-Luise ihrem Mann einen zweifelnden Blick zu. „Also, ich weiß nicht ... findest du das nicht auch ein bisschen unangemessen?" Johannes ist aufgestanden und zu seiner Frau getreten. Zärtlich legt er ihr den Arm um die Schulter, drückt die Wange in ihr Haar und sagt: „Lass es sie auf ihre Art machen, Schatz. Das muss jeder für sich selbst entscheiden ...", und als sie, immer noch besorgt, zu ihm aufsieht, küsst er sie liebevoll auf die Wange. Mit einem Seufzer lässt sie den Kopf an seiner Schulter ruhen.

Als Lily zurückkommt, hält sie einen dicken Strauß Schlüsselblumen in den Händen. Sie steckt die Nase hinein und sieht auf. „Sie sind sehr früh in diesem Jahr, das ist schön. Und keine Sorge, die sind nicht geklaut. Sie wachsen unten bei unserem Gartenhaus - es werden jedes Jahr mehr." Dann holt sie ein breites, weißes Seidenband aus der Schublade und schlingt es um die Stängel. „Hältst du mal bitte den Finger drauf", bittet sie, dann bindet sie die Schleife und lässt das Band herabhängen. „Sieht aus wie ein Brautstrauß, oder?" Ihr Lachen misslingt, und mit einer schnellen Bewegung wischt sie sich über die Augen.

„So, fertig", sagt sie, „wir können fahren." Und ehe noch jemand etwas sagen kann, hat sie sich umgedreht, ihren Mantel vom Haken genommen und die Haustür aufgerissen.

Sie sind die ersten, die auf den kleinen Parkplatz vor der Kapelle fahren. Das Knirschen des Kieses unter den Reifen ist im Brausen des Windes kaum zu hören, und mit flatterndem Mantel und den Hut fest aufs Haar gedrückt, flüchtet Marie-Luise hinein in den stillen Vorraum der alten Kapelle. Etwas langsamer folgen Lily und Johannes.
Unter dem Vordach des Eingangs steht, die Hände vor dem Bauch ineinander gelegt, ein junger Mann mit dunkelblondem Haar. Er verneigt sich schweigend, als Lily von ihrem Vater ins Haus geleitet wird, und erst, als sie sich dort umgesehen und den Blick wieder nach draußen in den Regen gerichtet hat, erkennt Lily Jakob Harmsen. Mit zwei Schritten ist sie bei ihm, reicht ihm die Hand und sagt entschuldigend: „Ich habe sie jetzt wirklich kaum erkannt, Herr Harmsen! Ohne Ihre Wanderstiefel und die dicke Cordjacke ..." Sie lächelt, als sie den Blick anerkennend über seinen schwarzen Anzug, die Krawatte und die blank geputzten Schuhe gleiten lässt. Fast entschuldigend zuckt er die Schultern, neigt sich tief über ihre Hand und sieht ihr dann fest in die Augen: „Sie schaffen das, Frau Ahrendt. Ganz bestimmt: Sie schaffen das ..." Einen winzigen Augenblick lang ist Lily versucht, das Weite zu suchen, sich umzudrehen und zu rennen ... weg, nur weg - so weit es irgend geht. Doch dann spürt sie den Druck von Jakob Harmsens warmer Hand, spürt, wie er ihr wortlos Mut zuspricht und Beistand, und mit der Andeutung eines Lächelns tritt sie zurück in den Vorraum der Kapelle, gesellt sich zu ihren Eltern und sieht den Trauergästen entgegen, die nun beginnen, den kleinen Raum zu füllen.

Pünktlich um 12.00 Uhr öffnet Jakob Harmsen die schwere Doppeltür zur Kapelle. Ein Meer von Kerzen erleuchtet den Raum, und vorn, in der Mitte der Stirnwand, steht auf einem kleinen Podest die Urne mit Arnes Asche. Jakob Harmsen hat keine Mühe gescheut, das Arrangement entspricht genau Lilys Vorgaben: Maritimes Ambiente, die Farben weiß wie die Wolken, grün wie der Deich und blau wie der Himmel. Unterhalb der mit weißem Satin verhüllten Stele, auf der die sandfarbene Urne mit den kleinen Abdrücken nackter Füße darauf steht, wächst Strandhafer aus einer angedeuteten Düne, gräbt sich ein Einsiedlerkrebs aus einem Schneckenhaus und liegen Muschelschalen, als wären sie gerade angespült. Einen nur für Eingeweihte erklärlichen Kontrast bildet die große Schale mit kurzen Schlüsselblumen, die der Nachbildung des Leuchtturms von Westerheversand gegenüber steht, und mit einem unterdrückten Schluchzen tritt Lily heran, um ihren Schlüsselblumenstrauß direkt neben die Urne zu legen. „Von Zuhause", flüstert sie, tritt zurück und nimmt zwischen ihren Eltern Platz.

Die Kapelle füllt sich. Füße scharren, Menschen husten und räuspern sich, gedämpftes Gemurmel erfüllt den Raum. Zu den Klängen von Rod Stewarts „Sailing", die von weit, weit her geweht kommen, tritt Jakob Harmsen vor, verneigt sich tief vor der Urne und nimmt im Halbdunkel an der Wand Platz. Ganz langsam wird die Musik lauter, findet ihren Weg in den Raum, füllt ihn mit Fernweh und Sehnsucht und entschwebt, kurz bevor sich die schweren Türen der Kapelle schließen.

„Wollte denn Arnes Sohn nicht an der Trauerfeier teilnehmen?" Marie-Luise neigt sich zu Lily herüber, hält die behandschuhte Hand vor den Mund und flüstert kaum hörbar. Trotzdem fährt Lily erschrocken zusammen, sieht sich suchend um und zuckt dann die Schultern. „Er wird sicher noch kommen", flüstert sie zurück, obwohl es ihr im Augenblick herzlich egal ist.

Mit den ersten Klängen von „Song for Guy" erhebt Lily sich, schwankt, und greift dankbar nach Jakob Harmsens Hand, der wie aus dem Boden gewachsen an ihrer Seite steht. Er hilft ihr hinauf auf das kleine Podest neben der Urne, deutet wortlos auf das Wasserglas und die Box mit Papiertaschentüchern, die er auf dem Regal unter dem winzig kleinen Mikrophon deponiert hat, und zieht sich zurück ins Halbdunkel.

Lily hält sich fest. Mit beiden Händen umklammert sie das Podest, kneift die Augen zu und räuspert sich. Ihr Herz hämmert, der Boden unter ihren Füßen schwankt, doch sie ist voll konzentriert, ganz und gar gesammelt und ganz bei sich - und bei Arne.

Als das Lied verklingt, hebt sie ganz langsam den Arm und lässt das weiß schimmernde Tuch, das bis jetzt das Bild auf der Staffelei verhüllt hat, langsam zu Boden gleiten. Ein Raunen geht durch die Reihen, ersticktes Schluchzen hier und da, Räuspern und Schnäuzen. Als es wieder still ist, wendet Lily sich dem Bild zu.

Es ist ein Foto von Arne, das sie während ihres letzten Fahrradausflugs nach Friedrichstadt aufgenommen hat. Es zeigt Arne von hinten, in kurzer Hose und T-Shirt, Sandalen an den nackten Füßen, den obligaten blauen Pullover um die Schultern geknotet. Der linke Fuß steht abfahrbereit auf dem Pedal, der rechte auf dem Boden. Die Brise, die an diesem Tag von Osten kommt, hat sich in seinem Haar verfangen: Locker umspielt es seinen Kopf. Über die Schulter zurückblickend wendet er das lachende Gesicht dem Betrachter zu, während seine rechte Hand lässig grüßend über die Schulter zurück winkt. - Schweigend steht Lily da, versunken in seinen Anblick.

Das Räuspern ihres Vaters lässt sie zusammenfahren. „Entschuldigt", sagt sie und wendet sich den Trauergästen zu. „Entschuldigt bitte, wenn euch dieses Foto von Arne erschreckt hat - ich habe es euch ohne Vorwarnung dargeboten.

Doch ich habe es bewusst ausgewählt, weil es alles das symbolisiert, was Arne für mich war - Licht, Wärme, Lachen, Vertrauen, Geborgenheit, Freude. Und dafür, mein Herz, will ich dir danken, jetzt und hier und ausdrücklich, auch wenn ich weiß, dass es einen endgültigen Abschied zwischen uns nicht geben kann ... nicht geben wird. -

Für uns beide lag das Glück dieser Erde nicht auf dem Rücken der Pferde, sondern auf dem Sattel der Drahtesel. Wie haben wir es geliebt, uns auf dem Rad den Wind um die Nase wehen zu lassen! So manche Wettfahrt haben wir uns geliefert, wobei es uns völlig egal war, wem der Sieg gehörte. Wir hatten unsere eigenen Regeln, und nach denen lief das Spiel zwischen uns ab, ein Spiel, bei dem es keine Verlierer gab, nur Gewinner. -

Doch dann, irgendwann, hat jemand anderes die Regeln aufgestellt - und es war kein Spiel mehr. Du bist mir davongefahren, Arne - ob du wolltest oder nicht. Es nützte nichts, dass wir beide versuchten, auf die Bremse zu treten; es nützte nichts, dass wir auf Einhaltung der Regeln pochten ... in diesem Spiel gab es keine Gewinner mehr, nur Verlierer."

Ihre Stimme zittert, die Beine drohen, ihren Dienst zu versagen. Mit eisernem Willen erinnert sie sich an ihr Arne gegebenes Versprechen, bei seiner Trauerfeier nicht zu weinen, und als sie den Blick vorsichtig über die versammelten Trauergäste gleiten lässt, fühlt sie sich ermutigt von Jakob Harmsen, dessen aufmerksam auf sie gerichtete Augen in tiefem Nachtblau schimmern, und der ihr aus dem Halbdunkel heraus kaum merklich zunickt.

„So steh ich also plötzlich da ohne dich, in Regen und Sturm. Das war so nicht geplant, Arne. Doch als wir einsahen, einsehen mussten, dass wir die Verlierer in diesem Spiel sein würden, hast du irgendwann meine Hand genommen und gesagt: ‚Das ist nicht das Ende, Lily - auf der anderen Seite geht's weiter.' - Ich weiß, dass viele von euch, die ihr jetzt hier sitzt, an dieser Stelle versucht seid, nachsichtig zu lächeln. Das ist erlaubt. Für Arne und mich allerdings liegt der Punkt, an dem unser Spiel zu Ende geht, noch vor uns."

Sie hat leise gesprochen, doch ihre Stimme ist nun fest und sicher. Auch ihre Augen bleiben trocken, wie sie es ihm versprochen hat, und als sie ihren Platz zwischen ihren Eltern wieder einnimmt, greifen alle beide nach ihren Händen, drücken sie sanft und halten sie fest. - Aus dem Off erklingt das „Halleluja", sanft gleitet die Melodie durch den Raum, schwingt sich auf und sinkt herab, gibt die tiefe, fast etwas lässige Stimme Leonhard Cohens frei, leitet und begleitet sie und malt Schmerz und Trauer auf Lilys kleines Gesicht.

Wie sie es sich gewünscht hat, nehmen seine Freunde Abschied von ihm: Einer nach dem anderen steigen sie hinauf zum Podest, wenden sich dem lachend grüßenden Arne zu und erwidern seinen Gruß, manchmal verhalten, manchmal rau, manchmal verschmitzt, manchmal gefühlvoll - doch immer geprägt von eigenem Erleben, persönlichen Erinnerungen und echter Freundschaft. Es tut Lily gut zu spüren, wie viele Menschen Arne geliebt und geschätzt haben - und wie viele mit ihr trauern und ihn vermissen.

Erst als plötzlich wieder Jakob Harmsen vor ihr steht, sich tief verneigt und dann der Urne zuwendet, registriert sie, dass alle Blicke sich auf sie richten. Es ist eine Qual, sich erheben zu müssen, und nur unter Aufbietung aller Kräfte nickt sie Harmsen zu und versucht, ihren Körper zu straffen. Sie spürt die Hand ihres Vaters unter ihrem Ellenbogen, überlässt sich seiner Führung und folgt Jakob Harmsen, der gemessenen Schrittes, die Urne in der Hand, die Kapelle verlässt.

Innerlich widerstrebend, doch der Tradition gehorchend, steht Lily dann da, klein und verfroren, im Rücken unmerklich gestützt von ihrem Vater, eskortiert von Marie-Luise und unter den wachsamen Blicken von Jakob Harmsen, und versucht, über all den Worten voller Liebe, Freundschaft und Trost, die ihr mit einer Umarmung oder einem Händedruck oder auch nur einer wortlosen Geste übermittelt werden, die Fassung zu wahren. Gerade, als sich ihr eine ältere Frau von gedrungener Gestalt aus der Reihe der Vorbeidefilierenden nähert und mit rauer Stimme sagt: „Ich bin Ilse Seemann, Frau Ahrendt ... es tut mir so unbeschreiblich leid um Ihren Mann!", sieht Lily aus dem Augenwinkel, wie Mads sich aus dem Schatten der Kapelle löst und eilig den Weg zum Friedhofstor einschlägt. „Frau Seemann - danke, dass Sie gekommen sind." Lily schwankt ein wenig, und so neigt Marie Luise sich der Frau zu und bittet sie leise, sie doch noch mit ins „Strandhus" zu begleiten. Mit feucht schimmernden Augen nickt Ilse Seemann ihr Einverständnis.

Als sie eine kleine Ewigkeit später zusieht, wie Jakob Harmsen die Urne in die Erde hinablässt, als sie herantritt, sich bückt und erst eine kleine Handvoll Rosenblütenblätter und dann eine Handvoll Erde hinabrieseln lässt, murmelt sie hinter fast geschlossenen Lippen: „ ... und wie du siehst, mein Herz, weine ich nicht ...", doch gleichzeitig krampft sich alles in ihr zusammen, und für eine Sekunde fürchtet sie, sich übergeben zu müssen.

Wie in einem Nebel hat Lily diese Stunden erlebt, jetzt ist sie am Rande der Erschöpfung. Als sie die Tür zum „Strandhus" öffnet, Rieke ihr entgegeneilt und sie wortlos an sich drückt, ist es mit ihrer Fassung vorbei: Haltlos schluchzend bricht sie zusammen und lässt sich widerstandslos von Rieke ins Hinterzimmer führen. Sie spürt, wie ihr ein Glas an die Lippen gedrückt und ein Whisky eingeflößt wird, schüttelt sich hustend und krächzend und ringt nach Luft. Doch allmählich, während sie den Weg des Alkohols durch ihr Inneres verfolgt, lockert sich der Griff der Faust, die sich um ihr Herz geschlossen hat, ein wenig, und dann noch ein wenig, und noch ein wenig, und schließlich schafft sie es, sich mit beiden Händen über das glühend heiße Gesicht zu fahren und Rieke ein schmales Lächeln zu schenken, und dann steht sie auf, streicht ihre Bluse und den Blazer glatt und probiert ein paar Schritte in Richtung auf die Tür. Noch einmal holt sie tief Luft, schließt die Augen und nickt - und dann tritt sie in den Raum, in dem die Tische gedeckt sind, in dem sich nach und nach die Trauergäste einfinden und in gedämpftem Ton beginnen, sich zu unterhalten. Dankbar ergreift sie den von Johannes dargereichten Arm.

Kurz bevor Rieke die Suppe servieren lässt, spürt Lily eine leichte Berührung am Arm. „Frau Seemann! Ich freue mich, Sie hier zu sehen ... und ich danke Ihnen noch einmal für Ihr Kommen. Ich hoffe, ich habe nachher noch Gelegenheit, mit Ihnen zu sprechen, denn ganz bestimmt können Sie mir vieles von Arne erzählen, das ich noch nicht weiß." Der Anflug eines Lächelns erscheint auf ihrem Gesicht, und Ilse Seemann nickt. Mit ihren grauen Augen unter dem grauen, kurz geschnittenen Haar wirkt sie vermutlich älter, als sie ist, denn ihr Teint ist faltenfrei und rosig, der kleine Mund voll und weich, und beim Anblick der Wangen denkt Lily unwillkürlich ‚Apfelbäckchen'. „Ich muss zugeben, dass ich gehofft hatte, Mads hier zu sehen", sagt Frau Seemann und lässt den Blick durch den Raum wandern. „Ich weiß natürlich, dass er sich mit seinem Vater zerstritten und wohl nachhaltig entfremdet hatte, aber ich dachte, an der Trauerfeier würde er doch sicher teilnehmen? Sein Vater war so ein feiner Mensch …" Voller Bedauern ergreift Lily ihre Hand: „Aber er war ja da … zur Trauerfeier, meine ich. Er hat allerdings nicht vorn bei uns gesessen, wo ja sein Platz gewesen wäre. Ich könnte mir vorstellen, dass er gerade im Hinblick auf das Zerwürfnis mit Arne … mit seinem Vater der Ansicht war, dass ihm ein Platz in der ersten Reihe nicht zustand. Er muss irgendwo in einer der hinteren Reihen gesessen haben. Vielleicht haben Sie ihn nach all den Jahren nicht erkannt? Er ist sehr groß, größer als Arne, hat lockige Haare und grüne Augen, aber nicht Arnes Grübchen, er trug, glaube ich, einen dunklen, sehr langen Trenchcoat, einen schwarzen Lederhut und … eine Sonnenbrille ….?" Mit gerunzelter Stirn wendet sie sich Frau Seemann zu, die jetzt hörbar nach Luft schnappt. „Das war Mads? Das war mein kleiner Mads? Oh mein Gott, im Leben hätte ich ihn nicht wiedererkannt … nein, wie hat er sich verändert!" Fassungslos starrt sie Lily an, dann sucht sie mit den Augen den Raum ab. „Wo ist er?", fragt sie, und jetzt erst bemerkt Lily, dass er nicht da ist. „Ich weiß nicht", antwortet sie, selbst den Blick suchend über die Köpfe der Gäste gleiten lassend. „Ich erinnere mich, dass er genau in dem Augenblick, in dem Sie mich begrüßten, die Kapelle verließ. Er hatte es sehr eilig, er rannte fast, und ich dachte noch, dass er sich seine Emotionen wahrscheinlich nicht anmerken lassen und erst mal allein sein wollte … Wenn er gewusst hätte, dass Sie da waren, Frau Seemann, wäre er ganz sicher geblieben! Ach, das wird ihm leid tun …" Ilse Seemann antwortet nicht. Aus der Tasche ihres dunkelgrauen

Blazers zieht sie ein Taschentuch, betupft sich die Nase und lächelt Lily zu. Dann sucht sie sich einen Platz an der Tafel.

Viele Umarmungen später, als sich Freunde, Kollegen, Nachbarn und Verwandte verabschieden, sich doch nicht ganz lösen können und immer noch einmal zurückkehren, um Lily an sich zu drücken, ihr über die Wange zu streicheln und Einladungen auszusprechen - „Aber du kommst doch bestimmt? Versprichst du's?" - dreht sie sich irgendwann um, lässt die Blicke durch den Raum schweifen und entdeckt ganz hinten im Halbdunkel, an der äußersten Ecke der langen Tafel sitzend, eine kleine, graue Gestalt, die die gefalteten Hände auf den Tisch gelegt und das Gesicht unter dem vollen Haar aufmerksam ihr, Lily, zugewandt hat. Einen Augenblick lang ist Lily versucht, sie zu übersehen und das Weite zu suchen: Sie ist müde, leer und ausgebrannt. Dann aber gibt sie sich einen Ruck, geht lächelnd auf Ilse Seemann zu und nimmt ihr gegenüber Platz. „Sie sind noch da, Frau Seemann", sagt Lily und hofft, den richtigen Ton getroffen zu haben. „Darf ich Ihnen noch irgendetwas anbieten? Kaffee? Tee? Einen Grog?" Ilse Seemann schüttelt dankend den Kopf, dann plötzlich geht sie in Kampfstellung: „Ein Pharisäer - das wär jetzt das Richtige!", sagt sie und schlägt bekräftigend mit der flachen Hand auf den Tisch. „Genau!", bestätigt Lily. „Wenn nicht jetzt, wann denn sonst?"

Sie macht Rieke ein Zeichen, gibt ihre Bestellung auf und deutet dann, als die Wirtin des „Strandhus" das dampfendduftende Getränk serviert, auf den Stuhl zu ihrer Linken. „Sie haben doch nichts dagegen, dass sich meine Freundin zu uns setzt?", fragt sie Frau Seemann, die lächelnd den Kopf schüttelt. „Ich denke, jeder, der Herrn Ahrendt gekannt hat, hat das Bedürfnis, über ihn zu sprechen", antwortet sie und trifft damit genau ins Schwarze.

Während Rieke geräuschvoll einen Schluck aus ihrem Becherglas schlürft und sich anschließend grinsend den Sahnebart abwischt, stochert Lily gedankenverloren in ihrem Glas herum, rührt die Sahnehaube unter und leckt den langen Löffel ab, nur um ihn sofort wieder im heißen Kaffee versinken zu lassen. „Uiiihh, der hat's aber in sich!" Anerkennend nickt Frau Seemann Rieke zu und hebt das Glas gleich noch einmal an die Lippen. „Das Beste am Norden ... ist unsere Standhaftigkeit!", zitiert diese denn auch lachend und prostet ihrem Gegenüber zu.

Langsam erwacht Lily aus ihrer Versunkenheit, greift nach ihrem Glas und nippt daran. „Meine Güte, Rieke - du hast es aber gut gemeint mit uns, was?" Der Geruch des heißen Rums, der aus dem Glas aufsteigt, lässt sie zurückzucken, sie verspürt augenblicklich einen heftigen Niesreiz. „Trink!", sagt Rieke streng. „Du brauchst das!" Und Frau Seemann nickt so heftig dazu, dass Lily gar nichts anderes übrig bleibt, als mit dem entsprechenden Sahne-Oberlippenbart zu beweisen, dass sie sich getraut hat zu trinken.

Einen scheinbar endlosen Augenblick lang sitzen die drei Frauen an dem Tisch mit dem gestärkten Damasttuch darauf, sortieren mit den Nägeln Kuchen- und Kekskrümel, spielen mit dem weichen Wachs der fast heruntergebrannten Kerze und ziehen mit einer liegengebliebenen Kuchengabel Muster durch das Weiß. „Ich hätte ihn so gern wiedergesehen", flüstert Ilse Seemann in ihr Glas hinein. „Warum ist er nur weggelaufen?"

Ein kurzer Blick zeigt Lily die Trauer in den Augen der Frau. Es gibt ihr einen Stich ins Herz, und mühsam schluckt sie ihre Wut auf Mads hinunter. „Der Junge weiß doch gar nicht mehr, wo er hingehört", sagt Rieke, ohne aufzusehen. „Ist doch klar: Hat vor Ewigkeiten alle Brücken hinter sich abgebrochen, und nun weiß er nicht, wie er rüberkommen soll." Überrascht wendet Lily den Kopf. Eine so bildhafte Sprache hätte sie Rieke nicht zugetraut. Ilse Seemann nickt zustimmend, dreht den Kaffeebecher zwischen den Fingern und beugt den Kopf. „Wenn ich denke, wie nah er mir war", sagt sie leise und schluckt. „Ich hab ihn doch quasi großgezogen, er war doch wie mein eigenes Kind - immer bei mir, immer um mich rum ...

Und nun, ausgerechnet in der Stunde der Trauer, wendet er sich ab und rennt weg!" Lily weiß nicht, was sie darauf erwidern soll, greift wortlos über den Tisch hinweg und legt ihre kalten Hände um die mindestens ebenso kalten von Frau Seemann.

„Na, aber überleg doch mal, Mädchen", fährt Rieke auf, die keinen Alkohol verträgt und deren Wangen bereits glühen. „Der Junge ist doch in seiner Kindheit und Jugend den reinsten Schlingerkurs gefahren: Wenn Mami zuhause war, war sie die Beste, hat ihn vergöttert und mit Zärtlichkeit überschüttet - wenn sie sich nicht in ihrem Zimmer einschloss und ihn anbrüllte, sobald er nur ‚Piep' sagte. Und dann war Mami wieder weg, ohne auch nur ‚Tschüß' zu sagen - von jetzt auf gleich. Dann flüchtete er sich zu Tante Seemann ..." „Zu ‚Seesi', schnieft diese in ihr Taschentuch. „So hat er mich immer genannt, von frühester Kindheit an: ‚Seesi'!" „Okay, okay", willigt Rieke ein, „dann flüchtet er sich also zu Seesi und holt sich die Liebe, die er braucht, von ihr. Und irgendwann kommt Papa Arne und bringt ihm auf dem niegelnagelneuen Fahrrad das Radfahren bei, bis ihn dann Oma und Opa in den Ferien nach Sylt holen, um ihm da vorn und hinten alles reinzustecken, wonach es den armen, armen Jungen gelüstet ... Und nicht einer ist da, der dem Knaben mal Grenzen setzt, der sein Leben strukturiert oder ihm sowas wie Sicherheit gibt! Also, ganz ehrlich - was soll denn aus so einem schon werden?"

Über diese Formulierung geraten ‚Seesi' und Rieke sich nun fast in die Haare, und erst als Lily zu weinen beginnt, halten beide erschrocken inne.

„Ach, Herzchen, entschuldige ... ach, ich bin so gedankenlos", stammelt Rieke, streichelt Lily über den Rücken und zieht sie an ihren mütterlichen Busen. „Es tut mir leid, Lily, es tut mir leid! Der Alkohol, weißt du, ich glaube, der ist schuld ..." Unter Tränen lächelt Lily zu ihr auf, zerrt ein Taschentuch aus der Tasche und putzt sich geräuschvoll die Nase.

„Ihr habt ja Recht", krächzt sie, schnäuzt sich noch einmal und lässt die Hände auf den Tisch sinken. „Ganz sicher habt ihr Recht, was den ‚armen, armen' Jungen betrifft. Aber abgesehen davon, dass er kein Junge mehr ist, sondern ein gestandener Mann, geht's um den heute nicht, versteht ihr? Es geht um seinen Vater, der sich sein Leben lang schuldig gefühlt hat diesem armen, armen Jungen gegenüber - und es geht um mich. Und ich bin müde, und ich geh jetzt nach Haus." Mühsam steht sie auf, klappt den Kragen ihres Blazers hoch und wendet sich zur Tür. Mit der Klinke in der Hand bleibt sie stehen, winkt einen kurzen Gruß zurück und ist verschwunden, ehe Rieke noch Einwände erheben kann.

Auf dem Parkplatz vorm „Strandhus" wird ein Wagen angelassen, das grelle Licht der Scheinwerfer zerteilt die Schwärze dieses sternenlosen Abends. „Steigen Sie ein", sagt Jakob Harmsen, „ich fahre Sie nach Haus."

„Lily, sei doch vernünftig!" Marie-Luise Oehlert ringt die frisch manikürten Hände. „Warum in aller Welt willst du unbedingt hier in diesem Haus bleiben? Komm mit zu uns, lass dich ein bisschen verwöhnen und päppeln und warte, bis der Frühling Einzug gehalten hat, dann kannst du dich im Garten austoben. Jetzt sind die Tage noch so kurz ... hier wird dir die Decke auf den Kopf fallen, Schatz. Himmel! Von mir hast du diesen Dithmarscher Dickschädel nicht ...", und der Blick, den sie ihrem in der Tür lehnenden Mann zuwirft, sprüht Funken. „Nun sag du doch auch mal was!", fordert sie, wirft sich in einen Sessel und verschränkt kampflustig die Arme vor der Brust.

Johannes und Lily grinsen sich an. „Mama." Lily setzt den Teebecher ab, tritt hinter ihre Mutter und legt ihr die Arme um die Schultern. „Ich weiß, du meinst es gut, Mama, aber versteh doch: Dies hier ist mein Zuhause! Hier will ich sein, und hier gehör ich hin. Ich verspreche dir, dass ich mich melde ... nein, dass ich mich ins Auto setze und zu euch komme, sobald ich merke, dass mir das Alleinsein nicht gut tut, okay?" Ihre Mutter greift nach Lilys Händen, hält sie fest und sieht zu ihrer Tochter auf. Ihre Augen schimmern feucht, und zum ersten Mal seit Tagen drohen die Dämme aus hanseatischer Disziplin zu brechen, die sie um sich herum errichtet hat. Wortlos schmiegt sie das Gesicht in Lilys Hand, schließt die Augen und nickt. „Okay", flüstert sie, „okay."

Als sie eine halbe Stunde später am liebevoll gedeckten Tisch sitzen, hat Marie-Luise sich wieder gefangen. „Ich würde aber doch allzu gern wissen, warum der Sohn von Arne, dieser ... Max oder wie er heißt, sich heimlich, still und leise von der Trauerfeier weggeschlichen hat. Ich meine, dass er nicht bei uns in der ersten Reihe sitzen wollte, kann man ja noch verstehen, wenn man bedenkt, was für ein zerrüttetes Verhältnis zwischen ihm und seinem Vater bestand. Aber er hätte doch jedenfalls diese Frau Sesemann begrüßen können! Die arme Frau, richtig leid getan hat sie mir, wie sie da so verloren stand und zur Kenntnis nehmen musste, dass ihr ehemaliger Liebling vor ihr geflohen war ..." „Übertreibst du jetzt nicht ein bisschen, Malu?" Johannes greift über den Tisch hinweg, langt mit dem Messer in die Butter und bestreicht großzügig sein Brot. „Woraus schließt du, dass er ‚geflohen' ist?" „Also, ich bitte dich, Johannes! Hast du nicht gesehen, wie er mit Riesenschritten und wehendem Mantel den Friedhof verlassen hat? Der wollte mit niemandem sprechen ... und von niemandem gesehen werden, glaub mir!"

„Er heißt ‚Mads', Mama, M-a-d-s, und ja, es könnte schon sein, dass er ‚geflohen' ist. Ich hab mich letzte Woche ein paar Mal mit ihm getroffen, und ich hatte den Eindruck, dass er von seinem Vater wirklich so gut wie gar nichts weiß. Er hat mir Löcher in den Bauch gefragt, er kennt sich hier in der Gegend offensichtlich überhaupt nicht mehr aus, und ich könnte mir denken, dass er sich in der Kapelle irgendwie fehl am Platz und sehr einsam gefühlt hat. Ich meine, wie muss jemandem zumute sein, der sich sein Leben lang in Hass und Ablehnung seinem Erzeuger gegenüber hineingesteigert hat und dann plötzlich, wenn es zu spät ist, erkennen muss, dass diesem ‚Monster' von allen Seiten nichts als Liebe, Freundschaft, Anerkennung und Respekt entgegengebracht wird. Mads ist natürlich total befangen, was Arne betrifft, aber er ist nicht blöd!

Ich kann mir gut vorstellen, dass alles, was er während der Trauerfeier über Arne erfahren hat, ihn aufgerüttelt und völlig durcheinander gebracht hat, und auch, wenn ihm ein Wiedersehen mit Frau Seemann - ‚Seemann' heißt sie, Mama! - vielleicht wirklich gut getan hätte ... in dem Moment war er wohl nicht mehr aufnahmefähig. Dass er danach einfach nur allein sein wollte, muss man akzeptieren, denke ich."

Über ihren Kopf hinweg wechseln ihre Eltern einen vielsagenden Blick. „Sie hörten das Wort zum Sonntag", ergänzt Johannes salbungsvoll, klappt sein Käsebrot zusammen und beißt hungrig hinein.

In der grauen Feuchte des Morgens steht sie auf der Straße und sieht zu, wie der Wagen ihres Vaters mit rot aufleuchtenden Bremslichtern die enge Kurve am Ende der Stichstraße passiert. Ein letztes Winken, dann ist sie allein. Sie schlingt die Strickjacke fester um sich, zieht die Schultern hoch und sieht sich nach Kassandra um, die mit ihr auf die Straße gelaufen ist. Die alte Katze hat sich bereits wieder in den Hauseingang unter das Vordach geflüchtet und wartet sehnsüchtig darauf, dass Lily ihr die Tür öffnet. „Na, komm, mein Mädchen", flüstert Lily, nimmt Kassandra auf den Arm und vergräbt die Nase in ihrem weichen Fell. „Wir machen uns jetzt ein schönes Feuer, ja?" Und begleitet vom enthusiastischen Schnurren der Katze schließt Lily die Tür hinter sich, geht ins Wohnzimmer und öffnet die Feuerungsluke des alten Kachelofens. Immer noch glimmt Glut darin, sie braucht sie nur wieder anzufachen.

Das Haus atmet schwer. Es duckt sich unter dem Nebel, der von See her anrückt. Es ist ein sturmerprobtes Haus, das der Last aus tropfendem Grau, die der Nebel ihm auferlegt, nichts als eine Art störrischer Langmut entgegenzusetzen hat.

Und in dem pulsierenden Schweigen, das sie einschließt, spürt Lily eine plötzliche Fremdheit. Sie zieht die Füße auf den

Sessel, legt das Kinn auf die Knie und starrt in die Flammen, doch die wohlige Wärme, das Gefühl der Geborgenheit, das sie sonst sofort umfängt, will sich nicht einstellen.

Endlich lodern die Flammen in sprühendem Rot, und Lily greift zum Telefon, drückt schnell hintereinander ein paar Tasten und lauscht angespannt in das Tuten hinein. „Nele? Gott sei Dank, du bist da! Kannst du kommen, Nele? Ja - fahr vorsichtig!" Einen Moment lang lässt sie sich von den Flammen hypnotisieren, dann reißt sie sich los, legt das Telefon auf den alten Sessel und geht nach oben, um für ihre Freundin das Gästezimmer zu richten. Wenn Nele erst da ist, wird es ihr gleich viel besser gehen.

Als die Klingel ertönt, macht ihr Herz einen Satz. Doch nein - das kann nicht schon Nele sein. Selbst wenn sie sofort nach Lilys Anruf losgefahren sein und so gut wie keine Pause gemacht haben sollte (was Nele durchaus ähnlich sähe), bräuchte sie mindestens sieben Stunden für die Fahrt von Heidelberg an die nördliche Nordseeküste. Zögernd und auf leisen Sohlen geht Lily die Treppe hinunter. Auch wenn ihr das Haus heute irgendwie größer, dunkler und kälter erscheint als sonst, steht ihr nicht der Sinn danach, Gäste empfangen und bewirten zu müssen. Als sie die unterste Stufe erreicht hat, reckt sie den Hals und späht um die Ecke zur Haustür. Davor steht, fröstelnd von einem Fuß auf den anderen tretend und die Hände tief in die Taschen vergraben, Mads. Mit einem resignierten Seufzer öffnet sie die Tür.

„Entschuldige, bitte!" Ohne Lilys Aufforderung abzuwarten, hat er sich in den Windfang gerettet, reibt sich die rot gefrorenen Hände und bläst lautstark hinein. „Ziemlich schattig heute, oder?", fragt er in dem vergeblichen Versuch, humorvoll zu erscheinen. Als Lily ihn abwartend ansieht und, immer noch schweigend, die Hand nach seiner Jacke ausstreckt, bückt Mads sich, um die Schnürsenkel seiner Stiefel zu öffnen, richtet sich wieder auf und fragt: „Darf ich überhaupt reinkommen?" „Du bist doch schon drinnen", antwortet Lily trocken, geht an ihm vorbei in die Küche und lässt Wasser in den Teekessel laufen.

Auf leisen Sohlen ist Mads ihr gefolgt, und wieder registriert Lily die feuchten Abdrücke seiner Füße auf dem Parkett. Immer noch fröstelnd lehnt er in der Tür, bläst warmen Atem in die kalten Hände und zieht die Nase hoch. Während Lily den Kessel aufsetzt und die Kanne vom Bord nimmt, wirft sie ihm einen Blick über die Schulter zu. „Nun komm schon rein und setz dich", knurrt sie. „Tu nicht so mädchenhaft und sag, was du willst." Wortlos schiebt Mads sich in die Bank, legt die Hände auf den Tisch und zieht die Schultern hoch. Schweigend beobachtet er die mit Kanne, Tee und Bechern hantierende Lily, kramt in der Tasche seiner Jeans und putzt sich endlich die Nase.

„Kekse oder Käsebrot?", fragt Lily, als sie die Becher auf den Tisch stellt. „Käsebrot, bitte", antwortet Mads, angelt einen riesigen Klumpen Kandiszucker aus dem Töpfchen und lässt ihn blitzschnell im Mund verschwinden. Lily tut, als habe sie es nicht bemerkt. Ruhig geht sie in der Küche umher, schneidet das Brot, stellt Butter und Käse auf den Tisch, gießt den Tee auf und stellt die fast leere Flasche Rum dazu. „So", sagt sie, als sie sich Mads gegenüber auf den Stuhl fallen lässt, „nun red schon."

Erst, nachdem er pustend und prustend den Tee gekostet hat, schafft er es, sie anzusehen. „Ich wollte mich entschuldigen ... ich wollte dir erklären, wieso ich ... also, gestern bei der Trauerfeier ..." Er bringt den Satz nicht zu Ende, pustet wieder in seinen Rum getränkten Tee, verbrennt sich die Zunge und richtet sich entschlossen auf. „Also, ich dachte, bevor ich abreise, bin ich dir eine Erklärung schuldig." Lily wartet schweigend, staunt wieder über das intensive Grün seiner Augen und genießt es, ihn so hilflos zu sehen.

„Wahrscheinlich hast du gedacht, ich würde während der Trauerfeier vorn bei euch in der ersten Reihe sitzen wollen. Hab ich auch überlegt, ernsthaft sogar, hab mich dann aber dagegen entschieden. Arne war für mich ... ich meine, mein

Vater war ja nicht wirklich mein Vater ... also, natürlich war er schon irgendwie mein Vater, aber es hat sich halt nicht so angefühlt. Er war mir fremd, total fremd, ich bin hier fremd, das alles fühlt sich fremd an, und auch, wenn du dich bemühst, mich mit euch und eurem Leben vertraut zu machen, bleibt es mir eben doch fremd. Und dann diese Trauerfeier. Die ja eigentlich gar keine Trauerfeier war. Es war ja eigentlich eher so was wie ... wie ... eine Geburtstagsfeier oder ein Jubiläum oder ... ach, was weiß ich. Alle haben natürlich nur Gutes über ihn gesagt, haben in Erinnerungen geschwelgt und sich und ihm versichert, wie nahe sie sich doch standen, wie vertraut sie miteinander waren, und wie innig die Freundschaft, die sie miteinander verband ... Mann, irgendwann wurd mir vor lauter Lobhudelei fast übel, und ich hab mich gefragt, wem die da eigentlich was vormachen wollten: ihm oder sich selbst? Entschuldige, entschuldige bitte ... das war jetzt ziemlich daneben, ja. Aber mir hat es sich so dargestellt, als wenn jeder der Anwesenden noch einmal in aller Öffentlichkeit hat kundtun müssen, was für eine tragende Rolle er oder sie in Arnes Leben gespielt hat. Jeder einzelne war unglaublich wichtig für ihn, hilfreich und unersetzlich ... und umgekehrt natürlich genauso ... und jeder kannte ihn besser als der andere, hatte mehr mit ihm erlebt, mehr mit ihm gemeinsam ... und einer musste den anderen übertrumpfen beim Singen seines Lobliedes ... ach, Arne, unfehlbarer, heiliger Arne, bitte für uns!" Und mit vor der Brust gefalteten Händen verneigt sich Mads so tief, dass seine Stirn die Tischplatte berührt. Als er sich wieder aufrichtet, trifft ihn Lilys Ohrfeige so unvermutet und zielgenau, dass er sich mit beiden Händen an der Tischkante festhalten muss.

„So, und jetzt raus", sagt sie, und ihre Stimme ist kaum mehr als ein Raunen. „Geh - und komm erst wieder, wenn du weißt, was du wirklich willst. Wenn du deinen Vater kennenlernen willst, wie er wirklich war, dann komm. Aber dann halt dich zurück, das rate ich dir. - Wenn du ihn mit Dreck beschmeißen willst ... dann hau ab und lass dich hier nie wieder blicken, hörst du? Nie wieder!" Und mit ausgestrecktem Arm weist Lily ihm den Weg, drängt ihn mit stahlhartem Blick zur

Tür und wirft ihm die Jacke nach, kaum dass er in seine Stiefel geschlüpft ist. Als die Haustür krachend ins Schloss fällt, greift sie sich mit zitternder Hand an die Kehle. Mit einem erstickten Wimmern dreht sie sich einmal um sich selbst, bevor ihr Kopf auf den Fliesen aufschlägt.

Von irgendwoher dringt Trommelwirbel an ihr Ohr. Abwechselnd mit dem Rhythmus, in dem ihr Name erklingt: Lily! - ratatatam - Lily! - ratatatam - Lily! - und es ist keine Trommel, auf der dieser Rhythmus geschlagen wird, sondern ihr Kopf, und der Klang erzeugt ein Echo, das zwischen ihren Schädelknochen hin und her geworfen wird, und das tut weh, unglaublich weh, und sie hebt die Hände, um ihren Kopf zu schützen vor diesen Schlägen, die auf sie niederprasseln, sie legt beide Arme um den Kopf und zieht die Beine an, macht sich so klein wie möglich und fleht lautlos um Gnade, doch die Schläge prasseln auf sie nieder, hören nicht auf, das Echo in ihrem Kopf wird immer lauter, und schließlich ist der Schmerz so unerträglich, dass sie unter Aufbietung aller Kräfte versucht, ihm zu entfliehen. Sie schießt in die Höhe, taumelt ... und sieht sich Nele gegenüber, die vor der Haustür steht und in Panik mit beiden Fäusten gegen die Scheiben trommelt. „Mach auf, Lily", schreit sie, „um Himmels willen, mach endlich auf!"
    Mechanisch greift Lily nach der Klinke, drückt sie herunter und ist schon wieder kurz davor, zu Boden zu gehen, als Neles starker Arm sie umfängt, stützt und hält. Und während Nele mit dem Hintern die Haustür zudrückt, streicht sie Lily mit der Hand die feuchten Haare aus dem Gesicht, murmelt Beruhigendes an ihrem Ohr und schleift sie ins Wohnzimmer, wo sie sie ganz langsam auf das Sofa gleiten lässt. Dann greift sie nach der Wolldecke, die über der Lehne hängt, legt ihr das Kissen unter die angewinkelten Beine und lässt ihre Jacke zu

Boden gleiten, wobei sie immer wieder über Lilys bleiche Wangen streichelt, während ihre Finger nach dem flatternden Puls der Freundin tasten.

Irgendwann fährt Lily zusammen, als sich ihr etwas Eiskaltes auf die Stirn legt und sie bis ins Mark erschauern lässt. „Meine Güte, da hast du ja wohl die totale Bruchlandung hingelegt, was?", fragt Nele, während sie Lily den in ein Tuch gewickelten Eisbeutel auf die Augenbrauen legt. Immer noch kritisch mustert sie Lilys Gesicht, stellt befriedigt fest, dass der Blick aus den blauen Augen schon wieder an Klarheit gewinnt und wechselt die Tonart. „Mann, Lilleby, musst du mich so erschrecken?", klagt sie nun vorwurfsvoll und schüttelt missbilligend den Kopf. „Nach sieben Stunden Fahrt komm ich hier endlich an, freu mich auf ein schönes kühles Bier, auf Bratkartoffeln mit Speck und ein warmes Kaminfeuer ... und was erwartet mich? Eine verschlossene Tür und eine halbtote Leiche dahinter, die mir den Zutritt verweigert ..."

Lily kichert schuldbewusst, greift sich jedoch augenblicklich an die Stirn und schließt die Augen. „Bring mich bitte nicht zum Lachen, ja?" Gehorsam trinkt sie das Glas Wasser aus, das Nele ihr reicht, folgt mit dem Blick dem Zeigefinger mit dem gefährlich langen, dunkelrot gelackten Nagel, der vor ihren Augen hin und her wandert und beantwortet brav Neles Fragen nach dem heutigen Datum und Wochentag. Erst als sie glaubhaft versichern kann, dass ihr nicht schwindelig wird, darf sie sich aufsetzen.

„Ich möcht auch ein Bier", sagt sie, nachdem Nele aus dem Bad gekommen ist, die dicken Wollsocken angezogen und den Kühlschrank inspiziert hat. „Kriegst du erst, wenn du was gegessen hast", ruft Nele aus der Küche, wo sie bereits die Pfanne auf den Herd gestellt hat und dabei ist, die Pellkartoffeln in Scheiben zu schneiden. „Hast du etwa weder Speck noch Schinken im Haus?" Im Gegensatz zu Lily ist Nele eine fleischfressende Pflanze, und der vegetarische Inhalt von Lilys Kühlschrank übt gerade eine ernüchternde Wirkung auf sie aus. Doch als sie Zwiebeln, Knoblauch, Petersilie und Eier findet, ist sie schnell wieder versöhnt.

Statt sich an den Esstisch zu setzen, sitzen sie sich auf Sofa und Sessel im Schneidersitz gegenüber, balancieren die Teller im Schoß und reden mit vollem Mund. Ganz hinten im Küchenschrank hat Nele noch eine Flasche Ketchup entdeckt, von der sie großzügig Gebrauch macht, und während Lily auf einem Glas für ihr Bier besteht („ich kann immer noch nicht aus der Flasche trinken"), klemmt Nele das ihre zwischen den gekreuzten Füßen ein, genießt das prasselnde Kaminfeuer und fühlt sich schon ganz zuhause.

Liebevoll betrachtet Lily ihre Freundin. Wie sich diese groß gewachsene, kräftige Frau so mühelos in den kleinen, alten Sessel faltet, verdient Hochachtung. Die tizianrote Löwenmähne, die Nele inzwischen zu ihrem Markenzeichen erkoren hat, wird im Moment gerade von einem orangefarbenen Haarband zusammengehalten, doch normalerweise umwehen die wilden, schulterlangen Locken ihr Gesicht wie eine Funken sprühende Wolke.

Von Zeit zu Zeit fängt Lily Neles Blick auf - immer noch prüfend, immer noch besorgt, doch erst, als alle Bratkartoffeln vertilgt und der letzte Rest Ketchup mit einem Stück Baguette aufgetunkt ist, sieht sie sie offen an. „Es tut mir so leid, dass ich nicht hier sein konnte, als du mich am dringendsten brauchtest", sagt sie, und in ihrer sonst so festen Stimme schwingt ehrliches Bedauern mit. „Weiß ich doch", beruhigt Lily sie, „mach dir keine Gedanken ..." Sie prosten sich zu, und nun ist es an Lily, Nele eingehender zu mustern: „Aber so ganz ausgeschlafen bist du immer noch nicht, stimmt's?" „Oh je, sieht man mir das an?" Nele tut schockiert und kneift sich in beide Wangen, klimpert mit den Wimpern und spitzt die Lippen zum Kussmund. „Und ich dachte, ich seh aus wie der junge Morgen ..." Und dann erzählt sie von dem endlosen Flug, von der sechsstündigen Verspätung in Toronto, von eingeschlafenen Füßen und miesem Essen an Bord, von schnarchenden Sitznachbarn und Eisregen in Frankfurt. „So gesehen also ein Wunder, dass dein Anruf mich überhaupt geweckt hat", schließt sie und gähnt. „Aber bevor ich jetzt - dein Einverständnis vorausgesetzt - ins Bett gehe und den Rest Jetlag abschüttele: Erklärst du mir kurz, wieso ich dich dort im Windfang liegend, mit einer dicken Beule auf der Stirn vorfand?"

Lily versucht sich an der Kurzfassung, tut ihr Bestes, sich auf das Wesentliche zu beschränken, doch irgendwann unterbricht sie sich und schickt Nele ins Bett: „... und den Rest erzähl ich dir morgen, okay?" Nele ist inzwischen so müde, dass sie sich widerstandslos nach oben schicken lässt, vergewissert sich noch einmal, dass sie Lily auch wirklich allein lassen kann, winkt ein letztes ‚Gute Nacht' und stolpert die Treppe hinauf ins Gästezimmer.

Immer noch in die warme Decke gehüllt, schlurft Lily in die Küche, schüttet die letzten Eiswürfel in eine Plastiktüte, wickelt sie in das Handtuch ein und kehrt zurück aufs Sofa. Die schnurrende Kassandra auf dem Schoß, kühlt sie ihre Stirn und freut sich darauf, die nächsten Tage zusammen mit Nele verbringen zu können.

Vor vielen Jahren, als Studentin des ersten Semesters, rettete Lily sich auf der Abschlussfete der BWLer an die Bar in dem verzweifelten Bemühen, der Umklammerung eines reichlich angeturnten Yuppys zu entkommen. Der missverstand ihren Freiheitsdrang, packte erst richtig zu, hatte seine Hände und schließlich auch seine Lippen überall dort, wo Lily sie nicht haben wollte, und begann gerade, ihr Whisky-gesättigte Visionen ins Ohr zu lallen, als ihn zielgenau der Strahl aus Neles Siphon traf, und zwar genau in den Hemdkragen. Zwar blieb auch Lily nicht ganz verschont von der Fontäne, doch wirklich frappierend war die Wirkung, die das kühle Nass auf den Geschniegelten hatte: Völlig geschockt ließ er von Lily ab, starrte an sich hinunter, tastete mit beiden Händen über seine Brust, auf der das durchweichte Hemd klebte wie eine zweite Haut, stammelte etwas, das sich wie „... teuer, Mensch .... total versaut ..." anhörte, und wankte davon. Neles siegreich erhobener Daumen war das Signal für den Beginn einer dauerhaften Freundschaft.

Genau wie Lily hatte Nele sich jeden Cent für die Finanzierung ihres Studiums selbst verdient, und so nahm sie an Feiern und Veranstaltungen in der Uni grundsätzlich als Servicekraft teil - entweder hinter der Bar, als Kellnerin oder als Reinigungskraft, Hauptsache, die Kasse stimmte. Und trotzdem hatte sie ihr Studium der Literatur- und Theaterwissenschaften mit summa cum laude abgeschlossen, was sie aber nach Möglichkeit geheim hielt. Wo immer Nele auftrat, war ihr allein schon aufgrund ihrer Erscheinung die Aufmerksamkeit ihrer Mitmenschen gewiss, wobei die sich von ihrer offenen, kompromisslosen Art entweder angezogen oder abgestoßen fühlten - dazwischen gab es eigentlich nichts. Lily war auf der Stelle fasziniert von diesem Mädchen, das zwar gerade mal ein Jahr älter war als sie selbst, sie aber um einen ganzen Kopf überragte und mit beiden Füßen fest auf der Erde stand - und diese Füße waren groß. „Mich kann so schnell nichts umhauen", pflegte Nele denn auch mit Blick auf ihre Schuhe in Größe 41 zu sagen, und kaum jemand wagte, das zu bezweifeln.

Das alles liegt jetzt mehr als zehn Jahre zurück, doch die Zeit hat die beiden nicht etwa auseinander dividiert: Mit Nele verbindet Lily etwas ganz Besonderes, ein wortloses Einverständnis, das auf unerschütterlichem Vertrauen und dem intuitiven Wissen um das Empfinden der jeweils anderen basiert. Lily erinnert sich, wie sie einmal versuchte, Arne ihre Freundschaft zu Nele zu erklären. Irgendwann hatte sie sich in einem Gespinst großer Worte hoffnungslos verheddert, hatte Arne resigniert angesehen und gesagt: „Lern sie doch einfach kennen - dann weißt du, was ich meine." Und genauso war es gewesen: Bereits bei ihrem ersten Besuch bei Nele hatten sie und Arne zu einer für alle drei wohltuenden Vertrautheit gefunden. In Erinnerung an Arnes Kommentar, bevor er am Abend das Licht löschte, muss Lily grinsen: „Wenn ihr Rotschopf nicht auch noch im Dunkeln leuchten würde, könnte man glatt Pferde stehlen mit ihr."

Von oben dringen jetzt abenteuerliche Geräusche. Seit Nele sich das Rauchen abgewöhnt hat, hat sie hier und da ein Pfündchen zugelegt und den Raucherhusten gegen gelegentliches Schnarchen eingetauscht. Und auch, wenn sie dabei gerade konzentriert an der Metrik zu arbeiten scheint und virtuos zwischen staccato und staccatissimo wechselt, ist Lily dankbar, dass Nele auch in der harten Zeit, die hinter ihr liegt, nicht wieder zur Zigarette gegriffen hat.

Immer noch in ihre Decke gehüllt, dreht sie das halbleere Bierglas in der Hand. Sie hatte nicht vor, an Gunnar zu denken, schon gar nicht jetzt, am Abend, doch es ist, als starre er ihr vom Grund des Glases entgegen und halte ihren Blick fest. Entschlossen stellt sie das Glas zurück auf den Tisch, vergräbt die Hände in Kassandras Fell und wendet sich dem Kamin zu, wo aus dem rot glühenden Holz gerade ein Funkenregen aufsteigt und wieder verglüht.

Gunnar und Nele. Nele und Gunnar. Ursprünglich DAS Traumpaar, dem jeder, der sie kannte, eine glänzende Zukunft prophezeite. Es war Neles erstes Engagement als Regieassistentin am Theater Bad Nauheim. Mit ihrer Bearbeitung von Jeff Barons Zwei-Personen-Stück „Besuch bei Mr. Green" hatte sie Gunnar in seiner Funktion als Regisseur und Intendant geradezu überrollt, und Gunnar hatte Nele nicht nur im Beruf, sondern innerhalb kürzester Zeit auch privat die Regie ganz und gar überlassen. Kopfüber war Nele in dieses Abenteuer gesprungen, sprühend vor Ideen und Visionen, inspiriert und getrieben von einer Liebe, die ihresgleichen suchte. „Symbiose" hatte Arne es einmal genannt, und irgendwann sollte sich herausstellen, dass eine Symbiose mit wahrer Liebe nicht verwechselt werden darf. Wie hatte Rosemarie Fendel doch einmal ganz spontan gedichtet: „Das Leben zu zwein - was soll denn das sein? Eine Symbiose! Eine Symbiose? Ich bin im Rock, du in der Hose. Du bist die Biene, ich bin die Rose. Du bist das Würstchen, ich bin die Dose ..." Und obwohl sie sich damals gekugelt hatten vor Lachen, war es Nele gewesen, die diese Zeilen aufgeschrieben und an den Kühlschrank gepinnt hatte, und mit der Zeit konnte sie jedes Mal weniger darüber lachen.

Gunnar, etliche Jahre älter als Nele und zum Zeitpunkt ihres Eintritts in sein Leben ein angegrauter Bonvivant, dem langsam, aber sicher die Inspirationen ausgingen, hatte zunächst wohlwollend lächelnd, dann immer gieriger die Hände nach Nele ausgestreckt, hatte sie an sich gezogen und festgehalten und nicht wieder losgelassen. Wann immer Lily die beiden zusammen erlebte, wann immer sie mit ansah, wie Gunnars Hände von Nele Besitz ergriffen, selbst wenn er sie brav in den Taschen versteckt hielt, hatte sich ihr das Bild aufgedrängt, das sie seit den Tagen ihrer Kindheit mit sich herumtrug: Ein kleiner Regenwurm, der sich auf dem Weg vor ihrem Haus drehte und wand, während sich ein fast gleichgroßer Tausendfüßler Millimeter für Millimeter in seinen Leib hineinbohrte.

Dass Nele die Ideen lieferte, für die Gunnar die Lorbeeren erntete, fand sie normal. Dass Nele die Regiearbeit übernahm, während Gunnar auf der Suche nach Inspiration in höheren Sphären weilte, fand sie normal. Dass sie sich die Nächte um die Ohren schlug, sich mit dem Ensemble, den Produzenten, den Kritikern, ja, sogar mit dem Publikum auseinandersetzte, während Gunnar sich verneigte und huldvoll lächelnd die Ovationen entgegennahm, fand sie normal. So sehr war sie, die große, starke Nele, von dem Wunsch beseelt, seinem Genie zu dienen, seine Aura zu nähren, dass sie nicht merkte, wie sie sich selbst nach und nach aufgab. Stück für Stück wurde aus Nele Gunnar, „Gunnele", wie ihr Freundeskreis bereits spottete. So lange, bis sie schwanger wurde.

Der Satz ihrer Frauenärztin - „Herzlichen Glückwunsch! Sie sind schwanger!" - legte bei Nele einen Schalter um. Als sie die Praxis verließ, war sie nicht mehr dieselbe Frau, als die sie sie betreten hatte. Die drei Worte „Sie sind schwanger!" wirkten wie das Schrillen eines Weckers, das sie unnachgiebig und nachhaltig aus dem Tiefschlaf holte und mit beiden Beinen zugleich aus dem Bett springen ließ. Nele wollte Mutter sein! Und ohne, dass man es ihr sagen oder gar bestätigen musste, wusste sie, dass da Zwillinge in ihrem Bauch heranwuchsen - zwei kleine Jungs.

Auf dem Nachhauseweg setzte sie in Gedanken als erstes mal die Inszenierung der „Glasmenagerie" ab. Im Augenblick war ihr nach allem anderen, nur nicht nach Thornton Wilders depressiver Resignation. Von jetzt an würde sie Erich Kästner, Astrid Lindgren und womöglich sogar Sven Nordquist spielen, und sie wusste auch schon genau wie.

Ihre Euphorie erreichte ihren Höhepunkt, als Gunnar nach Hause kam und sie ihm glucksend vor Glück um den Hals fiel. „Ein Kind?", stammelte er und hielt sie auf Armeslänge von sich. „Zwei!", lachte sie, schmiegte sich an ihn und merkte zu spät, wie er sich versteifte. „Von mir?", fragte er, und in ihrem Glücksrausch entging ihr das Ausmaß dieser Frage. „Du wirst Papa, Gunnar - wir werden Eltern! E-l-t-e-r-n!!! Kann es etwas Schöneres geben?" Sie wirbelte durch die Küche, lachte, als habe sie die Flasche Sekt, die sie zur Feier des Tages in den Kühlschrank gestellt hatte, bereits allein geleert, kehrte zu ihm zurück und vergrub das Gesicht an seinem Hals. „Halt mich fest, Gunnar ... ich glaube, sonst flieg ich davon ..."

Am nächsten Morgen geschah alles gleichzeitig, alles auf einmal in ein und derselben Sekunde. Gleichzeitig mit seinem Satz „Ich will das nicht!" erlosch das Licht, weil eine Wolke die Sonne verhüllte, blockierte die Kaffeemaschine, weil die Sicherung heraussprang, erlitt der Toaster einen Kollaps und warf zwei völlig verkohlte Brotscheiben aus. Gleichzeitig mit diesem Satz sah sie, wie ein eiserner Ring sich fest um ihr Herz schloss, wie eine große Hand ihre Kehle packte und wie sich ein gewaltiger Fuß erhob, um ihr in den Bauch zu treten. Sie drehte sich weg, wich dem Fuß aus und rang mit der Hand, die ihr die Luft abschnürte - doch der Ring um ihr Herz saß bereits unverrückbar fest. „Aber ich will es!", sagte sie leise, ganz leise. "Mehr als alles auf der Welt!", versenkte noch einmal den Blick in seinen flackernden Augen, suchte ihn, fand ihn nicht - und ging.

Sechs Wochen später schwamm sie im Blut, hoffte, mit davonschwimmen zu dürfen und wurde doch gnadenlos verurteilt zu bleiben. Danach war es, als halte nur noch die eiserne Fessel um ihr Herz sie zusammen, und wann immer sie allein mit sich war, spürte sie diesen Ring aus Eis, der ihr Innerstes gefrieren ließ.

Damals war es Lily gewesen, die Nele ins Leben zurückholte. Lily war es, die die Freundin leblos und halb verblutet fand, die an ihrem Krankenbett wachte und sie hielt, als sie zum ersten Mal die Augen wieder öffnete. Lily war es, die die Tiraden und Flüche über sich ergehen ließ, die den fliegenden Büchern, Vasen und Bestecken auswich, um die schluchzende, tobende Nele endlich zu bändigen und an ihre magere Brust zu drücken, bis das Weinen nachließ. Lily war es, die sie nach langen Wochen der Rekonvaleszenz aus dem Krankenhaus zu sich holte, sie päppelte und hätschelte und schließlich rüttelte und schüttelte, bis das Leben nach und nach in diesen ausgemergelten, knochigen Körper zurückkehrte. Und Lily war es, die ihr bei der Neugründung ihrer Existenz zur Seite stand, obwohl sie nicht den Schimmer einer Ahnung hatte von dem, was zukünftig Neles Existenz sichern sollte: Kommunikationsmanagement!

In dem Augenblick, in dem Nele den ersten Schritt zurück ins Leben tat, nahm sie Fahrt auf. Der erste Weg führte sie zum Friseur: Aus dem dezenten Braun ihrer stets durch Bänder, Klammern oder Spangen gezähmten Locken wurde wieder die flammend rote Löwenmähne, die sie ab sofort offen trug, auch wenn sie sie deshalb alle 30 Sekunden hinter die Ohren zurückstreichen musste, um etwas sehen zu können. Von Stund an kleidete sie sich nur und ausschließlich in Schwarz, sei es nun glühend heißer Sommer oder klirrend kalter Winter. Sie entwickelte eine ausgeprägte Vorliebe für schrägen Schmuck, wie zum Beispiel metallisch glänzende und zum Collier verarbeitete Fischgräten, platt gehämmerte und in fein ziselierte Form gebrachte Bestecke, Perlen von der Größe eines Granatapfels oder leuchtend bunte Seidentücher, die eineinhalb bis zwei Meter hinter ihr her wehten. Am bezeichnendsten fand Lily allerdings die Fingernägel, die Nele sich zulegte: Um fast einen Zentimeter überragten sie spitz zugefeilt die Fingerkuppen, schillerten jeder in einer anderen Farbe, waren verziert mit Brillanten, Ranken oder mystischen Symbolen und eigneten sich ganz sicher als Waffen, z.B. zum Auskratzen von Augen oder dem Herausreißen eines Herzens. Das war die neue Nele: Groß, schwarz und schillernd. Und wehrhaft, wie sie selbst betonte.

„Einen zweiten Gunnar wird es in meinem Leben nicht geben", hatte sie gesagt, und Lily hoffte inständig, dass sie Recht behalten würde. -

Ein knappes Jahr nach ihrer Trennung von Gunnar hatte Lily ihn getroffen, an seinem Arm eine zierliche, extrem blonde Blondine, die ihren schwangeren Bauch jedem ungefragt und ungebeten ins Gesicht stieß: Unter dem kurzen, eng anliegenden Shirt, das gerade mal die bereits prall gefüllten Brüste zu bedecken schien, setzte sie ihren von blau-violetten Adern durchzogenen Bauch nicht nur der Sonne, sondern auch den Blicken ihrer Mitmenschen aus. Vom Anblick des Bauchnabels, der fast die Größe eines Pingpong-Balls erreicht und etwas irgendwie Obszönes hatte, fühlte Lily sich persönlich attackiert, und im Blick der Frau lag etwas Lauerndes, etwas Abschätzendes, das sie trotz der sommerlichen Wärme erschauern ließ. „Hallo, Lily", freute sich Gunnar, „schön dich zu sehen! Darf ich dir meine Frau Chantal vorstellen?" Sein debiles Grinsen hatte in so krassem Gegensatz zu dem kalten Kalkül in den Augen seiner Frau gestanden, dass ihr in dem Moment, in dem er sie mit beiden Händen an den Schultern packte, um sie auf die Wangen zu küssen, so übel geworden war, dass sie sich nur noch losreißen und davonstürmen konnte. - Nele hatte sie von dieser Begegnung nie erzählt.

Guten Morgen! Aufwachen, Schlafmütze!" Neles Stimme hat diesen penetranten Singsang angenommen, dem man nichts entgegenzusetzen hat, als sich die Ohren zuzuhalten und die Decke über den Kopf zu ziehen. Was allerdings bei Nele nicht etwa auf Gnade stößt: Rigoros und schwungvoll entreißt sie Lily die Decke, woraufhin Kassandra, die ebenfalls darunter lag, laut klagend das Weite sucht. Lily zieht die Beine an den Bauch, schlingt die Arme darum und den immer noch schmerzenden Kopf auf die Brust und murrt: „Hau ab, Nele! Lass mich in Ruhe ..." Doch statt dieser Aufforderung Folge zu leisten, schwenkt diese einen großen Becher duftenden Kaffees unter ihrer Nase, raschelt mit einer Bäckertüte voll frischer Croissants und stellt einen Teller mit geschälten Mangos und Orangen auf den Couchtisch, auf dem sie bereits Butter, Frischkäse, Marmelade und Käse zurecht gestellt hat.

„Meine Güte, Lily, du musst ja total verbogen sein", sagt sie und hilft ihr, sich langsam aufzurichten. „Wieso bist du nicht ins Bett gegangen? Bist du einfach umgekippt? Dieses Sofa hier ist doch der Tod einer jeden Bandscheibe ... ach, Mädchen, wenn man auf dich nicht aufpasst ..." Und kopfschüttelnd geht sie zurück in die Küche, um noch zwei Gläser frisch gepressten Orangensaft und Eier zu holen.

Lily gähnt, reckt und streckt sich, lässt die Zunge an den Zähnen entlang wandern und steht schwankend auf. „Das sieht alles köstlich aus, Nele", versichert sie, „aber bevor ich es genießen kann, muss ich mir unbedingt die Zähne putzen!" Nele grinst verständnisinnig, beißt heißhungrig in ein Croissant und nuschelt durch einen Krümelregen hindurch: „Kein Problem ... wenn ich schon mal anfangen darf?"

Kurze Zeit später hat der Kaffee auch Lily ins Leben zurückgeholt. Wie gestern beim Abendessen sitzen sie sich auch heute Morgen beim Frühstück wieder mit gekreuzten Beinen gegenüber, lecken sich genüsslich die fettigen Finger ab und krümeln mit ihren Brötchen herum, lassen die Blicke zwischen dem Kaminfeuer und dem noch in Frühnebel getauchten Garten hin- und her schweifen und schmieden Pläne für den Tag. „Kaum Wind", stellt Nele fest, „wir könnten eine Tour mit dem Fahrrad machen." Lily lässt das angebissene Croissant sinken, stellt den Teller auf den Tisch und wischt sich die Hände an der Hose ab. „Kein Fahrrad", sagt sie, greift ohne hinzusehen nach ihrem Orangensaft und leert das Glas in einem Zug.

Langsam und bedächtig streicht Nele erst Frischkäse, dann Himbeermarmelade auf ihr angebissenes Croissant. Über das Brötchen hinweg sieht sie Lily an, kaut dann langsam und genüsslich mit geschlossenen Augen und murmelt fast beiläufig: „Aber ja! Natürlich mit dem Fahrrad - wieso denn wohl nicht?" Sie weiß sehr wohl, dass es die Erinnerung an Arne ist, die Lily vom Fahrradfahren abhält, doch sie ist nicht gewillt, der Freundin diese Sentimentalität durchgehen zu lassen.

„Weißt du noch, wie ich mich damals nach meinem Unfall mit Händen und Füßen gesträubt habe, mich wieder hinters Steuer zu setzen?" Die Erinnerung an die völlig verstörte Nele, die zwar ein Wildschwein gerettet, Gunnars Wagen dagegen dem Tod im Straßengraben geopfert hatte, entlockt Lily ein Lächeln. „Oh Gott - ja", sagt sie, „ich habe geredet wie mit Engelszungen und dich irgendwann praktisch an den Haaren hinters Steuer geschleift, damit du dieses Trauma endlich überwindest!" „Siehst du", grinst Nele, „und genau das mache ich jetzt mit dir!"

Eine Stunde später öffnet Lily den Fahrradschuppen. Die Tür quietscht jämmerlich - allzu lange ist sie nicht bewegt worden. Auch die Räder sind ein wenig eingestaubt, doch das stört nicht: Mit den behandschuhten Händen wischen sie über Sattel, Lenker und Lampen, prüfen die Handbremsen und die Luft in den Reifen und schieben die Räder hinaus ins Freie. Nele ist so groß, dass sie ohne weiteres Arnes Rad nutzen kann - Lily sieht es mit gemischten Gefühlen. „Kuck nicht so wehleidig!", schnauzt Nele. „Ich tu ihm schon nichts ..." Lily strafft die Schultern, zieht den Reißverschluss ihrer Jacke hoch und macht sich startklar. „Wohin?" fragt sie, und Nele spürt die ganze Abwehr in ihrer Haltung. „Hm, der Wind ist zwar nicht sehr stark, aber vielleicht sollten wir ihn trotzdem erst mal von hinten pusten lassen und nach Südosten fahren, bis die Sonne richtig durchkommt, was meinst du?" Lily zuckt die Schultern, wendet ihr Rad und steigt auf. Schweigend fahren sie die ersten zweihundert Meter nebeneinander her, biegen rechts ab und fahren über Stufhusen nach Südosten, wie Nele es vorgeschlagen hat.

Aus dem Augenwinkel beobachtet sie, wie die Magie des Radfahrens wirkt: Nach und nach glätten sich Lilys Gesichtszüge. Der Griff ihrer behandschuhten Hände um den Lenker lockert sich, ihr Kopf hebt sich, ihre Füße treten die Pedale kräftig und gleichmäßig durch. Die zarten, weißblonden Fransen, die unter ihrer Wollmütze heraus gekrabbelt sind, flattern im Fahrtwind, ihre Wangen röten sich, ein Lächeln umspielt vorsichtig ihren Mund. Sie fahren langsam und gemächlich, gleiten schweigend dahin, und erst, als sie den Süderdeich fast erreicht haben, wendet sich Lily Nele zu. „Das tut gut", sagt sie leise, hebt die Hand und wischt eine Träne fort.

Noch immer liegt ein Dunstschleier über dem Land. Teilweise ist der Bodennebel so dicht, dass er die Leiber der Pferde auf den landeinwärts gelegenen Wiesen lautlos durch das Grau schwimmen lässt, als hätten sie die Beine gegen Flossen getauscht. Dagegen sind von den Schafen auf der Deichseite nur die dünnen Beine zu sehen, die langsam, aber zielstrebig dahin staksen, auch sie völlig geräuschlos, während der Dunst ihre wolligen Körper vollständig verhüllt. Es ist eine bizarre Welt, durch die sie dahin rollen, doch mit jedem Meter spürt Lily, wie sie an Gewicht verliert, wie sich ihre Lunge bläht und das Herz weitet.

Längst fahren sie schon wieder den Süderdeich hinauf Richtung Nordwesten, als von See her ein gigantischer Schwarm Wildgänse einfällt: Es sind so viele, dass sie die Pfeilformation nicht aufrechterhalten können, immer wieder bilden sich neue Formationen, rufen und schnattern und zetern sie, bis sie sich wieder eingeordnet und angepasst haben, und während Lily und Nele sie mit den Blicken begleiten, teilen sie sich auf in drei riesige Trupps, die mit gleichmäßigem Flügelschlag und durchdringenden Kommentaren landeinwärts fliegen. Lily legt die Hand über die Augen, um sie gegen die inzwischen hell leuchtende Sonne abzuschirmen, und schickt ihnen einen stillen Gruß hinterher. „Sind das die ersten in diesem Jahr?", fragt Nele, doch Lily schüttelt den Kopf. „Nein, die ersten sind schon Ende Februar eingetroffen. Ich frag mich immer, wie die das durchhalten ... Und dann kommen sie hier an - und was finden sie? Vereistes Marschland und verfrorenen Queller! Aber irgendwie schaffen sie es immer, denn schließlich kommen sie ja regelmäßig zurück, nicht? - Ich werd nie vergessen, wie meine Großmutter jedes Jahr beim ersten Gänseruf alles stehen und liegen ließ und vors Haus trat. Sie beschattete die Augen mit der Hand, suchte den Himmel ab, bis sie den Schwarm entdeckt hatte, und sagte dann: ‚Der Winter ist zu Ende - jetzt kommt der Frühling!', und das hörte sich so andächtig und beschwörend an, dass ich gar nicht anders konnte, als ihr zu glauben." Schweigend sehen sie den Gänsen nach, bis ihre Rufe verhallt und die Vögel im weißen Grau des Himmels verschwunden sind.

Als sie den Abzweiger nach Westerheversand erreichen, ist Lily versucht, dem Leuchtturm noch einen Besuch abzustatten, doch Nele streikt. „Im Gegensatz zu dir hab ich noch keine Hornhaut am Hintern, Lilleby", stöhnt sie. „Also hab Erbarmen und lass uns nach Haus fahren, ja? Morgen ist schließlich auch noch ein Tag …"

Sie haben die Räder wieder in den Schuppen gestellt, stehen nebeneinander auf der Terrasse hinterm Haus und lassen die Blicke durch den irgendwie traurigen Garten wandern. Nele massiert sich verstohlen das schmerzende Hinterteil, Lily hat die Hand über die Augen gelegt und mustert den Himmel und den Horizont. „Na? Was hat mir die Wetterhexe heute zu sagen?", fragt Nele und beugt vorsichtig den lahmen Rücken. Sie stützt sich mit den Händen auf den Knien ab und wirft Lily einen schrägen Blick von unten zu. „Sieht gut aus", meint die ‚Wetterhexe', knallt Nele zur Bestätigung die flache Hand auf das lädierte Hinterteil und wendet sich lachend dem Haus zu. „Es wird jedenfalls nicht regnen und nicht stürmen - was will man mehr?"

Während sie einträchtig in der Küche wurschteln, im Radio dem „Offenen Kanal Westküste" lauschen und einigermaßen schräg mitsingen - Gloria Gaynors „I will survive" - schneidet Nele tänzelnd und sich wiegend Zwiebeln und Knoblauch und Lily Tomaten und frisches Basilikum. „Das Wasser kocht", sagt Nele und weist mit dem Kinn auf den Topf, der seinen Deckel hüpfen lässt.„Schmeißt du mal die Spaghetti rein?" Lily trocknet sich die Hände in dem Handtuch ab, dass sie sich um die Hüften geschlungen hat, öffnet die Packung und lässt den Inhalt in das sprudelnde Wasser gleiten. „Was machen wir heut Nachmittag?", fragt sie, während sie sich wieder ihrem Schneidbrett zuwendet. „Du hast nicht zufällig Lust, mir im Garten zu helfen?" „Zufällig doch", grinst Nele, leckt sich den Daumen ab und verzieht das Gesicht. „Uhhh …. Knoblauch! Hilfe, der hat's aber in sich!" Lily reicht ihr schnell ein Stückchen Brot, und dann stehen sie nebeneinander am Herd, starren in die Pfanne, in der es zischt und brodelt, und lassen die Gedanken wandern.

„Wie wär's mit einem Schlückchen Rotwein zum Essen?", fragt Lily und ist schon unterwegs zum Weinregal. „Gute Idee!", freut sich Nele, stellt die Käsemühle auf den Tisch und legt Servietten dazu. Lily schmeckt die Soße noch mit einem Schuss Sahne, Pfeffer aus der Mühle und einer Prise Oregano ab, dann sitzen sie auch schon am Tisch. „Hmmm … ich hab jetzt aber auch einen Bärenhunger!" Nele wickelt eine Riesenportion Spaghetti um ihre Gabel, stopft sie in den Mund und kaut mit geschlossenen Augen. „Köstlich", bestätigt sie, kann sich allerdings nicht verkneifen, das Fehlen von Speck oder Hackfleisch zu bemängeln. „Okay, okay", besänftigt Lily sie, „die zweite Hälfte gibt's dann eben mit Krabben - obwohl die zur Zeit ganz schön teuer sind!" „Wieso, ihr sitzt doch hier an der Quelle", wundert Nele sich und deutet mit der Gabel in Richtung Meer. „Naja, aber die Hauptfangzeit ist nun mal der Herbst. Jetzt, im April, fahren die Kutter natürlich auch raus, und ich weiß aus sicherer Quelle, dass die Fischer inzwischen eigentlich wieder ganz zufrieden sein können mit den Fangquoten. Das würden sie aber natürlich nie zugeben - genauso wenig, wie ein Bauer jemals zugeben würde, dass die Ernte gut war und er ordentlich verdient hat. Aber wenn du Lust hast, können wir morgen früh um sieben in Husum am Hafen stehen und uns die frischesten Krabben aller Zeiten sichern ..." „Um sieben? Am Hafen? Lilleby, bist du wahnsinnig? Ich hab gedacht, ich mach hier ein bisschen Urlaub bei dir an der Küste, da muss ich doch nicht mitten in der Nacht aufstehen ... Wie lange fährt man denn überhaupt von hier nach Husum?" Auf Neles Gesicht wechseln Entsetzen, Neugier und Zweifel sich ab. „Och, normalerweise nicht mehr als 45 Minuten", antwortet Lily. „Bei deinem Fahrstil müsste die Hälfte reichen." „Also sagen wir mal dreißig Minuten, das heißt sechs Uhr dreißig hier los, das heißt ... aufstehen um sechs? Nee, Lilleby, das ist nicht dein Ernst, oder?" Völlig entnervt legt Nele die Gabel nieder, nur um sie sofort voller verzweifelter Energie wieder in ihre Spaghetti zu stoßen. Mit gerunzelter Stirn und heftig kauend sieht sie zu Lily hinüber, schüttelt den Kopf und leckt sich die Lippen. „Das müsste ich mir aber noch mal ganz genau durch den Kopf gehen lassen", meint sie. „Eigentlich ist das ja eher gar nichts für mich ..."

Sich die rote Lockenmähne raufend, steht Nele vor dem Waschbecken, reibt sich die Augen und gähnt herzhaft. „Ich muss bescheuert sein, mich auf sowas einzulassen", raunt sie ihrem Spiegelbild zu, dreht den Hahn auf und klatscht sich eiskaltes Wasser ins Gesicht. Ihr Schreckensschrei hallt durchs ganze Haus, gefolgt von Klirren und Scheppern aus der Küche. Bleich und zitternd steht Lily in der Tür: „Was ist passiert, Nele? Was hast du?" Ihre Stimme bebt, die Augen sind vor Entsetzen geweitet. „Mann, ist das Wasser kalt hier bei euch! Da kriegt man ja Frostbeulen im Gesicht ..." Zischend lässt Lily den Atem entweichen, während sie mit weichen Knien am Türrahmen in die Hocke geht. „Mach das nie wieder, Nele Baumann, hörst du?! Himmel, ich hab fast einen

Herzkasper gekriegt, als ich dich hab schreien hören - und das alles nur wegen ein paar Tropfen kalten Wassers ..." Immer noch leise schnaufend erhebt sie sich, stapft die Treppe hinunter und ruft über die Schulter zurück: „Kaffee ist fertig, du Warmduscher! Und schön heiß ist er auch ..."

Zwanzig Minuten später sitzen sie im Auto und brausen die Norderheverkoogstraße entlang Richtung Uelvesbüll. Nele ist jetzt richtig wach, wach und gut gelaunt, dreht das Fenster herunter und atmet die kalte Luft, die von See hereinströmt. „Der Atem des Meeres!", sagt sie theatralisch, inhaliert lang und tief und fängt beim Ausatmen an zu husten, während Lily sich schutzsuchend in ihre dicke Jacke hüllt. „Kannst du den nicht auch nachher noch am Hafen genießen?", fragt sie schlotternd und haucht in ihre kalten Hände, als Nele das Fenster endlich wieder hochfährt. „Ich dachte, so'ne kleine Brise macht euch alten Friesen nix aus?"

Die von Lily geschätzten dreißig Minuten Fahrtzeit waren eindeutig zu hoch gegriffen: Die Straßen sind leer, die Menschen schlafen noch, Neles Wagen scheint für Geschwindigkeiten unter hundertzwanzig Stundenkilometern nicht zugelassen zu sein, und so steuert sie bereits nach zweiundzwanzig Minuten Fahrt einen Parkplatz an der Husumer Au an. Es ist immer noch fast ein bisschen dämmerig, doch trotz der frühen Stunde herrscht hier bereits reges Leben: Es liegen nur drei Kutter am Kai, vor zweien von ihnen hat sich aber bereits eine kleine Schlange Wartender gebildet. „Wollen wir nur Krabben oder vielleicht auch ein paar Schollen mitnehmen?", fragt Nele, reckt den Hals und späht ihrem Vordermann über die Schulter. Der dreht sich um und sagt: „Da hast du aber Glück, wenn du noch'n Plattfisch abkriegst, min Deern! Scholle gibt's im Herbst, im April sind die Mangelware!" Lily grinst, während Nele die Gelegenheit nutzt, sich von dem Mann, der am frühen Morgen bereits einen kräftigen Alkoholdunst verbreitet, über Krabbenfanggründe, Fangmethoden und -mengen, Anlandung, Verkauf und Verarbeitung informieren zu lassen. Nele nickt, sagt „hmm" und „aha", „nee, schon klar" und „ach so", legt den Kopf schief und fragt dann: „Ja, aber wenn ich schon das Schleppnetz gesetzt hab, wozu brauch ich denn dann noch die Kurre?" Der Mann rauft sich die Haare: „Mensch, Mädchen, das Schleppnetz ist doch die Kurre, hab ich dir doch grad ein lang, ein breit erklärt! Weißt du was, min Deern, du musst mal mit rausfahren! Ich schnack gleich mal mit Fiete, und denn geiht dat los ... gleich morgen früh um vier kannst du antanzen, zieh dich warm an, dor buten is dat küllich, und seefest bist du ja wohl, oder nich?" In Erwartung einer Bestätigung dreht er sich nach Nele um - und starrt entgeistert in Lilys grinsendes Gesicht. „Wie ... wo ... issie denn?", stottert er, wendet sich suchend hin und her, reißt sich die Mütze vom Kopf und fährt sich damit über die Augen. „Ich wollte doch bloß ...", stammelt er, zieht geräuschvoll die Nase hoch und spuckt im hohen Bogen aus. Das Grinsen auf Lilys Gesicht erstirbt.

Die Tüte mit den Krabben schwingend, schlendert sie kurze Zeit später die Rödemishallig entlang, gespannt zu sehen, wo Nele sich versteckt hat. Hinter einem zerbeulten Container in Deckung gegangen, tritt sie von einem Bein aufs andere, hat die Arme fest um sich geschlungen und die Kapuze weit über die Lockenmähne gezogen. „Hast du das gehört?", fragt sie, immer noch von Entsetzen geschüttelt. „Nachts um vier soll ich da antanzen, nur um mitten im Ozean die Kurre oder wie das Dings heißt abzulassen ... um vier!!! Himmel, was gibt es doch für schreckliche Berufe!" Schutzsuchend hakt sie sich bei Lily ein, und gemeinsam wandern sie weiter Richtung Innenstadt.

Zwischen der Marienkirche und dem Nissenhaus ist längst die Sonne aufgegangen, wenn sie auch noch etwas unschlüssig im Weiß des Morgenhimmels hängt. „Die graue Stadt am Meer ..." Nele hebt den Kopf und sieht sich aufmerksam um. „Wie kam der Mann nur darauf? Kuck dich doch mal um: Die Häuser sind so frisch und weiß und bunt ... Entweder, er hat das Gedicht im tiefsten, dunkelsten November geschrieben, oder seit seinen Tagen hat sich hier einiges verändert." „Hm, möglich wär's", meint Lily. „Wenn ich mich recht erinnere, ist Storm 1888 gestorben - das ist schon ein paar Tage her ... Aber wirklich grau kann die Stadt eigentlich nur im tiefsten Winter sein, da hast du Recht, denn schließlich ist Husum berühmt für seine Krokusblüte. In diesem Jahr begann sie Mitte März, hab ich mir sagen lassen, ist leider gerade vorbei. Die Wiesen im Schlosspark gleichen dann einem unendlichen Teppich aus Lila-, Violett- und Blautönen, das ist wirklich ein atemberaubender Anblick." Sie lässt den Blick zum Park hinüber wandern, und Nele spürt, dass sie in diesem Augenblick nicht neben ihr, sondern Hand in Hand mit Arne die Straße entlanggeht.

„Tja, schade", Lily reißt sich zusammen und wendet sich ganz der Freundin zu. „Für irgendeinen Museumsbesuch ist es natürlich viel zu früh, vor zehn macht hier keines auf. Aber ich lade dich zum Frühstück ein, okay? In der Norderstraße kenn ich ein kleines Café, das auch zu dieser frühen Stunde schon ein richtig gutes Frühstück anbietet!"

Sie biegen schnell nach rechts ab und winken im Vorbeigehen der Tine auf dem Marktbrunnen zu, der irgendein Witzbold einen Schal um den Hals gewickelt und eine Brötchentüte unter den Arm geklemmt hat, was die junge Fischersfrau allerdings wenig berührt, denn ihr Blick geht wie gewohnt angespannt suchend in die Ferne. Ihr Rock bläht sich im Morgenwind, und man meint, die derben Holzschuhe übers Kopfsteinpflaster klappern zu hören, während sie das lange Ruder in der rechten Hand mit einer solchen Leichtigkeit trägt, als wöge es nicht mehr als ein Schrubber. „Moin, Tine", grüßt Lily sie lächelnd, dreht sich zu Nele um und sagt: „Ich mag sie. Sie hat sowas Authentisches." „Und schön ist sie", ergänzt Nele andächtig, „und stark. Die beißt sich durch, wetten?"

Zehn Minuten später schälen sie sich im Café aus den dicken Jacken, schütteln die von den Mützen platt gedrückten Haare auf und reiben sich die verfrorenen Hände. „Ganz schön frisch noch, was?", fragt die Bedienung, die bereits mit Block und Stift neben ihrem Tisch steht, bereit, ihre Bestellung aufzunehmen. „Kann man wohl sagen!", antwortet Nele. „Ich brauch erst mal einen grooßen Pott Kaffee, und dann sehen wir weiter, okay?" Auch Lily kann einen Kaffee jetzt gut gebrauchen, und so sitzen sie schon kurz darauf einträchtig nebeneinander, pusten in den aufsteigenden Duft und umklammern die bauchigen Becher mit beiden Händen. Über der Speisekarte stecken sie die Köpfe zusammen, gehen mit dem Zeigefinger die Reihen entlang und bleiben beim „Kutter-Frühstück" stecken: Rührei mit Schnittlauch auf Toast, je zwei Brötchen, Butter, Nordseekrabben, Lachs, Käse und Marmelade, dazu Kaffee satt. „Fehlt nur noch der Orangensaft", sagt Lily, doch das stellt für die Bedienung keine Herausforderung dar: Obwohl bereits mehr als die Hälfte aller Tische im Café besetzt sind, steht innerhalb einer Viertelstunde alles wunschgemäß vor ihnen auf dem Tisch. „Guten Appetit!", wünscht das Mädchen mit den Apfelbäckchen und dem drallen Hintern, und Lily und Nele greifen gierig zu.

Als das Rührei verschlungen und der erste Hunger gestillt ist, lehnt Lily sich aufatmend zurück und strahlt Nele an. „Danke, Nelly - so gut hat's mir schon lange nicht mehr geschmeckt ..." Nele kann sich das Lachen nicht verkneifen: „Oh, nicht doch! Wenn dir das so gut tut, lass ich mich gern wieder einladen von dir!" Sie kichern beide wie die Teenager, dann wird Lily wieder ernst. „Ach, komm, du weißt schon, was ich meine", sagt sie leise, leert ihr Saftglas und sieht der Freundin fest in die Augen. „Diese Vertrautheit zwischen uns ... diese Sicherheit ... das Gefühl, ganz ich selbst sein zu dürfen und mich zu nichts zwingen, mich nicht anstrengen, mich nicht verstellen zu müssen ... das hatte ich nur mit Arne ... und mit dir", sagt sie, prostet Nele mit dem Kaffeebecher zu und spürt, wie ihre Hände leicht zu zittern beginnen.

Nele hat aufgehört zu kauen. Trotz der Energie, der Entschiedenheit und des Durchsetzungsvermögens, das sie sich in ihrem Beruf als Kommunikationsmanagerin hat aneignen müssen, sind ihr die Antennen für empathische Reaktionen nicht verloren gegangen, und sie ist sich der Bedeutung des Augenblicks gerade sehr bewusst. „Du hast mir nie erzählt, wie es angefangen hat", sagt sie ruhig. „Magst du drüber reden?" Lily will gerade antworten, als sie einen winzigen Augenblick lang völlig entgeistert aus dem Fenster starrt. „Das ist doch ... entschuldige, bin gleich wieder da", flüstert sie, wirft die Serviette auf den Stuhl und hastet zur Tür hinaus. Von ihrem Platz aus sieht Nele, wie sie am Fenster vorbei rechts um die Ecke Richtung Nordseemuseum rennt. Es dauert keine zwei Minuten, dann ist sie wieder da. „Sorry", sagt sie, etwas außer Atem, „aber ich hätte schwören können, dass das Mads war, der da grad vorbeiging, dabei hat er doch behauptet, umgehend nach Lübeck zurückfahren zu müssen ..." „Mads?", fragt Nele. „Ach so, das ist Arnes Sohn, nicht? Und? War er es? - Hast du ihn inzwischen kennengelernt? Erzähl! Wie ist er? Hat er Ähnlichkeit mit Arne? Was macht er? Wie alt ist er?"

Bei dieser Flut von Fragen hebt Lily abwehrend die Hände. „Langsam, langsam!", lacht sie. „Ich glaub, da brauch ich erst noch einen Kaffee ..." Doch auch, als sie den neu gefüllten Becher in den Händen dreht, kommen ihr die Worte nicht leicht über die Lippen. „Ach Gott, ja - Mads. Hat er Ähnlichkeit mit Arne? Ich weiß es nicht, ehrlich. Manchmal ja, manchmal nein. Arne hat ... hatte wellige Haare, Mads hat lockige, nee, schon fast krisselige Haare. Aber die Farbe stimmt. Und das Krisselige kommt wohl von seiner Mutter, Madeleine, die hatte noch wildere Locken auf dem Kopf als du!" Lily versucht sich in Galgenhumor, doch der Klang ihrer Stimme verrät, dass ihr eigentlich nicht nach Lachen zumute ist. „Weißt du, was Mads betrifft, bin ich ehrlich gesagt völlig hin und her gerissen. Einerseits möchte ich ihn mögen, denn schließlich ist er ja Arnes Sohn; andererseits ist da aber auch immer etwas an ihm, das mich stört, was mich instinktiv auf Abstand hält, aber ich weiß nicht, was es ist. Einerseits ist er sehr bemüht, bietet mir seine Hilfe an, möchte auch alles über Arne wissen und fragt mir Löcher in den Bauch, andererseits steht er allem hier irgendwie völlig distanziert gegenüber. Manchmal geradezu abweisend. Himmel, er ist doch hier aufgewachsen, da muss es doch noch irgendeine Art von Verbindung geben, irgendeine Saite in ihm, die von dieser oder jener Erinnerung zum Klingen gebracht wird! Aber nee, manchmal kommt er mir völlig unbeteiligt vor, irgendwie total fremd und kalt."

„Dabei sieht er klasse aus: Groß, schlank, muskulös, breitschultrig. Total lässig, aber gepflegt. Aber die Art, wie er dich manchmal ansieht, wenn er meint, du merkst es nicht, wie er den Kopf leicht schräg hält dabei und dich von Kopf bis Fuß mustert … das hat etwas Abschätziges, da fühlt man sich plötzlich ganz klein und taxiert. Und wenn er lacht, fehlt ihm Arnes Grübchen! Weißt du, dieses wunderhübsche, rührende Grübchen …"

Lily bohrt an entsprechender Stelle ihren Zeigefinger in die Haut, stellt ihren Kaffeebecher zurück auf den Tisch, macht der Bedienung ein Zeichen und bittet um die Rechnung. Gedankenverloren greift sie nach der Tüte mit den Krabben und beginnt, mit dem Daumennagel Löcher hinein zu pieken. „Andererseits - die Augen! Er hat Arnes grüne Augen, diese knallgrünen, absolut auffälligen Augen - ja, die hat Mads auch. Und doch sind … waren Arnes Augen leuchtender, sprühender, einfach … lebendiger, wenn du verstehst, was ich meine. Wenn du Mads in die Augen siehst, bist du zwar völlig fasziniert von der Intensität dieser Farbe, aber sie spiegeln nichts wider, sie sind irgendwie … cool, aber nicht lebendig."

Bereits im Gehen ziehen sie sich ihre Jacken an, stülpen die Mützen auf die Haare und winken der Bedienung einen Gruß zu. Als sich die Tür hinter ihnen schließt, wirft Lily einen Blick auf ihre Uhr. „In zwanzig Minuten machen sowohl das Nordsee-Museum als auch das Theodor-Storm-Haus auf. Sollen wir eins von beiden besuchen?" Nele tritt von einem Bein aufs andere, hakt Lily schließlich unter und zieht sie die Norderstraße entlang zurück zum Hafen. „Komm, lass uns nach Haus fahren und uns in die Gartenarbeit stürzen", schlägt sie vor. „Irgendwie ist mir jetzt grad nicht nach Museum. Ich muss was tun … was Produktives, am liebsten was richtig Anstrengendes."

Während Nele sich müht, den noch winterschläfrigen Motormäher zum Leben zu erwecken und mit nimmermüder Energie dem Starter zu Leibe rückt, hat Lily sich mit Gartenhandschuhen, Dreizack und Schere, einem großen Eimer und einer kleinen Hacke bewaffnet und arbeitet sich zielstrebig und unerbittlich durch den Steingarten.

Irgendwann röhrt der Rasenmäher, knattert und stinkt, und siegesgewiss grinsend steuert Nele ihn zunächst an den Kanten entlang, um sich dann Runde um Runde immer weiter dem Raseninneren zu nähern. Immer mehr mischt sich der Geruch nach verbranntem Benzin mit dem von frisch gemähtem, saftigen Gras. Vor lauter Eifer fällt Nele gar nicht auf, dass sie vergessen hat, den Fangkorb am Mäher anzubringen, so dass die Maht im hohen Bogen an ihr vorbei ins Gras fällt.

Sie sind ungefähr zeitgleich fertig mit dem, was sie sich vorgenommen haben und lehnen mit geröteten Wangen und glänzenden Augen nebeneinander an dem alten Ziehbrunnen, dessen Eimer leicht an seinem Seil schaukelt und der so tief ist, dass das Wasser darin auch im tiefsten Winter nicht gefriert.

„Wir sollten den Apfelbaum noch ein wenig beschneiden", meint Nele und deutet auf den knorrigen Stamm rechts von der alten Kastanie. „Erstens ist das eine Zwetsche und kein Apfel", erklärt Lily ihr, „und zweitens ist die Zeit dafür längst vorbei: Bäume beschneidet man bis Mitte März, damit wären wir also einen ganzen Monat zu spät dran." Nele zuckt die Schultern. „Aber was ist mit dem alten Baum da unten, der da fast schon abgebrochen ist? Sollten wir den nicht ein bisschen abstützen? Oder darf man das jetzt auch nicht mehr?" Sie zeigt auf den uralten Flieder, der im Laufe der Jahrzehnte wirklich abenteuerliche Formen angenommen hat und den auch Arne schon längst hätte sanieren wollen.

„Gute Idee", nickt Lily, stapft zum Schuppen und zerrt aus der hintersten Ecke Stangen und Stöcke hervor. Nele mustert sie kritisch, wiegt den einen oder anderen in der Hand und fragt dann: „Und wie machen wir daraus eine Baumstütze? Tackern wir die zusammen ... oder wie?" Lily zeigt ihr mit der behandschuhten Hand einen Vogel, verschwindet erneut im Schuppen und kommt mit einer dicken Rolle Hanfseil und einer alten Gartenschere zurück. „Daraus bauen wir jetzt ein Dreibein", erklärt sie und schreitet Nele voran zum Flieder. Schnell hat sie drei ungefähr gleich starke und gleich lange Stäbe ausgesucht, überkreuzt sie am oberen Ende und wickelt geschickt das Hanfseil zwischen ihnen herum, so dass keiner mehr wackeln oder gar abrutschen kann. „So, und wenn du jetzt den dicken Ast da vorsichtig anhebst ... vorsichtig! Mann, Nele, das ist uraltes Holz, das ist nicht mehr so elastisch ... okay, so ist gut ... noch ein kleines Stück ... ja, genau ... dann kann ich das Dings hier drunterschieben ... Moment ... so ... geschafft!!!" Sie tritt zurück, klopft die Hände an der Hose ab und schüttelt sich vertrocknete Blätter und Borke aus dem Haar. „Geht doch!", grinst sie und hält Nele die flache Hand zum Einschlagen hin.

„Das ist nämlich ein besonderer Flieder", sagt sie und streicht zärtlich an der rissigen, faserigen Rinde entlang. „Als Arne dieses Haus vor ein paar Jahren zur Vermittlung angeboten bekam, führten die ehemaligen Besitzer ihn natürlich überall herum, zeigten ihm dies und das, den Weinkeller und das Kaminzimmer ... und hätten ihm den Garten wohl am liebsten verheimlicht, weil sie schon lange nicht mehr in der Lage waren, ihn zu pflegen. Sie waren beide Ende siebzig, alt und müde, und obwohl sie, wie sie sagten, den ganzen Garten einst selbst geplant und angelegt hatten, mussten sie nun zusehen, wie er verwilderte, weil sie weder die Kraft noch das Geld hatten, ihn instandsetzen zu lassen."

Sie steht da, die behandschuhten Hände halten immer noch das Hanfseil, und lässt den Blick liebevoll über Büsche, Bäume, Hecken und Beete gleiten. „Wie Arne mir erzählte, fühlte er sich aber gerade von dem Garten magisch angezogen, und er bestand darauf, ihn erkunden zu dürfen. Geradezu ängstlich öffnete die Frau ihm die Terrassentür, und der Blick, den sie mit ihrem Mann wechselte, als Arne auf die Terrasse trat, hatte etwas Panisches. Vorsichtig ging Arne die Stufen hinunter in den Garten. Er stand am Rand des Brunnens, lauschte dem Glucksen des Wassers in der Tiefe, legte die Hand auf den bemoosten Rand und sah vor seinem geistigen Auge den gut gefüllten Eimer wieder aus seinen Tiefen auftauchen. Er ließ den Blick über die alten Obstbäume schweifen, er ging hinunter zur Grundstücksgrenze und hätte jubeln mögen vor Begeisterung über den Ausblick, der sich ihm bot - frei und unverstellt bis zum Meer, bis zum Horizont! Er drehte sich um, entdeckte den alten Flieder, der sich wacker mühte, seine dunkelviolett gefärbten Blüten hoch zu halten, und wieder fühlte er sich magisch angezogen, und zwar unwiderstehlich von dem alten, dem uralten Baum, der so krumm gewachsen war, der einen absolut erbärmlichen Eindruck machte und doch immer noch so voller Leben steckte. Arne trat näher, legte seine Hand an die aufgeplatzte, faserige Haut des Baumes, dann sein Gesicht, sein Ohr … und als er die Augen schloss und dem Schießen der Säfte im Innern des Baumes lauschte, wusste er, dass er angekommen war. - So hat er es mir erzählt."

Ihr Lächeln geht weit in die Ferne, sie ist in einer anderen Zeit. Nele beobachtet sie von der Seite, fasziniert von der feenhaften Leichtigkeit, mit der Lily eine imaginäre Symphonie zu dirigieren scheint.

„Und das war es, was dann schließlich den Ausschlag gab", fährt sie fort, nachdem sie sich geräuspert und zu ihrer normalen Tonlage zurückgefunden hat. „Seine Affinität zu diesem alten Flieder!"

Jetzt ist es Lily, die die Hand an der rissigen, schrundigen Haut des alten Baumes herabgleiten lässt. „Weil er seine Aufmerksamkeit diesem Baum zugewandt hat, hat Arne den Zuschlag für dieses Haus bekommen", erklärt sie und wickelt sich lachend um den knorrigen Stamm. „Denn unter diesem - damals noch jungen - Flieder hatten die alten Leute sich vor 53 Jahren das Ja-Wort gegeben … und ihn, da sie eine überaus glückliche Ehe führten, seitdem natürlich stets in Ehren gehalten."

Sie sieht an dem Baum hinauf, greift nach einer der winzigen, noch grünen Kerzen, die sich in höchstens vier Wochen in Farbe und Duft verströmen werden, und lässt zärtlich die Finger darüber gleiten. Nele, die sich die leuchtend rote Lockenmähne, die majestätische Haltung und die abschreckende schwarze Kleidung schließlich nicht umsonst zugelegt hat, schluckt. Schnell schlingt sie Lily die Arme um die Taille und legt den Kopf auf ihre Schulter.

Eine kleine Weile stehen sie so da, eng aneinander geschmiegt, wiegen sich langsam hin und her und halten sich fest. Schließlich macht Lily sich los, fährt sich mit dem Ärmel übers Gesicht und sagt: „Du wirst alt, Nele Baumann! Solche Rührseligkeiten hättest du dir früher nicht gestattet!" Nele prustet los, schubst Lily vor sich her den Weg entlang, und während sie sich beide kichernd und stolpernd immer wieder fangen und entwischen lassen, landen sie schließlich hustend und schniefend an Lilys hellblau gestrichenem Gartenhaus. Die Fensterläden sind geschlossen, der Regen der vergangenen Monate hat den Matsch hochspritzen und schmutzig braune Spuren an die Wände werfen lassen. Die Blumenkästen rechts und links der Eingangstür, ihrer Pflanzen beraubt und nur noch mit einem Rest Erde gefüllt, haben sich der Schwerkraft gefügt und neigen sich traurig dem Boden entgegen, fünf weißwattige Spinnennester verkleben die Ritze zwischen Tür und Rahmen. - „Wann warst du zuletzt hier?", fragt Nele stirnrunzelnd, doch Lily schüttelt nur wortlos den Kopf.

Den Blick prüfend von oben nach unten über die Wände gleiten lassend, umrundet Nele das kleine Haus. Als sie wieder bei Lily ankommt, fragt sie: „Hast du den Schüssel dabei?" Wieder schüttelt Lily den Kopf, stopft die Fäuste in die Taschen ihrer Wachsjacke und wendet sich ab. Liebevoll streicht Neles Hand ihr über den Rücken. „Komm, Lilleby, trau dich", sagt sie leise, und als Lily nur heftiger den Kopf schüttelt: „Irgendwann musst du's tun, Lily - und dann doch lieber jetzt, mit mir zusammen, als irgendwann ganz allein ..." Sie weiß um die Bedeutung dieses Gartenhauses, spürt, wie viel schmerzliche Erinnerung darin wohnt, doch sie ist wild entschlossen, Lily den Zugang dazu wieder zu ermöglichen - zu erkämpfen, wenn es sein muss. „Wo find ich den Schlüssel?", fragt sie leise und streicht der Freundin die flatternden Haare aus dem Gesicht. „Im Schlüsselkasten im Windfang? Oder am Bord in der Diele? - Okay, ich kuck mal, ich werd ihn schon finden ...", dreht sich um und geht hinauf zum Haus.

Als sie, den Schlüssel in der Hand, zurückkehrt, hat Lily sich nicht bewegt. Immer noch steht sie da, kerzengerade aufgerichtet, den Kopf hoch erhoben, die Fäuste in den Taschen - ein Bild der Erstarrung. Nele geht an ihr vorbei, steckt den Schlüssel ins Schloss und öffnet vorsichtig und auf Ratten oder Mäuse gefasst die Tür: Der Geruch von Feuchtigkeit und Kälte, muffig und klamm, schlägt ihr entgegen, und sie wendet den Kopf, um noch einen tiefen Zug frische Seeluft zu inhalieren, bevor sie eintritt und mit wenigen Griffen die Fenster öffnet. „Ich hol ein bisschen Holz", ruft sie über die Schulter zurück, als sie erneut den Weg zum Haus hinauf eilt. Wenig später glimmt die Glut in dem winzigen, gusseisernen Bollerofen, den Arne in der „Bude", wie er es immer nannte, hat einbauen lassen, und schnell breitet sich wohlige Wärme aus. Noch hängt zwar der leicht modrige Geruch der langen Wintermonate in den Polstern und Gardinen, doch die kuschelige Decke, die Nele mitgebracht hat, lockt sogar Kassandra an, und ihr Maunzen ist es auch, das Lily aus ihrer Apathie weckt.

Ihre Lippen sind schmal und fast weiß, als sie sich zu Nele umwendet. „Du hast kein Recht ...", beginnt sie, vergisst aber sofort, was sie eigentlich sagen will, als ihr Blick ins Innere des Häuschens fällt und über das blauweiß gestreifte Biedermeiersofa, die beiden kleinen Beistelltische, die weißen Mousseline-Vorhänge mit den blauen Satinbändern und das heißgeliebte Kroyer-Bild gleitet. Mechanisch nähert sie sich, betritt das Blockhaus wie in Trance und findet sich plötzlich, in eine Decke gehüllt und Kassandra auf dem Schoß, vor dem schon fast rot glühenden Bollerofen neben Nele auf dem Sofa sitzend. „Bleib hier!", befiehlt Nele, und ihr Ton duldet keinen Widerspruch. „Ich hol uns was zu trinken." Und fast im selben Augenblick, so scheint es ihr, hält sie Lily auch schon einen Pharisäer unter die Nase, dessen aufsteigender Alkoholdunst sie automatisch niesen lässt. „Trink!", befiehlt Nele, hebt ihren

Ellenbogen an und lässt nicht eher locker, als bis sie mindestens genippt hat.

Langsam, ganz langsam taucht Lily auf aus dem Strudel, der sie hinabgerissen hat in den tiefschwarzen Abgrund der Verzweiflung. Suchend blickt sie sich um, webt tastend die Finger in Kassandras Fell, lehnt sich zurück und lässt den Atem entweichen, der sich, so fühlt es sich an, seit Jahrhunderten in ihr aufgestaut hat. Ihre Augen erkennen den Staub, der auf den Tischen und Fensterbänken liegt, ihre Nase riecht den Geruch, der sich schwer und muffig in den Wintermonaten breitgemacht hat, ihre Ohren lauschen dem Knacken der Holzscheite im Ofen und dem Schnurren der Katze auf ihrem Schoß. Und während sie den Blick über die Fenster zur Tür und hinaus zum Horizont wandern lässt, kehrt die Erinnerung zurück, und tastend wandert ihre Hand zu Nele hinüber, die neben ihr sitzt auf dem blauweißen Biedermeier-Sofa, die groß und stark und aufrecht da sitzt, um sie zu stützen, zu halten und zu trösten, als die letzte Welle der Verzweiflung sich anschickt, über ihr zusammenzubrechen.

Längst ist die Dämmerung der Dunkelheit gewichen. Die Holzscheite im Ofen sind zusammengefallen zu einem zuckenden Häufchen funkelnder Glut, Kassandra hat längst schon aufgehört zu schnurren. Doch Nele ist immer noch da, sitzt neben ihr, hat ihr den Arm um die zuckenden Schultern gelegt und streicht ihr die feuchten Haare aus der Stirn. Mit lautlosem Summen wiegt sie sie, hält und stützt sie sie.

„Es wird kühl", sagt Nele schließlich, als das Feuer mit einem letzten Funken sein Leben versprüht. „Gehn wir ins Haus?" Lily nickt, putzt sich noch einmal die Nase und atmet tief durch. „Danke, Nelly", sagt sie leise und drückt der Freundin die Hand. Ihre Augen sind so verschwollen, dass sie kaum noch etwas sieht, doch dankbar registriert sie die Wärme, mit der Neles starker Arm sie stützt. Steifbeinig und mit maunzendem Protest stakst Kassandra vor ihnen her hinauf zur Terrasse. Dort angekommen, wendet Lily sich um. Nele, die noch auf der unteren Stufe steht, sieht lächelnd zu ihr auf und greift nach Lilys Hand. Betont langsam biegt sie jeden Finger einzeln auf, legt den Schlüssel des Blockhauses hinein und schließt sie wieder. „Du wirst ihn brauchen", sagt sie. „Ganz bald schon, ja?"

Auch im Haus entfacht Nele als erstes das Feuer im Kamin. Lily, die schnurstracks im Bad verschwunden ist, um sich ein bisschen frisch zu machen und das verquollene Gesicht zu kühlen, erscheint lächelnd in der Küchentür, zieht die Nase hoch und krempelt die Ärmel auf. „Was wollen wir essen?", fragt sie. „Worauf hast du Appetit?" „Auf ein halbes Schwein mit Rotkohl und Knödeln und einem Fass Wein dazu!", antwortet Nele wie aus der Pistole geschossen. „Das könnte schwierig werden", gibt Lily zu, „aber wie wäre es mit Steckrübeneintopf, Kasseler und Kartoffelbrei? Und als Nachtisch hätte ich noch ... äh, lass mich nachdenken ... Vanille-Eis mit heißen Himbeeren zu bieten." Lily strahlt, als Nele sich voller Vorfreude den mittlerweile leeren Magen reibt und enthusiastisch zustimmt. „Steckrübeneintopf mit Kasseler?", fragt sie dann aber mit gerunzelter Stirn. „Das ist doch nicht auf deinem Mist gewachsen, Lilleby? Da hat doch ganz bestimmt Marie-Luise ihre kunstfertigen Finger im Spiel!"

Lily hat sich wieder gefangen, schenkt sich und Nele einen Schluck Merlot ein und schickt die Freundin dann auf den alten Sessel vor dem Kamin, denn auch an Neles Nervenkostüm ist dieser Tag nicht spurlos vorübergegangen: Sie ist blass und erschöpft und braucht dringend eine kleine Atempause.

Zwanzig Minuten später steht Lily vor der schnarchenden Nele. Einen Fuß hat sie unter dem Oberschenkel des anderen Beines eingeklemmt, der Kopf liegt locker an der Lehne des Ohrensessels, die Hände müde und entspannt auf ihrem Bauch. Die rote Lockenmähne ist halb über das Gesicht gefallen, so dass bei jedem Ausatmen eine Strähne auffliegt, und obwohl sich zwischen ihren Brauen eine kleine Falte gebildet

hat, zieht sich ein Mundwinkel nach oben, was dem ganzen Gesicht etwas absolut Humorvolles verleiht.
Liebevoll streicht Lily der Freundin über die runde Wange. „Hallo, Nelly - Essen ist fertig", flüstert sie, und mit einem erschrockenen Schnorcheln taucht Nele auf aus ihrer Traumwelt, reibt sich die Augen mit beiden Fäusten und sieht sich suchend um. „Wie? Wo? Du hast das Schwein erlegt?", fragt sie, streckt die Beine und ballt die Fäuste, schüttelt sich und prustet - und ist wieder ganz da.

In der Küche hat Lily den Tisch gedeckt: Das rotweiß karierte Tischtuch leuchtet ihnen fröhlich entgegen, auf den weiß glänzenden Tellern stehen kunstvoll gefaltete Servietten, in der Tischmitte flackert eine dicke Kerze, deren Schimmer sich in der Glut des Weines bricht, der in den bauchigen Gläsern funkelt. „Wow!" Nele bleibt in der Tür stehen, lässt einen langen Augenblick lang die Stimmung auf sich wirken und nimmt dann fast andächtig auf der Bank Platz. „Das nenn ich mal stilvoll", sagt sie, hebt ihr Glas und prostet Lily fröhlich zu.

Neles Appetit hat unter den Anspannungen des Nachmittags nicht gelitten - im Gegenteil: Sie braucht ordentlich „Input", um eventuell entstandene Defizite wieder aufzufüllen. Insgeheim macht Lily sich eine Notiz: Mami sagen, wie sehr Nele ihre Kochkünste genossen hat! Irgendwann kratzt Nele auch die letzten Reste noch aus der Schüssel, leckt den Auffüllöffel von der Vorder- und der Rückseite ab, lehnt sich aufatmend zurück und seufzt: „Lilleby ... das war köstlich! Wenn du mir jetzt noch einen doppelten Espresso servierst, rolle ich mich an die Seite und schlafe glücklich, zufrieden und traumlos bis zum Monatsende ..."

Das war eine glatte Lüge, denn nachdem sie auch noch den Espresso (mit drei Löffeln Zucker!) genossen hat, ist Nele wieder hellwach und aktiv, und während sie dem Kamin einheizt, sieht sie über die Schulter zurück zu Lily, die sich mit einer kuscheligen Decke über den Schultern auf dem Sofa eingerichtet hat.

„Ich mach uns noch mal einen Ingwertee", sagt Nele, und Lily meint, ihren Ohren nicht trauen zu können. „Du machst uns was?", fragt sie denn auch, beobachtet aber voller Spannung, wie Nele an der Spüle steht, eine Ingwerwurzel schält, eine Zitrone auspresst und beides zusammen im alten Steinkrug mit kochendem Wasser aufgießt. Während Lily den Tee heiß und scharf und ohne Zucker genießt, braucht Nele mindestens zwei Löffel voll Honig, um dem Gebräu jedenfalls etwas Angenehmes abgewinnen zu können. „So", sagt Nele nach dem ersten, mutigen Schluck. „Und nun erzähl, wie alles angefangen hat."

Lily weiß, was sie meint. Sie spricht von dem Moment, in dem Arnes Krankheit die Herrschaft über ihr Leben übernahm.

„Es begann im Herbst vorletzten Jahres", sagt Lily, und ihre Stimme ist fest. „Wir hatten ja, als wir dieses Haus bezogen, einen Plan, nach dem wir alles renovieren und nach unserem Geschmack und unseren Bedürfnissen gestalten wollten." Sie nippt an ihrem Tee und lässt den Blick durch den Raum wandern. „Ich hätte gern mit dem Garten angefangen, aber Arne wünschte sich, dass das Haus zunächst so umgestaltet würde, dass es uns willkommen heißen könnte. - Dazu bedurfte es nicht viel, denn wie ich dir ja schon sagte, hätte Arne niemals ein Haus bezogen, von dem er das Gefühl gehabt hätte, abgelehnt zu werden. -

Nein, dieses Haus hieß uns willkommen! Was auch immer wir anpackten - es gelang uns! Wir legten den Lehmputz im oberen Stockwerk frei, wir rissen die Wand zwischen dem Elternschlafzimmer und einem der Kinderzimmer ein, wir schlugen den Gipsputz von den Wänden und ersetzten ihn durch einen Lehmanstrich, wir entfernten die Kunststofffenster und bauten hölzerne ein, wir schlugen die Rigipsplatten von den Decken und legten die alten Balken frei, wir entfernten das metallene Treppengeländer und ersetzten es durch ein gedrechseltes ... und last, but not least, gingen wir daran, das grün gekachelte Bad zu entbeinen: Alles musste dran glauben, alles musste raus, die Badewanne, die Duschwanne, das Waschbecken, das Klo, die Wandfliesen, die Bodenfliesen, die Armaturen, die Heizung ... ach Nelly, wenn du dieses Chaos gesehen hättest!! Wenn du gesehen hättest, wie wir die alte Badewanne von oben auf der von Arne konstruierten Rutsche direkt in den Container haben sausen lassen!! Das war ein toller Moment ... ein Moment der Befreiung! Wir sahen aus wie Phoenix aus der Asche: Weiß bestäubt von oben bis unten, abgekämpft und gebeugt, aber glücklich und zufrieden ... und in dem Moment fing Arne an zu husten ... und hörte nicht mehr auf."

Nele steht auf und holt eine Tafel Schokolade, und in der Gewissheit, sich für die kommenden Stunden wappnen zu müssen, nimmt sie auch die Weingläser und die Flasche noch mit.

„Tee oder Wein?", fragt Nele und grinst erleichtert, als Lily das Weinglas wählt. „Erzähl weiter." Doch Lily schweigt. Als sie endlich den Blick hebt, sind ihre sonst leuchtend blauen Augen verhangen und ausdruckslos. Irgendwann holt sie tief Luft und sagt: „Lange versuchte er, mich in Sicherheit zu wiegen. ‚Der Staub', sagte er, und dann ‚die Bronchien sind gereizt'. Und dann war es das Wetter und dann eine einfache Erkältung. Dann musste er zu einem Kundentermin nach Husum und dann zu einer Ortsbesichtigung nach Heide, und irgendwann stand dann ein mehrtägiges Seminar in Hamburg an ..."

Mit gesenkten Lidern sitzt Lily da, starrt in ihr längst geleertes Glas und klappert mit den Nägeln darauf herum. „Ich habe alles akzeptiert", sagt sie jetzt leise, „habe alles hingenommen und alles geglaubt - weil ich es glauben wollte, weißt du? All die angeblichen Geschäftstermine, die in Wirklichkeit Röntgen, MRT, CT und was weiß ich noch alles bedeuteten ... - Aber wenn ich dem Gefühl in mir heute so nachspüre, muss ich mir eingestehen, dass ich es vom ersten Augenblick an gewusst habe, da ganz tief drinnen in mir ...", und mit dem Zeigefinger tippt sie sich auf die schmale Brust.

„Wir haben die letzten Monate genutzt, Nele", sagt Lily, und ihr Gesicht leuchtet von innen heraus, als sie jetzt den Blick auf die neben ihr schlafende Kassandra richtet. „Wir haben so bewusst gelebt wie nie zuvor." Sie führt den Becher zum Mund, stellt ihn zurück und wechselt zu ihrem Weinglas, das sie versonnen lächelnd in den Händen dreht. „Wir wussten ja schließlich, dass uns nicht mehr viel Zeit bleiben würde, und wir haben versucht, so mit ihr umzugehen, dass keiner von uns am Ende der Zeit etwas zu bedauern hätte - verstehst du?"

Nele antwortet nicht. Oft genug hat sie Szenen wie diese auf die Bühne gebracht, hat Darsteller, Kostümbildner und Requisiteure zur Empathie gemahnt, Beleuchter instruiert und sich unsolide Effekthascherei verbeten, doch niemals zuvor war sie mit dem alles sezierenden Skalpell der Realität konfrontiert, noch nie hat sie den Alptraum der Wirklichkeit bis zum Ende träumen müssen. Fieberhaft überlegt sie, wie sie das Blatt wenden, den Hebel umlegen kann, und es fällt ihr nichts Besseres ein als Mads, Arnes Sohn.

„Hat Arne sich nicht gewünscht, seinen Sohn noch einmal zu sehen?", fragt sie und erschauert im selben Moment aus Furcht, eine alte Wunde aufgerissen zu haben.

„Doch, natürlich hat er sich das gewünscht", antwortet Lily, und ihre Stimme klingt kein bisschen gereizt oder pikiert. „Und er hat mich sogar gebeten, ihn ausfindig zu machen. - Aber als mir das nicht auf Anhieb gelang, nickte er nur und meinte, er müsse es wohl akzeptieren, dass sein Sohn ‚untergetaucht' sei und nicht gefunden werden wolle. Stattdessen fuhr er nach Heide, verbrachte einen langen Nachmittag mit seinem Anwalt und kam ruhig und heiter zurück ... und von dem Moment an war Mads kein Thema mehr zwischen uns."

Gedankenverloren haben beide den Blick in ihre Weingläser versenkt, doch ehe die Stille zwischen ihnen belastend werden kann, fragt Nele: „Er hat sein Testament gemacht? Hat er mit dir darüber gesprochen?" „Natürlich hat er mit mir darüber gesprochen, was denkst du denn?" Lily ist entrüstet. „Na hör mal, was wäre denn das für eine Beziehung, in der man über so entscheidende Dinge nicht miteinander spricht?" Entschuldigend hebt Nele beide Hände. „Okay, okay - ich ziehe die Frage zurück. Ist das Testament denn schon eröffnet?" Lily nickt. „Ja. Arne hat es beim Amtsgericht hinterlegt, und sobald da die Nachricht von seinem ... von seinem Tod eingetroffen war, haben sie es eröffnet." „Erbt dieser Mads auch etwas? Meinst du, er ist deshalb zurückgekommen?" Lily, die gerade an ihrem Wein genippt hat, erstarrt. Hoch aufgerichtet sitzt sie da, den Blick starr geradeaus gerichtet. Schließlich stellt sie das Glas zurück auf den Tisch, sieht Nele hilfesuchend an und flüstert: „Du meinst ... daran hab ich überhaupt noch nicht gedacht...."

Lilys ist alarmiert. „Du meinst, er könnte Ansprüche erheben? Auf irgendetwas von Arne, aus unserem Haus, von unseren Sachen ... aus unserem Leben?" „Aber, Lilleby", versucht Nele schnell einzulenken, „als Arnes Sohn hat Mads doch einen gesetzlichen Anspruch, zumindest auf sein Pflichtteil, nicht? Und auch wenn die beiden sich entzweit und entfremdet hatten, so hatte dieser Mads sich doch Arne gegenüber nichts wirklich Gravierendes zu Schulden kommen lassen, oder? Ich meine, er hat ihn beschimpft und geschmäht und gemieden, ja - aber er hat ihm nicht nach dem Leben getrachtet oder so, stimmt's?" Lily antwortet nicht. Brütend sitzt sie da, starrt blicklos vor sich hin und fährt zusammen, als Nele ihr das Glas mit dem kühlen Wein an die Lippen hält. „Komm zurück, Lilleby!", fleht Nele und macht wilde Faxen. „Erde an Lily ... Erde an Lily ... bitte kommen!!!" Mit einem schiefen Grinsen sieht Lily sie an, streckt ihr die Zunge raus und hebt ihr ihr Weinglas entgegen. Als das zitternde Klingen verebbt ist, stellt sie ihr Glas zurück, zieht die Beine aufs Sofa und schnappt sich ein dickes Kissen. „So, genug davon", erklärt sie entschieden. „Erzähl mir von Kanada ..."

Tapfer bekämpft Nele die Nachwirkungen des Jetlags, die ihr in den frühen Morgenstunden und am Nachmittag immer noch zu schaffen machen, und so übernimmt Lily das Steuer, als sie zu ihren Ausflügen nach Schleswig, Flensburg und über die dänische Grenze hinweg nach Tøndern starten. „Auch wenn mein Blutdruck in schwindelnde Höhen steigen und die Anzeige der Waage ihm nacheifern wird: Ich brauche dänisches Salzlakritzen!", hat Nele verkündet und beim Gedanken daran genießerisch die Augen geschlossen und hörbar geschluckt. Und so schlendert sie denn auch mit einer großen Tüte „Heksehyl" in der Hand und unentwegt kauend über das Kopfsteinpflaster des Holm, des alten Fischerviertels von Schleswig, und gerät in Verzückung beim Anblick der historischen Häuschen mit den blank geputzten Butzenscheiben und den frisch gestrichenen Fassaden, die sich rund um den uralten Friedhof versammelt haben wie um einen Marktplatz. „Hier möcht ich wohnen", seufzt sie, als sie sich mit einer weit ausholenden Armbewegung auf einer der alten Bänke unter den noch kahlen Bäumen niederlässt. „Hier ist die Welt noch in Ordnung!" Ihr Blick gleitet über die kleinen Häuser, die sich eng aneinander schmiegen, über weiß getünchte Wände, rote und grüne Friesentüren und blau gestrichene Rosenspaliere, und wohlwollend lächelnd beobachtet sie einen zerzausten Kater, der den schmiedeeisernen Zaun um den Friedhof gerade im hohen Bogen markiert. „Das sagst du jetzt", gähnt Lily und verschränkt die Arme hinter dem Kopf. „Aber komm mal in der Hauptsaison hierher, wenn sich Busladungen von Touristen übers Pflaster wälzen, sich gegenseitig auf die Füße treten, den Leuten ihre Zigarettenkippen vor die Türen schnippen und neugierig in die Fenster gucken ... dann möchtest du hier bestimmt nicht mehr wohnen!" Stirnrunzelnd wendet Nele den Kopf. „Alter Miesmacher!", mault sie. „Dann wohne ich in der Hauptsaison eben bei dir ... im Haus hinterm Deich." Lachend lehnen sie sich aneinander, genießen die Frühlingssonne im Gesicht und die Nähe der jeweils anderen, bis das Läuten der Glocken des Sankt-Petri-Doms zu ihnen herüber weht und sie daran erinnert, dass sie auch ihn, den Dom mit seiner Sakristei, dem Kreuzgang und dem Bordesholmer Altar noch besuchen wollen.

Als sie am frühen Abend müde, zufrieden und hungrig nach Hause kommen, sich an den Küchentisch setzen und ein kühles Bier eingießen, schiebt Nele sich die Lockenmähne zurück aus dem Gesicht und sagt: „Morgen muss ich fahren, Lilleby", und Lily nickt und tut, als sei das das Selbstverständlichste von der Welt.

Tapfer lächelnd hat sie Nele nachgewinkt, steht noch lange da, nachdem der quietschgelbe Wagen längst um die Kurve am Ende der Straße verschwunden ist und geht nun ins Haus, das ihr plötzlich fremd und kalt und viel zu groß erscheint. Kassandra sitzt mitten in der Diele und sieht aus grünen Augen forschend zu ihr auf. Lily geht auf die Knie, lehnt die Stirn an den Kopf der alten Katze und atmet tief den ihr so vertrauten Duft. „Danke, dass du da bist", murmelt sie und schlingt die Arme um die schnurrende Katze. „Was würd ich nur tun ohne dich ...?"

Bevor sie sich der in allen Ecken lauernden Einsamkeit anheim gibt, verfällt sie lieber in hektische Aktivität: Immer zwei Stufen auf einmal nehmend, stürmt sie die Treppe hinauf nach oben, zieht im Gästezimmer das Bettzeug ab und stopft es im Keller in die Waschmaschine. Und obwohl Nele das Bad im Obergeschoss sauber und ordentlich hinterlassen hat, fängt Lily an, Waschbecken, Klo und Dusche zu schrubben, den Spiegel und die Wandfliesen zu polieren und schließlich noch das Fenster zu putzen und den Boden zu wischen. Als sie sich endlich, erhitzt und erschöpft, in der Küche auf die Bank fallen lässt, ist es fast Nachmittag, und sie hat noch nichts gegessen.

Ein Blick in den Kühlschrank bestätigt ihr, dass sie darin auch nichts finden wird. Also holt sie den Korb aus der Abstellkammer, zieht die Windjacke an und die Stiefeletten, und während sie das Fahrrad aus dem Schuppen holt, schickt sie Nele ein Dankeschön hinterher, weil sie es war, die ihr - trotz der damit verbundenen Sehnsucht nach Arne - wieder Freude am Radfahren vermittelt hat.

In diesen letzten Apriltagen hat die Sonne schon viel Kraft, und da, wo der ständig wehende Westwind nicht ankommt, kann man ihre Wärme in vollen Zügen genießen. Und das tut Lily auch, als sie kräftig in die Pedale tritt und den Tante-Emma-Laden ansteuert.

Der Klönschnack mit Oma Lüders, die auch mit ihren 78 Jahren ihren Laden noch in Schuss hält, ist immer ein Quell der Lebensweisheit und der Informationen rund um den Leuchtturm - und darüber hinaus. Auch heute hat sie wieder ein paar mitfühlende Worte für Lily parat: „Wenn ein Baum im Sturme bricht, halten ihn die Brüder; und er fällt zur Erde nicht, schwebend sinkt er nieder ...", zitiert sie Gottfried Keller, nickt mit erhobenem Zeigefinger und schiebt Lily dabei lächelnd eine Tafel Vollmilchschokolade über den Tresen zu. „Bei uns hier muss niemand allein sein, wenn er nicht allein sein will", sagt Oma Lüders bedeutungsvoll, und Lily kann nicht anders: Sie geht um den Tresen herum, legt vorsichtig die Arme um die winzige Frau mit den dünnen weißen Haaren und hält sie ein paar Sekunden lang fest an sich gedrückt. Sie braucht nichts zu sagen; sie weiß, dass Oma Lüders versteht - alles versteht. Sie schnappt sich ihre Tasche und lässt das Läuten der Türklingeln lächelnd in ihrem Inneren verhallen, während sie ihr Rad aus dem Ständer zieht und der untergehenden Sonne entgegenfährt. Kräftig tritt sie in die Pedale, hält das Gesicht in den Wind und spürt sein Prickeln auf der Haut, und mit jedem Herzschlag spürt sie es deutlicher: Ob mit oder ohne Arne - hier ist sie zuhaus. -

In der Nacht hat es heftig gestürmt. Sie bemerkt es erst, als die Wetterhenne auf dem Giebel anfängt zu singen. Wenn der Wind aus genau der richtigen Richtung kommt, d.h. mehr aus Süd-West statt, wie üblich, direkt aus Westen, verfängt er sich zwischen Rumpf und Flügel der kupfernen Henne und veranlasst das Tier, in den schaurigsten Tönen zu singen.

Als sie es zum allerersten Mal hörten, hatte Lily senkrecht im Bett gesessen, die Decke mit beiden Fäusten umklammert und an die Brust gepresst. „Arne, was ist das?", hatte sie geflüstert und dann den Atem minutenlang angehalten. Auch

Arne hatte sich aufgerichtet, sich den Schlaf aus den Augen gerieben und mit schräg gelegtem Kopf gelauscht. „Keine Ahnung", hatte er schließlich schulterzuckend gesagt. „Die Katze ist doch drinnen, oder?" Mit einem Satz war Lily aus dem Bett gesprungen, jedoch fast noch in derselben Sekunde wieder zurückgesunken, denn Kassandra lag wie immer zusammengerollt und fest schlafend am Fußende von Arnes Bett.

Mit einer Stablampe bewaffnet und sich an den Händen haltend, hatten sie das Haus abgesucht: Je weiter sie sich der Küche im Erdgeschoss näherten, desto leiser wurde das Geräusch. Lautlos schlichen sie die Treppe wieder hinauf, und mit kalten Füßen und klappernden Zähnen waren sie schließlich wieder im oberen Flur angekommen, wo das Sirren und Wimmern, das alle paar Sekunden unvermittelt in tiefes, vibrierendes Brummen übergehen konnte, überdeutlich zu hören war. Und während Lily sich schlotternd in ihre Bettdecke gehüllt und Arne mit angehaltenem Atem das obere Stockwerk ausgeleuchtet und abgesucht hatte, klagte und jammerte das Wesen über ihren Köpfen, dass ihnen angst und bange wurde. So lange, bis Arne todesmutig das Fenster im Flur aufriss, sich hinauslehnte und schrie: „Wer ist da, verdammt noch mal?!?!", um dann lachend und glucksend das Fenster wieder zu schließen und kopfschüttelnd zu Lily zurückzukehren.

„Ich bin ein Rindvieh", stellte er fest, und die Lachtränen rannen ihm die Wangen herunter. „Dass ich darauf nicht gleich gekommen bin ...." „Was denn? Sag schon ...!", drängte Lily ihn, und als er nicht aufhören konnte zu lachen und jeder Ansatz zu sprechen in Gekicher erstarb, packte sie ihn bei den Schultern und schüttelte ihn: „Nun sag schon, Arne - was ist es?"

Von dem Tage an hieß es im Haus hinter dem Deich nicht mehr: „Es kommt Sturm auf ...", sondern nur noch: „Oh, Frau Henne muss singen ...", und obwohl Arne mehrfach angeboten hatte, das kupferne Tier wieder vom First des Hauses zu entfernen, hatte Lily vehement dafür plädiert, sie auf ihrem einmal zugewiesenen Platz zu belassen, denn schließlich „braucht jedes Haus mit Charakter seinen eigenen Hausgeist". Und dabei war es geblieben.

Heute Nacht nun ist Lily kurz erwacht, hat der singenden Henne gelauscht und sich Kassandra geschnappt, die wie üblich nicht nur auf ihrer Decke, sondern auf ihren gekreuzten Beinen liegt. „Lass dich ein bisschen knuddeln", raunt sie der alten Katze ins Ohr, als diese sich wohlig schnurrend in ihre Arme schmiegt, und mit dem Schnurren der Katze und dem Singen der Henne im Ohr schläft Lily zufrieden lächelnd wieder ein.

Nachdenklich schwenkt sie den letzten Schluck Kaffee in ihrem Becher hin und her. Sie hält ihn in immer noch klammen Händen. Über ihre Finger hat sie die ausgeleierten Ärmel ihrer Sweatjacke gezogen, und der Kaffee im Becher ist höchstens noch lauwarm. Langsam hebt sie den Blick, lässt ihn aus dem Küchenfenster hinaus in den Garten und zum Horizont wandern, wo das Meer, wie sie weiß, in genau sieben Stunden Atem holen und mit frischer Kraft über den Schlick auf die Salzwiesen zurollen wird. „Entweder jetzt ... oder gar nicht", denkt sie und ist versucht, sich dem „gar nicht" zu ergeben, doch dann setzt sie mit hartem Knall den Kaffeebecher ab, zieht das Bein von der Bank und steht auf. Mit einem letzten Blick auf das Thermometer dreht sie sich um, verlässt die Küche und springt die Treppe hinauf in ihr Schlafzimmer. Nur wenige Minuten später stülpt sie sich vor dem alten Spiegel in der Diele die Mütze in die Stirn, zieht den Reißverschluss bis unters Kinn und steigt, die dicken Wollsocken an den Füßen, ächzend in ihre Gummistiefel. Als die Tür hinter ihr ins Schloss fällt, wendet sie sich ohne Zögern dem Schuppen zu, holt ihr Fahrrad, eine Handvoll Spanngurte, eine kräftige Rosenschere und den kleinen Fuchsschwanz hervor und schwingt sich in den Sattel. Wie immer bläst ihr der Westwind ins Gesicht, bremst sie aus und hindert sie am Fortkommen. Und wie immer schickt sie ihm ihr schönstes Lächeln entgegen, duckt sich tief über die Lenkstange und tritt mit aller Kraft in die Pedale. Klein und zart, wie sie ist, radelt sie unter dem Wind dem Meer entgegen.

Der Himmel kleidet sich in Eisblau heute - der Sturm der letzten Nacht hat die Wolken vertrieben und die Luft geklärt. Zwischen Heckenrosen und Krüppelkiefern radelt sie dem Meer entgegen, stellt fest, dass der Ginster noch nicht blüht und die Birken noch mit fast nackten Zweigen winken, und über die Gräben hinweg kann sie die Pfahlbauten im Watt vor St. Peter-Ording erkennen und im Südwesten die Silhouette von Pellworm - die Luft ist kristallklar.

Als sie den Strand erreicht, ist sie erleichtert: Sie hat sich nicht verrechnet, es ist immer noch ablaufendes Wasser. Sie lehnt ihr Fahrrad an den Pfahl mit dem Rettungsring, steckt die Rosenschere in die eine und den kleinen Fuchsschwanz so gut es geht in die andere Tasche ihrer Wetterjacke und marschiert los. Erfahrungsgemäß muss sie nicht direkt am Wassersaum suchen, sondern auf halber Höhe zwischen Düne und Watt, dort, wo die morgendliche Flut sich ihrer Last entledigt hat.

Und wirklich stößt sie schon nach wenigen hundert Metern auf vielversprechende Beute: Halb von Sand bedeckt, streckt sich ihr der geschälte, ausgebleichte Ast eines zarten, in sich verdrehten Baumstamms entgegen. Mit bloßen Händen legt Lily ihn frei, umrundet ihn nachdenklich und hockt sich in den feuchten Sand. Ihre Hand fährt langsam, fast zärtlich über das vom Wasser glatt geschliffene Holz, sie schließt die Augen und sieht vor sich .... einen Türwächter? Einen Garderobenständer? Einen Gargoyle?

Egal - dieses Stück Treibgut gehört ihr. Sie zieht und zerrt, gräbt wieder mit beiden Händen und rüttelt, bis der schwere, nasse Sand nachgibt und ihr die Beute überlässt. Das Holz ist fast so groß wie sie selbst und schwer von Feuchtigkeit, und obwohl es viele Stunden Arbeit verspricht, freut sie sich über dieses Geschenk des Meeres. Sie klemmt sich ein Ende unter den Arm, schiebt die Mütze aus der Stirn und zieht und schleppt es über den Strand, zwischen den Dünen hindurch zum Pfahl mit dem Rettungsring. Bis hierher kann sie heute

Nachmittag mit dem Wagen kommen, um es abzuholen, und alle Einwohner Eiderstedts - na ja, nicht alle, aber viele - wissen, dass die merkwürdigen Anhäufungen von Strandgut jeder Art, die sich von Zeit zu Zeit, mit einem weißen Taschentuch markiert, hinter den Dünen finden, Lily Ahrendt gehören. Manch einer schüttelt verständnislos den Kopf, wenn er sie mit Ästen, Planken und Gestrüpp jeder Art beladen über den Strand ziehen sieht, doch manch einer findet es auch spannend zu sehen, was aus so einem Gestrüpp in Lilys Werkstatt wird - und stattet ihr einen Besuch ab. So auch der alte Jens Dittmann, der ihr grummelnd half, eines dieser Ungetüme im Wagen zu verladen. „Niemodschn Tünkram", schimpfte er, als Lily versuchte, ihm zu erklären, was sie in diesem „Material" bereits sah. Doch dann war es ausgerechnet Jens Dittmann gewesen, der auf ihrer allererste Vernissage eine Kreation aus Schwemmholz, geflochtenen Weidenzweigen und Peddigrohr erstand: „Wat schall dat denn sin?", hatte er gefragt, lange grübelnd davor gestanden, sich geräuschvoll die Bartstoppeln gekratzt und schließlich entschieden, dass es ein „schlangenköpfiger Drachenvogel" sei, der von nun an über seinem Bett schweben würde.

Nachdem sie den kleinen, verdrehten Baum nun dem Pfahl mit dem Rettungsring zu Füßen gelegt hat, macht Lily sich erneut auf die Suche nach angeschwemmten Schätzen. Dabei achtet sie in erster Linie auf Treibholz - nicht etwa Kisten oder Bretter, sondern möglichst originell verformte, verwachsene Stämme oder Zweige, aber auch Schwämme, Lochsteine, Muscheln oder Tangformationen ... im Grunde kann sie alles gebrauchen, was das Meer ihr schenkt, sofern es nur irgendwie „besonders" ist, und für jeden Fund dieser Art ist sie dankbar.

Jetzt allerdings ist sie nicht mehr sehr erfolgreich. Außer dem bereits abtransportierten Bäumchen findet sie lediglich ein paar Lochsteine verschiedener Größe, einige wenige Sepiaschalen und einen zwar ausgelaugten, aber gut erhaltenen Schnürstiefel.

Während sie mit gesenktem Kopf und in den Taschen vergrabenen Händen über das Watt schlendert, macht eine Möwe mit laut forderndem Schrei auf sich aufmerksam: Der vielfach wiederholte, aneinander gereihte Ruf hat eine Frequenz, wie Lily sie hier noch nie gehört hat. Sie legt den Kopf in den Nacken und die Hand über die Augen. Sie braucht den Himmel nicht lange abzusuchen, denn kaum fünfzig Meter entfernt bietet sich ihr ein einzigartiges Schauspiel:

Auf eine Lachmöwe, die gerade mit einem Fisch im Schnabel davonfliegen will, stürzt sich aus heiterem Himmel eine gewaltige Raubmöwe, wie Lily sie nur aus Büchern kennt. Laut schreiend attackiert der große Vogel immer wieder den kleinen, reißt ihm im Flug Schwanzfedern aus und schlägt mit den Flügeln nach ihm, so dass die Lachmöwe strauchelnd abzustürzen droht, und schon bald gibt sie auf, lässt ihren Fang fallen und bringt sich in Sicherheit. Und noch ehe der Fisch auf dem Sand aufschlagen kann, hat die Raubmöwe ihn bereits geschnappt und verschlungen. - Das war zwar faszinierend anzusehen, aber das schmutzig braune Gefieder mit dem weißen Spiegel auf den riesigen Schwingen, der dicke, gebogene Schnabel mit der scharfen Spitze, der starre Blick aus den hin- und herzuckenden Augen, vor allem aber der harte, gierige Schrei des Tieres lassen Lily ganz schnell umkehren.

Die Lochsteine und Sepiaschalen hat sie in dem Stiefel verstaut, doch als sie zu ihrem vielversprechenden, formschönen Schwemmholz zurückkehrt, muss sie sich erneut eingestehen, dass es zu groß und zu sperrig ist, um auf dem Fahrrad abtransportiert zu werden. Nun gut, auch das ist kein Problem - dann kommt sie eben nachher mit dem Wagen wieder her. Inzwischen zeigt ihr ein Blick aufs Watt, dass das Wasser bereits wieder steigt, und zufrieden, die Ebbe genutzt zu haben, markiert sie ihren Fund wie üblich mit dem weißen Taschentuch, wendet ihr Rad und steigt auf. Flupp - flupp - flupp ... macht es, und an Fortkommen ist nicht zu denken. Seufzend springt sie ab, wirft einen Blick auf das platte Hinterrad und ist versucht, herzhaft zu fluchen. Sie stellt das Rad auf den Ständer, geht in die Hocke und untersucht den Reifen. Schnell hat sie die Schadstelle gefunden: Einen knapp zwei Zentimeter langen Schnitt. Der sitzt seitlich am Mantel, und sie kann sich nicht erklären, wie es dazu gekommen ist. Doch spielt das im Moment auch keine Rolle, denn der Platten bedeutet, dass sie das Rad mindestens drei Kilometer nach Hause schieben darf. ‚Na toll', denkt sie grimmig und packt den Lenker mit klammen Fingern. ‚Was uns nicht umbringt, macht uns härter ...' Und während der Wind wieder auffrischt und das auflaufende Wasser seinen Salzgeruch herüberschickt, schiebt sie das Rad zwischen den Dünen hindurch auf den Deich.

Hier kann der Wind ungebremst angreifen, und Lily beugt den Kopf und zieht die Mütze tief ins Gesicht. Nach kaum fünfzig Metern spürt sie, wie ihre Arme vor Anstrengung anfangen zu zittern. Sie hört ihren Atem keuchen und zwingt sich, ruhig und gleichmäßig ein- und auszuatmen. In ihrer Wetterjacke wird ihr warm, sie beginnt zu schwitzen, doch ihre Hände am Lenker fangen an, gefühllos zu werden. Schwer vornüber gebeugt stapft sie den Deich entlang, greift nach der Kapuze, die der immer stärker werdende Wind ihr wieder und wieder vom Kopf weht und schreit auf, als sie sich selbst die Pedale des Rades von hinten in die Wade rammt.

Im selben Moment hört sie ein gewaltiges Schnauben in ihrem Rücken.

Langsam, wie in Zeitlupe, dreht sie sich um. Ihr Blick trifft auf etwas Schwarzes, Glänzendes, das nach oben hin immer breiter und massiger wird. Es atmet und vibriert - und strömt einen betörenden Duft aus. Langsam hebt sie den Kopf und erkennt ein riesiges Pferd, das da vor ihr aufragt und mit wippendem Kopf leise schnaubt. Noch ehe sie sich dessen bewusst ist, hat sie die Hand ausgestreckt und das warme, weiche Pferdemaul berührt, das sich ohne zu zögern hinein schmiegt und genüsslich liebkosen lässt. Erst dann sieht Lily auf - und sieht sich Auge in Auge mit Jakob Harmsen.

„Sie sind's ja tatsächlich!", begrüßt er sie und ist mit einem Schwung vom Pferd herunter- und ihr vor die Füße gesprungen. „Als ich Sie so aus der Ferne beobachtete, dachte ich, nee, so blöd kann sie doch nicht sein ... oh, 'tschuldigung, ich sah nur, dass Sie ihr Rad schoben und dachte an den Weg, den Sie noch vor sich haben ..." Er grinst verlegen, und Lily fährt sich mit dem Handrücken über die verschwitzte Stirn. „Doch, ich fürchte, ich bin so blöd", sagt sie denn auch und legt die Hände wieder an den warmen, duftenden Pferdehals. „Jedenfalls blöd genug, mir einen Platten zu fahren! Was bleibt mir also übrig, als das Rad nach Hause zu schieben?", fragt sie trotzig und würde ihm am liebsten vors Schienbein treten.

Seine flache Hand klatscht auf das warm glänzende Fell des Pferdes. „Darf ich vorstellen: Das ist ‚Min Lütten'", sagt er fröhlich und schlingt den Arm um den Hals des Tieres. „Die Lütte und ich würden uns freuen, Sie nach Hause bringen zu dürfen", fügt er mit einer angedeuteten Verbeugung hinzu. „Und wie soll das gehen?", fragt sie, ist sich ihres patzigen Tons bewusst und schämt sich dafür. „Ganz einfach", erklärt Jakob Harmsen denn auch, ohne sich von ihrem finsteren Blick beeindrucken zu lassen. „Sie stellen Ihr Rad hier ab, schwingen sich der Lütten auf den Rücken und lassen sich von uns nach Hause schaukeln. Und wenn Sie sich ausgeruht und gestärkt haben, holen wir meinen Wagen aus der Garage und ihr Rad vom Deich ... und fertig ist die Laube!" Lily sieht das Funkeln in seinen Augen und spürt augenblicklich, wie sich eine tröstliche Wärme in ihr ausbreitet. „Echt? Das würden Sie tun?", fragt sie ungläubig, lässt den Blick andächtig über die junge Friesenstute gleiten und kann das Verlangen, sie zu reiten, kaum noch verbergen. Jakob Harmsen kennt diesen Blick, weiß, was er bedeutet: Du bist schön, sagt dieser Blick dem Pferd. Du bist stark, du bist klug, ich vertraue dir. Und als Lily jetzt völlig selbstvergessen die Hand ausstreckt, zögert er nicht: Mit einem Griff in die Mähne des Pferdes schwingt er sich selbst auf den Rücken der Lütten, beugt sich herab und reicht Lily die Hand. Kaum hat sie sie ergriffen, wird sie auch schon empor gehoben, kraftvoll herum geschwungen und hinter Jakob Harmsen abgesetzt. Im Unterbewusstsein registriert sie, dass seine dunkelblonden Haare frisch geschnitten sind. „Festhalten", sagt er über die Schulter zurück, „die Lütte hat immer noch einen etwas harten Schritt." Und mit leisem Schnalzen und zartem Schenkeldruck treibt er die Stute an, lenkt sie vom Asphalt des Deichkamms hinunter auf das weiche Grün des Grases und lässt sie gemächlich in ihrem eigenen Tempo des Weges ziehen.

„Wieso reiten Sie ohne Sattel?", fragt Lily, die die Arme zunächst zögernd, dann fest und voller Vertrauen um seine Taille geschlungen hat. „Die Lütte ist noch so jung", antwortet Harmsen über die Schulter gewandt, „und hat doch schon so viel mitgemacht. Ich mag ihr nicht so einen harten, scheuernden Sattel auflegen, jedenfalls nicht, solange wir ohne ihn auskommen. Und das klappt bisher noch sehr gut."

„Wissen Sie", fährt er nach einer Weile fort, während der auch Lily geschwiegen und sich dem schaukelnden Tritt der Stute angepasst hat, „die Lütte ist auf der Weide vom eigenen Vater zusammengebissen worden, da war sie mal grade sieben Monate alt. Der Kerl wollte ihre Mutter erneut decken und fand es wohl störend, dass die Lütte immer noch ankam, um mit ihr zu schmusen. Also hat er mal kräftig zugebissen und ihr einen Sehnenstrang zwischen Wirbelsäule und Oberschenkel zerfetzt - eigentlich ein Todesurteil für so ein junges Tier. Aber die Züchterin ist eine Freundin von mir, sie rief mich an und bat um Hilfe ... naja, und die konnte ich ihr ja nicht gut verweigern, oder?"

Aufmunternd klopft er dem Pferd den muskulösen Hals, und auf seinem leicht zur Seite geneigten Gesicht kann Lily das liebevolle Lächeln sehen, das sich darauf ausgebreitet hat. „Eigentlich hieß sie ‚Blossom'", fährt Harmsen fort. „Also, ob man einen Friesen nun unbedingt mit einem englischen Namen schmücken muss ... ich denke, darüber kann man geteilter Meinung sein. Ich stellte jedenfalls ganz schnell fest, dass die junge Dame gar nicht daran dachte, auf diesen Namen zu hören, was mich zunächst ein wenig verwirrte, aber nicht wirklich bekümmerte, denn wenn ich mit ihr sprach, nannte ich sie oft gewohnheitsmäßig ‚min Lütten', wie wir das hier ja gerne mal tun, und irgendwann ging mir auf, dass sie selbst das als ihren Namen akzeptierte und sich davon angesprochen fühlte. - Also heißt sie nun offiziell ‚Min Lütten', genannt ‚die Lütte'!", schließt er und dreht sich mit breitem Grinsen zu Lily um. „Na logisch", grinst Lily zurück, „bei einem Stockmaß von 1,65 m der absolut passende Name." „Ein Meter sechsundsechzig, bitte", korrigiert Jakob Harmsen, „soviel Zeit muss sein!" Und wieder klopft er der Stute liebevoll den Hals. Als Antwort lässt die „Lütte" ein leises Schnauben hören.

Als sie vor dem Haus in der Deichstraße eintreffen und das Pferd zum Stehen kommt, ist es Lily fast, als erwache sie aus einem Traum: Sie hat sich dem gemächlichen Schaukeln auf Lüttes Rücken so vertrauensvoll hingegeben, dass sie gar nicht gemerkt hat, wie sie mehr und mehr an Jakob Harmsen herangerückt und ihr Kopf sich wie selbstverständlich auf seinem Rücken abgelegt hat. Jetzt richtet sie sich auf, sieht sich um und räuspert sich verlegen. „Äh ... danke schön! Das war eine unverhoffte, aber ausgesprochen willkommene Überraschung! Wie kann ich mich revanchieren? Darf ich Sie jedenfalls zum Kaffee einladen und die Lütte ... auf eine Möhre?" Jakob Harmsen lacht: „Das Angebot nehmen wir gern an, allerdings nicht heute. Für heute würde ich vorschlagen, dass Sie sich erstmal ein bisschen aufwärmen und stärken, ich bringe die Lütte nach Hause und lasse sie sich auch stärken, und dann komme ich wieder mit dem Wagen, und wir holen Ihr Rad, okay?" „... und meine Beute, ja?", entschlüpft es Lily, und sieht im selben Augenblick aus wie ein Kind vor der Weihnachtstür. „Na klar, auch Ihre Beute", grinst Jakob Harmsen, und sie ist froh, dass er ihr Ansinnen so locker nimmt. „Ich hab doch die berühmte ‚weiße Fahne' schon an der seltsamen Anhäufung von Knüppeln und Gestrüpp flattern sehen ..." „Gar nicht seltsam!", erwidert Lily, kann sich jedoch das Grinsen auch nicht verkneifen. „Sie werden sich wundern, was man daraus alles machen kann ..."

Und er soll sich wundern, nimmt sie sich vor, als sie gleich am nächsten Tag in ihrem ‚Studio', wie sie den kleinen Anbau gern nennt, an die Arbeit geht. Noch am gestrigen Abend, als die Sonne sich bereits verabschiedete und den Horizont in flüssigem Gold badete, stand Jakob Harmsens Jeep bereits wieder vor ihrer Tür, und von der Ladefläche holte er mit geübtem Schwung Lilys Fahrrad (mit geflicktem Reifen und geölter Kette) wie auch das Strandgut, das sie am Pfahl mit dem Rettungsreifen aufgehäuft und mit ihrem weißen Taschentuch gekennzeichnet hatte.

„Ich dachte, ich sollte Ihre Einladung zum Kaffee doch lieber gleich annehmen, bevor sie womöglich noch wieder in Vergessenheit gerät", hatte er lächelnd gemeint, während er sich sorgsam die Schuhe auf der Matte abtrat. „Da kennen Sie mich aber schlecht", hatte Lily protestiert, und mit einem undefinierbaren Blick aus plötzlich fast schwarzen Augen hatte er geantwortet: „Da haben Sie Recht ..."

Daran denkt sie jetzt, als sie das kleine, in sich verdrehte Bäumchen aufrichtet und versucht, es irgendwie zu fixieren. Etwas in ihr sagt ihr, dass sie das Holz nur stehend, niemals liegend bearbeiten darf, und so sucht sie nach immer neuen Möglichkeiten, dieses bizarre Stück Strandgut auferstehen zu lassen. Schließlich schleift sie eine mit Strandsand gefüllte Tonne ins Studio, stellt sie so vor die Wand, dass das Licht von links darauf fällt, bohrt mit einem Schaufelstiel ein tiefes Loch in den Sand, rammt den Fuß des Bäumchens hinein und bindet es mit Stricken links am Fensterrahmen und rechts an einem dicken Nagel in der Wand an. Dann tritt sie einen Schritt zurück.

Ihr Herz schlägt laut in ihren Ohren, sie ist aufgeregt. Sie legt die Hand vor den Mund, kneift die Augen zusammen und neigt den Kopf zur Seite. Mit sezierendem Blick registriert sie die Maserung des Holzes, jeden Knast, jedes Astloch, jede Aufspaltung in den Fasern. Und mit dem nach innen gerichteten Blick der kreativen Künstlerin sieht sie das, was daraus werden wird: Die glatt geschliffene, hell leuchtende, zum Berühren und Liebkosen einladende Göttin der Freude, die vierarmige Lakshmi.

Im Haus klingelt das Telefon. Lily lässt es klingeln. Ein Seitenblick auf die an der Wand hängende Uhr zeigt ihr, dass es nur ihre Mutter sein kann: Es ist 9.45 Uhr. Bekleidet mit ihrer Latzhose und einem alten Flanellhemd von Arne, Wollsocken und Holzbotten an den Füßen, steht sie mitten im Raum, den Blick fest auf das im Sandeimer fixierte Schwemmholz gerichtet. Lange steht sie da, und erst, als ihr Blick zu verschwimmen beginnt und sich ein Lächeln ausbreitet auf ihrem Gesicht, zieht sie die Hände aus den Taschen, seufzt zufrieden und stapft hinüber in den Schuppen, um sich zu holen, was sie braucht: Wurzelbürsten und Pinsel in verschiedenen Größen, einen Seitenschneider, den Bandschleifer, Schleifpapier in Körnungen von 40 bis 200, einen Meißel, verschiedene Messer und einen Sack voller Lappen und Tücher. Wie sie es von Arne übernommen hat, legt sie alle Werkzeuge und Hilfsmittel neben sich auf der Fensterbank aus, und zwar in der Reihenfolge, in der sie sie vermutlich gebrauchen wird. Dann stellt sie sich noch einmal in die Mitte des Raumes, holt ihr Smartphone aus der Brusttasche der Latzhose und fotografiert den „Rohling" von allen Seiten. Sie schenkt sich einen Tee ein, bläst in den dampfenden Becher und genießt das aufgeregte Klopfen ihres Herzens und das Kribbeln im Bauch: Vorfreude ist die schönste Freude!

Kraftvoll setzt sie die dicke Wurzelburste ein, sie arbeitet von oben nach unten. Um sie herum spritzt der Sand, es riecht nach Salz und Tang und Meer. Immer wieder bohrt sich die Spitze der Bürste in sandgefüllte Vertiefungen, immer wieder greift Lily zu einem Messer, dem Stechbeitel oder dem kleinen Schraubenzieher, um Narben, Löcher und Vertiefungen im Holz zu reinigen und sichtbar zu machen. Bereits beim Bürsten wird klar, dass Lakshmi eine Krone tragen wird, denn die fast kreisförmig angeordneten Zacken des Holzes wird Lily erhalten können. Dagegen stößt die Bürste unterhalb des Kopfes unvermittelt ins Leere: Lakshmi hat ein Loch in der Brust, ein faustgroßes Loch. Vorsichtig greift Lily zu einem feinen Spachtel und schält und schabt die Öffnung frei. Sie sitzt ziemlich genau in der Mitte zwischen den vier Ästen, die sich links und rechts vom Rumpf abspreizen. Einer davon erhebt sich fast über den Kopf, ein anderer weist fast direkt zum Boden, doch alle sitzen seitlich am Rumpf, weder vorn noch hinten. Das ist ein Glück, und als Lily jetzt zurücktritt, um die Gestalt ihrer Schöpfung in Augenschein zu nehmen, erkennt sie deutlich die vorgegebene Figur.

Zügig arbeitet sie weiter, schwingt die Wurzelbürste, kratzt hier mit dem Fingernagel und dort mit einem Messer, reinigt mit dem Pinsel nach und fährt mit der Hand eine Rundung entlang, und erst, als ihr Magen unüberhörbar zu knurren beginnt, gestattet sie sich eine Pause: Es ist Mittagszeit, und die Skulptur steht, von Sand und einzelnen Teerflecken befreit, nackt und erwartungsvoll da.

Schnell hat sie sich eine Tasse Brühe gemacht, stippt ein Toastbrot hinein und verbrennt sich die Zunge, doch sie hat keine Zeit, darauf zu achten. Ihre Teekanne ist leer, sie füllt sie einfach nur mit heißem Wasser - sie muss weiter arbeiten, muss sehen, was sie aus diesem Stück Holz machen kann, muss ihm Leben einhauchen.

Vorsichtig beginnt sie, die stellenweise noch vorhandene Rinde am spiralförmig gewundenen Unterkörper der Figur zu entfernen. Ihre Hände fliegen über das Holz, fassen mit der Klinge eines kleinen Messers unter die splitternde Rinde, brechen Stückchen für Stückchen ab und arbeiten sich Zentimeter für Zentimeter vor. Nach unten hin verbreitert sich das Holz, das heißt, Lakshmi wird sich, wenn alles gut geht, in einen Sari hüllen können.

Als das Licht schwach wird und ihre Augen brennen, taucht Lily endlich auf aus ihrem Rausch: Ächzend streckt sie den Rücken, wischt sich mit dem Ärmel des Karohemdes über die feuchte Stirn und stellt fest, dass sie sich gleich drei Blasen gearbeitet hat. „Aber das war's wert", flüstert sie, fährt mit müden Fingern über das schon fast geglättete Holz und tritt dann wieder einen Schritt zurück, um den Erfolg ihrer Arbeit zu betrachten. Sie ist zufrieden, müde und zufrieden. Sie schließt das Fenster und die Tür, dreht die Heizung ein ganz klein wenig auf und holt den elektrischen Entfeuchter herein. Lakshmi muss langsam trocknen, damit das salzwassergesättigte Holz nicht reißt und splittert. Sie lässt die Botten in dem zu einem Haufen zusammengefegten Sand stehen und geht gähnend hinüber ins Haus. Mit vorwurfsvollem Maunzen empfängt Kassandra sie und fordert sich endlich eine anständige Mahlzeit an.

In dieser Nacht schläft Lily wie ein Baby. Kein Sturm stört ihren Schlaf, keine Henne singt auf dem First. Nur Kassandras genüssliches Schnurren, wenn Lilys Hand sie im Schlaf leise krault, begleitet ihre Träume.

Als sie erwacht, fühlt sie sich erfrischt wie schon lange nicht mehr. Vorsichtig zieht sie ihre Beine unter der immer noch schlafenden Kassandra hervor, tritt ans Fenster und reckt sich gähnend. Ein strahlender Morgen zieht über dem Hinterland auf, die Pferde ihres Nachbarn kabbeln sich, beknabbern sich und galoppieren bockend und buckelnd über die Koppel: Fröhlicher kann ein Tag kaum beginnen.

Während die Kaffeemaschine blubbert, steht Lily vorm Spiegel im Badezimmer, schrubbelt sich mit beiden Händen die Haare durch und beschließt, dass sie durchs Waschen auch nicht schöner werden. Da sie inzwischen lang genug sind, um sie zu einem kleinen Pferdeschwanz zusammenbinden und aus dem Gesicht nehmen zu können, greift sie in die kleine Alabasterdose auf dem Glasbord, fischt ein Haargummi heraus und bändigt damit ihre viel zu dünnen, viel zu glatten Haare. Ein kurzer Blick in den Spiegel genügt, um sich selbst die Zunge herauszustrecken, doch dann hüpft sie pfeifend die Treppe hinunter, steckt zwei Scheiben Brot in den Toaster und schlägt zwei Eier auf, und als sie beides verspeist und den Kaffee ausgetrunken hat, stellt sie fest, dass sie unbedingt noch etwas Süßes braucht: Mit dem Finger taucht sie ein in das Glas mit der Schokocreme, steckt ihn grinsend in den Mund und genießt mit geschlossenen Augen ... hmmmm, schon lange hat ihr etwas nicht mehr so gut geschmeckt.

Ein Blick auf die Uhr sagt ihr, dass es gerade mal halb acht ist. Ein ganzer, langer Tag liegt vor ihr, ein Tag, den sie ganz nach ihren Bedürfnissen gestalten und genießen darf. Schnell setzt sie den Wasserkocher noch einmal in Gang, befüllt die Teekanne und stellt sie zusammen mit dem Milchkännchen und ihrem Lieblingsbecher auf das kleine Tablett, dann trägt sie alles hinüber in ihr Studio. Vorsichtig öffnet sie die Tür, streckt den Kopf hinein und blinzelt. Als sie die Tür ganz aufstößt, stellt sie das Tablett ab und ist mit wenigen Schritten bei der Skulptur.

„Guten Morgen", begrüßt sie sie, fährt mit der Hand zärtlich über ihre Rundungen und fühlt die Wärme des Holzes. „Guten Morgen, Lakshmi", wiederholt sie leise, stellt den Entfeuchter ab und öffnet das Fenster. Der Gesang der Amsel, die sich auf dem höchsten Ast des alten Kirschbaums niedergelassen hat, ergießt sich in den Raum, und mit einem dankbaren Seufzer greift Lily zum Bandschleifer, spannt das 40er Schleifpapier ein und will gerade den Motor einschalten, als die Amsel da draußen zu einer neuen, unbekannten Strophe ansetzt. „Okay", lächelt Lily, „wo du Recht hast, hast du Recht ...", angelt den Schleifblock aus ihrer Werkzeugkiste, legt ein neues Schleifpapier darum und beginnt, das Holz per Hand zu schleifen, inspiriert und geleitet vom Gesang der Amsel im Kirschbaum.

Je länger sie schleift, je mehr sie von der im Salzwasser ergrauten obersten Holzschicht entfernt, desto lebendiger scheint die Schicht darunter zu werden: Es zeichnen sich Maserungen ab, kleine alte Verletzungen, Augen von ehemaligen Ästen und sogar die Fraßspur eines Käfers. Intuitiv führt Lily den Schleifblock nur in einer Richtung, so dass sich unter dem Strich des Schleifpapiers die kleinen und kleinsten Holzfasern gar nicht erst wieder aufrichten können, sondern mit sanfter Gewalt geglättet werden. Ganz langsam, aber unaufhaltsam breitet sich ein sanfter Schimmer aus auf dem Stämmchen, folgt Lilys unermüdlich arbeitender Hand auf ihrem Weg hinab, und den linken wie auch den rechten Arm Lakshmis wieder hinauf. Am Ende des Armes angekommen, wird Lily vor die Entscheidung gestellt: Soll sie aus dem ausgefransten Ende des Astes mittels Seitenschneider und Bandschleifer etwas gestalten, das einer Hand gleicht, oder soll sie das Werk der Natur akzeptieren und Lakshmis Hände sich in bizarren Formen in alle Richtungen strecken lassen?

Sie tritt einen Schritt zurück, kneift die Augen zusammen und lässt den Blick von einer Hand zur anderen wandern. Spontan entschließt sie sich, der Natur nur insofern ins Handwerk zu pfuschen, als sie aus dem runden Ende des linken unteren Arms eine Faust und aus dem spitz zulaufenden Ende des rechten oberen Arms einen gen Himmel deutenden Zeigefinger gestalten wird - alles andere wird sie lediglich ein wenig glätten.

Wieder vergisst Lily Zeit und Raum, und wieder ist es der Anruf ihrer Mutter, der sie in die Wirklichkeit zurückholt. „Lily, Liebling - wie geht es dir?" Marie-Luise Oehlerts Stimme hat bereits wieder einen leicht vorwurfsvollen Unterton. „Prima, Mami, mir geht's gut", antwortet Lily vergnügt, und der muntere Ton ihrer Tochter ist so ungewohnt und fremd, dass er Marie-Luise schier den Atem verschlägt. „Bist du krank?", fragt sie denn auch besorgt, in Gedanken schon wieder auf dem Weg nach Westerhever. „Nein, Mami! Ich sagte ‚mir geht's gut'", wiederholt Lily und schüttelt insgeheim den Kopf. „Ja, das hab ich wohl verstanden, aber du klingst so …. so anders heute Morgen." Ihre Mutter ist noch immer beunruhigt, und Lily rauft sich die Haare. „Mami, wieso denkst du denn nun schon, dass ich krank bin, wenn ich dir gerade erkläre, dass es mir gut geht?", will Lily wissen und spürt die Ungeduld in sich aufsteigen. „Nein, nein - so war das doch gar nicht gemeint", beeilt Marie-Luise sich zu versichern. „Du hast dich nur so lange nicht so munter angehört, weißt du, und da dachte ich im ersten Augenblick, dass du vielleicht mit Fieber liegst oder so und dich nur besonders bemühst, dich mir gegenüber fröhlich zu zeigen …" Und plötzlich fühlt Lily, wie eine Welle der Liebe und Zuneigung zu ihrer Mutter sie zu überschwemmen droht, und lachend versichert sie ihr, dass es ihr wirklich gut geht, dass sie genug isst - ja, ganz bestimmt! - und auch trinkt - natürlich, das sowieso! - und sich deshalb so gut fühlt, weil sie wieder angefangen hat zu arbeiten. „Ach, das freut mich, Lily, das freut mich wirklich!" Marie-Luise singt es fast in den Hörer. „Darf man wissen, was es wird?" Aus ihrer Stimme hört Lily diesmal wirkliches Interesse heraus, aber noch will sie nichts verraten. „Das musst du selbst herausfinden, wenn du's siehst, Mami", sagt sie denn auch und verabredet gleich das nächste Treffen mit ihren Eltern - allerdings erst zu Himmelfahrt.

Leise vor sich hin summend kehrt sie zu ihrer Arbeit zurück. Da die Amsel mittlerweile umgezogen ist und dem Nachbarn ein Ständchen bringt, wagt Lily es, den Bandschleifer zu aktivieren. Sie stülpt die Lärmschützer auf die Ohren, und mit immer feiner werdender Körnung bestückt, lässt sie das Gerät über das Holz gleiten, entfernt Unebenheiten, folgt der Maserung, lässt das Schleifpapier über einem kleinen Knast kreisen und folgt der Drehung des gewundenen Stammes spiralförmig von oben nach unten, und als sie das Gefühl hat, die Maschine nicht eine Sekunde länger mehr halten zu können, stellt sie sie aus und reißt sich schnaufend die Ohrenschützer herunter. Sorgsam legt sie beides auf die Fensterbank, zieht sich die Handschuhe aus und wischt die feuchten Hände an der Hose ab. Mit einem weichen Pinsel bürstet sie Staub und Späne ab, säubert kleine Vertiefungen und pustet immer wieder über den geglätteten, nun schon fast fertigen Körper hin, bis sie sich schließlich in Positur stellt: Mit geschlossenen Augen lässt sie ihre Hände ganz leicht über das Holz gleiten, genießt das samtweiche Gefühl der polierten Glätte, erspürt auch noch die kleinste, raue Partie, fährt die vollendete Form des Werkstücks nach und legt Lakshmi, der Göttin des Glücks und der Liebe, schließlich aufatmend die Hände auf die schmalen Schultern: „Willkommen zuhause", flüstert sie und öffnet die Augen. Als sie sich, zufrieden mit sich und der Welt, zu voller Größe aufrichtet, fällt ihr Blick auf den alten Kirschbaum vor ihrem Fenster: Das Licht, in dem er sich badet, ist weich und rosarot, das Meer von Knospen wartet darauf, erblühen zu dürfen, und an seinen Zweigen regt sich kein Blatt. Sie tritt hinaus, atmet die milde Luft und spürt, dass dies ein rundherum gelungener Tag ist - nicht nur für sie, sondern für alles um sie herum. Tief und geräuschvoll atmet sie ein, breitet die Arme aus und umarmt den Baum voller Inbrunst und Dankbarkeit. Dann kehrt sie zurück in ihr Studio, schafft dort ein wenig Ordnung und fegt Späne und Holzmehl zusammen. Mit einem letzten, zufriedenen Blick auf das Ergebnis dieses arbeitsreichen Tages schließt sie die Tür hinter sich und geht hinüber ins Haus: Sie hat einen mordsmäßigen Hunger!

Als sie kurz darauf die Gabel zum Mund führt, spürt sie immer noch die Vibration des Bandschleifers in der Hand. Sie grinst, als sie die zitternde Gabel betrachtet, doch schon lange haben ihr die Spaghetti nicht mehr so gut geschmeckt. In Gedanken ist sie immer noch im Studio, gleitet die Arme der Skulptur entlang und betrachtet die Hände, wovon ihr die eine Probleme bereitet, weil sie irgendwie verkrüppelt wirkt. Lange hat sie an ihr gearbeitet, hat das verhältnismäßig dicke Holzende flach geschliffen und mit dem Beitel versucht, Struktur anzudeuten, allerdings nur mit dem Erfolg, dass sich das Holz irgendwann mit einem leisen „Knacks" teilte und nun wie eine angedeutete, breit geklopfte Tulpe aufklafft.

Sie wirft die Gabel auf den Teller, zieht das Bein von der Bank und rennt sockfuß und ohne auf irgendwelche Hindernisse zu achten, hinüber ins Studio. Hastig kramt sie in dem Korb, in dem sie die Schätze ihres letzten Raubzugs aufbewahrt, hebt vorsichtig die zwei Sepia-Schalen heraus und atmet auf: Sie sind noch unversehrt. Mit wenigen Schritten ist sie bei Lakshmi, wie sie sie jetzt nur noch nennt, mustert sie mit einem eingehenden Blick und setzt ihr langsam, aber nachdrücklich, die größere der Sepia-Schalen in die geöffnete Hand. Perfekt! Lily kann es selbst kaum glauben, aber plötzlich wirkt die ganze Skulptur anders, irgendwie belebt: Mit einer leichten Drehung des Kopfes scheint Lakshmi sich dem von einer ihrer zwei linken Hände emporgehobenen Spiegel zugewandt zu haben. Und obwohl in der Küche ihre Spaghetti auf sie warten und langsam, aber sicher erkalten, lässt Lily sich im Schneidersitz auf dem Boden nieder, sieht zu Lakshmi auf und genießt den Anblick dieser Göttin der Freude und der Liebe, die da so unerwartet in ihr Leben getreten ist.

Der Wonnemonat Mai hält sich in diesem Jahr dezent zurück: Zwar hätten sich längst die ersten Kirschblüten öffnen sollen, doch die feuchtkalte Luft und Temperaturen um die zehn Grad Celsius verzögern diesen Prozess noch. Nur dort, wo die Bäume ganz geschützt stehen, sich an eine warme Mauer lehnen oder im Schutz eines Gebäudes den harten Westwind an sich vorbeiziehen lassen können, zeigt sich dieser oder jener in einer aufschäumenden, rosa-weißen Wolke und nimmt das „Ahhh" und „Ohhh" der Vorübergehenden mit einem huldvollen Winken der blütenbesetzten Zweige entgegen.

Die Arbeit im Studio tut Lily gut. Sie scheint um mindestens zwei Zentimeter gewachsen, hat rosa überhauchte Wangen und glänzende Augen, summt und singt manchmal sogar und bereitet sich in den Pausen, die ihr Magen erzwingt, opulente Mahlzeiten zu: Pellkartoffeln mit Quark, Eier in Senfsoße, gestampfte Bohnen, Pfannkuchen mit Frischkäse und Apfelmus, Brotauflauf mit Champignons und Aubergine, Blätterteig mit Broccoli, Schafskäse und Sour Cream ... ach, plötzlich fallen ihr all die leckeren Rezepte wieder ein, die sie schon so lange nicht mehr auf Rechnung hatte, und obwohl sie eigentlich gar keine Zeit hat dafür, macht ihr das Kochen wieder Spaß.

Wann immer sie hinüber in ihr Studio geht, ist sie versucht, die Skulptur mit dem Yoga-Gruß Namaste, d.h. mit den vor der Brust zusammengelegten Händen und dem respektvoll geneigten Kopf zu begrüßen: „Ich grüße das Göttliche in dir" oder auch „Meine Seele grüßt deine Seele". Denn davon, dass Lakshmi, so wie sie da vor ihr steht, eine Seele hat, ist Lily inzwischen fest überzeugt. Das Holz unter ihren Händen spricht zu ihr - sie weiß nur noch nicht genau, was.

Ein wenig Kummer bereitet ihr nach wie vor das mehr als faustgroße Loch in Lakshmis Brust, das an eine Wunde erinnert und nach Heilung verlangt. Lily hat sogar schon davon geträumt, hat geträumt, dass sie selbst schaukelte in diesem Loch, hoch und immer höher ... so hoch, dass sie schließlich abhob und davonflog. ‚Eine Schaukel also ...', überlegt sie, steht wie üblich mitten im Raum und mustert die Skulptur mit vor der Brust verschränkten Armen. Und plötzlich weiß sie es: Wieder kramt sie in dem Korb, in dem immer noch die vor ein paar Tagen gesammelten Schätze lagern, zieht zwei der Lochsteine hervor und betrachtet sie eingehend. Einer von ihnen ist fast rund, das in Jahrhunderten ausgewaschene Loch sitzt ziemlich genau zwischen Zentrum und Rand. Mit geschlossenen Augen wiegt sie ihn in der Hand, spürt, wie er zu pulsieren beginnt und nickt: Der ist es. Und während sie sich mit dem Stein in der Hand der Skulptur nähert, sieht sie auch, wie sie ihn in Lakshmis Brust befestigen wird: Mit ihrem eigenen Haar!

Sie tritt vor den Spiegel, greift mit zwei Fingern eine hauchzarte Strähne ihres weißblonden Haares und schneidet sie mit der Nagelschere direkt an der Kopfhaut ab. Vorsichtig fädelt sie die Strähne in die Öse des Lochsteins, lässt den Stein leise hin und her schwingen und tritt an die Skulptur heran. „Von mir - - - für dich", flüstert sie leise, verknotet ihr Haar und wickelt es um eine klitzekleine Schraube, die sie unsichtbar in der Höhlung in Lakshmis Brust anbringt, so dass der Lochstein an einem silbrig schimmernden, nur im Sonnenglanz sichtbaren Bändchen genau in der Mitte der Höhlung schwingt.

Als Lily zurücktritt, hält sie den Atem an. Etwas ist geschehen. Etwas bewegt sich, schwingt im Raum ... sie kann es spüren, wenn sie die Augen schließt. Und es fühlt sich gut an, warm und rund. -

Nachdem sie eine ganze Weile im Schneidersitz vor der Skulptur gesessen, sich entspannt und die Ruhe genossen hat, die sie in jeder Faser ihres Körpers zu spüren meint, steht sie langsam auf. Versonnen auf ihrer Lippe kauend, steht sie vor der mit Sand gefüllten Tonne, in der sie vor einigen Tagen das damals noch unbehandelte Schwemmholz versenkt hat. Ihr Blick wandert an den Stricken entlang, mit denen sie es fixierte, als es noch ein Bäumchen war, und ein Schauer überläuft sie: Es kann doch nicht sein, dass sie Lakshmi, die Göttin nicht nur des Glücks und der Liebe, sondern auch der Gesundheit und der Fruchtbarkeit, der Spenderin von geistigem Wohlbefinden und Harmonie in Ketten legt! Wild entschlossen fängt sie an, die Knoten zu lösen, als ihr bewusst wird, dass sie die Skulptur damit zu Fall bringen wird: Lakshmi hat weder Füße noch eine sonstige Stellfläche - ihr Unterteil besteht lediglich aus einem spitz zulaufenden, in sich gedrehten Stück Holz, das gerade haltsuchend in einer Tonne mit Strandsand steckt. Schnell lehnt Lily sie gegen die Wand, balanciert sie aus und vergewissert sich, dass ihr nichts passieren kann. Dann läuft sie hinüber in den Schuppen, kommt mit zwei Böcken zurück und rennt noch einmal hinüber, um die Stichsäge zu holen. Entschuldigungen murmelnd, ächzend und schnaufend bettet sie die Skulptur quer über die Böcke, nimmt Maß und lässt die Stichsäge aufheulen. Mit einem kühnen Schnitt hat sie das dünne, verdrehte Ende des Schwemmholzes entfernt, und innerlich triumphierend stellt sie fest, dass der Schnitt absolut gerade und ohne Zittern und Zagen ausgeführt ist.

Hingebungsvoll schleift, schmirgelt und poliert Lily die Schnittfläche, rundet und glättet die Kanten und tritt immer wieder einen Schritt zurück, um ihre Arbeit zu begutachten. Schließlich ist sie zufrieden, legt den Schleifblock, die verbrauchten Schleifpapiere und den Staubpinsel beiseite und breitet ein sauberes Tuch auf dem Boden aus. Mit angehaltenem Atem und innerlich um Erfolg und Gelingen bettelnd richtet sie Lakshmi auf, traut sich kaum, ihre stützenden Hände zu lösen - und stellt doch wenige Sekunden später fest, dass sie alles richtig gemacht hat: Lakshmi, die Beschützerin der Pflanzen, Spenderin von Fülle und Überfluss, steht, wenn schon nicht mit beiden Füßen, so doch wenigstens fest und sicher auf der Erde und ist durch nichts mehr zu erschüttern. „Fehlen nur noch die Lotosblüten", murmelt Lily, geht hinaus und pflückt eine große Handvoll Gänseblümchen vom vorderen Rasen. Anschließend sitzt sie wieder mit gekreuzten Beinen da, fädelt Stiel um Stiel ineinander und flicht einen rührend kleinen, aber wunderschönen Blütenkranz.

Die Arbeit im Studio hat Lily wieder auf den Geschmack gebracht, sie ist entschlossen, sobald wie möglich einen neuen Raubzug zu starten. Zwar hat sie auch vom Vorjahr noch ein paar Vorräte im Schuppen liegen, aber sie mag gerade nichts Trockenes, Abgelagertes verarbeiten: Sie braucht etwas, das ihr eine Geschichte erzählt, eine Botschaft überbringt oder ihr eine Enthüllung verspricht. Doch ehe sie etwas Derartiges wieder in Angriff nehmen kann, muss sie warten, bis ihr Wagen aus der Werkstatt zurück ist. Das kann dauern, denn Torben, der es sich nicht nehmen lässt, Lilys alten Fiat immer und immer wieder zum Leben zu erwecken, klappert noch alle Schrottplätze in der Umgebung ab, um die passenden Ersatzteile für ihren „Dumbo" zusammenzusuchen.

Inzwischen hat sie Lakshmi eine Ganzkörpermassage mit feinem, flüssigen Bienenwachs angedeihen lassen. Lily ist glücklich über den Erfolg, denn nun präsentiert sich die Skulptur mit einem schimmernden, honigfarbenen Glanz, zartem Duft und, wenn man die Hand leicht über ihren Körper hingleiten lässt, dem Gefühl von Samt und Seide. Lily weiß, dass sie noch nie etwas so Schönes gestaltet hat, und während sie ihr Smartphone aus der Brusttasche ihrer Latzhose holt, um das Ergebnis ihrer tagelangen Arbeit festzuhalten, stürzen ihr plötzlich die Tränen aus den Augen: Was würde sie jetzt darum geben, Arm in Arm mit Arne hier zu stehen, ihr Werk zu betrachten und den anerkennenden Druck seiner Hand um ihre Schulter zu spüren, während er ihr einen innigen Kuss auf die Schläfe drückt und murmelt: „Lily ... das ist wunderwunderschön!" - Sie weint so lange, bis die Dunkelheit sie einhüllt.

Dann lässt sie ein letztes Mal die Hand über das samtweiche Holz gleiten, murmelt ein lautloses „Gute Nacht" und schlurft, ohne noch irgendwo Licht zu machen, nach oben in ihr Bett. -
Mit knurrendem Magen wacht sie auf. Der Geschmack in ihrem Mund ist grenzwertig ... sie ist froh, dass sie allein ist und niemanden wachküssen muss. Sich die verstrubbelten Haare raufend, geht sie ins Bad, wirft einen Blick auf die Uhr - es ist 5.53 Uhr - und beschließt, erst nach dem Frühstück duschen zu gehen. Die Heizung schaltet sich erst um sechs Uhr ein, so dass im Augenblick von heimeliger Wärme noch keine Rede sein kann, doch nachdem sie sich die Zähne geputzt und kräftig gegurgelt hat, geht es ihr schon viel besser.

Wie immer in den letzten Tagen, führt ihr erster Weg sie hinüber ins Studio, um Lakshmi zu begrüßen. Sie hat es sich angewöhnt, mit ihr zu sprechen, auf ihre Antworten zu lauschen und ihre Tipps und Empfehlungen für die Gestaltung des Tages entgegenzunehmen. Und das auf so selbstverständliche Art, dass sie heute abrupt innehält: Lakshmi schlägt vor, sie hinüber ins Wohnhaus zu verpflanzen.

Lily lächelt: „Das hatte ich doch sowieso vor, das weißt du doch", sagt sie, öffnet das Fenster, um die erfrischende Seeluft, das Sonnenlicht und den Gesang der Amsel hereinzulassen, und geht wieder hinüber ins Haus.

Während sie sich beide Hände an ihrem überdimensionierten Becher wärmt und von Zeit zu Zeit einen winzigen Schluck Kaffee trinkt, geht ihr Blick ins Leere: Sie verspürt das unbändige Verlangen, Lakshmi einen festen Platz in ihrem Haus zu geben, doch sie weiß auch, dass sie nicht in irgendeine Form von Kult verfallen will. ‚Lakshmi die Vierarmige', geht es ihr durch den Kopf. Das ist Lakshmi die Selbstbewusste, die, die sich Vishnu nicht als dienstbarer Geist unterwirft, sondern die, die heilen kann, trösten kann, versöhnen kann - die, die Freude schenkt. Und plötzlich sieht sie es ganz deutlich vor sich: Lakshmi soll jeden, der ihr Haus betritt, segnen können! Das bedeutet, dass sie im Eingangsbereich wohnen muss, damit sie sehen kann, wer eintritt, wer auf sie zukommt, wer Gutes oder wer Böses bringt.

Aufgeregt ist Lily aufgesprungen, nach oben in ihr Schlafzimmer gehastet und mit einem geflochtenen Korb zurückgekehrt. Der Korb hat einen Durchmesser von mindestens sechzig Zentimetern, ist ausgebeult und nicht mehr jung, doch vor Freude strahlend stellt Lily ihn im Vorflur an der hinteren Wand ab. Ohne innezuhalten ist sie schon wieder auf dem Weg nach oben und kehrt mit einem riesigen Schal zurück: Auf tief nachtblauer Seide schimmern unzählige, aufgestickte silberne Sterne. Bevor sie den Schal in dem Korb drapiert, geht sie noch einmal hinüber in den Schuppen. Als sie mit einer kleinen Plastikschüssel zurückkehrt, sie kopfüber in die Mitte des Flechtkorbes stellt und sich schulterzuckend entschuldigt, weil es nichts Passenderes gab, meint sie, Arne hinter sich lachen zu hören ... dann geht sie zurück in ihr Studio, verneigt sich lächelnd vor der Skulptur und trägt sie, hoch aufgerichtet und jede Erschütterung vermeidend, hinüber in die Diele.

Es knirscht leise, als sie die Skulptur auf der umgekippten Schüssel absetzt. Mit einer vorsichtigen Drehung richtet sie sie entsprechend ihrer Körperhaltung aus, tritt einen Schritt zurück und nickt. Immer noch lächelnd greift sie nach dem Schal, lässt ihn in lockeren Falten großzügig am Fuß der Skulptur im Rund des alten Korbes niederfallen und nickt wieder: Lakshmi badet in den dunklen, vom Silbermond beschienenen Fluten der kosmischen Nacht.

‚In Zukunft wird jeder, der mein Haus betritt, von Lakshmi gewogen ... und hoffentlich nicht für zu leicht befunden werden', denkt Lily lächelnd, als sie den Blick von der Skulptur über die gegenüberliegende Wand hinaus auf die Gartenpforte wandern lässt. ‚Mit Lakshmi im Haus kann mir nichts mehr geschehen ...'

Früher, jedoch auch ganz anders, als sie es sich vorgestellt hat, tritt Lakshmi in Aktion. Als Lily nämlich am nächsten Tag gerade damit beschäftigt ist, die Kaminholzvorräte im Wohnzimmer aufzufüllen und zu diesem Zweck emsig hin und her läuft, immer wieder den Weidenkorb mit Buchenholzscheiten füllt, sie ins Wohnzimmer schleppt und in das dafür vorgesehene Fach umschichtet, klingelt es an der Haustür. Lily ist noch nicht wirklich angezogen, ist heute Morgen lediglich in den alten Hausanzug gesprungen und hat die ungewaschenen Haare mit einem leuchtend geblümten Seidenschal aus dem Gesicht gebunden. Sie ist nicht gewillt, gerade jetzt und gerade so irgendjemandem die Tür zu öffnen, und so bleibt sie starr stehen und hält den Atem an. Wieder ertönt die Klingel, und als sie sich weiterhin mucksmäuschenstill verhält, wird von draußen hart an die Butzenscheiben der Haustür geklopft. „Lily ... ich bin's: Mads! Bitte mach auf, Lily, ich möchte mit dir reden ..."

Mads! Der Name dröhnt wie Donnerhall, verwirbelt ihren Atem und kehrt als Echo zurück. An ihn hat Lily jetzt gerade am wenigsten gedacht, und für den Bruchteil einer Sekunde überlegt sie, ob sie sich nicht lautlos ins Innere des Hauses zurückziehen und so tun kann, als sei sie gar nicht da.

Doch natürlich würde er die Bewegung im Haus, ihren Schatten sehen, könnte ohne Umstände hinten herum, am Studio und Schuppen vorbei ins Haus gelangen, wo gerade alle Türen offen stehen. ‚Also gut', denkt sie. ‚Je eher daran, desto eher davon ...', und so gibt sie sich einen Ruck, öffnet das Küchenfenster und ruft, während sie sich weit hinauslehnt: „Wer stört?"

Vorsichtig schiebt sich ein Gesicht um die Hausecke, lugt zwischen Berberitze und Spierstrauch hervor und lässt ein fragendes Lächeln erkennen. Lily mustert es kühl. „Was willst du?", fragt sie, und es fällt ihr nicht schwer, Ablehnung in den Klang ihrer Worte zu legen. „Darf ich dir das vielleicht drinnen erklären?", fragt Mads. Seine Stimme klingt zaghaft und bittend. „Wenn's denn unbedingt sein muss ...", gibt Lily zurück. Sie ist weder darauf vorbereitet, noch in der Stimmung, sich mit Mads und seinen Problemen zu beschäftigen. Und so fügt sie schnell hinzu: „Wenn ich mich recht erinnere, solltest du erst wiederkommen, wenn du dir selbst im Klaren darüber bist, was du eigentlich willst. Und? Weißt du es jetzt?" „Jaaaa ... ich denke schon ...", kommt es ein wenig ungeduldig von der

Hausecke her. „Darf ich jetzt reinkommen - bitte?" Doch Lily bleibt hart. „Nicht, bevor du nicht eindeutig erklärt hast, weshalb du kommst. Ich habe nicht die Absicht, mir noch einmal deine unqualifizierte Kritik an meinem Mann anzuhören, nur weil du selbst nicht weißt, wohin mit deinem Frust ..." Beschwichtigend hebt Mads an dem Busch vorbei die Hände. „Ich komme in friedlicher Absicht, glaub mir bitte", fleht er geradezu, und im Glanz der morgendlichen Sonne leuchten seine Augen auf in dem vertrauten, intensiven Grün. „Na gut", sagt Lily, doch es fühlt sich eigentlich gar nicht gut an. „Komm vorne rein - aber nur kurz ..."

Als sie das Fenster geschlossen hat, steht sie einen Moment lang einfach nur da. In dem Augenblick, in dem sie Mads' Stimme hörte, erwachte in ihr das Bedürfnis, Arne zu beschützen und zu verteidigen. Aber wieso? Gegen wen? Gegen seinen eigenen Sohn? ‚Irgendetwas stimmt hier nicht mit meinem Gefühl', denkt Lily und bemüht sich, Mads gegenüber jedenfalls Neutralität zu wahren. In diesem Moment stößt Kassandra die Küchentür auf, lässt ein ungewohnt forderndes „Miau" hören, geht schnurstracks zu Lily hinüber und setzt sich vor ihr in Positur. Die Katzenaugen sind fast so grün und schillernd wie Arnes Augen, und mit einem dankbaren Seufzer nimmt Lily die Katze auf den Arm, vergräbt die Nase in ihrem dichten Fell und flüstert: „Gut, dass du da bist - danke! Spürst du's auch? Es ist so ein Sirren in der Luft ..."

Sie behält Kassandra auf dem Arm, streicht immer wieder mit Mund und Nase über das warme, glänzende Fell und drückt das Tier ganz sanft an sich. Mit dem Ellenbogen öffnet sie Mads die Haustür, tritt einen Schritt zur Seite und macht ihm wortlos Zeichen, einzutreten. Mit der Andeutung eines Lächelns und eingezogenem Kopf folgt er dieser Einladung, wartet einen winzigen, vergeblichen Augenblick darauf, Lily die Hand geben zu dürfen und dreht sich um, um seine Jacke aufzuhängen. „Hey, der ist ja super geworden!", ruft er aus und ist mit einem Schritt an Lakshmis Seite. „Der ist neu, oder? Wann hast du den gemacht? Verkaufst du den? Wieviel zahlen sie dir dafür? Der ist einfach klasse ...", schwärmt er und umkreist die Skulptur, während er Lakshmi schon sein

Cap an die eine und die Jacke über die andere Hand hängt. „Sie ist unverkäuflich", sagt Lily tonlos. Mit spitzen Fingern zupft sie Cap und Jacke wieder ab, wirft sie auf den kleinen Schrank vorm Spiegel und bedeutet Mads, ins Wohnzimmer zu gehen. - Über die feuchten Abdrücke seiner Füße auf den Fliesen sieht sie geflissentlich hinweg.

Während Mads im Sessel Platz nimmt, sitzt Lily ihm schon mit untergeschlagenen Beinen auf dem Sofa gegenüber, Kassandra immer noch an sich gepresst. Die Katze spürt intuitiv, dass sie gerade gebraucht wird, und schmiegt sich Lily leise schnurrend in die Arme.

„Ich bin gekommen, um mich zu entschuldigen - diesmal wirklich!", beginnt Mads ernst, streicht mit beiden Händen über seine Jeans und legt dann die Hände ineinander, um sie sofort wieder auf den Oberschenkeln abzulegen. Nervös spreizt und schließt er sie, räuspert sich, hebt den Blick und senkt ihn wieder. Ungerührt lässt Lily ihn zappeln.

„Deine Ohrfeige neulich …", er schickt ein schüchternes Lächeln zu ihr hinüber, „war sicher berechtigt. Obwohl die ganz schön gepiert hat, weißt du? - Ich weiß auch nicht, was da in mich gefahren war. Es tut mir jedenfalls sehr leid, dass ich mich so schäbig benommen habe, und ich bitte dich herzlich, mir diesen Ausrutscher zu verzeihen und … (er holt einmal tief Luft und ringt offensichtlich wirklich mit sich) … mich in Gnaden wieder aufzunehmen."

Lily setzt Kassandra auf die kuschelige Wolldecke neben sich, wo die Katze sich sogleich gähnend zusammenrollt. Dann steht sie auf, geht in die Küche und dreht sich in der Tür noch einmal um: „Tee oder Kaffee." „Schokolade?", fragt Mads zurück, und obwohl sie versucht, es sich nicht anmerken zu lassen, muss Lily lachen. „Ich hab aber keinen Rum mehr", sagt sie. „Den Rest hast du neulich vernichtet." „Egal", antwortet Mads, und die Erleichterung darüber, Lily ein Lächeln entlockt zu haben, ist ihm anzumerken. „Ich trink sie heute auch schwarz, wenn's sein muss …"

Kurz darauf bläst Lily in ihren Tee und Mads in seine heiße Schokolade, und obwohl Lily ihm inzwischen ja schon - wenn auch widerwillig - signalisiert hat, dass sie bereit ist, seine Entschuldigung anzunehmen, tut Mads sich noch ein wenig schwer. „Weißt du", beginnt er über seinen dampfenden Becher hinweg, „hierher zu kommen, war wie früher, wenn man als ‚Neuer' in eine bereits lange bestehende Mannschaft kam ... dieses Außenseitergefühl - kennst du das?" Lily hat sich eigentlich nie als Außenseiter gefühlt, sie hatte immer das Glück, dort, wo sie um Aufnahme bat, auch willkommen zu sein, doch sie ist feinfühlig genug, um sich dieses ‚Außenseitergefühl' vorstellen zu können. So nickt sie ihm also aufmunternd zu, und Mads fährt fort: „Bei der Trauerfeier für Arne .... für meinen Vater ... wurde mir das wieder besonders deutlich. Alle kannten ihn, alle liebten ihn, alle hatten wunderbare Erinnerungen an ihn. Und ich stand da ... mit leeren Händen, verstehst du? Ich fühlte mich fremd, ausgeschlossen und überflüssig ... so, als hätte ich mich in einen Kreis gedrängt, der ohne mich auch gut - nee, viel besser noch - funktioniert hätte ... und so war's ja schließlich auch." Er zieht die Nase hoch und räuspert sich, und die gespreizten Hände fahren wieder auf den über seinen Oberschenkeln gespannten Jeans entlang.

Eine Weile sitzen sie schweigend da, vermeiden es, sich anzusehen. Dann setzt Lily entschlossen einen Fuß hinunter auf den Boden, sieht Mads an und fragt: „Wenn du gekonnt ... oder gewollt hättest, was hättest du dann von Arne und dir erzählt?" Gespannt beobachtet sie, wie Mads für den Bruchteil einer Sekunde den Atem anhält, die Zähne zusammenbeißt und die Kiefermuskel anspannt, dann antwortet er leise: „Das habe ich mich natürlich auch schon mehrfach gefragt. Logischerweise hätte ich mich auf Kindheitserinnerungen beschränken müssen, wenn ich nicht vom Schweigen der letzten Jahre hätte sprechen wollen ..." Und dabei lässt er den Kopf so tief hängen, dass Lily Mühe hat, ihn zu verstehen.

Während sie dem Gefühl von Bedauern, ja, von Mitleid noch nachspürt, das da gerade in ihr erwacht ist, ertönt ein merkwürdiges Grollen, das anschwillt und in einem irgendwie kläglichen Blubbern versickert. „Oh, `tschuldigung", lacht Mads und drückt die Hand auf seinen Magen. „Ich bin die Nacht durchgefahren und hab noch nicht mal gefrühstückt." „Wie -

die Nacht durchgefahren?", fragt Lily und ist sofort in Alarmbereitschaft. „Ach, nicht so wichtig", wehrt Mads ab und gähnt hinter vorgehaltener Hand. „Nun sag schon: Wo bist du gewesen?" „Nur in Ludwigshafen", antwortet Mads. „Ein Freund von mir brauchte dringend mal ein offenes Ohr, und das hab ich ihm natürlich geliehen. Wir haben bis heute Nacht um zwei gequatscht, und weil ich doch unbedingt mit dir sprechen wollte, bin ich gleich durchgefahren und .. na ja, da bin ich." Wieder gähnt er verstohlen, reibt sich die Augen und fährt sich mit der flachen Hand durchs Gesicht. „Das heißt, du brauchst dringend Schlaf", konstatiert Lily. „Hast du dich schon irgendwo eingemietet?" „Nee, dazu bin ich noch nicht gekommen, aber das mach ich jetzt gleich", sagt Mads und erhebt sich. „Danke, dass du meine Entschuldigung angenommen hast, Lily." Er lächelt zu ihr hinüber, und wie er da groß und breitschultrig und mit diesem um Verständnis bittenden Lächeln unter seinen Locken vor ihr steht, kann Lily nicht anders, sie sagt: „Mein Gästezimmer ist frei. Wenn du willst, kannst du hier schlafen ..."

Zwar zögernd und fast schüchtern, dann aber doch sehr fröhlich und dankbar, hat Mads Lilys Angebot angenommen. Nachdem er seine Reisetasche aus dem Wagen geholt und sie gebeten hat, ihn spätestens gegen Mittag zu wecken, ist er gähnend die Treppen hinauf gestiegen und im Bad verschwunden. Kurze Zeit später hört Lily, wie er die Schuhe abstreift und auf den Boden fallen lässt, dann herrscht Ruhe.

Als sie am Spiegel im Flur vorbeikommt, wird ihr bewusst, dass sie selbst noch immer in ihrem alten Hausanzug herumläuft. Kopfschüttelnd geht sie nach oben, sucht ihre Kleidung zusammen und geht ins Bad. Auf dem Waschbeckenrand liegen Mads' Zahnpasta und Zahnbürste, seine Kulturtasche hängt am Haken an der Tür, aus dem Regal an der Wand hat er sich ein Handtuch genommen. Einen Augenblick bleibt Lily stehen: Ein fremder Geruch liegt in der Luft ... ein männlicher Geruch. Sie öffnet das Fenster einen Spaltbreit und geht unter die Dusche.

Mit frisch gewaschenen Haaren, nach Shampoo und Deo duftend, schlüpft sie kurz darauf in ihre Jeans, zieht ein weißes Sweatshirt über und dicke Wollsocken an die Füße, und während sie sich die Wimpern tuscht, überlegt sie, was sie heute Mittag kochen könnte, denn ihr Magen hat sich bereits wieder zu Wort gemeldet. Kein Wunder - es ist ja auch schon viertel nach zwölf.

Leise schleicht sie am Gästezimmer vorbei, hält kurz inne und lauscht: nichts zu hören. Sie schließt die Küchentür hinter sich und fragt sich, ob es wirklich so schlau war, Mads das Gästezimmer anzubieten? Mads im Haus zu haben ist anders, als Nele im Gästezimmer zu wissen. Aber gut, sie hat es ihm angeboten, nun muss sie auch dazu stehen.

Ein Blick in den Kühlschrank sagt ihr, dass sie für das Mittagessen nicht allzu viel Auswahl hat: Es sind gerade noch vier Eier da, ein halber Liter Milch und ein Salatkopf. Das ist nicht gerade dazu angetan, einen Mann satt zu kriegen. Doch glücklicherweise erinnert sie sich an die große Packung Pilze, die sie im Spätherbst letzten Jahres eingefroren hat und die nun wirklich mal gegessen werden müssen. Kartoffeln sind auch noch genug da, und so wird es heute Mittag also Kartoffelbrei mit Pilzomelett geben. ‚Fertig ist die Laube!' Sie grinst, weil dieser Spruch sie an Jakob Harmsen erinnert.

Während sie die Kartoffeln schält, klein schneidet und aufsetzt, hört sie Radio: Im Offenen Kanal Westküste läuft gerade „Friisk Funk", also Friesische Sprache und Kultur, und Lily versteht kein Wort. Aber der Klang der Sprache fasziniert sie, und so lässt sie die Sendung laufen.

Als die Kartoffeln fast gar sind, das Omelett locker und luftig darauf wartet, serviert zu werden und die Pilze, gegart mit Zwiebeln, Knoblauch, einem winzigen Schuss Weißwein und reichlich Sahne leise vor sich hin köcheln, steigt Lily die Treppe hinauf, um Mads zu wecken.

Aus dem Gästezimmer hört sie seine Stimme, und gerade, als sie die Hand hebt, um anzuklopfen, sagt er: „Das weiß ich doch ... Ich tu, was ich kann ... versprochen, ja!", und als er Lily hört, beendet er das Gespräch ohne ein weiteres Wort. „Entschuldige, ich wollte dich nicht stören", sagt Lily unbehaglich, „aber das Essen ist fertig!", macht kehrt und eilt die Treppe wieder hinunter. „Danke, ich komme sofort", ruft Mads ihr nach, und seine Stimme klingt munter und fröhlich.

Nach dem Essen, das Mads überschwänglich lobt, räumen sie gemeinsam die Küche auf. Während Lily das Geschirr in der Spülmaschine verstaut, wäscht Mads die Pfanne ab und wischt den Tisch und die Arbeitsplatte ab, dann serviert Lily den Espresso im Wohnzimmer.

Eine Weile sitzen sie sich schweigend gegenüber. Wie üblich hat Lily die Füße aufs Sofa gezogen, dreht ihre inzwischen leere Tasse in den Händen und lässt den Blick über die Terrasse hinaus in den Garten wandern. Schließlich stellt sie die Tasse zurück auf den Tisch, verschränkt die Arme vor der Brust und sagt: „Okay, spuck's aus: Warum bist du wirklich gekommen?"

Mads spielt zunächst den Überraschten, und mit einem beinahe schuldbewussten Grinsen stellt auch er seine Tasse ab, sieht Lily aus grün schimmernden Augen an und sagt dann leichthin: „Dir kann man so schnell nichts vormachen, stimmt's?" Lily zuckt gleichmütig die Schultern, lehnt sich zurück und wartet ab.

„Also", beginnt Mads, zieht jetzt ebenfalls einen Fuß hinauf auf den Sessel und verschränkt die Hände vorm Schienbein. „Es ist eigentlich nichts wirklich Schlimmes, worum ich dich bitten wollte", beginnt er. „Das hoffe ich jedenfalls. - Na gut, wie du ja vermutlich weißt, ist mir vom Amtsgericht Husum auch Arnes ... also das Testament meines Vaters zugegangen, und wie du natürlich auch längst weißt, hat er mir sein Haus auf Fehmarn hinterlassen."

Lily bleibt völlig ungerührt. „Na ja, also ich wusste gar nicht, dass er da überhaupt ein Haus hatte, und natürlich steht die Adresse samt Flur und Flurstück und was weiß ich noch allem in dem Schreiben vom Amtsgericht ... Aber, um ehrlich zu sein, würde es sich für mich besser anfühlen, wenn du mit mir zusammen ... also, wenn du mitkommen könntest nach Fehmarn", schließt er und sieht sie offen an.

In Lilys Kopf stehen Bilder auf, die sie so schon lange nicht mehr gesehen hat. Sie sieht Arne und sich aneinander gelehnt auf dem Sofa sitzen, auf genau dem, auf dem sie auch jetzt sitzt, und Arne erklärt ihr anhand von Fotos auf seinem Tablet den Grundriss und die Gegebenheiten seines Sommerhauses auf Fehmarn, in dem er selbst schon seit Jahren nicht mehr gewesen ist. „... und hier würde ich gern einen Bollerofen und da einen kleinen Wintergarten bauen, weißt du", hört sie ihn sagen. „Auf Fehmarn bläst genau so ein Wind wie bei uns hier, manchmal auch noch kräftig und kalt aus Osten, und wenn man so ein schnuckeliges Häuschen wie dieses hier richtig genießen will, sollte man an erster Stelle in einen Bollerofen und dann in einen Wintergarten investieren." Gemeinsam hatten sie Pläne geschmiedet, gerechnet, gegoogelt, Ideen ent- und verworfen mit dem Vorsatz, sich das alles ganz bald an Ort und Stelle anzusehen. - Doch dann hatte Arne angefangen zu husten.

„Lily?" Mads hat sich vorgebeugt, sieht sie fragend an. „Entschuldige", sagt sie. „Was hast du grad gesagt?" „Dass ich mich freuen würde, wenn du mit mir zusammen nach Fehmarn fahren würdest, um das Haus dort ... also mein Erbe ... anzusehen."

Lily schluckt. Sie hatte dieses „Häuschen", wie Arne es nannte, mit ihm zusammen ansehen, kennenlernen und erkunden wollen - und jetzt soll sie das zusammen mit Mads tun? Ein Gefühl wie Verrat beschleicht sie ... doch andererseits: Mads ist Arnes Sohn, Arne hat gewollt, dass Mads dieses Haus in Besitz nimmt - also: Wovor schreckt sie zurück?

Ein wenig fahrig lächelt sie ihn an. „Ja, klar. Ich bin zwar selbst auch noch nie da gewesen, aber ... warum nicht?" Erleichtert lehnt Mads sich zurück. „Danke, das ist echt super von dir", sagt er und hält den Daumen hoch. „Was meinst du: Wann können wir starten?" Obwohl sie sich ein wenig überrumpelt fühlt, fängt sie an zu überlegen. „Morgen habe ich einen Termin in Friedrichstadt", sagt sie. „Eine Galerie interessiert sich für meine Skulpturen und überlegt, ob wir zusammen eine Ausstellung machen. - Aber übermorgen hätte ich Zeit ... hm, ist zwar ein Sonnabend, aber wieso nicht?" „‚Sonnabend'", wiederholt Mads gedehnt und grinst. „Witzig, dass ihr hier oben immer noch ‚Sonnabend' statt ‚Samstag' sagt!" Lily stutzt. „Was heißt denn ‚ihr hier oben'? Kommst du nicht von hier oben?" Ihr Erstaunen wandelt sich gerade in Empörung. „Doch, klar! Ich hab nur so lange schon ‚da unten' gelebt, weißt du, da passt man sich halt an, und dann klingt 'Sonnabend' plötzlich irgendwie fremd ...' Lily enthält sich eines Kommentars und schiebt energisch die Ärmel ihres Sweatshirts hoch.

Mads lässt eine Weile verstreichen, ehe er sich wieder zu Wort meldet. „Natürlich könnte ich auch allein hinfahren", schlägt er vor, aber es hört sich mehr als halbherzig an. „Es ist nur so, dass ich das Gefühl habe, dich noch besser kennenlernen zu müssen ... zu wollen, und da wäre so eine Autofahrt doch die beste Gelegenheit, oder?" „Vor allem eine derartig lange!", erwidert Lily, die inzwischen ihr Smartphone aktiviert hat und sich die Strecke auf dem Display anzeigen lässt. „Die Strecke von Westerhever nach Fehmarn ... äh, wie heißt das da nochmal genau?" Mads kramt in dem dünnen Stapel Papiere neben sich auf dem Sessel, zieht eines mit Eselsohren heraus und liest: „Westermarkelsdorf." „Okay", sagt Lily gedehnt, scrollt den kleinen Bildschirm rauf und runter und schnauft schließlich: „Meine Güte, das ist aber auch so ziemlich die längste Querverbindung in Schleswig-Holstein, die man sich antun kann: Eine Strecke fast drei Stunden Fahrt!" „Puh, das ist heftig", bestätigt Mads. „Das heißt, wir müssen früh los und werden erst spät zurück sein. Oder wollen wir da übernachten? Was meinst du, Lily, das ist doch eine tolle Idee! Ich lad dich ein - sag ‚ja'!" Einen kurzen Augenblick ist Lily versucht, auf dieses Angebot einzugehen, doch dann fällt ihr zum Glück Kassandra ein: „Nee, so lange kann ich die Katze nicht allein lassen", antwortet sie und versucht, dabei möglichst gelangweilt auszusehen. „Mal so für einen Tag, von morgens früh bis abends spät, das geht schon, aber wenn ich über Nacht wegbleibe, muss ich hier was organisieren, das geht nicht so ad hoc ...." Bedauernd zuckt sie die Schultern und Mads fügt sich in das Unvermeidliche.

„Ich brauch jetzt noch einen Kaffee", sagt Lily und erhebt sich. „Was ist mit dir?" „Schokolade?", fragt Mads und grinst, erhebt sich aber ebenfalls und begleitet Lily in die Küche.
Während die Kaffeemaschine blubbert und die Milch im Topf anfängt, sich auf der Oberfläche zu kräuseln, sucht Lily Becher, Löffel, Zucker, Kakaopulver und Sahne zusammen. Schließlich kippt sie noch den Rest aus der Packung „Russisch Brot" auf einen kleinen Teller, legt ein paar Riegel Kinderschokolade dazu und trägt alles ins Wohnzimmer. „Sieht aus wie beim Kindergeburtstag", erklärt Mads grinsend und hat sich bereits einen Riegel Schokolade geschnappt. „Herrlich, genauso kuschelig war's bei meiner Oma auch immer", fügt er mit Blick auf den dicken Strauß Vergissmeinnicht hinzu, den Lily am Morgen im Garten gepflückt hat, dann drückt er sich fest in den Sessel und genießt mit geschlossenen Augen. „Bei deiner Oma?", fragt Lily und greift nach einem Keks. „Du meinst bei deinen Großeltern auf Sylt - oder wie? Arnes Mutter kannst du doch eigentlich nicht mehr kennengelernt haben ...", überlegt sie, starrt vor sich hin und rechnet lautlos. „Nee", sagt sie schließlich, „die ist gestorben, als du gerade drei Monate alt warst, das weiß ich zufällig genau." „Nein, ich meine ja auch meine Oma auf Sylt", versichert Mads ihr, und die hektischen Flecken auf seinen Wangen führt Lily darauf zurück, dass das Verhältnis zu den Sylter Großeltern auch für Mads nicht immer ungetrübt war. „Soso", sagt sie denn auch herausfordernd lächelnd, „bei der Oma auf Sylt hast du also auch in Schokolade geschwelgt, was?" „Ja, und ob", bestätigt Mads. „Echte Schokolade mit gaaanz viel Zucker und einem riesigen Berg Sprühsahne obendrauf, das war das Schönste", schwärmt er und leckt sich die Lippen. „Und dein armer Opa hat daneben gesessen und in die Röhre geguckt ... oder

wie?", fragt Lily mit geheucheltem Mitgefühl. „Nee, wieso?", fragt Mads und sieht Lily verständnislos an. „Na ja, der hat doch Diabetes, oder?", fragt sie. „Hat er doch schon ewig, hat Arne mir erzählt, schon zu Madeleines Schulzeiten. Er musste doch mindestens viermal täglich spritzen und trotzdem ganz streng Diät leben ... weißt du denn das nicht mehr?" Sie hat die Stimme erhoben, und ihre Augenbrauen berühren fast den Haaransatz über der Stirn, als sie Mads jetzt völlig verständnislos ansieht. „Doch, doch ... natürlich weiß ich das", antwortet der jetzt fast patzig. „Aber das ist doch kein Grund, dass meine Oma und ich nicht gemeinsam in heißer Schokolade schwelgen durften, oder?"

Lily ist müde, und sie hat keine Lust auf den angriffslustigen Ton, in den Mads kurzzeitig verfallen ist. Die Erinnerungen an Arne, die da eben vor ihrem geistigen Auge aufgetaucht sind, haben ihr schlagartig den Wind aus den Segeln genommen, sie wäre jetzt eigentlich gern allein.

„Also gut, fahren wir Sonnabend nach ... wie heißt das nochmal?", fragt sie und greift nach ihrem Smartphone. „Westermarkelsdorf", liest Mads wieder ab und schiebt sich eine weitere Kinderschokolade in den Mund. „Liegt im Nordwesten der Insel, fast an der äußersten Spitze", erklärt er kauend und schluckt.

Lily gähnt, streckt sich und stellt die Füße auf den Boden. „Okay, wenn wir heute Abend irgendwas essen wollen, sollten wir nochmal einkaufen fahren", erklärt sie und wirft einen Blick auf die Uhr. „Ich könnte dich zum Essen einladen", schlägt Mads vor, und eigentlich findet Lily auch, dass er das ruhig tun könnte, doch andererseits ist ihr im Augenblick nicht nach Restaurant - weder danach, sich „stadtfein" zu machen, noch danach, den Teller leer essen zu müssen, noch nach der nun mal unvermeidlichen Geräuschkulisse eines Restaurants. Außerdem muss sie wirklich dringend einkaufen, denn auch für Kassandra hat sie nur noch klägliche Reste im Schrank.

„Ist lieb von dir, danke", sagt sie also, „aber sei nicht böse ... irgendwie ist mir heute nicht danach, weißt du? Aber wir können das ja zum Beispiel auf Fehmarn nachholen, was meinst du?" „Klar, versteh ich, kein Problem", versichert Mads schnell, nickt bekräftigend und nimmt ebenfalls den Fuß vom Sessel. „Also fahren wir einkaufen?" „Fahren wir einkaufen", stimmt Lily zu.

Wäre sie jetzt allein, hätte sie das Fahrrad genommen. Doch schließlich muss sie sich darauf einstellen, dass Mads nicht bereits morgen schon wieder abreist, das heißt sie muss sowohl ihren Kühlschrank als auch ihren Vorratsschrank und den Gefrierschrank ein wenig auffüllen, und mit dem Einkauf wäre ihr Fahrrad denn doch überfordert. - „Wer fährt?", fragt Mads, und als Antwort klimpert Lily mit den Schlüsseln ihres Wagens.

Mads schlägt vor, nach St. Peter Ording oder Friedrichstadt zu fahren, doch Lily zieht Gabi's Einkaufstreff in Oldenswort vor, und so schieben sie denn auch schon bald den schnell gefüllten Einkaufswagen zur Kasse. Während Lily schon die Waren aufs Band legt, läuft Mads noch einmal zurück, um Chips und eine Flasche Wein zu holen. Lilys Wagen ist noch nicht einmal halb leer geräumt, als die Kundin hinter ihr bereits anfängt, ihre Einkäufe auszuladen und aufs Band zu packen. Irritiert hebt Lily den Kopf, sieht die Frau offen an und wartet darauf, dass sie ihre Sachen zurücknehmen soll - doch nichts dergleichen geschieht. Für den restlichen Inhalt ihres Einkaufswagens bleiben ihr auf dem Förderband noch knappe zwanzig Zentimeter.

Gerade öffnet sie den Mund, um die Dränglerin zu einem entsprechenden Rückzieher aufzufordern, als sich von hinten eine lange Gestalt schnell und gewandt an der Frau vorbeischlängelt, sie strahlend anlächelt und sagt: „Ich darf doch?", um im selben Atemzug auch schon all ihre Sachen zusammen und nach hinten zu schieben. „So", sagt Mads, laut und immer noch freundlich lächelnd, „nun hast du wieder Platz, Lily!"

„Das Gesicht hätte man fotografieren müssen!" Noch während sie zuhause die Einkäufe in die Schränke räumen, muss Lily lachen. „Wenn du sie nicht so freundlich angelächelt hättest, hätte sie dir wohl nur allzu gern die Augen ausgekratzt."

„Das hätte sie gern versuchen können", antwortet Mads, ebenfalls lachend. „Sowas bringt mich so schnell nämlich nicht aus der Ruhe."

Alle Fächer und Schränke sind inzwischen gut gefüllt, da fällt die Wahl schwer: „Was wollen wir heute Abend essen?", fragt Lily. „Worauf hast du Appetit?" Mads überlegt nicht lange: „Ich hätte richtig Appetit auf irgendwas mit Kartoffeln, mit Bratkartoffeln und Remoulade oder so ... meinst du, das kriegen wir hin?" „Bratkartoffeln macht man am besten aus Pellkartoffeln, aber die müssen kalt sein und am liebsten vom Vortag - und sowas hab ich grad nicht zu bieten. Aber ich könnte etwas Ähnliches zaubern ... ich hab da schon so eine Idee ..." „Prima, ich helf dir", Mads ist sofort Feuer und Flamme, doch Lily bremst ihn aus: „Nee, das ist lieb von dir, aber in meiner Küche wurschtel ich am liebsten allein, verstehst du? Das ist nicht persönlich gemeint, Mads, aber Mahlzeiten zubereiten, Zutaten kombinieren, sich auf das Ergebnis freuen ... na ja, ‚Kochen' im kreativen Sinn hat für mich was Meditatives, weißt du, dabei mag ich nicht reden, dabei brauch ich keine Gesellschaft, dabei bin ich, wie gesagt, am liebsten allein. Okay?" Mads sieht sie zweifelnd an, fast scheint es, als sei er ein wenig verletzt. „Ich weiß", fügt Lily deshalb hinzu. „Arne tat sich auch manchmal schwer damit, denn die paar Male, die wir zusammen gekocht haben, hat er es sehr genossen. - Aber jeder von uns hat halt seine Macken, denke ich - und das ist nun mal meine..." Um ein verständnisvolles Lächeln bemüht, zieht Mads sich aus der Küche zurück. Noch einmal streckt er den Kopf zur Tür herein: „Aber wenn du Hilfe brauchst oder ich jedenfalls den Tisch decken kann oder sowas, rufst du mich doch, oder?" „Na klar", verspricht Lily, „dann schrei ich!"

Als sie allein ist, sucht sie aus dem gerade gekauften Beutel einige möglichst gleich große Kartoffeln aus, lässt Wasser in die Schüssel laufen und fängt an, die Kartoffeln mit einer harten Bürste zu schrubben. Anschließend trocknet sie sie kurz ab, teilt jede in vier Teile und übergießt sie in einer Schüssel mit Olivenöl und einem winzigen Schuss weißem

Balsamico-Essig. Großzügig fügt sie Rosmarin, Meersalz und frischen, durch die Presse gedrückten Knoblauch hinzu, fährt ein paarmal mit der Pfeffermühle darüber und gibt einen Hauch Zucker und eine große Prise Kümmel zu, rührt alles vorsichtig durch und breitet eine Lage Backpapier auf dem Backblech aus. Erst, als sie das Blech mit den darauf ausgebreiteten Kartoffelspalten in den Ofen geschoben und den Kurzzeitwecker gestellt hat, geht ihr auf, dass ein Mann wie Mads von ein paar Ofenkartoffeln mit Tsatsiki nicht satt werden wird. Glücklicherweise finden sich im Gemüsefach noch zwei eingeschweißte Maiskolben, und obwohl sie überzeugt ist, dass er es nicht zu schätzen weiß, opfert sie das letzte Paket geräucherten Mandeltofu, schneidet es auf und legt es bereit, um es kurz in Öl anzubraten. Zum Nachtisch wird es griechischen Joghurt mit Honig geben.

Wie immer genießt Lily den Frieden, den ihr ihre eifrig beschäftigten Hände schenken. Es ist immer so: Sie kann noch so angespannt, traurig oder gar deprimiert sein - wenn sie ihren Händen etwas zu tun gibt, das sie ohne jede Mithilfe ihres Geistes bewerkstelligen können, geht es in Kürze auch ihrem Geist - und, erstaunlich genug - auch ihrer Seele wieder besser.

Sie kann sich nicht aufraffen, die harmonische, fast magische Stille dieses Abends zu stören, indem sie nach Mads ruft. Einer inneren Melodie lauschend, wiegt sie sich leise hin und her, deckt dem Rhythmus folgend den Tisch, faltet die weißen Leinenservietten und wendet zwischendurch die Ofenkartoffeln, stellt Remoulade und Ketchup auf den Tisch und die Espressotassen bereit, und erst, als am Herd alles auf Null gedreht und die dampfenden Schüsseln auf dem Tisch stehen, geht sie in den Flur, stellt sich an den Fuß der Treppe und steckt Daumen und Mittelfinger in den Mund: Mit einem gellenden Pfiff tut sie kund, dass das Essen serviert ist.

Während sie im Radio noch den Sender des Offenen Kanals Westküste justiert, geht ihr auf, dass ihr Pfiff keinerlei Reaktion hervorgerufen hat. Sie ist nicht eitel, aber normalerweise erzeugt ihre Fähigkeit, gellend und durchdringend auf zwei Fingern pfeifen zu können, jedenfalls Anerkennung. Heute tut

sich nichts dergleichen, rein gar nichts, und so begibt sie sich die Treppe hinauf zum Gästezimmer.
Die Tür steht einen Spalt breit offen. Durch diesen Spalt hindurch sieht Lily Mads auf dem Boden kriechen. Sich auf allen Vieren Zentimeter für Zentimeter vorwärts schiebend, gleiten seine Hände suchend und tastend über den Teppich, fahren hin und her und her und hin und zwischendurch über seine Stirn, um die Schweißperlen dort zu trocknen. Gerade in dem Augenblick, in dem Lily klopfend die Tür aufstößt und sorgenvoll fragt, ob sie helfen kann, wendet Mads sich hektisch ab und steckt sich etwas in den Mund, was seine Zunge sofort wieder auf der Spitze seines Fingers deponiert. In seiner kauernden Haltung verharrend, beugt er sich hinunter, krümmt sich fast ein wenig zusammen und führt den Zeigefinger der rechten Hand zum Auge, um sich gleich darauf aufatmend und lächelnd zu Lily herumzudrehen. „Kann ich helfen?", fragt sie noch einmal, doch Mads lacht fröhlich auf und sagt: „Danke! Ich hatte gerade meine Kontaktlinse verloren, aber ich hab sie wieder - und jetzt bin ich okay!"
„Ich wusste gar nicht, dass du Kontaktlinsen trägst", sagt Lily, während sie die Ofenkartoffeln vom Blech in die Schüssel schiebt. „Ach, schon ewig", winkt Mads ab. „Angeborener Astigmatismus, damit bin ich groß geworden. Aber ich find Brillen einfach unpraktisch, wenn man Sport treibt, und außerdem will ich kein Brillengesicht haben, weißt du? Und die Linsen vertrag ich prima."
Obwohl er dem geräucherten Mandeltofu zunächst mehr als skeptisch gegenübersteht, äußert sich Mads ausgesprochen anerkennend dazu. „Ist doch verrückt, was die heute aus so'ner ollen Sojabohne alles machen können, nicht? Aber sag mal, bist du sicher, dass die da nicht alles Mögliche an Zusatzstoffen und Geschmacksverstärkern und sonstigem Zeugs reinschmeißen, um diese Konsistenz und diesen Geschmack zu erzielen?" Lily antwortet mit einer Gegenfrage:„Wer kann schon sicher sein?", und steckt sich das letzte Stückchen Tofu in den Mund. „Denkst du bei all dem, was du so im Supermarkt an Sonderangeboten kaufst, immer darüber nach, was da wohl drin sein könnte?" Mit vollem Mund kauend winkt

Mads ab, und Lily gibt sich zufrieden: Allzu oft hat sie diese Debatte schon führen müssen.

Als sie den Tisch abgedeckt und die Küche wieder aufgeräumt haben, macht Lily sich daran, den Espresso zu kochen. „Geh doch schon mal rüber", fordert sie Mads auf und bedeutet ihm, im Wohnzimmer Platz zu nehmen. Denn gerade geht dort vorm Küchenfenster, da hinten, wo das Meer sein muss, weil es immer dort ist, jeden Morgen und jeden Abend, dort, wo es nach Salz und Tang riecht, wo die Möwen ihre Schreie auf den Schwingen des Windes dahingleiten lassen, wo der Strandhafer sich anmutig in der Abendbrise neigt - dort geht die Sonne unter, und das letzte Glühen schickt sie direkt hinüber in Lilys Fenster, direkt hinein in ihr Herz. -

Völlig regungslos steht sie da und lässt das Licht und die Farben ihr Innerstes erwärmen, spürt das Glühen und Schimmern in jeder Faser ihres Körpers, und als all diese Pracht vor ihrem Blick verschwimmt und beginnt, in die Dämmerung hinüberzugleiten, ergreift sie das Tablett mit dem griechischen Joghurt, den Tassen, der kleinen Espresso-Kanne und der Zuckerdose und trägt alles hinüber ins Wohnzimmer.

Dort sitzt Mads im Sessel, eines seiner langen Beine übergeschlagen und vertieft in eine Mappe mit Fotos, Skizzen, Zeichnungen und Berechnungen - eine Mappe von Arnes Schreibtisch. Im ersten Moment ist Lily versucht, ihm die Unterlagen mit einer scharfen Bemerkung zu entreißen - „Das geht dich nichts an! Das gehört Arne …!" - doch dann besinnt sie sich eines Besseren: Ist es nicht sogar wünschenswert, dass Mads sich jedenfalls posthum für die Arbeit, die Pläne und Ideen seines Vaters interessiert? Soll er sich doch ruhig ein Bild verschaffen von dem, was sein Vater gewollt hat, auch das kann ihm helfen, ihm wieder näher zu kommen und ihn in einem versöhnlichen Licht zu sehen. - Sie lehnt sich zurück und beobachtet ihn schweigend.

Nach einer ganzen Weile klappt Mads die Mappe zu, schichtet die Papiere wieder sorgsam übereinander, streicht mit beiden Händen darüber und legt sie zurück auf den Tisch. „Er ist wirklich mitten aus dem Leben gerissen worden, wie man so sagt, nicht?" Mit dieser Frage hat Lily nicht gerechnet, sie schluckt einmal kurz und schweigt. „Ich meine, wenn man diese Mappe sieht, wird einem natürlich schnell klar, was für Pläne er noch hatte. Wusstest du zum Beispiel, dass er für jedes Fachwerkhaus im Umkreis von 30 Kilometern als Energieberater tätig war?" Lily sieht ihn ungläubig an: „Also hör mal ... das ist jetzt nicht dein Ernst, oder? Ich leb zwar hinterm Deich, aber nicht hinterm Mond! Glaubst du vielleicht, Arne hätte eine so umfangreiche Aufgabe übernommen, ohne mich einzuweihen? - Einen ganzen Sommer lang sind wir gemeinsam von Haus zu Haus gezogen, haben Bestandsaufnahmen gemacht, haben kartografiert, fotografiert, vermessen und den aktuellen energetischen Zustand berechnet, und du fragst mich, ob ich davon weiß?" In ihrer Erinnerung sieht sie sich an Arnes Seite den Deich entlang radeln, im Hinterland die einzelnen Gehöfte aufsuchen, alte Katen umkreisen und auf der wackligen Bank vorm Haus mit dem Altenteiler sitzen, der zwar nicht mehr hören und kaum noch sehen, dafür aber umso mehr erzählen kann. Und wieder ist da dieses unbeschreibliche Gefühl des Friedens und der Wunschlosigkeit, das sie jedes Mal empfand, wenn sie nach einer dieser Touren neben Arne auf dem blauweiß gestreiften Sofa in ihrem Häuschen saß und darauf wartete, dass das Licht der untergehenden Sonne auch sie vergolden möge.

Mads ist klug genug, in diesem Augenblick keine Diskussion vom Zaun zu brechen oder sonst irgendwie Öl ins Feuer zu gießen. Schweigend wartet er ab, bis Lilys Blick sich stabilisiert und ihre Züge sich geglättet haben. Als sie ihn wieder ansehen kann, meint er, sogar ein kleines Lächeln in ihrem Mundwinkel entdecken zu können, und indem er all seinen Mut zusammen nimmt, fragt er leise: „Da du mir meinen Ausrutscher von neulich offensichtlich verziehen hast: Wie lange war Arne ... war mein Vater eigentlich krank?"

Insgeheim hat er mit einem Verweis, mindestens aber mit so etwas wie einer Abfuhr gerechnet, doch Lily antwortet ohne zu zögern. „Lange Zeit hat er versucht, seinen Zustand vor mir geheim zu halten. So kann ich also den genauen Zeitpunkt nicht benennen. Wenn ich aber zurückdenke, weiß ich, dass er zu Beginn unserer Baumaßnahmen hier in unserem eigenen Haus bereits krank war, allerdings wohl, ohne sich dessen selbst bewusst zu sein. Tja, und von dem Moment an, in dem er mir sagte, wie es um ihn stand, bis zu dem ... bis zu seinem Tod vergingen noch fast eineinhalb Jahre." Lily schweigt einen Augenblick, dann fährt sie mit einem Lächeln fort: „Und auch wenn das für dich vielleicht makaber klingt, aber das waren - mit einigen massiven Einschränkungen, das geb ich zu - die schönsten eineinhalb Jahre meines Lebens."

Nach einer kurzen Pause fährt sie fort: „Natürlich habe ich - genau wie Arne selbst - eine ganze Weile gebraucht, um mit dieser niederschmetternden Diagnose irgendwie fertig zu werden. Ach, das ist Quatsch - ‚fertig werden' kann man gar nicht damit, man wird fertig gemacht, weißt du? Peu à peu und jeden Tag ein kleines bisschen mehr.

Aber dieses Schreckliche, Drohende, die Angst und der Kummer haben uns einander so nahe gebracht, wie wir es kaum für möglich gehalten hatten. Und ich glaube, besser, als wir es getan haben, hätten wir die uns verbleibende Zeit nicht nutzen können. Wir sind Fahrrad gefahren, solange es noch irgendwie ging. Als bei Arne die Luft knapp wurde, haben wir ihm ein E-Bike gekauft, das hat ihm noch eine ganze Zeit viel Freude gemacht. Und als auch das nicht mehr ging, haben wir Ausflüge mit dem Wagen gemacht, sind ins Konzert, ins Theater, ins Kino gegangen, haben uns einfach mal für zwei Nächte im „Alten Gymnasium" in Husum eingemietet und uns total versnobt hofieren und verwöhnen lassen, und als er merkte, dass die Zeit knapp wurde, hat Arne seine Beerdigung durchgespielt ... nein, nicht die, die du wirklich miterlebt hast ... er hat einfach rumgesponnen, hat sich überlegt, wer denn überhaupt kommen würde zu seiner Trauerfeier und was die Leute sagen würden und hat sich gewünscht, hören zu können, was sie von ihm gehalten haben. Klar - wer würde das nicht gern hören, jedenfalls wenn man Gutes erwartet.

Ja, als wir wussten, als wir schließlich akzeptieren mussten, dass wir auf das Ende zusteuerten, fing Arne eines Abends an, über seine eigene Beisetzung Witze zu machen. Wir saßen hier auf diesem Sofa, aneinander gekuschelt und gewärmt von einem Rotweinpunsch, hörten Musik und starrten in die Flammen des Kaminfeuers. - Und dann äffte er seinen ehemaligen Kollegen nach, der in jedem Satz dreimal „äh" sagt, weil er sich allzu sehr um eine gewählte Ausdrucksweise bemüht und irgendwann mit hochrotem Kopf da steht, weil er sich völlig verheddert hat. Oder er stellte sich vor, wie seine alte Grundschullehrerin, kugelrund und immer noch mit einem Dutt auf dem Kopf, vortreten und ihn mit zittriger Stimme als `rebellischen Charakter` bezeichnen würde."

In Erinnerung daran, wie Arne seine erste Lehrerin schilderte, muss Lily immer noch lachen, und auch wenn sich ein paar Tränen darunter mischen, genießt sie es, über ihn sprechen zu können. „Und dann stellte er sich vor, wie der alte Pastor Ehmke mit drohend erhobener Faust an seinem Grab stehen und ihm posthum den Marsch blasen würde, denn oft genug hatte er den einen oder anderen Strauß mit ihm ausgefochten. Pastor Ehmke - den musst du doch überhaupt auch noch kennen, oder? Der war doch zu deiner Zeit hier in Amt und Würden ... Na ja, jedenfalls ist er schon seit vielen Jahren in Pension, aber immer noch sehr streitbar, und gerade über Fragen der Religion konnte Arne wunderbar streiten. Aber irgendwann drehte sich der alte Pastor wutschnaubend um, kam noch einmal zurück und brüllte Arne an: ‚Wer glaubt, den lieben Gott sonntags morgens in der freien Natur finden zu können, der soll sich gefälligst auch vom Oberförster begraben lassen!'"

Jetzt lacht auch Mads, und über seinen Kopf hinweg suchen Lilys Augen Arnes Bild in dessen Arbeitszimmer. „Dein Vater ist ... war ein kluger, ein sehr kluger Mann, weißt du. Ein Mann mit Herzenswärme. Aber manchmal war er auch einfach nur albern ..." Und kopfschüttelnd lacht sie in sich hinein.

Früh am nächsten Morgen belädt Lily ihren Wagen mit einigen ihrer Skulpturen und Collagen aus ihrem Studio, gibt der Katze frisches Futter und füllt Vogelfutter in das Futterhaus hinter der Terrasse, dann greift sie nach ihrer Jacke, schultert ihre Tasche und ist schon fast aus der Tür, als Mads die Treppe herunter gestürmt kommt. „Warte, ich komme mit", sagt er, reißt seine Jacke vom Haken und sieht sich suchend nach seinem Cap um.

Als er sich neben Lily auf den Beifahrersitz fallen lässt, wirft sie ihm, während sie den Wagen startet, einen kurzen Blick zu und sagt: „Okay, ich setz dich am Markt ab, dann kannst du in den ‚Holländischen Stuben' frühstücken." „Frühstücken wir nicht zusammen?", fragt Mads verwundert. „Das hab ich heute Morgen um sieben bereits getan", sagt Lily, „und das Gespräch mit der Galeristin würd ich gern allein führen, verstehst du?" Mads schweigt, er scheint beleidigt zu sein, doch das ist Lily im Moment ziemlich egal.

Sie hat Glück: Fast direkt vor der Tür der Galerie am Mittelburgwall findet sie einen Parkplatz. Das nostalgische Klingeln der Türglocke kündigt ihren Eintritt an, und aus den hinteren Räumen ruft eine Frauenstimme: „Ich bin sofort bei Ihnen!" Lily sieht sich um: Der große, hell erleuchtete Raum ist aufgeteilt in einzelne Abteilungen, geordnet nach den jeweiligen Materialien, die dort ausgestellt sind. Zu ihrer Rechten leuchten und funkeln Glaslampen der verschiedensten Größen, Formen, Farben und Kombinationen, in sich gedrehte Tropfen, lang gezogene Ovale, spitz zulaufende Tüten und zusammengeschnürte Quader - eine auffälliger als die andere.

Direkt vor sich sieht sie Dekorationen und Spielzeuge aus Blech - bunt bemalte Hühner auf wackeligen Beinen, grinsende Drachen, rostige Gänse und grell rosa Schafe, und links von ihr tummeln sich Uhren aus den verschiedensten Materialien: Blech, Holz, Glas, Kunststoff, Harz und Papier, und fast alle ticken, pendeln oder surren.

„Frau Ahrendt?" Die rauchige Stimme gehört zu einer Frau mittleren Alters, die wie aus dem Boden gewachsen hinter Lily aufgetaucht ist. Sie streckt ihr die Hand entgegen, lächelt herzlich und sagt: „Ich freue mich, Sie endlich kennenzulernen! Ich hatte schon oft Gelegenheit, Ihre Arbeiten zu bewundern, aber zu einem persönlichen Kontakt kam es dabei ja leider nie ..." Mit einer Handbewegung lädt sie Lily ein, ihr ans hintere Ende des Ausstellungsraumes zu folgen, wo sie auf geschwungenen Bistrostühlen Platz nehmen. Nach ein paar einleitenden Sätzen kommt die Galeristin auch sofort zur Sache: „Ich bin gespannt ... Sie haben doch Ihre Mappe dabei?"

Eine gute Stunde später verlässt Lily strahlend und mit geröteten Wangen die Galerie: Sie sind sich einig geworden, und sobald die Uhrensammlung abgebaut und der Platz frei ist - was in höchstens drei Wochen der Fall sein wird - kann Lily ihre Arbeiten nach ihrem Geschmack präsentieren und ihre Skulpturen und Arrangements den Sommer über ausstellen. Ein eventueller Verkauf erfolgt in Kommission.

Als sie kurz darauf Mads in den „Holländischen Stuben" trifft, ist sie bereit für ein leckeres, zweites Frühstück. -

Der Nachmittag ist hell und sonnig, die Temperaturen sind auf angenehme 24 Grad geklettert, und Mads wird unruhig. „Was hältst du von einem kleinen Ausflug?", fragt er, stellt beide Füße auf den Boden und reibt sich die Hände. „Wir könnten doch eine Fahrradtour machen, irgendwo eine Tasse Kaffee trinken - oder auch eine heiße Schokolade - und uns auf die Art Hunger fürs Abendbrot erarbeiten, was meinst du?" Lily ist sofort einverstanden, gibt aber zu bedenken, dass der Wind ziemlich aufgefrischt ist. „Ach, so'ne kleine Brise macht uns doch nichts aus", verkündet Mads großspurig, und Lily ist ganz seiner Meinung.

Gleich darauf passieren sie in schneller Fahrt das Infohus des Tourimusvereins, der Fahrtwind rauscht in ihren Ohren, und mit einer weit ausholenden Geste ihrer Linken ruft Lily ihm zu: „Das hier ist übrigens die einzige Möglichkeit, noch zu einem heißen Kaffee zu kommen! Möchtest du?" Mads winkt ab. „Auf dem Rückweg vielleicht, aber jetzt ganz bestimmt nicht!", ruft er zurück. Nebeneinander fahren sie die Deichstraße entlang. Da Mads den Weg Richtung Süden gewählt hat, können sie sich locker vom Nordwestwind schieben lassen, und grinsend macht Mads Lily auf Dirk Rasmussen aufmerksam, der stolz wie Oskar auf seinem brandneuen roten, auf Hochglanz polierten Aufsitzmäher thront und damit seinem höchstens fünfzehn Quadratmeter großen Rasen im Vorgarten zu Leibe rückt. Als sie jedoch den Süderdeich erreichen und nach links Richtung Osten abbiegen, wird der Druck des Windes stärker.

Mads schließt den Reißverschluss seiner Jacke bis oben hin und kneift die Augen zusammen. Lilys Haare flattern im Wind, sie tritt gleichmäßig in die Pedale und hat den Blick geradeaus gerichtet.

Als Mads sich wieder an ihre Seite gearbeitet hat, räuspert er sich und sagt mit Blick auf das weite Land vor ihnen: „Meine Güte, ihr lebt hier aber auch grade mal knapp über dem Meeresspiegel, was? Himmel, das ist hier so was von platt, platter geht's echt nicht ..." „Ja ja", lacht Lily und klemmt zum hundertsiebenundzwanzigsten Mal eine Haarsträhne hinters Ohr, „ich weiß, was du sagen willst: Hier kann man am Mittwoch schon sehen, wer am Sonntag zu Besuch kommt, stimmt's? - Ach komm, der Spruch ist so alt wie das Watt ... und außerdem müsste dir das doch wohl noch bekannt vorkommen, oder?" Mads runzelt die Stirn und zuckt die Schultern, und grinsend fährt Lily ihm davon.

Kurz darauf biegen sie nach links ab, und jetzt wird es anstrengend: Der Wind bläst immer noch scharf aus Richtung Nordwest, das heißt er kommt jetzt von vorn. Schon lange, bevor sie den Ahndelweg erreichen, hört Lily Mads hinter sich leise schnaufen und fluchen: „Scheißwind ... immer von vorne ... egal wo du fährst .... macht doch keinen Spaß ....", doch als Lily sich nach ihm umdreht, grinst er zuversichtlich und tritt tapfer in die Pedale.

Als sie beim Haubarg der Knutzenwarft in den Ahndelweg eingebogen sind, scheint es Mads zunächst, als gehe es jetzt ein wenig leichter: Der Wind greift hier von rechts an, da muss man zwar kräftig gegensteuern, doch scheint er fast ein wenig an Kraft verloren zu haben. Trotzdem ist Mads die Enttäuschung nur allzu deutlich anzumerken, als sie endlich abgekämpft und außer Atem wieder am Infohus ankommen und feststellen müssen, dass es seit zwanzig Minuten geschlossen hat. „Mensch, das können die doch nicht machen!", schimpft er und schlägt mit der Faust auf den Lenker seines Rades, dass die Klingel nur so scheppert. „Die können doch nicht mitten am Tag ihre Bude dicht machen ..." Er klingt wie ein Kind, das gleich anfangen will zu weinen, und mit einem Blick auf ihre Armbanduhr versucht Lily, ihn zu trösten: „Ach, komm, in ein paar Minuten sind wir zuhause, dann können wir die Füße hochlegen und es uns gemütlich machen." Grummelnd wirft er ihr einen trotzigen Blick zu, reißt sein Rad herum und braust davon, nur um sich wenige hundert Meter weiter von der gleichmäßig in die Pedale tretenden Lily überholen zu lassen.

Sie fahren die Deichstraße entlang, und rechts von sich, auf der Koppel zwischen Deichstraße und Leeweg, sieht Lily ein paar Pferde, die munter und mit aufgerichteten Schweifen einen Mann umkreisen, der mit ausgestrecktem Arm in ihrer Mitte steht. Erst als sich eine Stute aus dem Kreis der anderen löst und wiehernd eine Runde dreht, erkennt Lily die Lütte - und mitten in der Herde einen großen, breitschultrigen Mann mit wild zerzaustem, dunkelblondem Schopf: Jakob Harmsen. Lily tritt so heftig in die Bremsen, dass Mads fast auffährt. Sie bleibt stehen, lächelt hinüber zu dem Mann und den Pferden, winkt kurz und schwingt sich wieder in den Sattel.

Immer noch schlecht gelaunt und schweigend hilft Mads ihr, die Räder wieder im Schuppen zu verstauen. Als Lily die Haustür aufgeschlossen hat, ist er mit wenigen Schritten in der Diele, stülpt Lakshmi je einen seiner fingerlosen Handschuhe über die ausgestreckten Arme, wirft ihr achtlos sein Cap über den Kopf und schleudert die Turnschuhe von den Füßen. Als er sich im Wohnzimmer in einen Sessel fallen lässt, hört Lily ihn gequält aufstöhnen. Mit spitzen Fingern nimmt sie Lakshmi die Handschuhe ab und wirft sie zusammen mit Mads' Cap auf das kleine Schränkchen unterm Spiegel. „'tschuldigung", murmelt sie, dann geht sie in die Küche, gießt sich ein großes Glas Wasser ein und steht dann, einen rotbackigen Apfel an ihrer Strickjacke polierend, in der Tür zum Wohnzimmer.

„Na?", fragt sie, kräftig kauend und sich den Fruchtsaft von den Lippen leckend. „Geht's wieder?" Noch hat er nur einen vernichtenden Blick übrig für sie, doch in seinen Mundwinkeln kräuselt sich bereits wieder die Andeutung eines Lächelns. „Oh Mann", sagt er nach einem kurzen Moment des Schweigens, „musstest du mich so vorführen?" Lily sieht ihn überrascht an, dann lacht sie laut auf: „Du hast die Richtung vorgegeben, du hast entschieden, dass wir zuerst nach Süden fahren. Du bist einfach unseren Wind hier an der Küste nicht mehr gewohnt, stimmt's?" „Stimmt", nickt Mads und reibt sich mit beiden Händen über die immer noch schmerzenden Oberschenkel. „Der kann einem wirklich den Wind aus den Segeln nehmen." „Nicht ganz das passende Bild", sagt Lily, „aber ich weiß, was du meinst."

Die Sonne steht bereits weit im Westen, ihre Strahlen fallen fast waagerecht durch die großen Scheiben der Terrassentür. Auf dem flauschigen Läufer davor aalt sich Kassandra, räkelt und streckt sich und fängt dann an, sich zu putzen. Als Mads sich jetzt mit beiden Händen klatschend auf die Oberschenkel schlägt, springt sie auf und verschwindet unterm Sofa. „'tschuldigung", sagt er und beugt sich zu der alten Katze hinunter. „Ich bin den Umgang mit Viechern nicht gewöhnt, weißt du?" Dann richtet er sich wieder auf, sieht schulterzuckend zu Lily hinüber, die immer noch kauend im Türrahmen lehnt, und fragt: „Darf ich mir jetzt eine heiße Schokolade machen - oder ist das zu unverschämt?"

Lily tritt beiseite und fordert ihn mit einladender Geste auf, sich in der Küche zu bedienen. Amüsiert beobachtet sie, mit welcher Akkuratesse Mads die Milch abmisst und das Kakaopulver in der Tasse glatt rührt, wie er Zucker zugibt und das Ganze noch mit einem kleinen Schuss Milch verflüssigt, wie er konzentriert darauf wartet, dass die Milch aufkocht und wie er dann geradezu andächtig Kakao und Zucker einrührt. Als er alles in den größten Becher gefüllt hat, den er finden kann, sucht er im Kühlschrank noch nach der Sprühsahne, von der er reichlichen Gebrauch macht, und nachdem er den Löffel abgeleckt und zufrieden genickt hat, stellt er den Topf in die Spüle, gibt einen winzigen Spritzer Spülmittel hinein und lässt Wasser einlaufen. Den Becher mit beiden Händen haltend, dreht er sich um und runzelt fragend die Stirn, als er sich Lilys Grinsen gegenüber sieht. „Ist was?", fragt er irritiert, doch sie schüttelt nur den Kopf, beißt zum letzten Mal von ihrem Apfel ab und versenkt das abgenagte Kerngehäuse im Komposteimer. „Nö ... was soll sein?", fragt sie beiläufig, dreht sich um und geht ins Wohnzimmer. - Erst, als sie sich wie bereits am Vortag mit hochgezogenen Beinen gegenüber sitzen, sieht sie ihn herausfordernd an.

„Du sagst immer, du möchtest mehr über deinen Vater erfahren und fragst mir Löcher in den Bauch ... Aber ich weiß überhaupt nichts von dir. Ich weiß nicht mehr, als dass du ungefähr so alt bist wie ich, dass du studierst - aber ich weiß nicht, was -, dass du in Lübeck lebst - aber ich weiß nicht wie oder wo -, dass du lange Zeit bei deinen Großeltern gelebt hast und dass du Kontaktlinsen trägst, weil du angeblich von frühester Kindheit an unter Astigmatismus leidest, obwohl Arne davon nie etwas erwähnt hat und du als Kind ja offensichtlich auch keine Brille tragen musstest, jedenfalls bist du auf den Fotos nur ohne Brille zu sehen." Auffordernd sieht sie ihn an.

Nach einem kurzen Moment des Zögerns lacht Mads auf. „Ja, ich war schon als Kind extrem eitel und habe zum Fotografieren immer die Brille abgenommen ..." Wie zur Bekräftigung legt er Daumen und Zeigefinger an die Nasenwurzel, um nicht vorhandene Druckstellen wegzumassieren.

„Ich studiere Lehramt, das heißt ich möchte Lehrer am Gymnasium werden. Meine Studienfächer sind Mathe und Chemie, Mathe hab ich gerade ziemlich erfolgreich abgeschlossen, Chemie muss ich das letzte Semester wiederholen." Er schnauft und lässt mit einem schiefen Lächeln die Hände in den Schoß fallen. „Ist nicht so gelaufen, wie ich es erhofft hatte", erklärt er. „Aber wenn ich nach den Semesterferien ein bisschen ranklotze, kann ich es schaffen, das weiß ich." Lily nickt gedankenverloren. Sie versucht, sich Mads als Lehrer vorzustellen, ist aber gleichzeitig froh, dass sie sich darüber nicht wirklich den Kopf zerbrechen muss.

„Und wo wohnst du?", fragt sie und sieht ganz kurz die Bruchbude vor sich, in der sie während ihres Studiums in Lüneburg gehaust hat. „Ich hab mit zwei Kumpels eine kleine Altstadtwohnung in Lübeck gemietet", sagt er. „Hört sich besser an, als es ist. - Die Wohnung haben wir mit eigenen Mitteln renoviert, der Vermieter weigert sich, neue Fenster einbauen zu lassen, so dass es weiter durch alle Ritzen pfeift und wir uns im Winter dumm und dusselig heizen. Aber er kann es sich eben leisten: Wenn wir es nicht zahlen, zahlen es andere - an Mietern herrscht kein Mangel ..." Eine steile Falte ist zwischen seinen Augenbrauen erschienen, und seine Stimme klingt hart und metallisch. „Wie auch immer ...", fügt er nun, etwas milder gestimmt, hinzu, „... hoffe ich, zum Ende des nächsten Semesters endlich ausziehen und mich auf eigene Füße stellen zu können ... vielleicht nicht zuletzt aufgrund des Erbes."

Lily ist noch nicht zufriedengestellt. „Wieso bist du so knapp bei Kasse? Hast du von deiner Mutter nichts geerbt? Unterstützen deine Großeltern dich nicht? Und wieso bekommst du dann kein Bafög?"

Mads nimmt einen großen Schluck von seinem Kakao, leckt sich dann genüsslich die Lippen und sagt: „Natürlich krieg ich Bafög. Aber ohne, dass du jobst, kommst du nicht über die Runden, das weißt du ja wohl selbst noch. Also arbeite ich im Kino als Filmvorführer, das ist genial, nicht nur wegen all der Filme, die du gratis zu sehen kriegst, sondern natürlich auch wegen der Arbeitszeiten, und im ‚Capitol' ist immer was los, da kann ich mich echt nicht beschweren."

Wieder nimmt er einen großen Schluck Kakao. „Wie kommst du darauf, dass ich von meiner Mutter etwas geerbt haben könnte?", fragt er, und wischt sich mit dem Handrücken über den Mund. „Na ja, schließlich hat Arne euch finanziell großzügig unterstützt, und von ihren Eltern bekam sie, wie er wusste, nochmal das Gleiche ... also kann es ihr so schlecht nicht gegangen sein, denke ich, zumal ihr ja auch mietfrei in der Eigentumswohnung deiner Großeltern gewohnt habt, nicht? Und die Kosten für das Internat in St. Peter Ording haben auch deine Großeltern übernommen, soweit ich weiß."

Mads ist verstummt. Er hat seinen Becher abgestellt, die Füße vom Sessel genommen und die feuchten Hände auf den Oberschenkeln trocken gerieben. „Du ... du bist gut informiert", sagt er schließlich, lehnt sich im Sessel zurück und zieht den rechten Fuß wieder hinauf auf das linke Knie. „Klar, du kannst dir ja wohl vorstellen, dass Arnes familiäre Vergangenheit immer mal wieder Thema war zwischen uns", sagt Lily und sieht ihn verwundert an. „Ja, klar ... ich hab nur nicht gedacht, dass du so locker darüber reden kannst", sagt er dann mit einem schiefen Grinsen. „Schließlich waren wir ja noch immer so eine Art Konkurrenz für dich, oder?"

Lily verspürt einen Stich. Nie, niemals würde sie zugeben, wie Arnes unausgesprochene Sorge um Mads, sein Verantwortungsgefühl für seinen Sohn und seine nie erloschene, immer geheim gehaltene Sehnsucht nach ihm ihr zu schaffen machte, immer wieder an ihr nagte, bei jeder passenden und unpassenden Gelegenheit, und wie sie sich selbst dafür verurteilte.

„Ganz schön vertrackte Situation zwischen uns beiden, stimmt's?", sagt Mads plötzlich leise und sieht sie über den Tisch hinweg offen an. „So ein Gerangel um einen Menschen, den man sich teilen muss, ist zu dessen Lebzeiten schon schwer genug, aber sich einen Toten teilen zu müssen, ist ziemlich unmöglich, oder?"

‚Sich einen Toten teilen zu müssen', hat er gesagt. In Lily scheint etwas zu zerspringen, sie möchte schreien, irgendetwas zerstören - doch ehe noch der Zorn in ihrer Kehle ganz hinaufgestiegen ist, schluckt sie ihn hinunter, atmet tief durch und sagt: "Ja, und Arne hätte sich ganz bestimmt gewünscht, dass sich diese ‚Teilung' seiner Person zwischen uns nicht zum Krieg auswächst. Es hätte ihn gefreut, sehr gefreut, wenn wir es friedlich über die Bühne bringen könnten. - Also", sagt sie, steht auf und holt zwei Flaschen Bier aus dem Kühlschrank, „lass uns aufhören mit den Spielchen und endlich ehrlich miteinander umgehen, okay?" Einen Moment lang erscheint ein großes Fragezeichen in Mads' Gesicht, dann erhebt auch er seine Flasche, lässt ihren Boden gegen den von Lilys Flasche knallen und lacht ihr zu: „Okay - abgemacht!"

Am Sonnabendmorgen klopft Lily in aller Herrgottsfrühe an Mads' Tür. „6.00 Uhr - aufstehen!", ruft sie und geht ins Bad. Als sie frisch geduscht, aber mit noch nassen Haaren wieder herauskommt, ist von Mads immer noch nichts zu sehen. „Mads? Bist du wach?" „Na klar, schon lange!", ertönt es von unten aus der Küche, und die Kaffeekanne schwenkend steht Mads am Fuß der Treppe. „Beeil dich, Frühstück ist fertig", grinst er, und jetzt kommt auch der Duft von frischem Toast und Kaffee oben bei Lily an. „Ich fliege", ruft sie, stürzt in ihr Zimmer, um vorsichtshalber noch eine Fleecejacke und einen Schal zu holen, und ist schon auf dem Weg nach unten.

„Hmm, das ist ja eine nette Überraschung!" Tief beeindruckt bestaunt sie den gedeckten Frühstückstisch, den Mads gerade mit gekochten Eiern und zwei kleinen Salzfässchen vervollständigt. „Voilà, Madame." Mit einladender Geste bittet er Lily, Platz zu nehmen, schenkt Kaffee ein und stellt den Korb mit Toast und Knäckebrot in die Mitte. „Oh, die Butter hab ich vergessen", sagt er, springt noch einmal auf und geht zum Kühlschrank. „Sei so nett und bring den Käse mit", bittet sie ihn, und dann sitzen sie sich gegenüber und genießen ihr Frühstück trotz der frühen Stunde.

Ein Blick aus dem Fenster lässt Lily hoffen: „Ich glaube fast, der Wetterbericht hat Recht - der Himmel sieht doch wirklich vielversprechend aus, findest du nicht?" Mit vollem Mund kauend nickt Mads, nimmt einen Schluck Kaffee und meint: „Hoffentlich sieht es drüben an der Ostsee genauso gut aus, das würde das ganze Unternehmen erheblich angenehmer gestalten." „Fast drei Stunden reine Fahrtzeit", stöhnt Lily. „... und das zweimal am Tag", ergänzt Mads mit einem vielsagenden Blick auf Kassandra, die sich neben Lily auf der Küchenbank zusammengerollt hat. Unter Lilys liebkosenden Fingern ertönt sofort ein tief vibrierendes Schnurren.

Kurze Zeit später sitzen sie im Auto - in Mads' Auto, darauf hat er bestanden. „Sag mal, hast du Angst, mit mir zu fahren?", fragt sie ihn, als sie die Haustür hinter sich zuzieht. „Ich fahre seit mehr als zwölf Jahren unfallfrei ..." „Nimm's nicht persönlich", erklärt Mads. „Ich bin im Prinzip und eigentlich bei jedem ein schlechter Beifahrer."

Sie haben sich darauf verständigt, die kürzeste Strecke über Husum, Rendsburg und Kiel zu wählen und die Autobahn zu meiden, um an diesem strahlenden Maitag soviel Landschaft wie möglich genießen zu können. Kurz nach dem Start lassen die Wärme im Wagen, das gleichmäßige Brummen des Motors und die immer noch sehr frühe Stunde Lily fast wieder einschlafen, doch dann kurbelt sie das Fenster ein wenig herunter, um sich die frische Brise um die Nase wehen zu lassen, und als sie nach einer guten Stunde durch die holsteinische Schweiz fahren, kann sie sich an den leuchtenden Farben dieses Frühlingsmorgens kaum satt sehen: Die Apfelbäume stehen in voller Blüte und schäumen in Weiß und Rosa, Löwenzahn und Kerbel schmücken Straßen- und Feldränder, und das Gelb der schier endlosen Rapsfelder, die sich über Hügel und Hänge bis zum Horizont dehnen und ihren Duft durch jede noch so kleine Ritze schicken, versetzt sie geradezu in Ekstase. „Magisch", flüstert Lily, „einfach magisch ..." Und ganz leise, nur für sich selbst, zitiert sie Erich Kästner: „Die Apfelbäume hinterm Zaun erröten, die Birken machen einen grünen Knicks ..." „Was sagst du?", fragt Mads und neigt sich zu ihr hinüber. „Ach, nichts", antwortet sie, „alles okay", und versinkt wieder im Farbenrausch.

Kurz vor Oldenburg wechselt Mads dann doch auf die Autobahn, und so sind sie eine Viertelstunde später auch schon in Heiligenhafen. Als sich zum ersten Mal der geschwungene, von Stahlseilen gehaltene Bogen der Fehmarnsundbrücke zeigt, erklärt Lily mit Stolz in der Stimme: „Stell dir vor, der Großvater meiner Freundin Annette hat die Brücke gebaut! Na ja, natürlich nicht allein, aber die Statik hat er gemacht, da war er gerade mal 30, also so alt wie ich jetzt. Wenn ich mir vorstelle, dass ich so einen Job machen sollte, mit einer derartigen Verantwortung ..." Sie lässt den Satz unbeendet, und Mads ergänzt: „Das ist übrigens eine total moderne Brücke, weißt du?" „Modern? Wie kommst du denn darauf? Die ist mindestens 50 Jahre alt, wenn nicht älter." „Schon", grinst

Mads, „aber sie ist eine Netzwerk-Brücke, also ganz schön up to date." „Netzwerk-Brücke", murmelt Lily und starrt ihr entgegen. „Ich dachte immer, es sei eine Hängebrücke."

Mads lächelt verschmitzt vor sich hin, und während Lily ihn verstohlen von der Seite beobachtet, muss sie sich eingestehen, dass er wirklich verdammt gut aussieht. Selbst zu dieser frühen Jahreszeit ist er schon kräftig gebräunt, was seine Attraktivität nicht gerade schmälert. Für einen Mann seiner Größe hat er eine erstaunlich kleine Nase, doch das Kinn ist markant und männlich, und die schlanken Hände mit den langen Fingern, die er lässig über das Lenkrad gehängt hat, machen einen ungewöhnlich gepflegten Eindruck. Gerade fragt Lily sich, ob Arne eigentlich auch so hoch angesetzte Wangenknochen hatte, als der durch das leicht geöffnete Fenster eindringende Fahrtwind mit einer Locke seines kastanienbraunen Haares spielt. Als Mads den Kopf jetzt ein wenig neigt und der Wind kräftiger hinein bläst in seinen Schopf, ruft Lily: „Himmel, du hast ja gar keine braunen Haare! Der Ansatz ist ja viel heller, der ist ja fast blond!" Automatisch fährt Mads' Hand hinauf und streicht das Haar glatt, dann schließt er das Fenster. Kopfschüttelnd wendet er sich Lily zu und sagt mit leisem Spott: „Lily Ahrendt, ich glaube, du wohnst doch hinterm Mond: Sich den Haaransatz in Kontrastfarbe färben zu lassen, ist total in! Das ist die hohe Kunst des Friseurhandwerks und kostet ein Vermögen, Mensch! Hab ich extra für dich machen lassen, bevor ich herkam ..." Lily starrt ihn ungläubig an, grinst und zeigt ihm einen Vogel: „Du hast sie ja nicht alle ..."

Inzwischen haben sie die Brücke passiert und sind tatsächlich auf Fehmarn. „Können wir vielleicht in Burg ein zweites Frühstück nehmen, bevor wir zum Haus fahren?" „Klar, das hätte ich jetzt auch vorgeschlagen", stimmt Mads zu und biegt rechts ab zur Stadt. „Ich war vor Jahren schon mal in Burg, da gibt's am Markt haufenweise Cafés und Restaurants."

Kurz darauf beißt Lily herzhaft in ihr Käsebrötchen, während Mads mit einem Fischbrötchen der Extraklasse ringt: Zwei Bismarckheringsfilets füllen die Brötchenhälften zusammen mit saurer Gurke und jeder Menge Zwiebelringen. Nach einem erschrockenen Stirnrunzeln von Lily zeigt Mads sich von seiner rücksichtsvollen Seite und sortiert die frischen Zwiebeln aus. „Eigentlich schade ...", sagt er bedauernd, als er das Häufchen auf seinem Teller zusammenschiebt. „Aber was tut man nicht alles für seine liebe Stiefmama!" Und nur, weil Lily sich gerade verschluckt und droht, dem Erstickungstod zu erliegen, entgeht Mads dem drohenden Stoß ihres Ellenbogens.

Schließlich sind beide Brötchen verspeist und Lily nippt an ihrem Cappuccino. „Wenn ich ehrlich bin, hab ich ein kleines bisschen Angst", gesteht sie und wirft ihm einen schnellen Blick zu. „Angst? Wovor?" „Davor, das Haus zu betreten und all das in natura zu sehen, was Arne mir beschrieben hat. Und mir vorzustellen, wie es ausgesehen hätte, wenn wir unsere Pläne noch in die Tat hätten umsetzen können." Darauf weiß Mads nichts zu antworten. Mit dem Portemonnaie in der Hand winkt er der Bedienung, zahlt und sieht Lily fragend an: „Wollen wir?" Tapfer nickend schiebt auch sie ihren Stuhl zurück und schultert ihre Tasche. Schweigend stapfen sie über das alte, holprige Kopfsteinpflaster zurück zum Wagen.

Auch der Weg von Burg nach Westermarkelsdorf führt durch weithin leuchtende Rapsfelder, das Gelb der voll erblühten Pflanzen strahlt so intensiv, dass Mads seine Sonnenbrille aufsetzt: „Meine Güte, das brennt ja geradezu in den Augen", stellt er fest, kurbelt das Fenster seines alten VWs herunter und lässt die geballte Ladung Duft herein. Mit geschlossenen Augen inhaliert Lily tief: „Ich glaub, ich werd gleich ohnmächtig", lacht sie, und schnell kurbelt Mads die Scheibe wieder hoch. „Fahr langsam, ja?", bittet sie ihn. „Ich möchte das genießen ...", und tatsächlich versucht sie, all das Schöne, das gelb schimmernde Grün der schon knöchelhoch stehenden Gerste, die sich dem Horizont entgegenwindenden Knicks, die in der Sonne glitzernden Windräder unter dem weiten, mit

Schäfchenwolken garnierten Blau des Himmels abzuspeichern, um es jederzeit wieder abrufen zu können. „Ist das schön hier", seufzt sie, verschränkt die Hände hinterm Kopf und legt die Füße aufs Armaturenbrett.

Nach gerade mal zwanzig Minuten erreichen sie ihr Ziel. Lily setzt sich aufrecht hin, dreht den Kopf von links nach rechts und von rechts nach links, sucht nach Straßennamen oder Hinweisschildern und spürt, dass ihre Handflächen feucht werden und ihr Herz schneller schlägt. „Wie war nochmal die genaue Adresse?", fragt sie und beugt sich vor, um die Anschrift auf dem Navi lesen zu können. „Westermarkelsdorf 43 - witzig! Hier gibt's offensichtlich überhaupt keine Straßennamen. Hier gibt's nur Hausnummern, und wir brauchen die Nummer 43 ..." Langsam fährt Mads die Straßen ab, und gerade, als Lily aussteigen und eine gut gepolsterte Frau mit Kopftuch nach dem Weg fragen will, hält er an: „Kuck mal, könnte es das vielleicht sein?" Er deutet nach vorn auf ein kleines, verwittertes Backsteinhaus, das direkt an der Straße zu kleben scheint. „Bewohnt sieht das jedenfalls nicht aus", bestätigt Lily und reckt den Hals, um besser sehen zu können. „Wollen wir uns das mal näher ansehen?"

Das Haus steht wirklich direkt an der Straße, nicht einmal einen Gehsteig gibt es davor. „Hier darf man aber keine Kinder haben", sagt Mads und sieht sich nachdenklich um. „Wenn du hier die Tür öffnest und nur einen Schritt zuviel machst, wirst du sofort vom Auto erfasst." „... und Katzen und Hunde leben hier auch gefährlich", stimmt Lily zu. „Aber soviel Autoverkehr gibt's hier ja glücklicherweise nicht. Die meisten Leute sind doch mit dem Fahrrad unterwegs." „Und außerdem ist die Eingangstür doch da an der Seite, kuck mal", sie ist ein Stück weitergegangen und deutet an der linken Hausseite entlang auf die weiß leuchtende Haustür mit Sprossenfenster. „Was sich wohl da oben hinter der Tür verbirgt?", fragt sie und beschattet die Augen mit der Hand, als sie jetzt auf eine ehemals blau gestrichene, doppelflügelige Holztür im oberen Stockwerk blickt, die von zwei klitzekleinen Fenstern flankiert wird. „Das war bestimmt mal der Heuboden, denke ich. Das Pferdegespann fuhr hier auf der Straße vor, und dann wurde das Heu gleich durch die Luke auf den Dachboden gehievt, wetten?" Mads nickt abwesend, er hat nicht wirklich zugehört. „Die Fenster sehen alle neu aus", bemerkt er. „Ich denke, ihr wart noch nie hier?" „Waren wir auch nicht, aber vor ein paar Jahren ist Arne von einem Nachbarn, der hin und wieder nach dem Rechten sah, angeschrieben und darauf aufmerksam gemacht worden, dass Fenster und Türen morsch waren. Und da hat Arne ganz schnell Handwerker kommen lassen, und der nette Nachbar hat den Einbau der neuen Fenster überwacht."

Mads steht inzwischen an der rechten Hausecke und späht in den völlig verwilderten Garten. „Kuck mal, was für schöne alte Obstbäume hier stehen!" Er winkt Lily zu sich und deutet auf blühende Apfel- und Birnbäume, an denen Kletterrosen mit braun gesprenkelten Blättern hinaufranken. „Oh je, Sternrusstau", stellt Lily bedauernd fest, „da gibt's viel zu tun ..." Gemeinsam umrunden sie das Haus nun von der linken Seite, der einzigen, auf der die wild wuchernden Brombeeren, Holunderbüsche, Haselsträucher und Brennnesseln überhaupt ein Durchkommen gestatten. „Hm, das Dach sieht auch nicht wirklich vertrauenswürdig aus." Mads wiegt bedenklich den Kopf. „Von so'nem alten Wellblechdach kann man wohl keine Wärmedämmung erwarten, oder?" Lily wirft ihm nur einen verächtlichen Blick zu - sie findet das ganze Anwesen ziemlich romantisch und ist gerade in Entdeckerlaune.

Vorsichtig windet sie sich durch eine Lücke in der wehrhaften Hecke - und steht auf einer mit Gänseblümchen übersäten Wiese. „Mads, komm schnell!", ruft sie, plötzlich ganz aufgeregt. „Kuck mal, da gibt's eine Klöntür. Und wenn man daneben so eine richtig schöne, friesische Bank stellt, hat man von dort den allerschönsten Blick über das ganze Grundstück und die Weiden bis hin zum Leuchtturm - kuck doch bloß mal ... ist das nicht einfach wunderschön?" Sie hat die Schuhe ausgezogen und läuft barfuß über den Rasen, späht vorsichtig in das einzige Fenster, das das Haus hier hinten zu bieten hat, kann vor lauter Staub und Schmutz nichts erkennen und läuft zurück zu Mads, der immer noch, die Hände in den Hosentaschen, an der Hecke steht und ihr zusieht. „Ist das nicht ein toller Blick?", fragt Lily begeistert. „Stell dir mal vor, du sitzt hier abends auf deiner Bank, den Rücken an die noch warme Hauswand gelehnt, dein Hund schläft zu deinen Füßen, und du guckst dem Leuchtturm beim Leuchten zu. Toll, oder?" „... und spätestens nach zehn Minuten hat das Leuchten deines Leuchtturms mich wahnsinnig gemacht", unkt Mads, der Lilys Begeisterung nicht recht zu teilen vermag. „Aber gut - lass uns das Ganze doch mal von innen betrachten. Gibst du mir mal den Schlüssel?"

Abrupt bleibt Lily stehen. „Schlüssel? Was für ein Schlüssel? Ach du Schreck ..." Sie schlägt die Hand vor den Mund und sieht Mads mit weit aufgerissenen Augen an. „Oh nein", jammert sie, hat nun beide Hände vors Gesicht erhoben und stöhnt verzweifelt. „Den hab ich vergessen! Oh Mads, das tut mir so leid ... den hab ich zuhause liegen lassen ..." Mads starrt sie an wie ein Mondkalb, dann schlägt er sich klatschend die Hand an die Stirn, dreht sich ein paarmal im Kreis und krächzt: „Das glaub ich jetzt nicht! Das darf doch nicht wahr sein! Da fahren wir Stunde um Stunde durchs Land, quälen uns über Landstraßen und durch irgendwelche besch...eidenen Dörfer, nur um dann hier zu stehen wie Klein-Doofi mit Plüschohren und unverrichteter Dinge wieder nach Hause zu fahren? Das ist nicht dein Ernst, Lily Ahrendt - sag, dass das nicht dein Ernst ist ..." Und er packt sie an den Armen und schüttelt sie, bis sie sich vor Lachen nicht mehr halten kann. „Hör auf, Mads, hör auf!", keucht sie. „Bitte, hör auf ... Den Schlüssel hat die Frau des netten Nachbarn nach dessen Tod im Gasthaus hinterlegt, im ‚Alten Zollhaus'. Das muss hier gleich um die Ecke sein ..."

Mads lässt sie los, rauft sich schnaufend die Haare und schüttelt den Kopf. „Meine Güte, an dir ist wirklich eine Schauspielerin verloren gegangen ... Die Nummer war bühnenreif, Lily - Chapeau!", und immer noch kopfschüttelnd, inzwischen aber herzlich lachend, verschwindet er durch die Lücke in der Hecke.

Sie lassen den Wagen stehen und machen sich zu Fuß auf den Weg. In weniger als fünf Minuten haben sie das Gasthaus erreicht. „Das ist das Dorf der kurzen Wege, scheint mir", bemerkt Mads, als er über den Kies bedeckten Parkplatz an der Außenterrasse vorbei zum Eingang geht. Links davon hängt in einem Schaukasten die Speisekarte, und während Mads sie studiert, fängt er heftig an zu schlucken. „Hmmm, da läuft einem ja wirklich das Wasser im Mund zusammen. Ostseespezialitäten - hört sich gut an, oder?" Im Gegensatz zu Mads hält sich Lilys Begeisterung in Grenzen, denn auf der dreiseitigen Karte gibt es kein vegetarisches Gericht. „Gehen wir rein?", fragt Mads, doch es ist eine eher rhetorische Frage, denn er hat schon einen Fuß in der Tür.

In dem lang gestreckten Gastraum ist nur ungefähr die Hälfte der Tische besetzt. Durch die im altdeutschen Stil gehaltene Einrichtung - Eiche rustikal mit grün-bunt gewebten Sitzpolstern -, dem dunklen Teppichboden und die vielen Holztafeln an den Wänden wirkt der Raum dunkler, als er sein müsste, und so wählen sie einen Tisch am Fenster, von dem aus sie über einen gepflegten Rasen hinaus auf alte Bauernhäuser blicken. Die Holztafeln an den Wänden erzählen offensichtlich eine Geschichte, und Lily bemüht sich, Teile davon zu entziffern. Allein die Schrift ist schwer lesbar, und das Ganze wird erzählt im regionalen Plattdeutsch. Da aber jede zweite der Tafeln die Geschichte mit einem entsprechenden Bild illustriert, wird bald deutlich, dass es sich um „De Fischer un sine Fru" handelt, und lachend zitieren sie beide gleichzeitig: „"Manntje, Manntje, Timpe Te, Buttje, Buttje in de See, mine Fru, de Ilsebill, will nich so, as ick wol will."

Die Bedienung bringt die Speisekarte, und nach langem Ringen entscheidet Mads sich gegen die Ostseespezialitäten und für eine „Scholle Finkenwerder", während Lily einen großen gemischten Salat und Knoblauchbaguette bestellt, dazu ein alkoholfreies Bier. „Oh ja, das nehm ich auch", sagt Mads, und als die Getränke gebracht werden, leert er seines in einem Zug. „Bitte gleich nochmal die Luft rauslassen", winkt er der Kellnerin zu, und Lily staunt nicht schlecht.

Während sie darauf warten, dass das Essen serviert wird, lässt Lily den Blick aus dem Fenster wandern, wo sich an einem uralten, abgeblühten Kirschbaum schon winzig kleine Kirschen zeigen. Auf dem Rasen darunter wippen zwei hin und her hastende Bachstelzen munter mit den langen Schwänzen, während sie das Gras nach Insekten absuchen und eifrig aufpicken. Lily spürt, dass Mads sie ansieht und wendet ihm langsam das Gesicht zu. Sein Blick ist ernst, die grünen Augen sehr dunkel. Als er ihrem Blick begegnet, lehnt er sich lächelnd zurück. Seine Finger spielen mit dem Bierdeckel, fast scheint es, als sei er verlegen.

„Woran hast du grad gedacht?", fragt Lily. „Du sahst so nachdenklich aus." „Ich? Och, an nichts Besonderes, glaub ich", antwortet er und richtet sich wieder auf. „Wahrscheinlich hab ich mich grad gefragt, was uns wohl im Innern des Hauses erwartet", fügt er ziemlich lahm hinzu. „Wahrscheinlich? Soso." Die Skepsis in Lilys Stimme ist nicht zu überhören. Dann fragt sie übergangslos: „Bist du eigentlich liiert? Ich meine, hast du eine Freundin oder Lebensgefährtin oder so?" „Also ‚oder so' schon mal gar nicht!", lacht Mads. „So fragt man Leute aus, was? Du kannst so herrlich direkt sein, Lily." „Na, dann antworte mir doch auch einfach ganz direkt", fordert sie ihn auf, greift nach ihrem Glas und trinkt, ohne ihn dabei aus den Augen zu lassen.

„Du willst es ganz genau wissen, was? Also gut - nein, im Augenblick bin ich nicht liiert, weder mit einer Freundin noch mit einer Lebensgefährtin noch mit ‚oder so'. Meine Freundin - oder auch Lebensgefährtin, wie du willst - hat sich letztes Jahr im Herbst von mir getrennt und sich eine eigene Wohnung genommen. Sie wollte mehr, als ich zu bieten hatte, mehr Zeit, mehr Geld, mehr Gemeinsamkeit …" „Aha, ihr habt also zusammen gelebt. In eurer WG? Habt ihr euch da auch kennengelernt? Hat sie auch noch studiert?" „WG?", stutzt Mads. „Was für … ach so, ja, in der WG, natürlich! Ja, sie … sie wohnte schon da, als ich einzog, und so haben wir uns kennengelernt, ja." Stirnrunzelnd sieht Lily ihn an. Ist er wirklich gerade rot geworden oder bildet sie sich das ein? „Nein, sie hat nicht mehr studiert. Sie ist Sozialassistentin und arbeitet in einer Tagesstätte für psychisch Kranke." „Puh, dazu gehört Mut", sagt Lily anerkennend. „Wie heißt sie? Wie alt ist sie?" „Sie heißt Laura und ist 25. - Können wir jetzt mal von was anderem reden?" Er klingt genervt, und irritiert beobachtet Lily, wie seine Nasenflügel beben. „'tschuldigung", sagt sie und wird nun ihrerseits fast rot. „Ich wollte dir wirklich nicht zu nahe treten." „Schon gut", lächelt Mads, „halb so wild. Ist halt immer noch so eine Art Stachel im Fleisch, denk ich." „Klar, kann ich verstehen", stimmt Lily zu und ist froh, dass die Bedienung in diesem Moment eine bunte, überbordende Salatplatte und ein Körbchen mit köstlich duftendem Baguette vor ihr abstellt und Mads eine riesige, mit Schinkenwürfeln garnierte Scholle samt Bratkartoffeln serviert. „Guten Appetit", wünschen sie sich gegenseitig, und Mads fragt besorgt: „Bist du sicher, dass du davon satt wirst?" „Ganz sicher", antwortet sie und beißt herzhaft in das Knoblauchbaguette, dass die Krümel nur so spritzen.

Als sich beide satt und zufrieden zurücklehnen, macht Mads der Bedienung ein Zeichen: „Wir hätten gern noch zwei doppelte Espressi", bittet er, und Lily fügt hinzu: „... und jemanden gesprochen, der uns den Schlüssel für das Haus Nr. 43 aushändigen kann. Die Frau Weißert hat ihn, soweit ich weiß, hier bei Ihnen deponiert." Die junge Frau runzelt fragend die Stirn, dann sagt sie: „Einen kleinen Augenblick, bitte - ich sag dem Chef Bescheid." Kurz darauf steht ein kräftiger Mann mit Kochmütze auf dem Kopf vor ihnen, in seiner fleischigen Hand klimpert ein kleines Schlüsselbund. „Sie sind also die Erben von Nr. 43? Freut mich, Sie kennenzulernen! - Tja, in dem Haus is lange keiner mehr drin gewesen, wird wohl nich so besonders kuschelig sein, was? Aber Sie sind ja jung und kräftig, Sie kriegen das schon in'n Griff, was?" Jovial klopft er

Mads auf die Schulter und drückt ihm die Schlüssel in die Hand. Mit den Fingern der Rechten tippt er sich an die Mütze und ist schon wieder in seiner Küche verschwunden.

Gedankenverloren rührt Mads in seiner Tasse. „Hm, ist ja nett - aber irgendwie können wir froh sein, dass nicht schon vor uns jemand gekommen ist und Anspruch auf das Haus erhoben hat, oder? Der wollte weder unsere Ausweise noch sonst irgendeine Legitimation sehen", wundert er sich, während er immer noch auf die inzwischen geschlossene Küchentür starrt. „Wir sind hier auf dem Dorf, auf der Insel", klärt Lily ihn auf. „Hier ist noch heile Welt, hier gibt's keine Gauner", grinst sie und steht auf. „Na, dein Wort in Gottes Ohr", meint Mads zweifelnd und folgt ihr hinaus in den Sonnenschein.

Langsam schlendern sie zurück zum Haus, vorbei an Hecken und Zäunen, liebevoll angelegten Gärten, kurz geschnittenen Rasenflächen mit Kinderschaukeln und Sandkisten. Frauen arbeiten mit Hacke oder Rosenschere, Kinder lassen ihren Hund den Ball jagen, Männer sind unter ihren Wagen gekrochen oder fachsimpeln unter der aufgestellten Motorhaube. Über allem dehnt sich der leuchtend blaue Himmel, über den der leichte Wind eine Herde Schäfchenwolken dem Ostseestrand entgegentreibt. „Ich glaub, hier könnt ich's aushalten", seufzt Lily verträumt und dreht sich einmal um die eigene Achse. „Bei so einem Wetter kann man's überall aushalten", sagt Mads und klimpert mit den Schlüsseln in seiner Hosentasche, „aber lass mal den nächsten Sturm hier über die Insel fegen, lass dich mal vom Regen so richtig durchweichen, dann denkst du vielleicht doch nochmal drüber nach, oder?" „Alter Miesmacher!" Lily ist nicht bereit, sich die Stimmung verderben zu lassen, und als sie am Haus angekommen sind und sich unter der wuchernden Rankrose hindurch zur Haustür vorgearbeitet haben, drängelt sie: „Nun mach doch, mach schnell! Hach, ich bin so gespannt ..." Doch so einfach lässt das Haus sich nicht in Besitz nehmen: Der Schlüssel hakt, Mads muss ihn vorsichtig hin und her bewegen und immer wieder neu ausrichten, um ihn nicht etwa im Schloss abzubrechen. Endlich klackt es vernehmlich, die Klinke ruckt, und mit der Schulter schiebt Mads die Tür vorsichtig auf.

Eine dumpfige Wolke aus abgestandener Luft und Staub schlägt ihnen entgegen. Instinktiv dreht Lily sich noch einmal zurück, um einen tiefen Atemzug frischer Luft zu inhalieren, dann tastet sie sich hinter Mads her ins Innere des Hauses. Es riecht feucht nach Moder und Mäuseurin, auf dem Boden liegt eine so dicke Schicht Staub, dass sie nicht erkennen können, ob sich darunter ein Holz- oder ein Steinfußboden verbirgt. Die Fenster sind so verschmutzt und von Spinnweben umrankt, dass kaum noch Licht hindurch kommt, nur durch ein Loch in der Scheibe des kleinen Fensters auf der Südseite fällt ein zaghafter Sonnenstrahl.

Nach zwei Schritten sind sie stehen geblieben, um sich zu orientieren. „Wieviel Zimmer hat das Haus eigentlich?", fragt Mads, und Lily fällt auf, dass er fast flüstert. „Keine Ahnung", antwortet sie ebenso leise, „lass uns einfach mal nachsehen." Aus der Innentasche seiner Lederjacke holt Mads eine kleine Taschenlampe, in deren scharfem Strahl die Staubteilchen tanzen. Wie sie jetzt sehen, stehen sie in einem kleinen Flur, der sich nach links zur Küche hin verbreitert und rechts in ein knapp 15 Quadratmeter großes Zimmer führt. „Das muss das Wohnzimmer sein", mutmaßt Lily, als sie auf den alten Kachelofen zu ihrer Linken zugeht. „Oh, kuck mal! Das arme Tier ist sicher durch den Kamin gestürzt und hier drinnen verhungert." Sie deutet auf ein Vogelskelett, das auf den Resten seiner Federn vor dem Fenster zum Garten liegt. Ihrer Nase folgend entdeckt sie in einer der hinteren Ecke eine halb verweste Maus, und als sie über sich zwei dicke Raubspinnen entdeckt, kann sie einen Schrei nur mit Mühe unterdrücken.

Mads macht sich derweil an einem der Fenster zu schaffen. In der Hoffnung, ein wenig Licht und frische Luft hereinlassen zu können, schlägt er mit dem Handballen gegen den verzogenen Rahmen und flucht leise, als sich ein Holzsplitter in seine Haut bohrt. Lily inspiziert derweil den gewaltigen Kachelofen. Mit bloßen Händen und unter Zuhilfenahme einer halben Packung Papiertücher befreit sie ein Stück davon vom gröbsten Staub und ist entzückt: „Meine Güte, das ist ein Prachtstück! Kuck doch bloß mal, Mads, was für eine Kostbarkeit ..." Ihre Säuberungsaktion hat ein kleines Stückchen dunkelgrün glänzenden Kachelsims hervorgezaubert. Andächtig fahren Lilys Hände über die glatte Rundung, erspüren die Kühle und den Glanz und verharren ein Weilchen, während sich auf ihrem Gesicht ein verklärtes Lächeln zeigt. „Allein für diesen Kachelofen könnte ich dich schon um das Haus beneiden", sagt sie und dreht sich nach Mads um, der im Halbdunkel der Diele steht und sie beobachtet. Wieder wundert sie sich über den Ernst in seinem Gesicht, ist jedoch viel zu sehr in Entdeckerlaune, um sich weitere Gedanken darüber zu machen. „Wo geht's denn dahinten hin?", fragt sie und zwängt sich an Mads vorbei in das nächste Zimmer. „Hm, das müsste dann wohl das Schlafzimmer sein, oder? Groß ist es ja gerade nicht, aber wenn man hier in diese Nische zum Beispiel einen Einbauschrank baut und auf Nachtschränke verzichtet, dafür aber ein schön geschnitztes Bord über dem Kopfende anbringt, könnte man sogar ein französisches Doppelbett aufstellen, glaube ich." Im selben Moment wird ihr bewusst, dass sie dabei ist, die mit Arne geschmiedeten Pläne preiszugeben, die gerade im Hinblick auf das Schlafzimmer auf Mads einen irritierenden Eindruck machen könnten. Die Röte steigt ihr ins Gesicht, die Tränen brennen in der Kehle, und aufschluchzend stürzt sie ins Freie.

Zusammengekrümmt hockt sie unter dem schon duftenden Holunder, dessen Blüten kurz davor sind, aufzubrechen. Die Sehnsucht nach Arne, nach all dem, was sie noch vorhatten und nun nicht mehr verwirklichen können, hat ihr kurzzeitig den Boden unter den Füßen entzogen, doch jetzt putzt sie sich die Nase, atmet einmal tief durch und steht auf. Mit dem Handballen fährt sie sich energisch über die Augen, reckt das Kinn und sieht Mads entgegen, der jetzt zu ihr in den Garten tritt.

„`tschuldigung", sagt sie. „Manchmal tut es einfach noch zu weh …" Mads reicht ihr wortlos seine Papiertaschentücher und schweigt. „Weißt du", sagt Lily und öffnet geräuschvoll den Reißverschluss ihrer Tasche, „wir haben Stunden damit zugebracht, uns die Renovierung dieses Hauses auszumalen. Arne hat es vor vielen, vielen Jahren von seiner Großtante geerbt, von Tante Lisbeth - hat er dir jemals von ihr erzählt?" Mads zuckt die Schultern, schüttelt den Kopf, und Lily fährt fort: „Ich glaube, er ist selbst zuletzt anlässlich der Beerdigung besagter Tante Lisbeth hier gewesen, aber von Zeit zu Zeit hat er sich doch dran erinnert, und dann hat es ihn gereizt, die Instandsetzung jedenfalls gedanklich durchzuspielen. - Ja, und so haben wir dann eben nach und nach gemeinsam diese Pläne hier ausgearbeitet …"

Vorsichtig breitet sie die aufgerollten Blätter im Gras aus. Es sind Bauzeichnungen, wie sie auf dem Reißbrett eines Architekten entstehen, und Mads braucht eine Weile, um sich darin zurechtzufinden. „Siehst du, dies hier ist das Wohnzimmer. Hier, an der Wand nach Osten, hatten wir einen großen Durchbruch geplant. Das ist keine tragende Wand, weißt du, deshalb wäre das kein Problem. Wir hätten dort einen kleinen Wintergarten angebaut - wenn man den Wildwuchs auf der Seite des Grundstücks entsprechend rodet, ist da leicht Platz genug. Die Treppe nach oben in das Dachgeschoss müsste natürlich erneuert werden, wahrscheinlich müsste man sich aber mit einer Art Wendeltreppe begnügen, weil es sonst zu eng würde. Unterm Dach hatten wir einen einzigen großen, lichtdurchfluteten Raum mit mindestens vier Dachfenstern geplant - natürlich gut isoliert. Na ja, und das Dach hast du ja selbst gesehen, das muss unbedingt erneuert werden, und zwar nicht nur mit Wellblech, sondern richtig mit Dampfsperre und Wärmedämmung und Dachpfannen und allem, was dazu gehört. Außerdem müsste man natürlich einen Kaminbauer kommen lassen, der den Kachelofen instand setzt und auf Vordermann bringt, aber das ist er ganz bestimmt wert."

Tief beugt sie sich über die Zeichnungen, zeigt hier und deutet dort, und ihre Wangen glühen und die Augen glänzen. Eine ganze Weile hört Mads ihr zu, beobachtet sie und schweigt. Dann richtet er sich auf und fragt: „Und hattet ihr auch schon eine Vorstellung davon, was das alles kosten würde?" Der Klang seiner Stimme lässt Lily augenblicklich verstummen. Auch sie richtet sich auf, sieht ihn an und sagt: „In groben Zügen, ja. Aber wir hätten auch ganz viel selbst gemacht, Arne und ich waren ein gutes Team. Und außerdem finden wir's schön, wenn etwas wie dies hier so nach und nach Gestalt annimmt und wachsen darf und nicht auf einen Schlag fertig ist, wenn du verstehst, was ich meine ..."

Langsam rollt sie die Pläne wieder auf, zögert einen Moment und reicht sie ihm dann zu. „Bitte! Du kannst sie haben, wenn du willst. Vielleicht hast du ja Lust, das eine oder andere davon zu verwirklichen." Und in Gedanken überschlägt sie schnell, wie weit das Geld wohl reichen wird, das Arne Monat für Monat und Jahr für Jahr für seinen Sohn angespart hat. Langsam streckt Mads die Hand aus, und fast ist Lily ein wenig feierlich zumute, als sie ihm die Rolle übergibt. „Nun ist es deins", sagt sie.

Eine Weile sitzen sie still da, mit dem Rücken an die Hauswand gelehnt und den Blick auf den kleinen alten Leuchtturm gerichtet, der sich hinter Wiesen, Weiden und Knicks in der Ferne erhebt. „Was meinst du", fragt Mads schließlich, „sollen wir einen kleinen Strandspaziergang machen?" Dankbar stimmt Lily zu, und als sie den Möwen folgen und die kleine Teerstraße Richtung Westen hinunter schlendern, legt Mads den Arm um ihre Schultern und zieht sie mit sanftem Druck an sich.

Von jeher ist Lily Frühaufsteher: Die reine Unschuld des jungen Morgens, wenn glitzernder Tau von den Blättern tropft, der Nebel sich widerstrebend über die Hecken erhebt und die ersten Strahlen der Sonne sich zögernd, doch unaufhaltsam an der Wand des Hauses hinab tasten - das ist die Stunde, in der alles den Atem anhält, voller Erwartung, voller Hoffnung und Zuversicht. Das ist die Stunde, in der Lily Kraft sammelt für den Tag.

Heute allerdings, nach dem Ausflug von gestern, hat sie lange geschlafen, hat die Stunde des heimlichen Erwachens dort draußen verpasst, und als sie jetzt, schon vorsorglich eingehüllt in ihr Badelaken, doch immerhin schon mit einem Kaffee in den Händen, am Fenster ihres Schlafzimmers steht und Kassandra beobachtet, wie sie mit hoch erhobenem Kopf, doch tief schleifendem Bauch durch das feuchte Gras stelzt, spürt sie etwas wie Zufriedenheit in sich aufsteigen. Ja, sie hat ihre Sache gut gemacht. Sie hat es Mads leicht gemacht, sein Erbe in Besitz zu nehmen, sie hat in Arnes Sinn gehandelt und sich fair und großzügig erwiesen, als sie ihm ihre Pläne von damals zur Verfügung stellte und ihm ihre Hilfe zusicherte, und im Nachhinein fühlt es sich an, als habe sie wieder eine Brücke geschlagen zwischen Arne und Mads, zwischen Vater und Sohn.

„Arne ... mein Vater", hört sie Mads sagen, und zum ersten Mal fällt ihr auf, dass er immer zuerst von ‚Arne' und erst im zweiten Anlauf von seinem ‚Vater' spricht, und sie beschließt gerade, ihn bei nächster Gelegenheit darauf anzusprechen, als sich vorsichtig, fast zaghaft, zwei warme, trockene Hände auf ihre Schultern legen und dort einen kleinen Augenblick verharren, um dann langsam und zärtlich ihre Oberarme hinab zu streichen. Wie von Stromstößen elektrisiert, breitet sich Wärme aus in ihr, ein lang vermisster, fast schon vergessener Friede hüllt sie ein. Im selben Augenblick verstummt der Gesang der Vögel vor ihrem Fenster, hört der Wind auf zu wehen, tanzen Funken flirrenden Sonnenlichts hinter ihren geschlossenen Lidern, während gleichzeitig ein Feuerwerk berauschender, vertrauter Düfte in ihrem Inneren explodiert, Düfte, die von Einigkeit und Nähe, von Begierde und Ekstase sprechen - sie hüllen sie ein, wiegen und umschmeicheln sie, und sie spürt, wie die Sehnsucht, die seit Jahrhunderten an ihr genagt zu haben scheint, sich verwandelt in Verlangen, in Hemmungslosigkeit, und mit fest geschlossenen Augen lehnt sie sich selig lächelnd zurück. Sie unterdrückt das Stöhnen, dass in ihrer Kehle aufsteigt, und führt langsam eine Hand nach oben, lässt sie Halt finden im Haaransatz in seinem Nacken und erschauert, als seine Fingerspitzen sich unter das

Handtuch schieben und es mitnehmen auf ihrem Weg nach unten, an ihrer Seite entlang bis kurz über ihre Hüfte, um dann genauso zart wieder hinaufzuklettern, vorsichtig ihre Brust umkreisen und auf ihrem Bauch zur Ruhe kommen. Ihre Schultern finden Halt an seiner Brust, mit angehaltenem Atem neigt sie den Kopf zur Seite, erschauert erneut, als seine Lippen ihren Hals berühren, sanft und voller Zärtlichkeit die Kuhle zwischen Hals und Schulter suchen und dort verharren. Dieser Duft! Das sanfte Gleiten seiner Lippen auf ihrem Hals, die Zärtlichkeit seiner Berührung lassen sie im tiefsten Inneren erbeben, wecken ein Verlangen, dem sie nichts entgegenzusetzen hat, nichts entgegensetzen will, dem sie nachgeben, das sie auskosten, das sie befriedigen und genießen will - jetzt ... ja, jetzt!!!!

Sie kommt zu sich, als Mads leise murmelnd nach der Decke angelt. „Du holst dir sonst noch was weg", raunt er dicht an ihrem Ohr, zieht die Decke hinauf bis ans Kinn und legt den Arm um sie. Lily ist nicht gewillt, schon aufzutauchen: Mit dem Kopf in seiner Armbeuge und der Hand auf seiner Brust schlägt sie jetzt ein Bein lässig über seinen Bauch, blinzelt und gräbt die Finger in sein rotblondes Brusthaar. Sie stützt den Kopf in die Hand, fährt mit dem Finger sein Schlüsselbein entlang und fragt: „Wo ist dein Muttermal geblieben? Auf den Fotos hast du genau wie Arne ein Muttermal auf dem rechten Schlüsselbein - aber ich seh keins?" Mads zieht ihren Kopf zu sich heran und küsst sie lang und ausdauernd. Als er sie wieder frei gibt, sagt er: „Ach, das fing irgendwann an, seine Form zu verändern, da hab ich es wegmachen lassen." „Ist gar keine Narbe geblieben", stellt Lily anerkennend fest, nuschelt etwas vor sich hin und überlässt sich schon wieder willig dem Arm, der sie hält. Sie spürt eine sanft kreisende Hand, die sich manchmal zögernd, manchmal fordernd, langsam, aber zielsicher vortastet über Rundungen und Ebenen hinweg, über Hügel und in Täler hinein, die verharrt, erforscht und insistiert, und deren verführerischer Macht sie sich nur allzu gern überlässt. -

Sie erwacht, als Kassandra sich maunzend und schwer wie Blei auf ihren Beinen niederlässt. Immer noch lächelnd, gesättigt und zufrieden räkelt Lily sich, dreht sich hinein in seinen Arm und hüllt sich ein in den alles beherrschenden Duft der Liebe. In diesen Duft ...

„Du hast sein Rasierwasser benutzt!" Noch während sie hochfährt, schlägt sie ihm die geballte Faust auf die Brust. Lauthals protestierend verschwindet Kassandra unterm Bett. „Du verdammtes Schwein ... du hast Arnes Rasierwasser benutzt!" Sie setzt beide Beine gleichzeitig vors Bett, reißt die Decke an sich und zieht sie mit sich, so dass Mads nackt und zusammengekrümmt liegen bleibt, stürmt ins Bad und schließt die Tür hinter sich ab.

Haltlos schluchzend kauert sie auf dem Rand der Badewanne, stopft sich die Decke in den Mund und wimmert leise. Sie fühlt sich verraten und schamlos hintergangen, und nur die Tatsache, dass sie nackt ist, hindert sie daran, ins Schlafzimmer zurückzukehren und auf ihn einzuschlagen, bis er um Gnade fleht. Er hat sie betrogen und ausgenutzt: Dass er sich an Arnes Rasierwasser bedient hat, war die reine Berechnung, er hat gewusst, dass sie sich diesem Duft nicht würde entziehen können ....

Immer noch schluchzend steht sie unter der Dusche, wäscht sich die Haare und schäumt sich ein von Kopf bis Fuß, und erst als sie das heiße Wasser ab- und das kalte aufdreht und der harte Strahl ihr fast die Luft nimmt, beruhigt sie sich langsam, ihr Herz schlägt wieder regelmäßig und der Wirrwarr in ihrem Kopf beginnt sich zu klären. Eingemummelt in das Badelaken sitzt sie auf dem Toilettendeckel, rubbelt sich die Haare und gesteht sich ein, dass es zwar eine ganz üble Masche war, die Mads da gerade angewandt hat, dass sie es ihm aber auch nicht besonders schwer gemacht hat. Allzu lange hat sie das Bedürfnis nach Zärtlichkeit ignoriert, hat sich beim Joggen verausgabt oder ist an den Strand gefahren, wenn die Sehnsucht nach Arnes streichelnden Händen übermächtig wurde. Schon lange hatten sie nicht mehr miteinander schlafen können, weil ihm die Kraft dafür fehlte, und immer wieder hatte sie ihm versichert, dass es darauf gar nicht ankäme, dass ihr sowieso der Sinn danach nicht stünde, und das war die Wahrheit gewesen.

Doch als sie sich vorhin plötzlich und ohne Vorwarnung seinem Duft ausgeliefert fühlte, als sie Mads' warme, kräftige Hände auf ihren Schultern spürte und die Berührung seiner Lippen auf ihrem Hals, da war es, als explodiere etwas in ihr, als würde sie von Stromstößen geschüttelt und überrollt von einer Woge der Sehnsucht und des Begehrens. Zu keinem klaren Gedanken mehr fähig, hatte sie sich fallen lassen in dieses Meer der Lust, wild entschlossen, darin unterzugehen.

Vorsichtig öffnet sie die Badezimmertür. Ein Blick auf ihr Bett zeigt ihr, dass Mads verschwunden ist - nur Kassandra liegt zusammengerollt auf ihrem Kopfkissen. Aufatmend geht Lily zur Tür, schließt sie bewusst leise und setzt sich seufzend aufs Bett, um sich gleich darauf neben ihrer Katze auszustrecken. Das Gesicht in Kassandras warmes Fell gedrückt, bleibt sie liegen. In ihrem Innern ringen immer noch Herz und Gefühl mit Kopf und Verstand, und erst, als das Schnurren ihrer Katze lauter wird und über ihre Nase und die Kopfhaut vibrierend ihren Nacken erreicht, entspannt Lily sich, atmet tief und gleichmäßig - und ist bereit, sich zu verzeihen.
Als sie unten die Haustür ins Schloss fallen hört, hat sie für einen kleinen Augenblick die Hoffnung, dass Mads seine Sachen gepackt und ihr Haus verlassen hat. Doch vergeblich lauscht sie auf die Strasse hinaus: Der Motor seines Wagens wird nicht angelassen, stattdessen entfernen sich seine Schritte langsam Richtung Meer.
Lily steht auf. Ihr ist kalt. Ihr Magen knurrt, doch der Gedanke an Frühstück lässt sie erschauern. Sie öffnet den Kleiderschrank und ist versucht, sich so hässlich und schlotterig wie möglich zu kleiden, doch als sie in sich hinein lauscht, verspürt sie deutlich den gegenteiligen Wunsch: Sie möchte sich schön machen, sie möchte strahlen - für Arne und für sich selbst. Also wählt sie eine schwarze Jeans, eine weiße Lei-

nenbluse und eine dunkelgrau-melierte, klassisch geschnittene Weste, geht ins Bad und föhnt sich die Haare. Kurz darauf steht sie vorm Spiegel, greift zu Kajal und Wimperntusche und legt zu guter Letzt noch die kurze Korallenkette um, die sie von ihrer Großmutter geerbt hat. Mit einem zufriedenen Nicken verlässt sie das Bad und geht nach unten.

Auf dem Küchentisch findet sie einen Zettel: „Es tut mir leid", steht da. „Nein, es tut mir nicht leid. Nur die Umstände tun mir leid. - Bis später, Mads." Sie liest es noch einmal, spürt einen Anflug von Ärger und nennt ihn einen arroganten Schweinehund, muss dann aber über seine Ehrlichkeit fast lachen und stellt fest, dass er eine runde, ausdrucksvolle Schrift hat.

Kurz überlegt sie, sich zu ihren Eltern nach Flensburg zu flüchten, verwirft den Gedanken aber sofort wieder: Ungeklärte Situationen oder gar Beziehungen waren noch nie ihr Ding, Verschleierung oder Verschleppung empfindet sie als Belastung, und so kommt für sie auch in diesem Fall nur eines in Frage: Den Stier bei den Hörnern packen und alle Unklarheiten beseitigen. „Was du tun musst, solltest du am liebsten gern tun", ist Neles Leitspruch, über den Lily sich mehr als einmal lustig gemacht hat. Auch jetzt kann sie sich nicht vorstellen, dass sie Mads „gern" zur Rede stellen oder ihm auch nur „gern" gegenübertreten wird, doch dass sie es tun muss, ist klar - und dann wird sie eben das Beste draus machen.

Gerade hat sie sich überwunden, endlich Arnes Schreibtisch auszuräumen und alles zu sichten, was sie dort an Unterlagen, Plänen und Entwürfen finden wird, als es klingelt. „Mads Ahrendt, du hast doch einen Schlüssel", sagt sie halblaut. „Was soll also diese plötzliche Schüchternheit?" Doch als sie auf ihren Socken um die Ecke des Wohnzimmers in die Diele geschlittert kommt, sieht sie sofort, dass es nicht Mads ist, der da vor der Tür steht: Es ist Jakob Harmsen.

„Hallo, Lily", sagt er und lächelt ein wenig schüchtern. Seit er sie vor einiger Zeit mit der Lütten als Retter in der Not auf dem Deich aufsammelte und nach Hause brachte, duzen sie sich. „Stör ich?" „Nein, überhaupt nicht", antwortet Lily, ehrlich erfreut über seinen Besuch. „Komm doch rein." Wie immer streift Jakob sich kurz die Füße auf der Fußmatte ab, dann zieht er unter der Tür automatisch den Kopf ein und tritt in die Diele. „Oh!" Er ist stehengeblieben, betrachtet Lakshmi aufmerksam und verneigt sich schließlich tief mit vor der Brust zusammengelegten Händen. „Ich habe den indischen Gottheiten schon immer den Vorzug vor den unseren gegeben", sagt er. „Aber diese hier hat wirklich eine ganz außergewöhnliche Ausstrahlung ... sie ist ein Meisterwerk, Lily!"

Mit ebenfalls vor der Brust zusammengelegten Händen bedankt Lily sich lächelnd für dieses Kompliment, wirft dann einen Blick hinaus auf die Straße und fragt: „Bist du mit dem Wagen oder mit dem Pferd gekommen?" „Weder noch", lacht Jakob Harmsen, „mit dem Fahrrad!" „Wie geht's der Lütten?", fragt Lily, während sie ihn mit einer einladenden Geste in die Küche dirigiert. „Die wird täglich frecher", antwortet er. „Gestern hat sie mich doch tatsächlich ins Genick geküsst, als ich ihr die Hufe ausgekratzt habe!" „Aber das ist doch toll", freut Lily sich, „das ist doch ein Zeichen von Vertrautheit, oder? Ich find's wunderschön, wenn sie ihre Zuneigung auf diese Art zeigt ..." „Schon", gesteht Jakob grinsend zu, „im Prinzip hab ich mich ja auch gefreut, aber es war verdammt feucht!"

Lily wirft einen Blick auf die Uhr: Es ist gerade zwölf, und ihr Magen meldet, dass er heute noch nicht einmal Frühstück bekommen hat. „Ich wollte mir gerade eine Pizza in den Ofen schieben", sagt sie. „Magst du vielleicht auch eine?" „Pizza?", fragt Jakob und strahlt. „Pizza geht immer! Und heute besonders, ich hab nämlich noch nicht mal gefrühstückt." „Ich auch nicht", sagt Lily. „Na, das passt doch ..." Und immer noch vor sich hin lächelnd, holt sie eine Pizza Funghi und eine Pizza Tonno aus dem Gefrierfach, belegt das Blech mit Backpapier und schaltet den Ofen ein.

Jakob sitzt da, hat die Hände locker auf den Tisch gelegt und sieht Lily zu, wie sie ihnen beiden jetzt ein Glas Wasser einschenkt. „Oder möchtest du lieber ein Glas Rotwein?", fragt sie, als sie das Glas vor ihm abstellt. „Ich hab auch Bier, sogar alkoholfreies Weizen, wenn du möchtest?" „Danke", sagt er leise, und unter seinem lächelnden Blick fühlt sie sich plötzlich befangen. „Aqua hahnis ist jetzt genau das Richtige." Einen klitzekleinen Augenblick ist Lily versucht loszuprusten, dann hebt sie ihm ihr Glas entgegen, stößt mit ihm an und trinkt einen kräftigen Schluck.

Immer noch sieht er sie versonnen lächelnd an. Sie legt den Kopf schief, erwidert seinen Blick und sein Lächeln und fragt schließlich: „Was kann ich für dich tun, Jakob?", und als er fragend die Brauen hebt: „Ich meine, warum bist du gekommen?" Abrupt richtet er sich auf, schiebt sein Wasserglas zur Seite und sagt: „Ach so, ja - Mensch, das hätte ich jetzt fast vergessen ...", und mit tastenden Bewegungen sucht er die diversen Taschen seiner Weste ab, um endlich aus der Innentasche ein paar Umschläge mit Trauerrand hervorzuziehen. „Die sind in der letzten Woche noch eingegangen", sagt er und schiebt sie über den Tisch. „Ich dachte, es ist netter, wenn ich sie persönlich vorbeibringe ..." „Jetzt noch?", fragt Lily stirnrunzelnd. „Es ist anderthalb Monate her ..." Sie nimmt die Umschläge an sich und legt sie auf die Fensterbank.

„Wie geht es dir, Lily?", fragt Jakob und sieht ihr prüfend ins Gesicht. „Du siehst ... irgendwie anders aus heute. Irgendwie ... weicher." Jetzt kann sie es nicht verhindern, dass sie rot wird. Schnell dreht sie sich zum Waschbecken und füllt ihr Glas noch einmal neu. Als sie ihn wieder ansieht, hebt er das seine und lächelt ihr zu: „Steht dir aber gut ... ausgesprochen gut!"

Glücklicherweise klingelt in diesem Moment der Kurzzeitwecker: Die Pizzen sind fertig. Eilig wendet Lily sich dem Ofen zu, Jakob steht mit Holzbrettern und dem Pizzaroller bereit, und schon sitzen sie sich wieder gegenüber und lassen es sich schmecken.

„Hmmm, das riecht aber gut hier!" Mads stößt die Tür auf, steckt den Kopf herein - und stutzt. „Oh, `tschuldigung, ich wusste nicht, dass du Besuch hast", sagt er, schiebt sich dann ganz herein und bleibt mit verschränkten Armen an der Spüle stehen. Lily hat die Augen aufgerissen, doch da sie den Mund voll Pizza hat, kann sie nicht antworten. Stattdessen erhebt Jakob sich, streckt Mads die Hand entgegen und stellt sich vor: „Jakob Harmsen." Mads zögert einen Moment zu lange, ehe er Jakobs Hand ergreift. „Ich weiß", sagt er dann gedehnt,

„der Totengräber." Falls Jakob sich über diese Titulierung ärgert, lässt er es sich jedenfalls nicht anmerken. Seelenruhig nimmt er wieder Platz, greift zum nächsten Stück Pizza und beißt genüsslich hinein, den Blick fest auf den Mann an der Spüle gerichtet. „Das ist Mads", sagt Lily jetzt und deutet mit dem Daumen hinter sich, „Arnes Sohn." Sie dreht sich nicht um nach ihm, bietet ihm weder einen Platz noch etwas zu essen an, und wie um zu demonstrieren, dass er in Lilys Küche zuhause ist, beginnt Mads, klappernd und klöternd Schränke und Schubladen zu öffnen und sich einen Kaffee zu kochen.

„Warst du heute schon bei der Lütten?", fragt Lily Jakob schließlich, um das peinliche Schweigen zu beenden. „Nein, ich wollte nachher nach ihr sehen. Hast du Lust, mitzukommen?" „Ja klar, immer", antwortet Lily und strahlt. „Ach, man duzt sich also schon? Ist das so üblich bei Totengräbern?", fragt Mads jetzt, und seine Stimme hat einen gehässigen Klang. Lily fährt herum, doch ehe sie ihrer Empörung Luft machen kann, antwortet Jakob schon für sie: „Klar, das gehört zum Service bei uns - genau wie Reitunterricht, Hol- und Bringedienste und Transporte jeder Art", und grinsend zwinkert er Lily zu. „Hast du ein Problem damit?"

Lily ist der Appetit vergangen. Während sie Mads demonstrativ den Rücken zukehrt, darauf gefasst, dass von ihm noch eine Gehässigkeit zu erwarten ist, lächelt sie Jakob entschuldigend an und fragt: „Nimmst du einen Espresso?" Immer noch genüsslich kauend bejaht er die Frage, und mit einem verächtlichen Schnaufen verlässt Mads die Küche ohne seinen Kaffee.

Als Jakob den letzten Bissen geschluckt hat, fragt er leise mit Blick auf die Tür: „Was war das denn eben? Bin ich da jemandem ungewollt auf die Füße getreten?" „Mach dir nichts draus", antwortet Lily. „Mads wohnt schon ein paar Tage hier und meint wohl, den Hausherrn rauskehren zu müssen. Ich werde das nachher mit ihm klären." „Oh, aber nicht meinetwegen", wehrt Jakob ab, „er hat ganz bestimmt die älteren Rechte." Lily stutzt. Rechte? Auf wen oder was? Auf sie etwa? Gut, dass sie sich gerade zur Spülmaschine hinunter gebeugt hat, um das Geschirr einzuräumen, so bleibt es Jakob verborgen, wie sich ihre Kiefermuskeln anspannen, als sie tapfer die Zähne zusammenbeißt.

Nachdem sie die Lütte von der Weide geholt, geputzt und gestriegelt haben, will Jakob sie voltigieren und fordert Lily auf, sich auf ihren Rücken zu schwingen und ein bisschen durchschaukeln zu lassen. Alle drei genießen die entspannte Atmosphäre auf dem Reitplatz so sehr, dass sie fast die Zeit vergessen. Erst als die Lütte anfängt zu gähnen, nimmt Jakob die Stute am Halfter, reibt ihre Nase und raunt ihr Liebkosungen ins Ohr. „Ich glaube, die Lütte hat sich heut selbst übertroffen, meinst du nicht?", fragt er, und der Stolz auf sein Pferd ist nicht zu überhören.

Jetzt stehen sie am Gatter und beobachten, wie die Lütte, trocken gerieben, gestriegelt und mit einer Portion Hafer belohnt, den kleinen Hang hinunter zu den anderen Pferden trabt: Mit gewölbtem Hals und hoch aufgerichtetem Schweif bietet sie einen herrlichen Anblick, und Jakobs Gesicht leuchtet.

„Wie ist das für dich, den Sohn deines Mannes im Haus zu haben?" Er hat den Blick nicht von den grasenden Pferden genommen, seine locker auf dem Gatter ruhenden Hände spielen mit einem Strohhalm. Auch Lily behält die Pferde im Blick, steckt die Hände in die Taschen ihrer Weste und braucht lange, um zu antworten. Schließlich flüstert sie: „Ich weiß es ehrlich gesagt nicht." Jetzt wendet Jakob sich ihr zu, seine dunkelblauen Augen forschen in ihrem Gesicht, doch er wartet schweigend. „Das ist alles nicht so einfach", sagt Lily gequält und dreht sich um, lehnt sich mit dem Rücken gegen das Gatter und stellt einen Fuß auf dem unteren Querbalken ab. „Ich kannte ihn ja überhaupt nicht, nur aus Arnes Erzählungen, und die handelten überwiegend von dem kleinen, dem jungen Mads, und waren gefärbt von liebevollen Erinnerungen und väterlicher Zuneigung. Als Mads zwölf war, hat er sich - offensichtlich unter dem Einfluss seiner Großeltern mütterlicherseits - total gegen seinen Vater gewandt und von da an rigoros jegliche Kontaktaufnahme verweigert. Das heißt im Klartext: In den letzten siebzehn Jahren haben Vater und Sohn sich weder gesehen noch gesprochen, und da ich weiß, wie sehr Arne unter diesem Zustand gelitten hat, habe ich logischerweise massive Vorbehalte gegen Mads gehabt. Als ich ihn dann kennenlernte, spürte ich immer wieder eine undefinierbare Verletzlichkeit bei ihm, eine Hilflosigkeit, die mich erkennen ließ, dass auch er irgendwie die Orientierung verloren hatte. Andererseits kann er derartig arrogant und anmaßend sein ..." Sie beendet den Satz nicht, und mit einem schiefen Lächeln sieht sie zu Jakob hinüber.

„Weißt du, ich versuche immer wieder, etwas von Arne in ihm zu entdecken, und rein äußerlich sind da ja auch viele Ähnlichkeiten: Die welligen braunen Haare, die grünen Augen, die ebenmäßigen Zähne - obwohl Arnes wirklich außergewöhnlich weiß waren! -, der ..." ‚der Duft' hätte sie um ein Haar gesagt, kann sich aber gerade noch auf die Zunge beißen. „... der Gang", fügt sie stattdessen rasch hinzu, unsicher, ob es da wirklich eine Parallele gibt. „Aber das war's dann auch schon", seufzt sie jetzt. „Von Arnes Beständigkeit, seiner Zuverlässigkeit ist Mads weit entfernt. Natürlich kann man von einem Dreißigjährigen nicht erwarten, dass er ähnlich sicher in sich ruht wie ein Fünfzigjähriger, aber bei Mads weiß ich nie, ob die Stimmung, die er mir gerade zeigt, wirklich echt ist oder nicht. Ich weiß nicht, wie ich es beschreiben soll ... es sind nicht unbedingt Stimmungsschwankungen, die mich an ihm verunsichern, es ist ... ach, ich weiß auch nicht. Ich kenne ihn einfach noch zu wenig, glaube ich", und zum Zeichen, dass sie nicht weiter über dieses Thema reden will, stößt sie sich mit dem Fuß vom Gatter ab und stapft hinauf zum Weg.

Kurz darauf schwingen sie sich wieder auf die Räder, und Lily genießt es, in Jakobs Windschatten fahren zu können: Von See her weht eine kräftige Brise, die nicht nur intensiven Salzgeruch, sondern auch kühlere Temperaturen mit sich bringt, und als Jakob Lilys halbherzige Einladung, noch auf einen Kaffee mit hineinzukommen, dankend ablehnt und sich stattdessen verabschiedet, ist sie erleichtert: Sie muss jetzt eine Weile allein sein.

Sie lässt ihre Reitstiefel in der Diele stehen, streicht im Vorübergehen Lakshmi über den sanft schimmernden Arm und wäscht sich die Hände: Das warme Wasser tut gut, es besänftigt nicht nur ihre Haut, sondern auch ihr Gemüt. Mit einem Apfel in der Hand steht sie an der Spüle und lauscht ins Haus hinein - nichts rührt sich. Aufatmend registriert sie, dass Mads nicht da ist.

Als sie den abgenagten Apfel in den Kompostbehälter wirft, fällt ihr Blick auf die Briefe, die Jakob heute Mittag gebracht und die sie achtlos auf die Fensterbank gelegt hat. Zögernd nimmt sie sie jetzt zur Hand, zweifelnd, ob sie sie wirklich noch öffnen soll. Arnes Trauerfeier liegt mittlerweile sieben Wochen zurück, sie selbst ist gerade dabei, sich auf dem neuen Weg des Alleinseins vorzutasten, da muss sie sich nicht durch verspätete Anteilnahme wieder aus dem Tritt bringen lassen. Doch natürlich lässt es ihr Pflichtbewusstsein nicht zu, die drei Umschläge ungeöffnet zu lassen, und so ritzt sie einen nach dem anderen auf.

Der erste ist von Arnes langjährigem Kollegen aus Australien, der allzu spät von Arnes Tod erfahren und so keine Gelegenheit hatte, zur Trauerfeier zu kommen, was niemand mehr als er selbst bedauert. Mit herzlichen Worten lädt er Lily ein, der Trauer um ihren Mann zu entfliehen und ihn in Australien zu besuchen, wenn sie es „in old Germany" nicht mehr aushält: Ein Anruf genügt. Gerührt legt sie den Brief zur Seite und greift zum nächsten: Eine Krankenschwester aus dem Kieler Universitätsklinikum, die sich ganz offensichtlich während seines Aufenthalts dort in Arne verliebt hat, lässt sich drei Seiten lang darüber aus, warum und wieso und wie sehr sie ihn geschätzt hat, was für ein besonderer Mensch und Patient Arne war und dass es ihr wirklich nicht oft passiert, dass ihr ein Patient so sehr ans Herz wächst, aber ... Lily liest nicht zu Ende, sie zerreißt den Brief, knüllt die Fetzen zusammen und wirft sie in den Müll.

Der dritte Umschlag ist gefüttert, enthält offensichtlich nur eine Karte. Inzwischen schon leicht gereizt, zerrt Lily sie heraus. Sie liest: „Sehr geehrte Frau Ahrendt, zum Hinscheiden Ihres Gatten erlauben wir uns, Ihnen unsere aufrichtige Anteilnahme auszusprechen. Ferdinand Unruh und Frau Juliane, geb. von Wagenfeld."

„... und ich erlaube mir, an Ihrer Aufrichtigkeit zu zweifeln, sehr geehrter Herr Unruhestifter", murmelt Lily und will auch diese Karte gerade zerreißen, als ihr einfällt, dass sie sie wohl für Mads aufbewahren muss. Kopfschüttelnd und sich ihres inneren Aufruhrs bewusst, schiebt sie sie also in den Umschlag zurück und wirft sie auf den Küchentisch. In diesem Moment wird die Haustür aufgeschlossen, Schuhe fliegen polternd durch die Diele, ein Schlüsselbund landet klirrend auf den Fliesen, und als Lily noch überlegt, ob sie hinausgehen und nach dem Rechten sehen soll, wird die Küchentür aufgerissen und Mads fällt ihr fast vor die Füße. Im letzten Augenblick fängt er sich, hält sich mit der einen Hand am Türrahmen und mit der anderen an der Klinke, so dass er mehr hängt als steht. Die sonst sorgsam geföhnten Haare fallen ihm in wirren Kringeln in die Stirn, der Blick irrt suchend umher. „Aha ... hat der Toten... - hicks - ... der Totengräber dich wohl sitzen lassen, was?" Ein hämisches Grinsen verunstaltet sein Gesicht, und die Alkoholfahne, die Lily entgegenweht, reicht aus, um ihr selbst Schwindel zu verursachen. Angewidert weicht sie einen Schritt zurück. „Tut mir leid", lallt Mads und nimmt die Hand vom Türrahmen, um wohl eine beschwichtigende Geste anzudeuten. Was ihn augenblicklich das Gleichgewicht verlieren und stolpernd um die Türklinke schwingen lässt. Er richtet sich auf, dreht sich ein wenig verwundert nach Lily um und wiederholt: „Tut mir echt leid, junge Frau ... hicks ... aber jetzt geht's grad noch nich wieder, fürcht ich ... hähähä ... bin wohl grad ... hicks ... n bisschen unpässlich, oder wie das heißt ... hähähä ... aber nix für ungut ... hicks ... morgen steh ich wieder zur Verfügung, Gnädigste, versprochen ... hicks ..." Und hässlich kichernd und mit der freien Hand wild rudernd schwingt er sich um die Türklinke herum zurück auf den Flur, schlittert hinüber zur Treppe und zieht sich am Geländer die Stufen hinauf. - In dem Moment, in dem oben die Tür vom Gästezimmer zugeschlagen wird, sinkt Lily schwer atmend auf die Küchenbank.

Erst als markerschütterndes Schnarchen verrät, dass Mads außer Gefecht gesetzt und mit seinem Erscheinen fürs erste nicht zu rechnen ist, greift Lily zum Telefon und zieht sich in Arnes Arbeitszimmer zurück. Sie ruft Nele an.
„Na, das wurd aber auch mal wieder Zeit", meldet die sich und fordert sich stehenden Fußes einen ausführlichen Lagebericht an. Und Lily erzählt. Sie erzählt von Mads' neuerlichem Auftauchen, davon, dass er gekommen ist, um sich zu entschuldigen, aber hauptsächlich, um ihre Begleitung für seine Fahrt nach Fehmarn zu erbitten. „Ach, ihm hat Arne das Haus vermacht?", fragt Nele erstaunt. „Und wie geht es dir damit? Wusstest du das?" „Na hör mal, natürlich wusste ich das." Lily schüttelt den Kopf. „Arne und ich haben lange darüber gesprochen. Es war ja nicht nur, dass er seinem Sohn etwas von Wert hinterlassen wollte, er hat mir auch die Belastung durch ein zweites Haus nicht zumuten wollen, weißt du?" Also fährt sie in ihrem Bericht fort, erzählt von der Fahrt nach Fehmarn, von der Schönheit der Insel und dem gelungenen Tag. Sie schildert das alte Haus in dem verwilderten Garten, malt sich und Nele noch einmal aus, wie sich alles anhand von Arnes Plänen verwandeln wird: „Denn letztendlich habe ich Arnes Wunsch erfüllt und Mads die Pläne ausgehändigt. Nun liegt es bei ihm, was draus wird." In der Pause, die jetzt entsteht und die sie beide brauchen, um die neuen Tatsachen von allen Seiten zu beleuchten, schenkt Lily sich ein Glas Wein ein,

während bei Nele zischend ein Bier geöffnet wird. Schließlich erzählt Lily von ihrem Strandspaziergang und dass sie erst spät am Abend wieder zurück waren, und Nele fragt: „Hast du eigentlich ein Foto von dem Knaben? Beam mir das mal rüber, mach mir die Freude, ja?" Lily protestiert: „Den Teufel werd ich tun und ihn auch noch fotografieren! Nein, Nelly, darauf kannst du lange warten, besonders nach dem heutigen Morgen ...", und stockend und nach Worten suchend, aber wahrheitsgemäß, beichtet sie auch die Ereignisse des heutigen Tages.

„... und während ich mit Jakob bei der Lütten war, hat Mads Ahrendt sich sinnlos betrunken", schließt sie. „Eigentlich müsstest du ihn bis zu dir nach Heidelberg schnarchen hören."

„... und wie ich meine Lilleby kenne, suhlt sie sich nun in Schuldgefühlen", mutmaßt Nele am anderen Ende der Leitung. „Na ja, das nicht gerade, aber es ist schon eine ziemlich blöde Situation hier mit uns beiden", antwortet Lily. „Nach unserem Ausflug gestern war ich gerade soweit, ihn ohne Vorbehalt zu akzeptieren und als Familienmitglied anzunehmen. Aber nach heute Morgen weiß ich überhaupt nicht, als was ich ihn ansehen soll - in meinem Kopf dreht sich alles und meine Gefühle bilden gerade ein einziges Knäuel." „Aber ist nicht das Entscheidende, dass du es genossen hast, dass es schön war und du dich endlich mal wieder ganz als Frau hast wahrnehmen können? Das zumindest könntest du ihm doch zugute halten." Lily druckst herum. Einerseits hat Nele natürlich Recht, aber andererseits fühlt es sich an, als habe sie Arne mit seinem Sohn betrogen. „... und überhaupt kann ich mir nicht vorstellen, wie ich ihm gegenübertreten soll, morgen, wenn er wieder nüchtern ist", fügt sie hinzu und dreht ihr Weinglas unaufhaltsam hin und her. „Versuch doch, das einfach auf dich zukommen zu lassen, Lilleby. Die Tatsache, dass er sich dem Totengrä... oh, entschuldige, dem Harmsen gegenüber so garstig verhalten und sich jetzt, nachdem du mit zu dessen Pferd gegangen bist, sinnlos betrunken hat, zeigt doch ziemlich deutlich, dass er total eifersüchtig ist, und das wiederum beweist doch, wie viel du ihm bedeutest, finde ich."

Lily tut sich noch ein wenig schwer, sich Neles Ansicht anzuschließen, allzu erschreckend war Mads' wutverzerrtes Gesicht, als er Jakob in ihrer Küche entdeckte. „Aber wenn du dir das vor Augen führst, Lily, bist du automatisch in der besseren Position und kannst ihm ganz souverän begegnen, glaub mir", fügt Nele fast beschwörend hinzu, und als Lily jetzt anfängt, herzhaft zu gähnen, schickt sie sie einfach ins Bett: „Geh schlafen, Lily! Schlaf einfach eine Nacht drüber - und du wirst sehen, morgen kannst du das alles schon von einer anderen Warte aus sehen, wetten?"

Im Badezimmerspiegel gähnt sie sich an, putzt sich die Zähne und bürstet die Haare. Langsam lässt sie die Bürste sinken, begegnet ihrem Blick im Spiegel und mustert sich kritisch. Sieht sie irgendwie anders aus als gestern um diese Zeit? Jakob hat behauptet, sie sähe „weicher" aus - hm, das war vielleicht heute Morgen der Fall. Inzwischen ist sie einfach nur müde und schlecht gelaunt: Was gestern noch klar und einfach erschien, ist heute verworren und belastend. Mads' Schnarchen dringt über den Flur zu ihr ins Bad, und für einen kurzen Augenblick spielt sie mit dem Gedanken, Jakob anzurufen und ihm von Mads' Ausrutscher zu erzählen, verwirft diese Idee aber sofort wieder. Sie wird sich in ihrem Zimmer einschließen, auch wenn ihr diese neue Ängstlichkeit vor sich selbst ein wenig peinlich ist, und morgen wird sie Mads bitten, sich ein Hotelzimmer zu nehmen. Sie ist sich plötzlich sehr sicher, dass ein wenig räumliche Distanz ihnen beiden gut tun und zur Klärung der Situation beitragen wird. - Leise huscht sie über den Flur.

Das erste, was sie sieht, als sie am nächsten Morgen in die Küche kommt, ist der Umschlag auf dem Tisch. Er liegt noch genauso da, wie sie ihn zurückgelassen hat. Lily wirft ihm einen geringschätzigen Blick zu, füllt Wasser in die Maschine und Kaffeepulver in den Filter, dann steckt sie zwei Scheiben Vollkornbrot in den Toaster und geht hinüber zum Fenster. Sie öffnet es weit, lehnt sich hinaus und atmet tief die würzige Luft:

Wie immer bringt der Wind nicht nur den Duft nach Salz und Meer mit sich, sondern auch den Schrei der Möwen, die pfeilschnell über die Salzwiesen schießen und am Deich entlang der See zufliegen. Die bauschigen Schäfchenwolken in sonntäglichem Weiß versprechen einen strahlenden Frühsommertag.

Gerade beißt sie in ihr dick mit Hüttenkäse und Pesto bestrichenes Brot, als fast lautlos die Küchentür geöffnet wird. Sehr vorsichtig steckt Mads den Kopf herein, blinzelt dem grellen Licht entgegen und fragt mit rauer Stimme: „Bin ich hier richtig bei den barmherzigen Schwestern vom Heiligen Franziskus ... oder so ähnlich?" Lily kaut unbeeindruckt weiter, schenkt sich Kaffee nach und sieht ihm betont gelangweilt entgegen.

Er sieht erbarmungswürdig aus. Die sonst so gepflegten Haare bilden ein völlig verfilztes Nest auf dem Kopf, die blauen Schatten unter den geröteten Augen reichen bis auf die Wangen herab, die Haut ist grau und trocken, und rasiert hat er sich auch noch nicht. „Du hast nicht zufällig einen Kaffee für mich?", flüstert er so leise, als könne er den Klang seiner eigenen Stimme nicht ertragen. Und noch bevor Lily geantwortet hat, sinkt er aufstöhnend auf einen Stuhl, stützt die Ellenbogen auf den Tisch und den Kopf in die Hände. „Mein Gott, hab ich einen Kater", stöhnt er, schließt die Augen und reibt sich die Schläfen. Und als Lily jetzt aufsteht, den Schrank über der Spüle öffnet und einen Becher heraus nimmt, hält er sich zähneknirschend die Ohren zu.

Schweigend sieht Lily zu, wie er erst den einen, dann den zweiten Becher Kaffee leert - schwarz, ohne Milch und ohne Zucker. Mehrmals hat es den Anschein, als müsse er sich übergeben, doch der Schluckreflex funktioniert bereits wieder: Es gelingt Mads jedes Mal, alles bei sich zu behalten.

„Toast oder Zwieback?", fragt Lily und ist sich der Härte in ihrer Stimme wohl bewusst. „Toast, bitte", flüstert Mads, „am liebsten trocken, ohne alles ..." Das metallische Klacken, als die Brotscheibe aus dem Toaster springt, verursacht ihm offensichtlich körperliches Unbehagen, doch ein weiterer Becher Kaffee, das geröstete Brot und schließlich ein großes Glas

Orangensaft erwecken peu à peu, wenn auch im Zeitlupentempo, seine Lebensgeister: Die blauen Schatten unter den Augen ziehen sich zurück und weichen einer Andeutung von Rosé, die Mundwinkel wechseln aus dem abgesenkten Modus in die Waagerechte, der Hals kann den Kopf wieder tragen und auch die Ohren muss er sich nicht mehr zuhalten, nur weil Kassandra auf Lilys Schoß zu schnurren beginnt.

Mit immer noch in die Hand gestützter Stirn, die Augen zu Schlitzen verengt, fragt er vorsichtig: „Hab ich mich irgendwie daneben benommen? Bin ich ausfallend geworden oder so? Ich hab den totalen Filmriss, weißt du ..." „Das wundert mich nicht", sagt Lily, immer noch weit entfernt von jeder Art von Mitgefühl. „Du konntest dich jedenfalls nur noch mit Hilfe der Türklinke aufrecht halten." Über ihren Kaffeebecher hinweg mustert sie ihn aufmerksam. Erinnert er sich noch an die mehr oder weniger eindeutigen „Versprechen", die er ihr gemacht hat? Nein, offensichtlich hat er nicht die geringste Erinnerung mehr an den vergangenen Abend, und die Erleichterung darüber stimmt Lily sofort ein wenig milder.

„Oh Gott, Lily, das tut mir alles echt leid." Seine Stimme vibriert, es strengt ihn an, laut und deutlich zu sprechen. „Ich weiß nicht, was in mich gefahren war ... ich war so sauer auf diesen Typen, diesen Totengräb ..." „... auf Jakob, ja - das war nicht zu übersehen", fällt Lily ihm ins Wort. „Wobei du irgendwie übersehen hast, dass wir uns hier immer noch in meinen Hoheitsgewässern bewegen, wenn du verstehst, was ich meine." Es folgt eine Pause, in der ihm anzusehen ist, wie es in ihm arbeitet, dann atmet er tief durch und sagt: „Ja ... doch ... ich glaub, ich weiß, was du meinst. - Tut mir leid, Lily - ehrlich."

Als sie schweigt, steht er mühsam auf, nickt ihr mit halb geschlossenen Augen zu und nuschelt: „Ich geh erstmal unter die Dusche, wenn du gestattest ... wird Zeit, dass ich wieder einen klaren Kopf bekomme."

Durch die im Spalt offen stehende Tür beobachtet sie, wie er sich langsam, Stufe für Stufe, die Treppe hinauf nach oben quält. „Meine Güte, dem geht's wirklich richtig schlecht", denkt sie und überlegt fieberhaft, ob sie schon mal einen solchen

Kater gehabt und was ihr dabei geholfen hat. Nein, glücklicherweise war sie noch nicht in einer solchen Situation. Jetzt fällt ihr der berühmt berüchtigte Rollmops ein, den sie aber natürlich auch nicht zur Hand hat. Was sie zu bieten hat, ist Tomatensaft, den sie der Elektrolyte wegen noch ein wenig nachsalzt, und in ihrem Nachtschrank findet sie Pfefferminzöl, mit dem Mads sich vielleicht die Stirn und die Schläfen einreiben kann. „Was willst du lieber", ruft sie durch die geschlossene Badezimmertür hindurch, hinter der endlich das Wasserrauschen verstummt ist. „Pfefferminz- oder Kamillentee?" „Willst du mich umbringen?", fragt Mads zurück, und das ehrliche Entsetzen in seiner Stimme lässt sie grinsen. „Soll man nicht immer mit dem beginnen, mit dem man aufgehört hat?", fragt er, und als er bei diesen Worten, ein Handtuch eng um die Hüften geschlungen, die Tür öffnet, fühlt Lily sich augenblicklich eingehüllt in eine heiße Wolke feuchten Wasserdampfs. „Weißt du denn noch, womit du aufgehört hast?", fragt sie und zwingt sich, nicht irgendwo anders hin zu sehen als in seine Augen. „Das ist das Problem", grinst er und kratzt sich die Bartstoppeln. „Ich habe keinen Schimmer mehr …" „Also gibt's Pfefferminztee", entscheidet Lily, dreht sich um und kehrt, ungeachtet seines Protests, in die Küche zurück.

Als Mads eine halbe Stunde später nach unten kommt, ist Lily bereits bei der Gartenarbeit. Ihre Hände stecken in grellgelben Handschuhen, mit denen sie gerade versucht, dem von schleimigen Wegschnecken heimgesuchten Rittersporn eine schützende Halskrause zu verpassen: Ein Trichter mit nach unten gebogenem Rand soll den Kriechtieren das Vordringen zu ihrer Lieblingsspeise unmöglich machen, und da Lily sich weigert, ihren Garten mit Schneckenkorn, Bierfallen oder

Backpulver zu verseuchen, muss sie all ihre Hoffnung auf derartige Hilfsmittel setzen.

„Uiiihhh ... was für eine Pracht!", schwärmt Mads, der mit in den Hosentaschen versenkten Händen auf der Terrasse steht und seinen anerkennenden Blick fest auf Lilys Hintern gerichtet hält. „Da lacht das Gärtnerherz, was?", fügt er scheinheilig hinzu und deutet, als Lily sich betont langsam umdreht, auf den Jasmin, der kurz vor der Blüte steht. „Ja, das ist vielversprechend, nicht?", antwortet sie voller Stolz, wird sich jedoch schlagartig bewusst, dass das grad die falsche Antwort war. „Du kannst dir mit dem Pfefferminzöl die Schläfen einreiben, wenn du magst", fährt sie etwas zu hastig fort. „Und Tomatensaft mit Salz ist gut, um dich wieder mit den nötigen Elektrolyten zu versorgen. Steht alles auf dem Küchentisch", fügt sie hinzu und wendet sich wieder ihrer Arbeit zu. „Danke, liebe Stiefmama!", ruft Mads, dreht sich um und geht zurück ins Haus.

Für Mitte Mai ist es immer noch recht frisch, und fürs Wochenende sind sogar nächtliche Temperaturen weit unter zehn Grad Celsius angekündigt. Das wird den Touristen, die über Himmelfahrt bereits sämtliche Ferienquartiere in der Umgebung für sich requiriert haben, nicht gefallen. Lily aber sieht dem ebenfalls angekündigten Sturm erwartungsvoll entgegen, lässt er sie doch auf viel angeschwemmtes Strandgut und die dazugehörigen Inspirationen hoffen.

Im Augenblick jedoch widmet sie sich voller Hingabe dem Steingarten, in dem sie die wenigen Fleckchen schwarzer Erde um die sich stetig ausdehnenden Polsterpflanzen herum mit dem Dreizack auflockert - auch das mögen die Schnecken gar nicht. Alium und Steinbrech stehen in voller Blüte, die ersten Tulpen sind bereits verblüht. Das Veilchen hat sich allzu sehr ausgebreitet, schweren Herzens sticht sie die Ausläufer ab und wirft sie in den Eimer. Schachbrettblume, Akelei und Türkenmohn, Lungenkraut, Elfenblume und Sonnenröschen - all diese wunderschönen Namen für die wunderschönen Pflanzen. Jede einzelne von ihnen hat sie allein oder mit Arne zusammen gepflanzt, und sie schüttelt fast mitleidig den Kopf, als ihr einfällt, wie sie sich als Teenager mit Händen und Füßen gegen jede Art von Gartenarbeit gewehrt hat: Lieber hat sie die von Raubspinnen, Käfern, Kröten und sogar Mäusen bewohnten Kasematten vor den Kellerfenstern gesäubert, als ihrer Mutter bei der Gartenarbeit zu helfen.

Als sie beide Teile des Steingartens, die von der aus alten Katzenköpfen gebauten Treppe getrennt werden, von unerwünschten Zuwanderern befreit und alles zu ihrer Zufriedenheit geordnet hat, richtet sie sich langsam auf, spürt voller Genugtuung den ziehenden Schmerz im Kreuz und wischt sich mit dem Handrücken über die feuchte Stirn. Während ihr Blick über die Beete wandert und sie die erdverkrusteten Handschuhe von den Fingern zupft, ergreift wieder diese Freude Besitz von ihr - eine dankbare Freude, wie sie sie immer beim Anblick all der Farben, des Wachsen und Gedeihens direkt vor ihren Fenstern empfindet. - Mit einem zufriedenen Lächeln wendet sie sich ab, leert ihren Eimer auf dem Kompost aus und bringt die Gartengeräte zurück in den Schuppen. Sie kickt die alten Gummistiefel von den Füßen und lässt sie auf der Terrasse stehen, wickelt sich das Tuch vom Hals und geht in die Küche, um sich die Hände zu schrubben. - Auf dem Tisch liegt immer noch der Brief.

Gerade inspiziert sie den Kühlschrank in der Hoffnung, beim Anblick seines gut sortierten Inhalts eine Idee für ihr Mittagessen zu bekommen, als sie hört, wie die Haustür aufgeschlossen wird. Gleich darauf steht Mads vor ihr, verschwitzt, aber gut gelaunt. Wortlos drängelt er sich an ihr vorbei zum Waschbecken, wo er sich kaltes Wasser ins Gesicht spritzt, Hals und Hände wäscht und schließlich in langen Zügen aus der hohlen Hand trinkt. „Du warst joggen?", fragt Lily ungläubig, denn als sie ihm vor ein paar Stunden zuletzt begegnete, war er blass und hohläugig und machte einen eher ruhebedürftigen Eindruck. „Ja", strahlt Mads, immer noch ein wenig außer Atem. „Körperliche Anstrengung war schon immer das Mittel der Wahl, wenn es darum ging, den Körper zu entgiften."

Lily, die gedankenverloren an einer Möhre knabbert, staunt nicht schlecht: Eben noch wollte der Mann am liebsten sterben, jetzt strotzt er nur so vor Unternehmungslust. „Ich bin beim Tot... bei deinem Jakob vorbeigelaufen", fügt Mads hinzu, holt sich jetzt aber doch ein Glas, um zu trinken. „Der trainiert seinen Gaul ja wohl für Olympia, was?" Er zwinkert Lily vielsagend zu und scheint die Wirkung seiner Worte zu genießen. Um Gleichmut bemüht, deutet sie auf den Tisch: „Da ist Post für dich - na ja, eigentlich für mich, aber ich dachte, bevor ich sie entsorge, möchtest du vielleicht einen Blick drauf werfen."

Mads zieht die Stirn in Falten, murmelt ein ratloses „Hmmm?" und sieht Lily fragend an. Sie regt sich nicht, fixiert ihn schweigend und knabbert an ihrer Möhre. Mads stößt sich von der Spüle ab, nimmt den Umschlag vom Tisch und wendet ihn hin und her. „Von wem ist der denn?", fragt er und sieht auf. „Es steht kein Absender drauf ..." Lily schweigt immer noch. Unbeholfen öffnet er den Umschlag und flucht leise, als er dabei das Wasser aus seinem Glas verschüttet. Gespannt beobachtet Lily, wie sich ein Ausdruck völligen Unverständnisses ausbreitet auf seinem Gesicht, wie er sie fragend ansieht und ihr die Karte entgegenstreckt: „Und? Was will mir das jetzt sagen? ... Juliane, geborene von Wagenfeld? Muss ich die kennen?"

Einen winzigen Augenblick lang fürchtet Lily, selbst im Irrtum zu sein. Hat sie selbst die Namen verwechselt? Sind Ferdinand Unruh und seine Frau Juliane gar nicht ...? Doch, ganz bestimmt sind sie es, da ist kein Irrtum möglich. „Sag mal, willst du mich jetzt verschaukeln ... oder bist du immer noch nicht wirklich klar im Kopf?", faucht sie ihn an. „Ferdinand und Juliane Unruh - nomen est omen. Himmel, Mads, komm zu dir: Das sind deine Großeltern mütterlicherseits, klingelt's? Das sind die Leute, in deren Haus auf Sylt du Jahr für Jahr deine Ferien verbracht hast; das sind die Leute, die dich und deine Ausbildung finanziert haben. Das sind -" , sie schluckt, schluckt noch einmal - „deine Großmutter und dein Großvater, die es meisterhaft verstanden haben, einen Keil zwischen dich und deinen Vater zu treiben, die ..." Abrupt verstummt sie, dreht sich zum Waschbecken und beginnt nun ihrerseits, sich Wasser ins Gesicht zu spritzen. Und wie vom Donner gerührt sinkt Mads auf den Stuhl, starrt auf die Karte in seiner plötzlich zitternden Hand und schlägt sich klatschend vor die Stirn.

„Himmel, bin ich vernagelt! Meine Güte - ja natürlich, Oma und Opa Unruh! Ich glaub, ich bin wirklich immer noch nicht klar in der Birne, Lily ... nee, gibt's das? Aber ‚geborene von Wagenfeld' ... das hab ich irgendwie überhaupt nicht mit meiner Oma in Verbindung gebracht, weißt du? Ich meine, weißt du so ganz ad hoc, was deine Oma für eine Geborene ist?" Er kann sich gar nicht genug wundern über sich und seinen „vernagelten Kopp", wechselt die Farbe wie ein Chamäleon und fährt sich immer wieder mit beiden Händen durch die Haare. Schließlich steht er auf, angelt die Karte und den Umschlag vom Tisch und sagt, ohne sie anzusehen: „Ich glaube, ich brauche noch eine Dusche. Bin gleich wieder da, okay?"

Lily rührt sich nicht. Mit dem Handtuch in der Hand steht sie an der Spüle, den Kopf geneigt und die Stirn gerunzelt. „...ja natürlich, Oma und Opa Unruh ..." klingt es in ihr nach, und sie weiß, da stimmt etwas nicht, aber sie kommt noch nicht drauf, was genau sie daran stört. Wann immer Arne von seinen ehemaligen Schwiegereltern erzählte, spürte Lily den Zorn in sich aufsteigen, und immer fand sie, dass sie ihrem Namen alle Ehre machten: Unruhe war das wenigste, was sie in Arnes Leben brachten.

Dass sein Schwiegervater seit Jahren an Diabetes litt, hatte Arne ihr erzählt, auch, dass er als „alter Preuße" mehr als diszipliniert damit umging und die Krankheit fest im Griff hatte. Worauf Ferdinand Unruh allerdings trotz aller preußischen Strenge keinen Einfluss hatte, war die schon in ihren frühen Sechzigern erkennbare und unaufhaltsam fortschreitende Demenz seiner Frau Juliane, die nach Arnes Informationen bereits in einer noblen Residenz für Alzheimer Kranke lebte.

In dem von Mads seinerzeit geplünderten Fotoalbum gibt es ein einziges Bild seiner Großeltern, und mit wenigen Schritten ist Lily in Arnes Arbeitszimmer, geht die Reihe entlang und zieht das Album heraus. Sie braucht nicht lange zu blättern, schon auf einer der ersten Seiten findet sie, was sie sucht: „Ostereier suchen bei Großmama und Großpapa in Kampen" steht da in Mads' krakeliger Kinderschrift. Das ist es! Niemals hatte Mads seine Großeltern „Oma und Opa" nennen dürfen, und selbst nach all den Jahren schüttelte Arne immer noch verständnislos den Kopf, als er ihr erzählte, dass die zwei auf der Anrede „Großmama und Großpapa" bestanden hatten, in Arnes Augen eine Demonstration „liebloser Autorität", die für den kleinen Mads allerdings zu einer Selbstverständlichkeit geworden war.

Wie immer, wenn sie zu sich selbst finden muss, geht Lily hinüber in ihr Studio. An den Wänden lehnen Hölzer verschiedenster Form und Größe, Bretter, Äste, Baumstämme, Kisten und Bruchstücke davon, zu ihren Füßen Teile von Fischernetzen, angeschwemmte Schuhe, Flaschen, Steine und Muscheln jeder Art - alles wartet auf seine Metamorphose in Lilys Händen.

Sie geht hinüber, öffnet eines der Fenster und lässt den Blick über die längst trocken gelegten Wiesen gleiten. Das Wollgras steht in voller Blüte, leise nicken die flauschigen Köpfe im Wind. Ein Kiebitzschwarm tanzt über dem Land, ihr „wit-wit-wit-wit" klingt so zärtlich, dass Lily ganz warm ums Herz wird. Gedankenverloren greift sie nach einem im Moor ergatterten Schilfkolben, streift die trockenen, harten Blätter ab und bohrt die Fingernägel in das samtene Braun. Erst als der Kolben mit einem trockenen Knacken dem Druck ihrer Finger nachgibt und bricht, wird ihr bewusst, was sie tut. Sie legt alles zur Seite, klopft sich die aufgeflogene Saat vom Shirt und kehrt zurück in die Küche.

Zwar ist es längst Mittagszeit, doch der Appetit ist ihr vergangen: Die Küche bleibt heute kalt. Im Gemüsefach findet sie einen Kohlrabi, und als sie den geschält und in Streifen geschnitten hat, bereitet sie schnell eine Creme aus Avocado, Joghurt, Zitrone und Knoblauch zu, würzt mit Salz , Pfeffer und einer Prise Zucker und hockt sich mit angezogenem Knie auf die Küchenbank, von wo aus sie den Blick ungehindert durch ihren Garten, über den Deich und die Salzwiesen bis zum Horizont wandern lassen kann.

In ihrem Kopf kreisen die Gedanken, Erinnerungen werden von Fragen gejagt, Bilder wechseln sich ab mit Wortfetzen. Je mehr sie grübelt, desto mehr muss sie sich eingestehen, dass sie bei der alles entscheidenden Frage hilflos im Nebel stochert: Wer ist der Mann, der seit Tagen in ihrem Haus lebt?

Gerade hat sie sich entschlossen, zu Jakob hinüber zu radeln, als Mads die Tür aufreißt und freudestrahlend auf sie hinab lächelt. „Ahhh, da komm ich ja mal wieder genau zur rechten Zeit!" Er schnalzt mit der Zunge, greift sich ein Stück Kohlrabi und taucht es tief in die Avocado-Creme. „Hmm, köstlich!", schwärmt er. „Hat dir eigentlich schon mal jemand gesagt, dass du eine tolle Köchin bist, Lily?" Lily hat nicht die Absicht, ihm von Arnes Begeisterung über ihre kulinarischen Fähigkeiten und Experimente zu erzählen, und so beschränkt sie sich auf die Auskunft, dass Avocado-Creme nicht gekocht wird. „Egal", erklärt Mads und lässt sich breitbeinig auf den Stuhl Lily gegenüber fallen. „Ich darf doch trotzdem …?" Und ohne Lilys Antwort abzuwarten, zieht er die Schüssel zu sich heran und langt kräftig zu.

Schweigend lehnt Lily sich zurück und überlässt ihm das Feld. Seine Haare sind noch nicht trocken, der kastanienbraune Schopf kringelt sich über dem blonden Ansatz. Und dieser Ansatz ist glatt. Und während Mads in Kohlrabispalten mit Avocado-Creme schwelgt, abwechselnd den Kohlrabi und seine Finger ableckt, lässt Lily das Karussell in ihrem Kopf rotieren:

Seine Haare sind nicht wellig, denkt sie. Arnes Haare wellten sich wie der vom Wasser geformte Sand bei Ebbe - Mads' Haare kringeln sich, sie sind dauergewellt. Und sie sind auch nicht kastanienbraun - sie sind blond.

Er hat sich das Muttermal vom rechten Schlüsselbein entfernen lassen? Wo ist die Narbe? Die verschwindet doch nicht so einfach.

Im Gegensatz zu den Fotos aus seiner Kinderzeit hat er gar kein Grübchen mehr im Kinn? Wo ist das hin?

Er kennt sich hier in der Gegend überhaupt nicht mehr aus, aber auch kein bisschen.

Und wenn er von seinem Vater spricht, fängt er jedes Mal an mit „Arne ..." und fügt dann hastig, als hätte er sich nur versprochen, „... mein Vater..." hinzu.

Und wieso kann er sich nicht an Frau Seemann erinnern? Ausgerechnet an seine „Seesi", die ihn in seiner Kindheit mit Liebe und Zuneigung verwöhnte?

Er spricht von „Oma und Opa Unruh" - kann man die einmal erlernte Anrede seiner Großeltern wirklich so total vergessen?

Mit einem verstohlenen Seitenblick mustert sie ihn, als Mads sich jetzt ausgiebig die Augen reibt und mit beiden Händen über das immer noch etwas blasse Gesicht fährt. „Hach, das war gut!" Genüsslich leckt er sich die Lippen, reckt die Arme in die Höhe und dehnt sich kräftig. „Darf ich dich als Dankeschön zu einer kleinen Fahrradtour einladen?" Weit beugt er sich über den Tisch, schenkt ihr sein liebenswürdigstes Lächeln und zwinkert ihr verheißungsvoll zu.

Lily stockt der Atem. Sie reißt die Augen auf ... und sucht nach Worten.

Sie starrt ihn an, Panik ergreift Besitz von ihr, sie öffnet den Mund, ohne einen Ton herauszubringen und deutet mit einem zitternden Zeigefinger auf sein Gesicht. Während sie das Bein von der Küchenbank gleiten lässt, versucht sie aufzustehen, doch ihre Muskeln gehorchen ihr nicht, immer wieder sinkt sie zurück auf den Sitz.

„Lily? Lily, was hast du? Ich bin's, Mads ... du siehst aus, als hättest du einen Geist gesehen?" Er klingt beunruhigt, und als er jetzt über den Tisch hinweg nach ihrer Hand greift, entreißt sie sie ihm und springt auf.

„Wer bist du?", faucht sie und wundert sich, dass sie überhaupt einen Ton herausbringt. „Wer bist du wirklich? Du bist nicht Mads Ahrendt, du bist nicht Arnes Sohn! Du hast keine kastanienbraunen Wellen, du hast braun gefärbte Krisselhaare. Du hast eine Dauerwelle, gib's zu - und du hast blaue Augen, keine grünen ... und du hast nicht Arnes Grübchen, obwohl du es als Junge doch noch hattest, und das Muttermal auf dem Schlüsselbein hast du dir gar nicht wegmachen lassen: Du hattest nie eins, stimmt's? Und überhaupt ..." Wieder zeigt sie mit dem Finger auf ihn, ihre Stimme ist nur mehr ein

Raunen. „Ja, du hast eine Kontaktlinse verloren, du hast gerade ein grünes und ein blaues Auge ..." Und jetzt schreit sie ihn an, ihre Stimme überschlägt sich fast: „Wer bist du, verdammt noch mal?" Kalkweiß im Gesicht weicht sie zurück an die Wand und presst die Hände an den kalten Putz. Ihr Herz hämmert, ihr Atem rast, und während seine Hand tastend hinauf zu seinen Augen fährt, dreht er sich langsam, ganz langsam um zu ihr. Die Angst färbt ihre Augen dunkel, als sie langsam beginnt, vor ihm zurückzuweichen.

Doch er bleibt, wo er ist. Ein müdes Lächeln umspielt seinen Mund, als er sich jetzt wieder auf den Stuhl sinken lässt. Mit einem Arm auf der Rückenlehne wendet er sich ihr langsam zu, und seine Stimme klingt fast ein bisschen traurig, als er bedächtig nickend zugibt: „Okay, dann bin ich jetzt also wohl aufgeflogen ... Pech für mich - und Pech für dich, Lily Ahrendt." Er sieht sie nicht an, während er nach dem letzten Kohlrabistäbchen angelt und damit Muster in die Avocadocreme zeichnet. Lilys Herz klopft so laut, dass es das Radio übertönt. Vorsichtig drückt sie sich an der Wand entlang in Richtung auf die Tür. Noch drei Schritte, dann hat sie's geschafft. Doch als sie gerade die Hand nach der Klinke ausstrecken will, fährt er herum, wirft den Kopf in den Nacken und lässt ein pfeifendes Zischen hören. Mit seinem plötzlich stahlhartem Blick scheint er sie festnageln zu wollen, das blaue und das grüne Auge geben ihm etwas Irrationales, und die Art, wie er sie jetzt anlächelt, ist hämisch und mitleidig zugleich. ‚Er ist verrückt', denkt Lily, und der Gedanke trägt nicht gerade zu ihrer Beruhigung bei.

„Setz dich doch", sagt er und deutet mit einladender Geste auf ihren Platz auf der Bank. „Danke, ich stehe lieber", flüstert sie, doch da greift er, ohne hinzusehen, nach ihrem Handgelenk, umklammert es wie mit eiserner Zange und schleudert sie scheinbar mühelos herum. „Ich sagte, du sollst dich bitte setzen", presst er zwischen schmalen Lippen hervor, wobei er das „bitte" ganz besonders betont. Klein und verschreckt kauert sie ihm gegenüber, doch als sie für den Bruchteil einer Sekunde den Triumph in seinen Augen aufblitzen sieht, richtet sie sich zu voller Größe auf, legt locker die Hände auf den

Tisch und reckt ihm das Kinn entgegen. ‚Du kriegst mich nicht klein', denkt sie und spürt, wie eine Welle von Hass über sie hinweg spült, ‚du nicht!' Und trotzig und mit einer Stimme, die sie sich selbst in diesem Augenblick kaum zugetraut hätte, fordert sie ihn auf: „Also - wer bist du? Ich hoffe, deine Geschichte ist gut ... jedenfalls gut genug, um mich davon abzuhalten, auf der Stelle die 110 zu wählen." Einen kleinen Augenblick sieht er sie fast staunend an. Dann schlägt er mit der Faust auf den Tisch und schüttet sich aus vor Lachen.

„Der war gut, Lily, ehrlich ... der war gut!", schnauft er, immer noch glucksend, und greift in seine Gesäßtasche, um sein Portemonnaie herauszuziehen. „Die Polizei ist nämlich längst hier, weißt du", und grinsend angelt er nach einem Ausweis, den er Sekunden später wie eine Skatkarte auf den Tisch knallt. Ungläubig starrt Lily auf die kleine blaugrüne Karte: „Hansestadt Lübeck" steht ganz oben rechts, darunter: „Polizei", links daneben das Wappen von Schleswig-Holstein. In dem Foto eines ernst dreinblickenden jungen Mannes erkennt Lily erst beim dritten Hinsehen Mads: Mittelblondes, glatt zurückgekämmtes Haar, hohe Stirn, stahlblaue Augen, gerade Nase über vollen Lippen. Kein Grübchen - weder in der linken, noch in der rechten Wange, geschweige denn im Kinn. „Tristan Zielke, Hauptkommissar" steht da, und Lily spürt, wie ihr die Luft ausgeht. „Du ... du bist bei der Polizei?", stammelt sie, blickt auf in sein grinsendes Gesicht und wieder zurück auf seinen Ausweis auf dem Tisch. „Aber ... was willst du ... wie kommt es ..." Sie bricht ab, stützt den Kopf in die Hände und atmet tief durch. ‚Ruhe jetzt!', befiehlt sie sich, ‚ganz ruhig! Arne, steh mir bei', flüstert sie lautlos mit geschlossenen Lippen, dann hebt sie den Blick und sieht ihm ohne zu blinzeln in die Augen. „Okay", sagt sie und triumphiert innerlich, weil ihre Stimme nicht zittert. „Was willst du also von mir? Wieso hast du es nötig, dich hier unter Vorspiegelung falscher Tatsachen einzuschleichen?"

Die Angst in ihrer Kehle mischt sich mit Empörung, und beides zusammen schmeckt bitter. Sie schluckt es hinunter und zwingt sich, ihm weiter in die verschiedenfarbigen Augen zu starren. „Also: Wer bist du ... Tristan Zielke?"

Lange mustert der Mann sie, den sie für Arnes Sohn gehalten hat. Dabei verändert sich sein Gesichtsausdruck kaum merklich: Während der Blick seiner immer noch zweifarbigen Augen sie zunächst kalt und ausdruckslos taxiert, spielt ein verächtliches Lächeln in seinen Mundwinkeln, und Lily kann ihm ansehen, dass er sich gerade daran erinnert, wie sie sich noch vor gerade mal vierundzwanzig Stunden in seine Arme geschmiegt und sich ihm rückhaltlos hingegeben hat, und Scham und Wut treiben ihr die Röte in die Wangen. Doch gerade, als sie nach ihrem Wasserglas greifen und ihm den Inhalt ins Gesicht schütten will, scheint eine Wolke ihren Schatten auf ihn zu werfen: Er senkt den Blick, die Lider flattern, und die Falten um die fest zusammengepressten Lippen graben sich von Sekunde zu Sekunde tiefer ein in seine Haut, die plötzlich nicht mehr sonnengebräunt, sondern aschfahl zu sein scheint.

„Ich bin der Sohn der Frau, die dein Mann umgebracht hat", sagt er dann, und in ihrer Tonlosigkeit dringt seine Stimme vor bis in ihr Innerstes.

Lily erstarrt. Sekundenlang fühlt es sich an, als habe jemand die Luft aus dem Raum abgesaugt, haltlos schwimmt sie in einem Vakuum. Sie schüttelt den Kopf, befeuchtet die Lippen in dem Bemühen, schlucken zu können, öffnet den Mund und schließt ihn wieder, und schließlich bricht es aus ihr hervor: „Du hast sie doch nicht alle ... Arne doch nicht!", und ihre Stimme ist rau wie ein Reibeisen. Fast traurig sieht er sie jetzt an, nickt und sagt: „Oh doch, ich hab es schwarz auf weiß ..."

Ihr wird schwarz vor Augen. Der Schweiß steht ihr auf der Stirn, alle Farbe weicht aus dem schmalen Gesicht, sie kämpft verzweifelt mit dem Brechreiz. Bevor ihr taumelnder Kopf auf der Tischplatte aufschlägt, hat er sie umfangen, bettet sie der Länge nach auf die Küchenbank und klopft ihr energisch die Wangen. „Lily? Lily, hörst du mich? Komm zu dir, Lily ...", doch erst, als er ein Handtuch mit kaltem Wasser tränkt und ihr Gesicht damit betupft, ringt sie um Atem und schlägt die Augen auf. Es dauert ein, zwei Sekunden, bis sie ihn erkennt, dann schlägt sie seine Hand weg und setzt sich ruckartig auf, nur um sofort wieder stöhnend zurückzusinken.

„Kann ich bitte einen Kaffee haben?", fragt sie flüsternd, und erst, als der dampfende Becher vor ihr steht und die Duftmoleküle eine erneute Übelkeitsattacke besiegen können, richtet sie sich langsam auf. „Schwarz, ohne Milch und ohne Zucker", sagt Mads oder wie er heißt, bläst selbst in einen eigenen Becher und sieht sie nachdenklich an. „Bist du wieder soweit fit, dass du zuhören kannst?", fragt er streng. „Ich will, dass du die Wahrheit kennst, und zwar die ganze Wahrheit." Und widerstrebend nickt sie, ohne aufzusehen.

Er stellt seinen Becher ab, hält ihn jedoch mit beiden Händen und lässt sie langsam auf- und abgleiten. Für einen kurzen Augenblick schließt er die Augen, atmet tief durch, dann setzt er sich auf, zieht den Becher zu sich heran und sieht ihr fest in die Augen.

„Ich war zwölf Jahre alt, als es passierte. Wir wohnten damals in Kiel, in Kiel-Garden, um genau zu sein, und ‚wir', das waren meine Mutter, meine kleine Schwester Mareike und ich. Mein Vater starb, als ich fünf und Mareike noch nicht mal geboren war: Er war Mechatroniker bei der Bahn, und eines Nachts kam er bei der Arbeit auf einem Waggon der Hochspannungsleitung zu nahe. Für seine Kollegen muss es fast genauso grauenhaft gewesen sein wie für ihn selbst, als sie ihn dort von 15.000 Volt geschüttelt abstürzen und auf den Gleisen liegen sahen. - Er starb noch auf dem Weg ins Krankenhaus."

Mads oder wie er heißt macht eine Pause, kneift mit Daumen und Zeigefinger der rechten Hand den Nasenrücken zusammen und fährt dann fort: „Glück im Unglück war für uns, dass es sich um einen Betriebsunfall handelte, weshalb die Berufsgenossenschaft zahlen musste. Trotzdem reichte das Geld hinten und vorne nicht, denn schließlich war mein Vater gerade mal 32 Jahre alt geworden, und so versuchte im Laufe der Zeit auch ich, etwas dazu zu verdienen, damit ich mit auf

Klassenfahrt gehen oder mir eine angesagte Jeans kaufen konnte oder derlei Schwachsinn. Ich trug Zeitungen aus in aller Herrgottsfrühe, ich führte Hunde spazieren (und das war der härteste Job überhaupt, denn ich hasse Hunde!), ich kaufte ein für alte Damen und jobbte in den Ferien in der Fischfabrik. - Und genauso machte es meine Mutter: Als sie starb, hatte sie nicht weniger als drei Jobs, ungeachtet ihrer Hauptaufgabe: Sie war unsere Mutter. Und sie war eine gute Mutter, zärtlich und liebevoll und immer für uns da, das kannst du mir glauben," sagt er, und seine Stimme bebt vor Zorn.

Lily rührt sich nicht. Mit angehaltenem Atem lauscht sie seiner Erzählung. „Wie gesagt, meine Mutter hatte immer mindestens drei Jobs gleichzeitig, was aber niemand wissen durfte, weil sie schließlich zwei unmündige Kinder zu betreuen hatte. Wenn das Jugendamt herausgefunden hätte, dass ich von Anfang an ein ‚Schlüsselkind' war und neben der Schule meine kleine Schwester beaufsichtigte ... na, du kannst dir an einer Hand ausrechnen, was passiert wäre. -

Aber alles ging gut. Mit den Renten von meinem Vater und unseren vereinten Einkommen kamen wir gut über die Runden, ich war ein guter Schüler, nicht unbedingt das, was man heute ‚auffällig' nennt, Mareike ging in die Kita und war der reinste Sonnenschein, und allgemein waren wir wohl als eine ganz normale Familie anerkannt."

Er schiebt den Stuhl zurück, Lily fährt zusammen bei dem Geräusch, das hölzerne Stuhlbeine auf zwar frisch geschrubbtem, aber altersschwachem Steinboden verursachen. Während Mads oder wie er heißt Wasser in den Wasserkocher laufen lässt und Kaffeepulver in den Filter füllt, spricht er weiter - leise, unzusammenhängend, wie zu sich selbst. „Mareike ging so gern zur Schule." Er hebt den Kopf, sieht lächelnd aus dem Fenster und fährt fort: „Damals gab es ja noch keine offene Ganztagsschule, wie du vielleicht noch weißt. Das bedeutete, dass die Grundschulkinder bis maximal 13.00 Uhr in der Schule betreut wurden, dann wurden sie rausgeschmissen, komme was da wolle. Natürlich war meine Mutter nie, aber wirklich: NIE!, um 13.00 Uhr an der Schule. Als Sekretärin an der Uni arbeitete sie offiziell von 7.30 Uhr bis 12.30 Uhr, doch selbst wenn sie irgendwann mal pünktlich hätte Feierabend machen können, wäre es schon mit dem Teufel zugegangen, wenn sie es in einer halben Stunde von der Wik oben bis nach Garden geschafft hätte, denn schließlich hatten wir ja kein Auto und waren auf die öffentlichen Verkehrsmittel angewiesen. Ich ging auf die Max-Planck-Schule, in die zweite Klasse des Gymnasiums, und obwohl ich wirklich von der schnellen Truppe war, konnte ich es einfach nicht schaffen, Mareike pünktlich abzuholen: Bei uns war die sechste Stunde um 12.55 Uhr zu Ende, und selbst mit dem Fahrrad brauchte ich mindestens eine Viertelstunde hinüber zu Mareikes Schule. Das bedeutete, dass ich entweder den Unterricht vor Schulschluss verlassen musste - was nur bei unserer Religionslehrerin und hin und wieder beim Sport möglich war -, oder aber meine kleine Schwester stand mutterseelenallein vor der Schule und wartete auf mich. - Mir dreht sich heute noch der Magen um, wenn ich denke, was ihr alles hätte passieren können ..."

Mit den gespreizten Fingern beider Hände fährt Mads oder wie er heißt sich durch die Haare, zieht geräuschvoll die Nase hoch und schüttelt sich. „Aber das alles war ja noch geradezu paradiesisch gegen das, was nach dem Tod unserer Mutter mit uns geschah", sagt er und sieht Lily nun direkt an. „Nach dem Tod einer 34jährigen Frau, den ein feiger Hund namens Arne Ahrendt verschuldet hat ...", schreit er, schlägt beide Hände klatschend auf den Tisch und reckt ihr den Kopf entgegen wie ein Habicht. Während sein grünes Auge immer noch stumpf schimmert, funkelt das blaue nun wild und gefährlich, und sein starrer Blick scheint sie geradezu aufspießen zu wollen.

Lily hebt den Kopf und sieht ihn an. Und während ein Teil von ihr von seiner Schilderung gefangen genommen und gerührt ist, wird der andere Teil böse, richtig böse: Arne einen „feigen Hund" zu nennen übersteigt wirklich alles, was sie ertragen kann, und nur unter Aufbietung aller Kräfte schafft sie es, ihrem Gegenüber nicht auf der Stelle die Augen auszukratzen. Stattdessen fixiert sie ihn minutenlang und quetscht schließlich zwischen zusammengepressten Zähnen hervor:

„Tu mir einen Gefallen und nimm endlich diese blöde Kontaktlinse raus ..."

Mads oder wie er heißt stutzt einen kleinen Moment, dann grinst er, zieht am äußeren Winkel seines Auges und hält gleich darauf die fragliche Linse auf der Fingerkuppe. „Da", sagt er und reicht sie Lily, „ich schenk sie dir - als Andenken sozusagen." Und ohne sich dessen eigentlich bewusst zu sein, schnippst Lily das Ding von seinem Finger. Als sie sieht, dass es mitten auf seinem Shirt gelandet ist und dort kleben bleibt, spürt sie ein unkontrollierbares Glucksen in sich aufsteigen, ein hysterisches Lachen, und sie weiß, dass sie ihm nicht nachgeben darf, weil sie sonst nicht wieder aufhören kann, weil das total irre wäre, weil es in einem Heulkrampf enden und sie völlig hilflos machen würde, denn alles in ihr vibriert, alles in ihr sucht nach einem Ventil, sie darf jetzt nicht anfangen zu lachen, nicht lachen, nur das nicht ... und mit letzter Kraft räuspert sie sich, steht vom Tisch auf und geht hinüber zur Spüle, wo sie sich das kalte Wasser über die Handgelenke laufen lässt.

„Okay", sagt sie dann und wendet sich um. „Erzähl weiter."
„Setz dich!", befiehlt Mads oder wie er heißt und deutet auf ihren Platz an der Wand. „Ich muss dich sehen können ...", und gehorsam schiebt Lily sich wieder auf die Bank und sieht ihn an - bemüht um einen möglichst ausdruckslosen Blick.

„Den Moment werde ich nie vergessen", sagt Mads oder wie er heißt, und seine Stimme ist so leise, hat einen so verzweifelten Unterton, dass Lily versucht ist, ihm die Hand an die glühend heiße Wange zu legen. „Sie klingelten in den frühen Morgenstunden des 15. Februars, und weil meine Mutter nicht da war und Mareike und ich irgendwann dann doch eingeschlafen waren, klingelten sie Sturm ... Es war halb fünf Uhr morgens, es war ein tiefschwarzer, eisig kalter Frostmorgen, und sie waren sich nicht bewusst, dass sie gerade das Leben zweier Kinder komplett auf den Kopf stellten."

Mit aller Gewalt presst er den Daumen und den Zeigefinger auf die Nasenwurzel in dem verzweifelten Versuch, die Tränen zurückzuhalten. „Natürlich hatten sie einen vom psychologischen Dienst dabei", fährt er dann fort, und seine Stimme hat nun wieder diesen harten, metallischen Klang, der kein Mitgefühl duldet. „Und natürlich hüllten sie uns in kuschelige Decken, kochten uns - in unserer eigenen Küche! - einen heißen Kakao und sorgten dafür, dass Mareike ihre Kuscheltiere und ihre Schmusedecke mitnahm. Aber im Endeffekt nahmen sie uns in Gewahrsam, übergaben uns den Behörden und überließen uns der Einsamkeit." Jetzt kann er den Tränen nicht mehr Einhalt gebieten. Unwirsch putzt er sich die Nase, schüttelt den Kopf und fährt dann fort. „Einer der Polizisten, ein älterer mit dickem Bauch und grauem Haar, nahm mich beiseite. Den Geruch seines Rasierwassers werd ich nie vergessen ... wann immer er mir in die Nase steigt, könnte ich auf der Stelle kotzen ... dabei war er wirklich nett, sehr ruhig und väterlich und nicht etwa übertrieben kumpelig. Er legte mir die Hand auf die Schulter, führte mich von Mareike weg ans Fenster und sagte: ‚Es tut mir schrecklich leid, Junge, du bist noch so jung, du solltest sowas wie dies hier nicht erleben müssen. Aber deine Mutter ist heute Nacht ... verunglückt. Sie war mit dem Fahrrad unterwegs, bei diesem Wetter - ich nehme an, sie kam von der Arbeit?' Und ich nickte, und ich weiß noch, dass ich unten auf der Straße den Zeitungsmann beobachtete, wie er mit einer weißen Atemwolke vorm Gesicht von Haustür zu Haustür hastete, und ich fragte mich, ob er mit seinen dicken Handschuhen überhaupt in der Lage sei, die einzelnen Zeitungen zu greifen ... Ja, solche Gedanken gingen mir durch den Kopf, und erst, als der dicke Polizist weitersprach und mich fragte, wo meine Mutter denn wohl mitten in der Nacht noch gearbeitet habe, kam ich zu mir. ‚Heute ist Sonntag', sagte er und sah mich irgendwie komisch an. ‚Weißt du, wo deine Mutter samstags nachts gearbeitet hat?' Später hab ich oft über diese Frage und die Art, wie er sie gestellt hat, nachgedacht, und wenn ich den Kollegen irgendwo nochmal getroffen hätte, hätte ich ihm wahrscheinlich nachträglich noch eine reingehauen, aber damals, in der Situation, war ich weder aufnahme- noch zurechnungsfähig, und so gab ich ihm bereitwillig Auskunft. ‚Am Wochenende putzt sie immer', sagte ich. ‚In so einem Riesenladen oben in Hassee, das ist weit, da braucht man selbst mit dem Rad über `ne halbe Stunde bis nach Hause.' Der Dicke nickte bedächtig, machte sich ein paar Notizen und sagte dann, noch leiser als vorher: ‚Und eure Mutter wollte offensichtlich schnell nach Hause zu euch und hat dabei wohl nicht bedacht, dass wir Minusgrade haben und man mit Glatteis rechnen muss. Und so ist es dann passiert: Auf der Gablenzbrücke ist sie mit dem Rad ins Rutschen gekommen, hat das Gleichgewicht verloren und ist auf die Straße gestürzt, genau in dem Augenblick, in dem ein Wagen vorbeifuhr ..."

Mads oder wie er heißt hat die gefalteten Hände vor sich auf den Tisch gelegt, und Lily sieht, dass sie zittern und die Knöchel weiß hervortreten. „Was man mir nicht sagte", fährt er fort, „war die Tatsache, dass der Fahrer Fahrerflucht beging. Er ließ sie liegen dort auf der Brücke, blutend und hilflos, und so starb sie - allein, frierend und unter Schmerzen ..." Auch Lily wird kalt bei diesen Worten, sie schlingt die Arme um sich und macht sich ganz klein.

Vorm Küchenfenster leuchtet ein strahlender Mainachmittag, doch das Licht scheint die Scheiben nicht durchdringen zu können: Hier, am Küchentisch im Haus hinterm Deich, herrschen Kälte und Finsternis, und als Mads oder wie er heißt jetzt aufsteht und die Flasche Aquavit aus dem Gefrierschrank nimmt, sich großzügig einschenkt und mit einer einladenden Geste auch Lily anbietet, schüttelt sie sich. „Danke, mir ist schon schlecht", flüstert sie, während er den Kopf in den Nacken wirft und das Glas mit einem Schluck leert. „Nich' lang schnacken, Kopf in'n Nacken", kommentiert er denn auch, erntet allerdings nichts als einen durchdringenden Blick von Lily.

„Noch am selben Tag kam unsere Oma", nimmt Mads oder wie er heißt den Faden wieder auf. „Die Polizisten hatten uns in einer Art ‚Auffangstation' untergebracht, genauer gesagt im

Büro der Leiterin eines Waisenhauses oder so, und dort holte Oma Doris uns ab. - Oma Doris war die Mutter unserer Mutter, und einer der schrecklichsten Augenblicke überhaupt damals war der, in dem diese starke Frau, diese energische, standhafte, resolute Person, als die wir sie kannten, bei unserem Anblick zu schwanken begann wie das sprichwörtliche Rohr im Wind ... sie zerfiel praktisch vor unseren Augen. -

Aber Oma Doris wäre nicht Oma Doris gewesen, wenn sie sich nicht praktisch im selben Augenblick am eigenen Schopf aus dem Sumpf gezogen und uns unter ihre Fittiche genommen hätte. In Nullkommanix führte sie wieder das Kommando, ließ sich unser Gepäck aushändigen und ein Taxi bestellen, und ehe wir noch wussten, wie uns geschah, saßen wir auch schon im Zug nach Wuppertal."

Wieder macht er eine Pause, wieder schenkt er sich einen Aquavit ein. „Wirklich nicht?", fragt er Lily und winkt mit der Flasche, akzeptiert ihr „Nein" jedoch, ohne mit der Wimper zu zucken.

„Alles, was für die Beisetzung zu regeln war, regelte Oma Doris telefonisch", sagt Mads oder wie er heißt, und in seinen Blick verirrt sich so etwas wie ein sanftes Lächeln. „Mit Pc und Email und all so was hatte sie nichts am Hut. Sie sah mir zwar immer total fasziniert über die Schulter, wenn ich an meinem PC saß - ein C64, natürlich gebraucht gekauft -, aber selber anfassen mochte sie ‚das Dings' nie. - Ihr Fehler war, dass sie der Polizei in Kiel auf deren Drängen hin meine Email-Adresse gegeben hatte, ohne zu ahnen, dass ich damit schon lange vor ihr auf dem neuesten Stand der Information sein würde ... und ihr sogar, wenn ich wollte, entsprechende Informationen vorenthalten konnte. Und so kam es, dass ich derjenige war, der kurz nach der Beisetzung unserer Mutter erfuhr, dass man den Wagen des ‚Unglücksfahrers' aufgrund einer Zeugenaussage hatte ausmachen können: Der Zeuge hatte sich das Kennzeichen des Wagens, der den Tod meiner Mutter verursachte, jedenfalls teilweise merken können, und der Rest war dann ein Klacks. ‚KI-AA 27, lautete das Kennzeichen - ich trage es mit mir herum wie ein Brandzeichen. Es habe sich, sagte der Zeuge aus, um einen olivgrünen, braunen oder womöglich auch schwarzen Geländewagen gehandelt, der zunächst angehalten habe, dann aber mit Vollgas über die Werftstraße davongebraust sei. - Wenig später fischte man den Wagen aus der Kieler Förde. Man hatte ihn kurzerhand am Schwedendamm in die Hörn rollen lassen ... Auf Omas Nachfrage erklärte man uns, man habe den Halter des Fahrzeugs (dessen Namen man uns nicht etwa mitteilte) zwar ermitteln können, aber Halter und/oder Fahrer seien bisher leider unauffindbar. Sorry ... - Das war der Moment, in dem ich beschloss, zur Polizei zu gehen. Und wie du siehst, hat mich nichts mehr von diesem Entschluss abbringen können."

Mads oder wie er heißt sitzt da, starrt auf den Becher in seinen Händen und atmet schwer. Von Zeit zu Zeit läuft ein Zittern durch seinen Körper, dann schnappt er japsend nach Luft wie ein Kind, das allzu lange geweint hat.
„Meine Oma Doris war die beste", fährt er schließlich fort und sieht Lily lächelnd an. „Sie war so eine, auf die das Lied ‚Meine Oma fährt im Hühnerstall Motorrad ...' gepasst hat, weißt du? Sie war stark, nichts konnte sie umhauen (dachten wir jedenfalls), aber auch unglaublich liebevoll, lustig und einfallsreich, und sie erfüllte uns unsere Wünsche, bevor wir sie überhaupt geäußert hatten, wenn auch auf eine ihr eigene, manchmal etwas ruppige Art." Wieder gleitet dieses sehnsüchtige Erinnerungslächeln über sein Gesicht, doch als er Lilys Blick begegnet, reißt er sich zusammen. „Bei Oma Doris gab es in Krisenzeiten immer eine heiße Schokolade; heiße Schokolade mit viel Zucker und noch mehr Sahne! ‚Wenn die Seele trauert, braucht der Körper Balsam', sagte sie immer, und unsere Seelen brauchten furchtbar viel Balsam", fügt er mit verschmitztem Lächeln hinzu, und Lily verspürt eine Welle der Sympathie für diese tolle Frau, diese Oma Doris. Gleichzeitig geht sie in ihrer Erinnerung die Situationen durch, in denen Mads oder wie er heißt sich statt Tee oder Kaffee eine heiße

Schokolade erbat - waren das die Situationen, in denen seine Seele „Balsam" brauchte?

Mads oder wie er heißt starrt eine Weile vor sich hin, dann reißt er sich zusammen, streicht sich mit beiden Händen übers Gesicht, dass die blonden Bartstoppeln nur so knistern und lehnt sich betont lässig zurück. „Ich war gerade zwölf geworden, als Mareike und ich bei Oma Doris einzogen - und ich war fast sechzehn, als wir wieder auszogen." Fragend sieht Lily ihn an, doch er erwidert ihren Blick nicht. „Die Wohnung war ziemlich klein und dunkel, aber sie roch gut. Sie roch genau wie Oma Doris - ein bisschen nach Zitrone, ein bisschen nach Lavendel, ein bisschen nach Kernseife und ein bisschen nach Zimt. Eine merkwürdige Mischung, aber sie passte zu ihr, und nach einer Weile war es wirklich so, dass uns dieser Duft ‚Zuhause' signalisierte, Zuhause und Geborgenheit, und Mareike konserviert ihn noch heute …"

„Ansonsten war natürlich alles eng: Drei Personen in einer klitzekleinen Zwei-Zimmer-Wohnung, da muss man schon zusammenrücken und sich bescheiden. Aber es ging, auch wenn man sich das heute kaum noch vorstellen kann: Mareike und ich teilten uns das eine Zimmer als Wohn-, Arbeits- und Schlafzimmer, und Oma Doris klappte abends das Sofa aus, holte ihr Bettzeug aus dem Bettkasten hervor und machte das Wohnzimmer zu ihrem Schlafzimmer. Und der einzig wirklich große Schrank, den es in der Wohnung überhaupt gab, war der Einbauschrank im Flur - und den teilten wir uns zu dritt, sowohl für unsere Sommer- als auch für unsere Winterklamotten, und auch das funktionierte."

„Ich will damit nur sagen: Oma Doris nahm uns mit in ihr Leben ohne Wenn und Aber. Sie machte keine Kompromisse, aber sie setzte auch keine Grenzen, stellte keine Bedingungen, machte keine Einschränkungen - sie nahm uns so, wie wir eben waren, und was Ihrs war, war auch Unser. -

Im Nachhinein habe ich mich oft gefragt, wieso wir dieses innige Verhältnis zu ihr wohl nicht schon zu Lebzeiten meiner Mutter hatten aufbauen dürfen. Ich hab mir nie vorstellen können, dass es zwischen meiner Mutter und Oma Doris zu ernsthaften Unstimmigkeiten oder gar wirklichen Zerwürfnissen gekommen sein könnte, dazu waren alle beide viel zu empathisch, viel zu weich und engagiert und ... ja, sie waren alle beide, jede auf ihre Art genau das, was ich heute im besten Sinne des Wortes als ‚Superweib' bezeichnen würde."

Bei diesem Wort zuckt Lily zusammen. Mit gerunzelter Stirn sieht sie ihn an, forscht in seinem Gesicht nach etwas, an dem sie sich und ihre Kritik aufhängen kann - doch sie sieht nichts als versonnen lächelnde Erinnerung.

„In Oma Doris' Obhut blühte Mareike auf", fährt Mads oder wie er heißt fort. „Von ihrer neuen Schule konnte sie allein und ohne auf ihren großen Bruder warten zu müssen nach Hause gehen - und dort empfing sie Oma Doris mit einem leckeren Mittagessen, dort lernte sie, Vertrauen zu fassen und sich sicher zu fühlen. Und so ganz nebenher gab Oma Doris auch noch viele kleine Geheimnisse preis - Familiengeheimnisse genauso wie Küchengeheimnisse - und nach und nach entstand zwischen uns wieder das Gefühl, eine ganz normale Familie zu sein."

„Ich hatte gerade die Mittlere Reife geschafft und mich entschlossen, weiter zur Schule zu gehen und Abi zu machen; Mareike ging auch bereits im ersten Jahr aufs Gymnasium, und wenn sie sich auch ein bisschen schwer tat, so war sie doch hoch motiviert und mit einem gesunden Ehrgeiz ausgestattet. Sie war immer noch viel zu klein für ihr Alter, viel zu zart und zerbrechlich, sah immer noch zu mir auf (was mir zugegebenermaßen ziemlich gut tat) und verschanzte sich, wenn's drauf ankam, ohne zu zögern hinter meinem Rücken. Sie war wirklich genau das, was man sich unter der sprichwörtlichen ‚kleinen Schwester' vorstellt ... aber sie hatte einen so umwerfenden Charme, einen so funkelnden Blick aus blaugrünen Augen und eine Stimme, die dich im tiefsten Inneren berührte ... man konnte einfach nicht anders, als sie beschützen und ihre Wünsche erfüllen zu wollen. Ich jedenfalls konnte das nicht."

Lily lauscht dieser Hymne mit gerunzelter Stirn. Noch nie hat sie einen großen Bruder so enthusiastisch von seiner kleinen Schwester sprechen hören, meistens wurde die eher als Klotz am Bein, ausgesprochen lästig und nervig empfunden -

das jedenfalls hatten alle großen Brüder ihrer Freundinnen ihr gern und ausdauernd vermittelt. Doch als Mads oder wie er heißt mit seinem Bericht fortfährt, wird ihr klar, dass diese besondere Bindung zwischen den Geschwistern eben auch unter besonderen Bedingungen zustande kam.

„Wie gesagt, ich war gerade sechzehn geworden und Mareike war zehn, als es passierte. Oma Doris tat zwar immer so, als sei sie total cool und abgebrüht, doch in Wahrheit hatte sie einen sehr weichen Kern mit einem sehr großen Herzen. Und in den paar Jahren, die wir bei ihr lebten, schleppte sie nicht weniger als drei Hunde, fünf Katzen, ein Meerschweinchen, zwei Wellensittiche und sogar eine Ente an, die sie allesamt irgendwo von der Straße geklaubt hatte. Sie verarztete sie, pflegte sie und fütterte sie - sprich: mästete sie! - und wenn sich der rechtmäßige Besitzer nicht meldete, machte sie sich auf die Suche nach einem neuen Zuhause für die Viecher. Selbst als einer der Hunde, kaum dass er wieder hergestellt war, mich in die Wade biss, als ich einmal zu dicht an ihm vorbei ging, behauptete sie, ich habe seinen persönlichen Schutzraum verletzt und bösartig sei der Hund auf keinen Fall, nur ängstlich und voller Misstrauen den Menschen, besonders den männlichen, gegenüber. Das machte mir den Hund nicht sympathischer, aber Mareike heulte Rotz und Wasser, als Oma Doris endlich ein Zuhause für ihn gefunden und ihn dorthin gebracht hatte, während wir in der Schule waren.

Zeitgleich mit besagtem Hund hatte sie aber auch zwei Katzen aufgenommen, offensichtlich ein Geschwisterpaar, das natürlich nicht nur Zecken und Flöhe, sondern auch Katzenschnupfen hatte - doch das nur nebenbei. Irgendwann waren auch die Katzen wieder soweit fit, dass sie anfingen, sich durch die sowieso schon enge Wohnung zu jagen, und als Oma Doris eine von beiden einfing, um dem Spielchen ein Ende zu machen, wurde sie so übel zugerichtet, dass ich ihr diesmal beim Verbinden sogar helfen durfte. Ich sehe die Szene noch vor mir: Oma springt auf, fängt den Kater praktisch im Flug, versucht ihn im Genick zu packen, um sich vor seinen Krallen zu schützen - und steht schließlich da mit kalkweißem Gesicht und fest zusammengepressten Lippen, während das Katzenvieh, das sich in ihren Handballen verbissen hat, an ihrem ausgestreckten Arm hin und her pendelt..."

Während er sprach, hielt Mads oder wie er heißt den Blick fest auf seine mit dem Schnapsglas spielenden Hände gerichtet. Als er jetzt kurz zu Lily hinübersieht, huscht ein trauriges Lächeln über sein Gesicht. „Und das war der Anfang vom Ende. Ich hätte sie nicht nur verbinden, ich hätte sie sofort zum Arzt schleifen sollen, dann wäre unser Leben ganz bestimmt in anderen Bahnen verlaufen. Aber ich war sechzehn, und ich hatte keine Ahnung von Blutvergiftung, ihrem Verlauf und ihren Folgen ..."

Lily hält den Atem an. Blutvergiftung! Kann man daran heute wirklich noch sterben? „Aber es gibt doch Antibiotika ...", flüstert sie in das irgendwie versteinerte Gesicht ihres Gegenübers hinein, „hat man ihr die denn nicht verordnet?" Ein verächtliches Schnaufen ist die Antwort. „Klar, wenn du sie sofort bekommst, helfen sie auch - aber nicht, wenn du noch drei Tage wartest ...."

Ein beklommenes Schweigen breitet sich aus, ängstlich starrt Lily zu ihm hinüber. ‚Der fängt doch nicht an zu heulen?', fragt sie sich und spürt, dass sie dem nicht gewachsen wäre. Ihre Wut auf ihn und ihre Empörung sind im Laufe seiner Erzählung sowieso schon geschrumpft, sie will jetzt nicht noch in die Lage kommen, ihn trösten zu müssen. Schnell ruft sie sich ins Gedächtnis, dass er Arne noch vor einer halben Stunde des Mordes an seiner Mutter bezichtigt hat: Das hilft! Sie richtet sich auf, legt die ineinander verschlungenen Hände auf den Tisch und sieht ihn auffordernd an. „Es war also zu spät?", fragt sie, da er hartnäckig schweigt. Ruckartig hebt er den Kopf, sieht sie aus schmalen Augen durchdringend an und sagt: „Ja, es war zu spät. Sie starb innerhalb von fünf Tagen."

Begleitet von einem tiefen Atemzug nimmt er die Hände vom Tisch, verschränkt sie vor der Brust, steckt sie in die Taschen seiner Jeans. In dem Versuch, Haltung zu bewahren, rutscht er ein Stückchen auf seinem Stuhl herunter, so dass er jetzt mehr liegt als sitzt, merkt aber schnell, dass das keine bequeme Haltung ist. Schließlich sitzt er wieder da wie zuvor: Den Kopf gesenkt, beide Hände ineinander verschlungen vor sich auf dem Tisch und den Blick aus seinen blauen Augen fest damit verwachsen. „An Blutvergiftung zu sterben, ist nicht schön", sagt er leise, und ein wenig zynisch fragt Lily sich, ob irgendeine andere Todesart wohl „schön" sein kann. „Bei meiner Großmutter stellten sich für mich völlig unerklärliche Symptome ein: Zunächst einmal sank ihre Körpertemperatur, so dass sie ständig fror. Sie saß eingemummelt in eine Kamelhaardecke auf ihrem Sessel an der Heizung, hatte die Füße in einem beheizbaren Fußsack versenkt und klapperte mit den Zähnen. Dann wurde sie von einer nicht zu kontrollierenden Unruhe gepackt, wanderte mit ihrer Decke um die Schultern in der Wohnung herum, riss die Wohnungstür auf und versuchte, auf den Dachboden zu kommen, weil sie ihre Handtasche brauchte. Mareike lief in den Flur, holte die Tasche und drückte sie ihr in die Hand, aber sie erkannte sie nicht - sie suchte weiter. Dazu murmelte sie unverständliches Zeug vor sich hin, schob uns unwirsch zur Seite, wenn wir uns ihr in den Weg stellten und fuhr entsetzt zurück, als sie die Katzen entdeckte, die sich bereits völlig verängstigt auf der Küchenbank aneinander gedrängt hatten. Als sie bei deren Anblick anfing zu wimmern wie ein Kind, schickte ich Mareike zu den Nachbarn, um den Arzt anzurufen. - Es dauerte eineinhalb Stunden, bis er kam, und bis dahin hatte Oma Doris so rasende Kopfschmerzen, dass sie nur noch mit halb geschlossenen Augen auf dem Sofa liegen und monoton vor sich hin jammern konnte. Ihr ‚Aua …. auahhh …' und das vergebliche Bemühen, die Glieder zu strecken, werde ich nicht mehr vergessen. - Als wir sie am nächsten Tag im Krankenhaus besuchten, erkannte sie uns schon nicht mehr, und am darauffolgenden Tag fiel sie ins Koma."

Einen langen Augenblick scheint das Schweigen in der Küche mit Händen greifbar zu sein. Dann reißt Mads oder wie er heißt sich zusammen, räuspert sich und fährt fort: „Um die Beerdigung, die Haushaltsauflösung, den ganzen Papierkram kümmerte sich das Sozialamt - genauso wie um Mareike, die Katzen und mich. Wir kamen allesamt ins Heim - die Katzen ins Tierheim, Mareike und ich ins Kinderheim. Die Katzen hatten es besser: Sie durften zusammen bleiben. Mareike und mich trennte man, denn erstens war ich ein Junge und zweitens sechs Jahre älter als meine kleine Schwester, da war es ja wohl logisch, dass wir nicht zusammen in einem Zimmer wohnen konnten. Wahrscheinlich haben sie gedacht, dass wir sowas wie eine inzestuöse Beziehung hatten oder so, denn als sie uns trennten, haben wir uns beide so fest aneinander geklammert, dass sie fünf Leute brauchten, um uns auseinander zu zerren. Fünf Leute für zwei Halbwüchsige ... stell dir das mal vor! Mareikes Schreien hab ich heute noch im Ohr - es hörte auch in den nächsten zwei Tagen nicht auf und drang über die Flure bis hinüber in den Aufenthaltsraum. Aber irgendwann war sie still - und sprach sechs Jahre lang kein einziges Wort mehr."

Draußen vorm Fenster lässt die nun schon tief stehende Sonne die Farben erglühen, über alles legt sie einen honigfarbenen Glanz. Hier drinnen in der Küche greift Mads oder wie er heißt noch einmal nach der Aquavit-Flasche, und diesmal sagt auch Lily nicht Nein: Mit Todesverachtung schüttet sie den Schnaps in sich hinein und verharrt einen Augenblick mit hochgezogenen Schultern und fest zusammengekniffenen Augen, bevor sie es wagt zu schlucken, um dann lang und geräuschvoll auszuatmen. Das Brennen in der Brust versucht sie durch heftiges Schütteln ihrer Hände zu kompensieren.

Sie wagt nicht, ihn anzusehen. Doch seine Stimme klingt erstaunlich nüchtern, als er jetzt fortfährt: „Ja, nun gab es nur noch uns - Mareike und mich. Und es war fast, als wenn man uns das zum Vorwurf machte, denn Sätze wie ‚ihr habt ja nun keine Angehörigen mehr', ‚ihr seid ja jetzt ganz auf euch gestellt' oder auch ‚es gibt nun niemanden mehr, der für euch sorgen kann' waren an der Tagesordnung, und umso unverständlicher war es, dass man auch uns zwei ‚Zurückgebliebene' noch trennte."

Mit einer Hand fährt er sich durch die inzwischen völlig verschwitzten Haare, mit den Fingern der anderen massiert er den Nasenrücken. „Sie haben überlegt, Mareike in einer Pflegefamilie unterzubringen, doch als die Monate vergingen und sie nicht eine Silbe von sich gab, ließ man diese Pläne fallen. Gott sei Dank, kann ich da nur sagen, denn noch eine weitere Station auf ihrem Lebens- bzw. Leidensweg hätte sie völlig um den Verstand gebracht. Stattdessen behandelte man sie wie eine Autistin, meldete sie an der Förderschule an und schleppte sie Woche für Woche zur Therapie, wo sie sich Woche für Woche in Schweigen hüllte ..."

„Tja", sagt er dann und räuspert sich vernehmlich. „Und nachdem ich einem der Erzieher, der ihr beim Baden ‚helfen' wollte, mal kräftig in die Eier getreten hatte, schaffte man mich kurzerhand in das Nebengebäude - das mit den vergitterten Fenstern und der von außen zu verschließenden Tür."

„Ich habe lange darum gekämpft, weiter zur Schule gehen zu dürfen. Irgendwie passte es nicht ins Bild, dass jemand wie ich unbedingt Abi machen und dann zur Polizei gehen wollte, doch in einem der Erzieher fand ich einen Verbündeten, er unterstützte mich nach Kräften und sorgte dafür, dass ich über meine Rechte aufgeklärt wurde und im Endeffekt sogar mit Klage drohen konnte. Aber das alles gehört nicht hierher. - Entscheidend ist, dass ich, als ich volljährig wurde, auch die Schule abschloss (und zwar mit ziemlich gutem Erfolg, kann ich sagen), dass ich an der Polizeischule in Hamburg angenommen wurde und mit der dreijährigen Ausbildung für den gehobenen Dienst beginnen konnte. Und erst, als ich diese Ausbildung abgeschlossen hatte - und zwar mit 22 als Jahrgangsbester! - wurde mir erlaubt, für meine inzwischen sechzehnjährige Schwester sorgen zu dürfen. - An dem Tag, an dem ich sie aus dem Heim abholte, sie in meine Bude nach

Hamburg brachte und ihr die Tür aufschloss, sprach sie nach sechs Jahren das erste Wort: ‚Endlich!' - Das war der Moment, in dem es mich zerbröselte. Ich kann nicht sagen, wie es geschah, aber irgendwann fanden wir uns auf dem Fußboden wieder, mit dem Rücken gegen das Bett gelehnt, sie hielt mich im Arm und strich mir durchs Haar und flüsterte immer wieder ‚Alles wird gut, Trissi, alles wird gut ...'"

Mads oder wie er heißt sitzt da, den Kopf in die aufgestützten Hände gebettet. Die Erinnerung drückt ihn nieder, das ist nicht zu übersehen, und das Schweigen, in das er sich jetzt hüllt, verheißt nichts Gutes. Lily steht auf, füllt einen Krug mit kaltem Wasser und stellt zwei Gläser dazu, und ohne, dass Mads oder wie er heißt noch versucht, sie daran zu hindern, geht sie hinüber zum Vorratsschrank, holt eine Dose Maiskölbchen, ein Glas saure Gurken und eine Dose Oliven heraus, öffnet eine Packung Cracker und schneidet Schafskäse in mundgerechte Stücke, und erst, als sie ihm alles zugereicht und Kaffeewasser aufgesetzt hat, schickt er sie mit einer halbherzigen Kopfbewegung zurück auf die Küchenbank.

„Heute sehe ich auch, dass dieses Unternehmen zum Scheitern verurteilt war, klar. Neben der ziemlich anspruchsvollen Berufsausbildung noch eine psychisch schwer gestörte Schwester betreuen zu wollen - das ging einfach nicht zusammen. Und es kam, wie es kommen musste: Nachdem Mareike zum dritten oder vierten Mal in der Innenstadt aufgegriffen worden war, weil sie sich an ältere Damen klammerte, sie mit ‚Oma' ansprach, sie nicht wieder loslassen wollte und sie anflehte, sie doch bitte, bitte endlich wieder mit nach Hause zu nehmen, schaltete sich das Jugendamt ein. Man erkannte mir die Fähigkeit ab, meine kleine Schwester zu betreuen. Und diesmal suchte man wirklich eine Pflegefamilie für sie." Und während Lily kaum noch zu atmen wagt, richtet Mads oder wie er heißt sich auf, schüttelt leicht den Kopf und grinst zaghaft: „Und das war unser Glück."

„Der langen Rede kurzer Sinn", fährt er mit plötzlich erstarkter Stimme und energisch gerecktem Kinn fort, „Mareike fand mit sechzehn Jahren endlich ein richtiges Zuhause bei kompetenten Pflegeeltern, zu denen sie sich heute noch flüchtet, wenn sie Geborgenheit und Frieden braucht. Und ich konnte mich endlich voll konzentriert um meine Ausbildung kümmern."

Er schiebt sich mitsamt seinem Stuhl zurück, was ein markerschütterndes Quietschen verursacht, dann dreht er sich um und angelt, ohne aufzustehen, ein Brötchen aus dem Brotkasten. Es ist bereits ein wenig zäh und er braucht Kraft, um es zu teilen, und als er es zerreißt, fliegen die Krümel durch die ganze Küche. Ohne sie anzusehen, reicht er Lily die eine Hälfte hinüber, dann, als sie nicht reagiert, schiebt er es sich selbst in den Mund. Mit den Fingern fischt er erst eine saure Gurke, dann zwei Maiskölbchen aus den Gläsern, klemmt den Schafskäse mit zwei Brotstücken ein und kaut mit halb geschlossenen Augen. Lily dreht den Kaffeebecher in den Händen. Sie wartet. Wartet darauf, dass Mads oder wie er heißt mit seiner Geschichte fortfährt, die darin gipfeln wird, dass er Arne, ihren Mann, als Mörder anklagt.

Fast hat es den Anschein, als wolle er einschlafen. Den linken Ellenbogen auf den Tisch und den Kopf schwer in die Hand gestützt, fischt er mit trägen Bewegungen und halb geschlossenen Lidern nach einer weiteren sauren Gurke, die ihm ein ums andere Mal entgleitet. Doch er gibt nicht auf, bis er sie endlich zu fassen bekommt. Mit einem schiefen Grinsen zieht er sie aus dem Glas, mustert sie eine Sekunde lang fast triumphierend, schließt die Augen und beißt hinein. Das Ganze wiederholt sich noch einige Male, und erst, als die Essigsäure ihm einen unkontrollierten Rülpser entlockt, fährt er sich mit der Hand übers Gesicht und setzt sich auf. „`tschuldigung`", murmelt er, „`tschuldigung …"

Lily schiebt ihm ihren Kaffeebecher hinüber. Er leert ihn in einem Zug, dann sieht er sie an. „Ich wäre lieber Lehrer geworden, weißt du? Am liebsten hätte ich Deutsch und Geschichte studiert. Aber das war in meinem Lebensplan wohl nicht vorgesehen. Also versuchte ich nach Abschluss meiner Ausbildung, mich zur Kripo nach Kiel zu bewerben, was aber zunächst misslang. In Lübeck bräuchte man Verstärkung, erklärte man mir, und so bewarb ich mich dort. ‚Für irgendwas wird's gut sein', dachte ich - und so war es!" Versonnen in sich hinein lächelnd wiegt er den Kopf, wackelt mit dem leeren Kaffeebecher und fragt: „Haben wir noch welchen …?" Lily deutet auf die Kanne hinter ihm, und als ihm der Duft wieder in die Nase steigt, fährt er fort:

„Als Berufsanfänger verdient man nirgendwo wirklich viel, auch bei der Polizei nicht - da schon gar nicht - und so sah ich mich nach einer möglichst günstigen Bleibe um. Ich fand sie in einer Studenten-WG in der Altstadt, in der Krähenstraße, um genau zu sein. Es war eher eine Kammer als ein Zimmer, gerade mal zehn Quadratmeter groß, aber es wurde von privat vermietet, man brauchte also keinen Studentenausweis, und die anderen WG-Bewohner, drei an der Zahl, waren in Ordnung. - War eigentlich `ne tolle Zeit da in der Krähenstraße, wirklich …"

Auf sein erinnerungsträchtiges Grinsen hat Lily jetzt grad überhaupt keine Lust, und so fragt sie rundheraus: „Und wie, bitte schön, kamst du in deiner Lübecker Idylle dazu, Arne als den Mörder deiner Mutter auszumachen?"

Mads oder wie er heißt wird ernst, mustert sie kalt über den Tisch hinweg und lehnt sich betont lässig zurück. „Ich weiß nicht, ob du dir vorstellen kannst, Lily Ahrendt, wie man sich als Jugendlicher fühlt, wenn einem so nach und nach die ganze Familie wegstirbt bzw. einfach ins Nirwana abdriftet? Als meine Mutter starb und meine Großmutter über meine Email-Adresse mit der Kieler Polizei in Verbindung stand, hatte ich zwar sehr schnell das Kennzeichen des Wagens vorliegen, aber der Halter ‚konnte nicht ausfindig gemacht werden', wie es im Polizeibericht so schön hieß. Soviel war mir auch als Jugendlichem schon klar, dass man sich als Polizist irgendwie Zutritt zu den fraglichen Daten verschaffen kann - und das war mein Ziel, deshalb stand für mich von dem Augenblick an fest, dass ich Polizist werden musste: Es war der Hass, der mich antrieb, und der brennende Wunsch, den Mann, der meine Mutter tötete, ausfindig zu machen. Immer wieder malte ich mir aus, wie es sein würde, wenn ich ihm endlich Auge in Auge gegenüberstehen würde, wie ich den ersten Haken an seinem Kinn und den zweiten auf seiner Nase platzieren würde, wie ich ihn ganz langsam, aber gezielt zu Brei schlagen würde, bis kein Hund mehr ein Stück Brot von ihm nimmt, und wenn es mich meine Karriere bei der Polizei und meine gesamte Existenz kosten würde ..." Er knirscht mit den Zähnen, kneift die Augen zusammen und ballt die Hände zu Fäusten, dass die Knöchel weiß hervortreten. „Und ich hab es geschafft - ich hab ihn ausfindig gemacht: Arne Ahrendt, seines Zeichens Architekt und Immobilienmakler, wohnhaft in der Deichstraße in 25881 Westerhever. - Nur schade, dass er schon so gut wie tot war, als ich ihn endlich fand."

Lily friert. Sie friert bis ins Mark, und draußen schleicht langsam die Dämmerung heran. Sie weiß nicht, was sie sagen, was sie fragen soll, doch das ist auch nicht nötig, denn Mads oder wie er heißt will jetzt reden, will erzählen, egal, ob er einen Zuhörer hat oder nicht.

„Aber ich geb's zu: Es war ein langer Weg dahin. Inzwischen waren mehr als zehn Jahre vergangen und die entsprechende Akte längst archiviert. Sobald ich zum ersten Mal die Möglichkeit hatte, mich eines echten Polizeicomputers zu bedienen, machte ich mich auf die Suche: Alles, was ich hatte, war das Autokennzeichen und Ort und Datum des Unfalls. - Ich fand den Unfallbericht, und auch, wenn er irgendwie unvollständig war, hat er sich mir ins Gedächtnis gebrannt:

‚Sonnabend, 15. Februar 1998, 23.32 Uhr: Ein Anrufer meldet Unfall auf der Gablenzbrücke. Er schildert den Hergang wie folgt: Eine Radfahrerin rutscht auf dem vereisten Gehweg, stürzt und gerät auf die Fahrbahn in dem Moment, in dem sich ein Geländewagen zügig nähert. Der Wagen kann, offensichtlich aufgrund er ebenfalls vereisten Fahrbahn, nicht mehr stoppen und überrollt die Frau. Der Fahrer bremst kurz, öffnet die Fahrertür, fährt dann aber rasch weiter Richtung Werftstraße, wo er verschwindet. Farbe des Wagens wird mit grün oder dunkelbraun angegeben, Kennzeichen KI-AA 2…, die letzte Zahl war lt. Aussage des Zeugen nicht erkennbar.

Der Zeuge nähert sich der auf der Fahrbahn liegenden Frau unverzüglich, traut sich aufgrund ihres Zustandes aber nicht, sie zu bergen, sondern hält ein nachfolgendes Fahrzeug an, um den Fahrer die Polizei alarmieren zu lassen. Streifen- und Rettungswagen treffen gleichzeitig ein um 23.54 Uhr. Der Notarzt kann nur noch den Tod der Frau feststellen.

Bei der Toten handelt es sich um Bettina Zielke, geb. Reimann, geb. 16. August 1963, verwitwet, 2 Kinder, wohnhaft Ostring 222, 24143 Kiel.

Der Halter des Unfallwagens konnte zwar ermittelt, aber noch nicht ausfindig gemacht werden: Arne Ahrendt, wohnhaft Geibelallee 7, 24116 Kiel."'

Mads oder wie er heißt sitzt da, den leeren Blick auf den Händen ruhend. Müde hebt er den Kopf und sieht Lily wie aus weiter Ferne an: „Das war der Mörder meiner Mutter, der Mann, der meine kleine Schwester fast um den Verstand gebracht hat - und ich wusste, was ich zu tun hatte.

Nach dem Unfall war er zwar zunächst erfolgreich untergetaucht, doch ein paar Monate später hatte er Kiel verlassen und sich - wir haben ja Meldepflicht in Deutschland! - da oben in Nordfriesland wieder angemeldet. Und damit hatte ich ihn!"

Er schnauft einmal kurz in einer Mischung aus Triumph und Verachtung, dann beugt er sich vor: „Und ich hab euch beobachtet! Im Sommer letzten Jahres, als ihr in aller Gemütsruhe eure Räder aufgeladen habt und zu einer Tour nach Friedrichstadt gestartet seid. Ich saß am Nebentisch, als man euch dieses eklige Labskaus servierte, ich sah ihm direkt in seine knallgrünen Augen, mit denen er dich ach, so verliebt ansah, ich bekam jeden Kuss mit, den ihr euch gabt, und bei jedem Lachen, das von eurem Tisch zu hören war, dachte ich ‚ja, lach nur - viel zu lachen wirst du nicht mehr haben!', und ich freute mich auf meine Rache, für die ich eifrig Pläne schmiedete, als ich euch dann später im warmen Auto sitzen sah, während ich unter den Bäumen keine zehn Meter entfernt nass bis auf die Knochen wurde …" Zitternd vor Wut presst er die Zähne aufeinander und lässt die Kiefermuskeln tanzen. Dann fährt er fort:

„Und je länger ich euch beobachtete, je demonstrativer ihr eure Verliebtheit zur Schau stelltet, desto entschlossener war ich, Arne Ahrendt, diesen tollen Hecht, nicht einfach umzunieten, wie ich es zunächst geplant hatte, sondern ihn richtig leiden zu lassen: Ich würde ihm das nehmen, was ihm am meisten bedeutete - seine Frau!" Und mit einem hässlichen Lachen leert er die Aquavit-Flasche in einem Zug, bevor er sie krachend auf den Tisch niedersausen lässt.

Zusammengekauert auf ihrer Bank, wagt Lily kaum zu atmen. „Du …. du wolltest mich umbringen?", flüstert sie. „Dich umbringen?", kreischt Mads oder wie er heißt und schlägt sich vor Vergnügen auf die Schenkel. „Nein, oh nein … so einfach wollte ich es euch nicht machen. Ich wollte dich verführen, dich ihm abspenstig machen - ja, so selbstbewusst bin ich immerhin, als dass ich mir das zugetraut hätte! Und wenn mir das wider Erwarten nicht gelungen wäre … so what? Dann hätte ich dich eben einfach entführt … Hauptsache, der schöne Arne hätte leiden müssen, das war's, was ich wollte …"

Er taxiert sie aus zusammengekniffenen Augen, wobei ihm der Kopf aber bereits schwer auf die Brust zu sinken droht. Mit einem Ruck fährt er hoch, leckt sich die Lippen und sagt: „Ich kann wirklich charmant sein, Lily, weißt du? In Nullkommanix hätte ich ein Verhältnis angefangen mit dir, du wärst kaum noch zu Atem gekommen, glaub mir … und du hättest es genossen! Und dann - wenn's am schönsten ist, soll man ja bekanntlich gehen - hätte ich dich zu ihm zurückgeschickt, ein bisschen verbraucht, ein bisschen geschunden, ein bisschen verblasst wahrscheinlich und vorzeitig gealtert, aber sonst noch ganz gut in Schuss. Für Arne den Schönen hätt's schon noch gereicht … hähähä …", und während Lily sich die eine Hand auf den Magen und die andere vor den Mund presst, hat sie nur einen Gedanken: „Nicht spucken … um Himmels willen, nicht spucken …"

Mads oder wie er heißt weidet sich an ihrem Anblick. Zwar entgleiten ihm die Gesichtszüge ein ums andere Mal, doch noch schafft er es, Lily zu fixieren. Sie spürt die Gänsehaut, die sich kribbelnd die Arme entlang ausbreitet.

„Als ich euch zwei Hübschen damals nach eurem Ausflug nach Friedrichstadt in eurem Wagen beobachtete, hab ich immer gehofft, jedenfalls noch 'ne kleine Privatvorstellung geboten zu bekommen, so'nen kleinen Quickie hättet ihr da schon mal hinlegen können. Aber nein: Der Wagen kam nicht ins Schaukeln, nichts war zu hören - das einzige, was passierte, war, dass die Scheiben nach und nach beschlugen, bis ich überhaupt nichts mehr erkennen konnte. Und dafür stand ich da im strömenden Regen und holte mir fast den Tod ... drei Wochen war ich krank, richtig krank, verdammt nochmal! Alles eure Schuld ...", faucht er, „aber das hat mich nicht etwa ausgebremst, wenn du das denken solltest. Nein, im Gegenteil, das hat mich erst so richtig motiviert! Und während ich da so in meinem Kämmerlein vor mich hin hustete, konnte ich jedenfalls ausgiebig recherchieren. Ich wollte alles wissen über deinen Mann, ihn richtig kennenlernen, denn nur, wenn du deinen Feind kennst, kannst du ihn schlagen - und das am besten mit seinen eignen Waffen." Wieder lässt er sein hässliches Kichern hören. „Und siehe da: In einer von diesen Architekten-Fachzeitschriften fand ich doch tatsächlich ein Interview mit Arne dem Schönen, in dem von seinem Sohn Mads die Rede war ..."

Er greift nach der Aquavit-Flasche, setzt sie noch einmal an und hält sie dann stirnrunzelnd gegen das Licht. „Hast du noch was davon?", fragt er, geht zum Kühlschrank und durchsucht ihn mit fahrigen Bewegungen. Als er nichts Hochprozentiges mehr findet, kehrt er mit dem letzten Bier an den Tisch zurück. Seine Versuche, den Kronkorken an der Tischkante abzuschlagen, fügen dem Holz derbe Wunden zu, doch im Augenblick mag Lily sich darum keine Sorgen machen.

„Als ich das mal so richtig kapiert hatte - nämlich, dass Arne der Schöne nicht nur eine süße kleine Frau, sondern auch noch einen geliebten Sohn hatte! - hätte ich auf dem Vesuv Samba tanzen können vor Freude! So viele Möglichkeiten, ihn zu treffen bis ins Mark ..." Er fährt sich mit der hohlen Hand über das Gesicht, doch das Lächeln, das darunter zum Vorschein kommt, sieht eher furchterregend aus. „Natürlich war es eine meiner leichtesten Übungen, den Sohnemann ausfindig zu machen. So ein Polizeicomputer schafft das innerhalb von Sekunden, weißt du. Und was soll ich dir sagen? Der Typ wohnte keine Viertelstunde von mir entfernt, Ecke Pelzerstraße/Wakenitzufer. Und soll ich dir noch was sagen: Er war nur drei Monate jünger als ich, studierte angeblich Philosophie und Sinologie und war bereits zweimal mit Hasch in den Taschen aufgegriffen worden. Beide Male konnte er zwar Eigenbedarf anführen, und man fand auch nichts, um ihm das Gegenteil zu beweisen, aber für mich war das natürlich ein Glückstreffer: Ich bekam den Punkt, an dem ich den Hebel ansetzen konnte, auf dem Silbertablett serviert ..." Verständnislos runzelt Lily die Stirn, während Mads oder wie er heißt sich mit geschlossenen Augen und blödem Grinsen hin und her wiegt, sich mit beiden Händen an der Tischkante festhält und leise vor sich hin summt. ‚Der Mann ist verrückt‘, denkt Lily und versucht unter Aufbietung aller Kräfte, ruhig weiter zu atmen. ‚Ich sitze hier in meiner eigenen Küche zusammen mit einem Irren - was soll ich denn nur tun?‘ Sie spürt die Schweißperlen, die sich auf ihrer Oberlippe gebildet haben, traut sich jedoch nicht, sie zu trocknen vor lauter Angst, die Aufmerksamkeit ihres Gegenübers auf sich zu lenken.

Schließlich öffnet Mads oder wie er heißt die Augen wieder, wartet einen Moment, bis die Küche aufhört, sich zu drehen und erklärt dann: „Ich mach mich also ran an den Kerl, geb mich aus als Vertrauensmann, wie die Polizei sie jetzt angeblich verstärkt einsetzt bei der Beratung und Betreuung von nervlich und psychisch gestressten Personen, besonders solchen, die schon mal durch Drogenkonsum aufgefallen sind, um ihnen hilfreich zur Seite zu stehen ... blablabla, die Polizei, dein Freund und Helfer eben. Und ich kann's heute noch kaum glauben: Der Typ glaubte und vertraute mir von der ersten Begegnung an! Innerhalb kürzester Zeit klammerte der wie eine Klette, sülzte mich voll, wenn ich mal wieder vor seiner Tür stand und hatte fast Pipi in den Augen, wenn ich wieder ging. Der muss sowas von vereinsamt gewesen sein da in seiner Nobelbude, dass er mich als so 'ne Art Schutzengel oder so betrachtet hat, und schon nach zwei, drei Wochen saß er da und erzählte mir schniefend und sabbernd seine ganze Lebensgeschichte ..." In Erinnerung daran schüttelt Mads oder wie er heißt den Kopf, leert dann die Bierflasche und stellt sie fast bedächtig zurück. „Und das war dann die absolute Scheiße!", brüllt er plötzlich und schlägt mit der flachen Hand so gewaltig auf die Tischplatte, dass die Flasche hoch hüpft und kippt. „Als der Typ mir nämlich erzählte, dass er sich schon vor Jahren von seinem Vater losgesagt hatte, dass er ihn schon seit seinem 13. Lebensjahr nicht mehr an sich rangelassen und sich jedem Versuch der Kontaktaufnahme erfolgreich widersetzt hatte! Den Kerl wollte ich jetzt nämlich gegen seinen Vater aufwiegeln, verstehst du, den einen gegen den anderen ausspielen und Arne den Schönen damit erpressen, dass ich sein Söhnchen in meiner Gewalt hätte und ihm vielleicht was Schlimmes antun könnte ... alles verpufft! Mann, war ich wütend! An dem Abend bin ich, glaube ich, fünfundzwanzig mal um den Krähenteich gejoggt, bis ich mich so einigermaßen abreagiert hatte."

Draußen hat sich längst die Dunkelheit herabgesenkt, Lily sieht ihr blasses Gesicht mit den unnatürlich geweiteten Augen in der Scheibe gespiegelt. „Also musste ich meinen Plan ändern, das stand fest, aber ich wusste nicht wie", fährt Mads oder wie er heißt fort, erhebt sich schwankend, reißt den Kühlschrank auf und starrt hinein. „Scheiße", knurrt er, knallt die Tür wieder zu und macht ein paar unsichere Schritte hinüber zur Wohnzimmertür. „Du bleibst sitzen", fährt er Lily drohend an. „Ich warne dich, ich hab dich im Blick ...", und wirklich geht er rückwärts hinüber zur Bar, öffnet die Klappe und greift ziellos hinein. Seine tastenden Hände erwischen eine halbvolle Flasche Gin und eine ungeöffnete Flasche Orangenlikör, die er mit einem angewiderten Blick auf das Etikett einfach fallen lässt: Sie rollt, glücklicherweise heil und unbeschädigt, unter die Couch. Noch im Gehen versucht er, den Verschluss der Gin-Flasche zu öffnen, nimmt schließlich die Zähne zu Hilfe und sinkt erleichtert seufzend wieder auf seinen Stuhl. Großzügig bietet er Lily an, ihr einzuschenken und lacht verächtlich auf, als sie abwehrend die Hand über ihr Glas hält. „Zimperliese - kannst du nichts ab, oder was?", schimpft er, nickt aber gleich darauf zufrieden, als er sein eigenes, gut gefülltes Glas zum Mund führt.

„Wo war ich stehen geblieben? Plan ändern, ach ja ... ha, und wieder kam mir der Zufall oder wer auch immer zu Hilfe: In meiner WG wurde ein Zimmer frei, und ich brauchte nur mit dem kleinen Finger zu winken, und das blöde Weichei packte seine Sachen, kündigte seine 50 Quadratmeter-Wohnung mit Balkon und zog in die Kammer am Ende des Ganges ein, selig vor sich hinlallend, wie glücklich er doch sei, nun so ganz in meiner Nähe zu sein ... Mann, der ging mir vielleicht auf den Sack!

Aber inzwischen hatte er angefangen zu koksen, und in meinem Beruf siehst du oft genug, was aus solchen Typen wird. Ich sah mir das Spielwerk eine Weile an und malte mir aus, wie ich Arne dem Schönen eines Tages seinen total bekifften Sohn vor die Füße werfen würde ... Und weißt du, für mich war es nicht besonders schwer, bei Beschlagnahmungen oder Durchsuchungen auf der Straße oder in irgendeiner Wohnung mal hier und da so ein kleines Tütchen verschwinden zu lassen, und es dauerte nicht lange, bis ich das Weichei richtig schön am Gängelband führte. Gerade hatte ich ihn soweit, dass ich ihn auffliegen und im Entzug verrecken lassen konnte, um dann höchstpersönlich Papa Arne benachrichtigen und mit den Resten seines Sohnes konfrontieren zu können, als das Weichei mir eines schönen Tages eröffnet, zusammen mit einer Kommilitonin nach Indien in den Ashram pilgern zu wollen. - Ha ... ja, genauso blöd wie du jetzt hab ich damals bestimmt auch ausgesehen", grinst er und schenkt sich noch einmal ein. Als er das Glas anhebt, bemerkt er, dass die Hälfte daneben ging, und mit einer schwungvollen Bewegung wischt er die Pfütze vom Tisch. Die nasse Hand trocknet er auf seiner Hemdbrust ab.

„Und das hat er dann auch tatsächlich gemacht", fährt Mads oder wie er heißt fort. Seine Zunge ist schwer, es kostet ihn Mühe, den Kopf nicht auf die Tischplatte sinken zu lassen, doch noch ist er mit seinem Bericht nicht am Ende. „Der Blödmann hat seine Sachen gepackt, die Miete acht Monate im voraus bezahlt, mich nochmal fest umarmt ... ähhh, igitt ... und weg war er. -

Tja, aber wieder Glück im Unglück: Als er nämlich damals aus der Pelzerstraße umzog in die Krähenstraße, war er ja noch einigermaßen gut beieinander und hatte es sogar geschafft, einen Postnachsendeauftrag zu stellen, und so kam es, dass sechs Wochen, nachdem er ins Nirwana aufgebrochen war, eine Karte mit Trauerrand für das Weichei eintrudelte. ‚Wir sind sehr traurig' stand da ... ach je, warst du aber so traurig, Klein-Lily, was? - Aber ich war nicht traurig, verdammt nochmal, ich war wütend, stinkwütend war ich!" Er brüllt jetzt, dass sich seine Stimme überschlägt, und wieder lässt er beide Hände klatschend auf den Tisch niedersausen. „All meine schönen Rachepläne, alles, worauf ich seit Jahren, Jahrzehnten hingelebt und -gearbeitet hatte - verpufft, geplatzt, im Eimer! Erst macht sich das Weichei auf nach Indien und ward nicht mehr gesehen, dann kratzt Arne der Schöne die Kurve, noch ehe ich auch nur angefangen hab, ihm die Frau auszuspannen ... Mann, ich bin durch die Wohnung getigert wie aufgezogen, ich konnte mich einfach nicht beruhigen. Die Nachbarn fingen schon an, mit dem Besen gegen die Decke zu hämmern, weil sie es nicht mehr ertragen konnten, aber das wir sowas von egal, so scheißegal war mir das ... bis ich dann irgendwann mitten in der Nacht plötzlich den Personalausweis vom Weichei fand, ganz zuunterst in der Küchenschublade ... und da kam mir die zündende Idee!"

Lily kann nicht mehr sitzen, ihr Schädel brummt, sie muss aufs Klo. „Nix da, du bleibst sitzen", schnauzt Mads oder wie er heißt sie an, und sie wundert sich, dass er selbst immer noch nicht, trotz all dem, was er selber trinkt, aufs Klo muss. „Du kannst ja mitkommen und vor der Tür Wache halten", schlägt sie vor, bemüht um einen neutralen Ton. „Oder ich komm mal kurz mit rein?", fragt er grinsend, und Lily beschließt, dass sie noch eine Weile aushalten kann.

Mads oder wie er heißt greift erneut nach der Gin-Flasche, und einen kurzen Augenblick lang überlegt Lily, ob sie sie vielleicht so ganz aus Versehen vom Tisch fegen soll in der Hoffnung, dass sie auf dem Steinfußboden zerschellt, doch ein Blick in die inzwischen völlig verschwiemelten Augen ihres Gegenübers lassen sie diesen Gedanken schnell beiseite schieben.

Begleitet von einem herzhaften Rülpser, für den er sich diesmal nicht entschuldigt, nimmt Mads oder wie er heißt den Faden wieder auf. „Ich stand da in der Küche, hielt den Personalausweis von dem Schwachkopf in der Hand und betrachtete sein Foto ... und dann fiel mir alles wieder ein, was er mir erzählt hatte von seiner Mutter (muss ja ein toller Feger gewesen sein ...), von Papa Arne, von ‚Großmama und Großpapa' - wie bescheuert klingt das denn? - und natürlich von seiner schönen Stiefmutter, die er noch nie gesehen hatte - und die er nun wohl auch nie mehr sehen wird ..." Über den Tisch hinweg prostet er ihr zu und versucht dann, ihr Handgelenk zu ergreifen, doch glücklicherweise ist er nicht mehr sehr zielsicher, der Griff geht ins Leere. „... hihi ... und wie ich da sein Bild so betrachte, denke ich, dass wir uns doch irgendwie sogar ähnlich sehen, das Weichei und ich, obwohl das nicht sehr schmeichelhaft ist für mich, aber ich brauchte mir nur noch eine Dauerwelle machen zu lassen - übrigens das größte Opfer, dass ich in dieser Sache gebracht habe! - mich an grüne Kontaktlinsen zu gewöhnen und mich sicherheitshalber bei seinen Klamotten zu bedienen, und schon war ich nicht mehr Tristan Zielke, sondern Mads Ahrendt, oder etwa nicht?" Und wie zur Bekräftigung zupft er an seinen immer noch gekrausten und blond gefärbten Haaren.

„... und dann denke ich, dass Mads Ahrendt nun doch wohl erben würde, wenn er könnte, und dass ich, wenn ich schon auf meine lang ersehnte Rache verzichten muss, mir doch jedenfalls ein bisschen die Taschen füllen kann auf Kosten des Weicheis ... mit dem Geld von Arne dem Schönen, was ja wohl das wenigste ist, was der Mörder noch für mich und meine kleine Schwester tun kann, oder?"

Bei den letzten Worten hat er drohend die Stimme erhoben, doch jetzt ist Lily bereit, den Kampf aufzunehmen. Sie richtet sich zu voller Größe auf, blitzt ihn aus zusammen gekniffenen Augen an und zischt: „Du glaubst doch nicht, dass du damit durchkommst? Spätestens jetzt bist du aufgeflogen, du Betrüger ... du Verbrecher, du ... spätestens jetzt hast du dich selbst ans Messer geliefert und wirst ..." „Gar nichts werd ich, Klein-Lily", scheinheilig lächelt er sie an und nuschelt ihr über den Tisch gebeugt ins Gesicht, „denn außer dir weiß ja niemand etwas von mir, für alle anderen bin ich Mads, Arnes unendlich reuiger Sohn, und alle, alle werden sich freuen, dass Arnes Witwe und sein Sohn sich so gut verstehen, und wir sind ja auch ein schönes Paar, Klein-Lily, du und ich, wir beide ... eigentlich passt du doch noch viel besser zu mir als zu Arne, dem alten Sack, oder was meinst du, mein Schatz?", und gerade langt er hinüber zu ihr, um sie am Handgelenk zu packen, als im Arbeitszimmer das Telefon klingelt.

Mit einem Satz ist Lily aus der Bank heraus, an Mads oder wie er heißt vorbei und an der Tür, streckt die Hand nach der Klinke aus, spürt schon die Kühle auf der Haut - das ist ihre Chance, egal wer gerade anruft, sie kann um Hilfe schreien! -, da reißt er sie an den Haaren zurück, schleudert sie herum und presst sie an die Wand, dass ihr die Luft wegbleibt. Und während das Klingeln des Telefons verstummt, knurrt er dicht an ihrem Ohr: „Mach jetzt keinen Fehler, Lily", und plötzlich ist sein Blick wieder ganz klar. „Mach jetzt bloß keinen Fehler ..."

Mit beiden Fäusten hält er ihre Handgelenke umklammert, drückt ihre Arme über ihrem Kopf an die Wand und presst seinen Unterleib gegen ihren. Sie kann sich nicht bewegen, ihr Herz rast und droht, ihren Brustkorb zu sprengen, und als er ihr jetzt tief in die Augen blickt und sein Gesicht dem ihren nähert, bleibt ihr nur noch, den Kopf zu wenden und den Atem anzuhalten. Trotzdem droht der Alkoholdunst, den er verströmt, sie zu ersticken, und jetzt drückt er seine feuchten Lippen auf ihren Hals und murmelt: „Du bist eine tolle Frau, Lily … ehrlich, eine tolle Frau! Unter anderen Umständen hätte aus uns was werden können, meinst du nicht auch?" „Niemals!", faucht sie und spuckt ihm all ihre Angst und ihren Ekel ins Gesicht, „niemals!" Doch da bringt er sie mit einer Kopfnuss zum Schweigen, schlägt seine Stirn hart gegen ihre, dass ihr Hinterkopf an die Wand prallt, und als sie sich aufstöhnend auf die Lippen beißt und ihre Beine unter ihr nachzugeben drohen, reißt er sie an den Handgelenken hoch, schüttelt sie und zwingt sie, ihn anzusehen: „Sieh mich an, Lily Ahrendt, sieh mich an!" Groß und finster ragt er auf vor ihr, und seine Stimme vibriert gefährlich. „Und merk dir eines: Nicht umsonst heiße ich Tristan der Krieger!"

Im nächsten Augenblick legt sich eine Hand auf seine Schulter, packt ihn und schleudert ihn herum, und eine gewaltige Faust landet einen Treffer direkt auf seinem Kinn und streckt ihn nieder, so dass er taumelnd zu Boden geht. „Und ich heiße nicht umsonst Jakob der Beobachter", sagt Jakob und fängt gerade noch die ebenfalls taumelnde Lily auf. „Entschuldige, Lily - aber die Tür vom Studio stand noch offen …"

Eine ganze Weile später, als Lily sich mit immer noch rasendem Herzen, weichen Knien und schmerzendem Kopf von Jakob hat zurück zur Bank führen und mit tröstenden Worten beruhigen lassen, beugt Jakob sich zu dem immer noch am Boden liegenden Tristan herab, packt ihn am Kragen und richtet ihn auf. „Na komm schon, alter Knabe", brummt er, während er sich müht, den schlaff zusammengesunkenen Körper im Gleichgewicht zu halten. „Hilf mal ein bisschen mit ..." Schließlich gelingt es ihm, ihn zurück auf den Stuhl zu schieben, packt seine Arme und legt sie auf den Tisch, woraufhin Tristan augenblicklich nach vorne sackt, den Kopf auf die Unterarme bettet und leise zu schnorcheln beginnt.

„Mann, der hat aber ganz gut getankt, was?", fragt Jakob, geht zum Fenster und öffnet es weit. „Ich darf doch ...?", fragt er über die Schulter zurück, und Lily nickt ihm dankbar zu. „Jakob, kannst du mal eben hier bleiben und aufpassen?", fragt sie dann, wobei sie vorsichtig den schmerzenden Kopf in beiden Händen hält. „Ich müsste mal ganz dringend für kleine Mädchen ..." Verständnisvoll lächelt Jakob zu ihr hinüber, und trotz ihrer Erschöpfung und der immer noch wackligen Beine ist Lily innerhalb von Sekunden im Bad verschwunden.

Wenig später kommt sie erleichtert und erfrischt zurück in die Küche. Im Bad hat sie ein Gästehandtuch unters eiskalte Wasser gehalten und kühlt sich nun damit die Stirn, auf der sich bereits eine dunkelrote Beule abzeichnet. „Hm, du wirst ein bisschen schillern in den nächsten Tagen", bemerkt Jakob mitfühlend, wirft aber gleichzeitig einen bitterbösen Blick auf den inzwischen heftig schnarchenden Tristan. Lily lächelt: „Ich schätze, deine Faust hat eine noch deutlichere Sprache gesprochen ..." Dann befüllt sie die Kaffeemaschine, stellt drei Becher zurecht und sagt: „Ich denke, ein starker Kaffee wird uns jetzt allen gut tun." Als sie das Kaffeemehl in den Filter löffelt, hält sie plötzlich inne: „Danke, Jakob - das war Rettung in höchster Not!" Und weil ihre Stimme plötzlich bricht, die Hände zittern und die Tränen übers Gesicht laufen, tritt Jakob zu ihr, nimmt sie sehr sanft in den Arm und hält sie fest.

Der Kaffee ist durchgelaufen und erfüllt den Raum mit seinem Duft. Lily stellt ihren und Jakobs Becher zusammen mit Milch, Zucker und ein paar Keksen auf den Tisch, dann geht sie zu der schlaff auf dem Stuhl hängenden Gestalt, hebt mühsam den Kopf des Schnarchenden an und lässt den Becher unter seiner Nase kreisen. „Mads ... äh, Tristan!" Sie ruft es mehr als dass sie spricht, kneift ihm in die Wangen und in die Nase und hält ihm schließlich den Becher an die Lippen. „Trink!", befiehlt sie, und nachdem er gehorsam die Lippen ein wenig geöffnet und einen kleinen Schluck Kaffee getrunken hat, sinkt er grummelnd und murmelnd wieder vornüber. Es bedarf noch vieler weiterer Versuche und Bemühungen und einer zweiten Kanne Kaffee, ehe der Mann wieder soweit hergestellt ist, dass er ansprechbar wirkt.

Inzwischen hat Lily Jakob in groben Zügen ins Bild gesetzt, hat erzählt von dem echten Mads und dessen Verhältnis zu seinen Eltern, von Tristans Schicksal und dem seiner Schwester, und gerade gibt sie ein paar Eiswürfel in ein Geschirrtuch, um sie Tristan für sein geschwollenes Kinn zu reichen, als sie sagt: „... und er behauptet steif und fest, dass Arne diesen Unfall damals verursacht haben soll, bei dem seine Mutter ... - Moment mal, was hast du gesagt, wann sich der Unfall ereignete?" In einer unerwarteten Drehung ist sie herumgewirbelt, stützt beide Hände auf den Tisch und beugt sich zu dem Mann herunter, der immer noch Mühe hat, aufrecht sitzen zu bleiben. „Am ... am ..." „Wann? Konzentrier dich, Mensch, wann hat sich der Unfall ereignet?" Sie schreit ihn jetzt an, packt ihn am Arm und schüttelt ihn. Gespannt sieht Jakob zu ihr auf. „Am Samstag war's", nuschelt Tristan jetzt, „am Sonnabend, wie ihr hier oben sagt - am Sonnabend, 15. Februar 1998, exakt um 23.32 Uhr." „Dann kann Arne es überhaupt nicht gewesen sein", flüstert Lily atemlos, fährt herum und verschwindet im Arbeitszimmer, nur um Sekunden später mit einem dicken Fotoalbum unterm Arm wieder aufzutauchen.

„... denn am 15. Februar 1998 befand Arne Ahrendt sich bereits seit zwei Monaten und noch für weitere sechs Monate in Neuseeland!" Und triumphierend knallt sie das aufgeschlagene Album in die Mitte des Tisches. Bei dem Geräusch fährt Tristan zusammen, fährt sich mit der Hand über das aschfahle Gesicht und blinzelt müde zu Lily hinüber. Die blättert zurück auf die erste Seite des Albums, deutet auf die dick unterstrichene Überschrift und liest laut vor: „Auszeit in Neuseeland vom November 1997 bis Juli 1998".

„Und weißt du auch, wieso er sich acht Monate lang in Neuseeland herumgetrieben hat? Weil seine Frau Madeleine, der ‚wilde Feger', wie du sie nanntest, sich zu dem Zeitpunkt bereits von ihm getrennt hatte und sein Sohn Mads, damals zwölf Jahre alt, nach den Sommerferien bei seinen Großeltern vorm Jugendgericht durchgesetzt hatte, dass er bei seiner Mutter leben durfte. Monatelang hat Arne sich bemüht, den Kontakt zu seinem Sohn wieder herzustellen, aber als ihm schließlich eine Einstweilige Verfügung untersagte, sich ihm auf mehr als zweihundert Meter zu nähern, packte er seine Sachen und flog nach Christchurch zu seinem Cousin Peter Ahrendt - hier, die Fotos kannst du dir gern ansehen."

„So what", knurrt Tristan, „Fotos besagen gar nichts." Jetzt meldet sich der Polizist in ihm zu Wort. „Fotos kannst du fälschen, Fotos sagen nicht das geringste aus über Zeit und Ort, so ein Foto ist kein Beweis, Lily, glaub mir ..." „Dann rufen wir jetzt Peter an", trumpft Lily auf. „Er lebt immer noch in Christchurch und hat den Kontakt zu Arne gehalten bis zum Schluss." „Gute Idee", mischt Jakob sich jetzt ein, „dort müsste es jetzt kurz vor halb neun am Morgen sein." Und während Lily Arnes Adressbuch wälzt, die Nummer wählt und dann konzentriert dem Rufton lauscht, beginnt Jakob wie selbstverständlich, Brot, Butter und Käse zusammenzusuchen und einen Teller fürs Abendessen vorzubereiten.

Das Gespräch mit Peter dauert länger als geplant, denn natürlich möchte er alles ganz genau wissen und hat viele Fragen an Lily, nicht zuletzt die, wann sie ihn endlich besuchen kommt. „Arne war so glücklich, als er dich kennenlernte", erinnert sich Peter, „so glücklich hab ich ihn eigentlich niemals vorher erlebt. Und seit eurer Hochzeit sind so viele Jahre vergangen, Lily - du musst nun wirklich bald kommen!" Lily verspricht es: „Ja, ich komme, Peter, ganz bestimmt - noch in diesem Jahr!", und dann bittet sie ihn, Tristan höchst persönlich zu erzählen, wann Arne bei ihm in Christchurch war, ganz genau von wann bis wann, bitte ...

Mit dem Telefon in der Hand sieht Tristan dann ratlos von einem zum andern. „Aber ... es war sein Wagen ... und im Polizeibericht stand doch ..." „Da stand, das hast du selber zitiert: Der Halter des Wagens habe zwar ermittelt, aber nicht ausfindig gemacht werden können", fällt Lily ihm aufgeregt ins Wort. „Und weißt du, was das bedeutet?"

Sie sitzt ihm jetzt wieder gegenüber auf ihrem Platz auf der Küchenbank, hält sich mit der linken Hand am Zeigefinger der rechten fest und neigt sich weit über den Tisch zu ihm hinüber. „Ich weiß nicht, wieso es mir nicht früher eingefallen ist, aber Arne hat es mir erzählt: Nachdem Mads - also der echte Mads, versteht sich! - die Sommerferien bei seinen Großeltern auf Sylt verbracht hatte und so völlig verändert zurückgekommen war, kam es schließlich zum endgültigen Zerwürfnis zwischen Vater und Sohn und Mads setzte, wie gesagt, beim Jugendamt durch, dass er künftig bei seiner Mutter leben durfte. - Arne fiel die Decke auf den Kopf, und als er besagte Einstweilige Verfügung erhielt, beschloss er, sich beruflich und privat zu verändern.

Er ging zurück nach Kiel, wo er ja studiert hatte und wo er auch auf viele Kontakte zurückgreifen konnte, doch wirklich zufrieden machte ihn das nicht. Zwar fand er ziemlich schnell einen gut bezahlten Job in einem großen Architektenbüro, aber die Arbeit machte ihm keinen Spaß, die Kollegen gefielen ihm nicht, und mit dem Chef stieß er auch alle naslang zusammen. Da kam ihm die Einladung seines Cousins, ihn doch endlich in Neuseeland zu besuchen, gerade recht."

Ihre Gedanken kehren zurück zu jenem Abend, als sie neben Arne auf dem kleinen blauweiß gestreiften Biedermeier-Sofa in ihrer „Bude" saß, als er sie im Arm gehalten und aus seinem Leben vor ihrer Zeit erzählt hatte. „Seine Wohnung in Kiel hatte er für die acht Monate an einen Kollegen untervermietet, und seinen Wagen hatte er ihm ebenfalls zur Nutzung überlassen. ‚Der wäre ja vom Rumstehen auch nicht besser geworden', hat er gesagt - ja, so war Arne ..."

Nach einem kurzen Augenblick des Schweigens sieht sie auf: „Von einem Unfall, der mit diesem Wagen verursacht wurde, hat Arne mir nichts erzählt, wohl aber, dass sein geliebter Range Rover sein Leben im Kieler Hafen aushauchte, wie er sich ausdrückte. - Der Kollege, der den Wagen in der Hörn versenkte, hat sich übrigens noch im selben Sommer mit dem Motorrad zu Tode gefahren ..."

Ganz langsam hebt Tristan den Kopf, sieht sich um, als erwache er aus tiefem Schlaf, und öffnet den Mund wie zum Schrei. Seine Hände umklammern den Kaffeebecher, und als der Henkel bricht, zerschneidet das Knirschen die Stille wie mit einem Fallbeil. Dann senkt er den Kopf, lässt ihn auf die zu Fäusten geballten Hände sinken und beginnt lautlos zu weinen.

Der Erlös aus dem Verkauf aller Bücher kommt dem Tierschutzverein „*ALBA*", Madrid zugute.

„Familiendrama an der Haltestelle: Vater erschießt Tochter.

Ein 53 Jahre alter Mann hat gestern am späten Nachmittag seine 26jährige Tochter an der Bushaltestelle Kohlmarkt/ Ecke Breite Straße erschossen. Der Mann hatte der jungen Frau offenbar aufgelauert und sie mit einem gezielten Schuss in die Brust getötet. Nach der Tat blieb der mutmaßliche Mörder neben der Leiche sitzen und ließ sich widerstandslos festnehmen."

So titeln am Dienstag, 22. April, die „Lübecker Nachrichten". Was auf den ersten Blick wie ein schnell geklärtes Verbrechen aussieht, entpuppt sich für die junge Polizistin Imke Groth als mühsame Spurensuche auf den verschlungenen Wegen einer doch eigentlich intakten Kleinfamilie.

Christiane Gezeck
Das Geräusch
Roman

Ein 5-Parteien-Mietshaus in Kiel. Seit einiger Zeit hört Ellen ein seltsames Geräusch: Es klingt nicht wirklich menschlich und nicht wirklich tierisch, es ist kläglich und abgehackt und immer öfter zu hören ... und es kommt aus der Wohnung ihrer neuen Nachbarn. Irgendwann glaubt Ellen, die Ursache zu kennen: Der dicke Herr Lauterberg vergeht sich an seiner kleinen Tochter Sarah! Oder doch nicht?
„Hinsehen, nicht wegsehen" war von jeher Ellens Motto, und gemeinsam mit ihrem guten Freund Georg versucht sie, den Dingen auf den Grund zu gehen und sich Gewissheit zu verschaffen. Doch wo auch immer sie sich hinwendet: Die Ratschläge, Bedenken und Warnungen könnten widersprüchlicher nicht sein. Rettet sie mit ihrer Anzeige ein Kind aus der häuslichen Hölle - oder zerstört sie mit falschen Anschuldigungen das Leben einer intakten Kleinfamilie?
Nach langem Kampf entschließt sie sich, das Jugendamt zu informieren: *„Morgen", dachte Ellen, als sie sich in ihrem Bett zusammenrollte und das Licht löschte. „Morgen ruf ich an ... bestimmt. Ganz bestimmt."* - Doch dann kommt alles anders.

Wer sich zeitlebens hinter dem urväterlichen Dogma „Reden ist Silber, Schweigen ist Gold" versteckt, weil er sich dort in Sicherheit wähnt und man ja schließlich nicht sein Herz auf der Zunge trägt, wird nie erfahren, welch glückbringende Befreiung es bedeutet, „frei von der Leber weg" reden zu dürfen - und dabei noch auf Verständnis und Zuneigung zu stoßen.

Doch das erleben Katharina, Renate, Jana, Maria und Magda, als sie beginnen, wenn sie sich montags um 18.30 Uhr treffen. Katharina sieht sich selbst als „Kuli" und droht, unter der Last des ihr aufgebürdeten Schicksals zusammenzubrechen; Jana, von der Willkür ihres dominanten Vaters gezeichnet, wird von Alpträumen geschüttelt; Renate versucht, allen Kränkungen zum Trotz auch ohne ihren Mann tief durchatmen und den Kopf oben behalten zu können. Und Maria und Magda? Was hat sie, die doch in sich zu ruhen scheinen und den Gleichmut gepachtet zu haben, veranlasst, sich hilfesuchend an diesen Kreis zu wenden?

Sie lachen zusammen, sie weinen zusammen, sie trommeln sich die Seele aus dem Leib und sie erschaffen ein gewaltiges Gemälde, und irgendwann steht dem erhobenen Zeigefinger aus Omas Tagen ihr eigenes, neues (Lebens-)Motto gegenüber: „Schweigen ist Silber, Reden ist Gold."